若水文库

她说，说她

Her voice, her story

Rabia Chaudry

A Memoir of Food,
Fat, and Family

FATTY
FATTY
BOOM
BOOM

［美］拉比亚·乔德里——著
刘思含——译

胖乎乎 圆嘟嘟

在美食中我载沉载浮

NEWSTAR PRESS
新星出版社

FATTY FATTY BOOM BOOM: A MEMOIR OF FOOD, FAT, AND FAMILY
by RABIA CHAUDRY
Copyright: © 2022 by RABIA CHAUDRY
This edition arranged with Algonquin, an imprint of Workman Publishing Co., through Big Apple Agency, Inc., Labuan, Malaysia.
Simplified Chinese edition copyright: © 2024 New Star Press Co., Ltd.
All rights reserved.

著作版权合同登记号：01-2024-4782

图书在版编目（CIP）数据

胖乎乎圆嘟嘟：在美食中我载沉载浮 /（美）拉比亚·乔德里著；刘思含译. —— 北京：新星出版社，2025.1. —— ISBN 978-7-5133-5799-9

Ⅰ . I712.55

中国国家版本馆 CIP 数据核字第 20246AA673 号

若水文库

胖乎乎圆嘟嘟：在美食中我载沉载浮

［美］拉比亚·乔德里 著；刘思含 译

责任编辑	白华召
责任校对	刘 义
责任印制	李珊珊
装帧设计	董茹嘉

出 版 人	马汝军
出版发行	新星出版社
	（北京市西城区车公庄大街丙 3 号楼 8001　100044）
网　　址	www.newstarpress.com
法律顾问	北京市岳成律师事务所
印　　刷	北京天恒嘉业印刷有限公司
开　　本	910mm×1230mm　1/32
印　　张	12
字　　数	262 千字
版　　次	2025 年 1 月第 1 版　2025 年 1 月第 1 次印刷
书　　号	ISBN 978-7-5133-5799-9
定　　价	68.00 元

版权专有，侵权必究。如有印装错误，请与出版社联系。
总机：010-88310888　传真：010-65270449　销售中心：010-88310811

谨以此书献给传授我厨艺的女性们：我的母亲、祖比小姨、外祖母、莉莉，以及我的婆婆还有前婆婆。

此书同样献给我的父亲，他是我风雨不动安如山的航标；献给我的丈夫伊尔凡，我忠诚的战友，是他陪我度过了十六年一波三折的健身之旅。

最后，我将此书献给与我同病相怜的伙伴——她们终其一生都在因体重而遭人指摘，同时也无法停下自我指责。她们在忍饥挨饿与暴饮暴食间苦苦挣扎。可我要告诉她们，她们有权和别人一样享受美味的食物与丰盛的生活。

减或不减，这是一个问题。

目　录

一　牛奶、乳酪、黄油 / 1

二　帕科拉，顶呱呱 / 29

三　面粉口袋 / 46

四　离水之鱼 / 85

五　万白丛中一点黑 / 121

六　骨鲠在喉 / 155

七　吃素的兔子 / 183

八　肉食动物 / 211

九　一袋大米 / 249

十　比糖更甜蜜 / 280

尾声：目标体重 / 316

食谱 / 323

致谢 / 370

一

牛奶、乳酪、黄油

她坚称他们是在婚礼当晚才第一次见面的。她的家人试图劝说她看一看新郎的照片,但她毫不留情地拒绝了。既然命运无法逃脱,她能做的唯有屈服——如果除了嫁给那个男人以外别无选择,看照片又有什么意义呢?

故事的开头就是这样。尽管每一个认识我母亲的人都曾上百遍地听她说起过这则逸闻,但这仍有可能只是她编造的"故事"。我的母亲就是这样,如果这个故事足够精彩离奇,她就会不厌其烦地一遍遍讲述它,直到它真的变成一桩不容置疑的事实。

还是回到婚礼上来吧。

哈丽达-可汗-古沃丽,这位气势与名字一样令人生畏的女性,就是我的"阿咪"(母亲)。在20世纪70年代的巴基斯坦拉合尔,她可以称得上是一位相当独立的女性。在收到父亲提亲的那一年，刚满二十六岁的她已经担任拉合尔女子学院的院长之职长达五年之久。很少有二十来岁的年轻女性能高居如此要位，管理一群比自己资格更老的教职员工，除非她确实精明强干、手段非凡。

母亲有一种罕见的威严。她的个子很高，身材干瘦，却有一副跟父亲与姑母一样的大骨架：肩膀宽阔、大手大脚，更叫人想拿些什么填上她嶙峋的身体。那一头乌黑发亮的秀发垂到腰际，编成一条绷得紧紧的大辫子。她有一双明亮的杏眼，一只小巧坚挺的鼻子，丰润饱满的嘴唇总是抿成一道沉稳严肃且拒人千里的线。

她生性不苟言笑，这是家中的六个弟妹和父母都知道的事。她独占了二楼唯一的一间卧室，鲜少与家人交流。每天早上，鸟儿一样勤劳的外祖母会将早餐放在托盘上，送到这位女院长房门口。用过早餐后，她就会乘上一辆专门为她准备的"坦戈"（一种带遮阳的双轮单座轻马车）到学校去。每天供给她的早餐里都少不了一份纯酥油煎鸡蛋，这是其他弟妹都不敢奢望的。

晚上下班后，她便径直回到自己的房间，等待用托盘送来的晚餐。晚餐通常是棕色的浓郁汤汁炖精肉，配上当天晚餐留出来的米饭，摆在精致的蕾丝餐垫上一同送上楼。这顿肉同样也是大家庭中难得一见的奢侈品。

然而她依然感到喘不过气来。这不仅是因为那六个吵吵嚷嚷的弟妹，更是因为家里总有亲戚常年络绎不绝地登门造访，一些八竿子打不着的远房亲戚甚至能厚着脸皮在这个本就拥挤的家里一打地铺就是好几个月。

母亲十分珍视自己的独立性，同时也对婚姻制度产生了极度的厌恶。她眼睁睁地看着自己曾经熟识的女性，她的姨妈、表姐妹、闺中密友乃至她自己的母亲，如何在三姑六婆和生儿育女的泥沼中越陷越深，乃至彻底丧失了自我与自由。

因此，虽然已到适婚年龄，她却一次又一次地拒绝了各路提亲。

我的外祖父母当时正绞尽脑汁地思索应如何向母亲提起父亲的求婚；她的顽固让他们忧心忡忡。

不过这一回，事情有了转机。

我的"那那阿布"（外祖父），一名高大威猛、虎背熊腰的副警司，恰在此时生病了。长年累月的高糖摄入严重影响了他的健康，但即便是来势汹汹的糖尿病也未能让他戒掉嗜甜如命的坏习惯。他为自己的口腹之欲活着，也将为这口腹之欲而死。

外祖父当时刚刚出院，尚在居家休养，但情况已不容乐观。如果他的长女再不同意这门婚事，他就很可能会在没看到任何孩子结婚的情况下撒手人寰了。

于是他将长女哈丽达唤到病榻旁。母亲听着外祖父不断告诫她，不要再抗拒结婚，尤其是眼下的这门婚事。曾经踏破门槛的追求者与日俱减，二十六岁的母亲已然成了众人眼中的老姑娘。她等不起了，她的父亲更等不起了。外祖父循循善诱道。他这里有新郎的照片，她有兴趣的话可以看一看。母亲一言不发地离开了他的房间，但这一次，她没有拒绝。

她以沉默勉强应允了这门婚事。

对于母亲来说，这实在没什么可欣喜的。她对新郎一鳞半爪的了解不足以让她产生任何兴奋或喜悦。她只知道这位未婚夫今年三十二岁,是个鳏夫,来自城镇另一头的旁遮普中产大家族。

旁遮普人?她嗤之以鼻。她完全无法想象自己要嫁给一名旁遮普人。

尽管她从小在旁遮普省的中心城市拉合尔出生长大,但那只是因为1946年印巴分治的风声四起,她的家庭便像许多穆斯林家庭一样离开了德里。1947年1月,这一家人带着即将出生的母亲踏入了八个月后正式划归巴基斯坦的地界。

印巴分治前,英国人对印度的殖民已持续将近两百年。东印度公司以贸易发家,凭借一支私人军队占领了南亚次大陆的大片土地。他们与荷兰人、葡萄牙人展开竞争,搜刮印度的自然资源,掠夺并出售产自印度的香料、棉花、丝绸、茶叶、靛蓝染料和其他商品,并借此不断壮大,最终控制了全球一半的贸易。

在英国人到来的一百年后,这支私人军队中的一场印度士兵起义迫使东印度公司将对印度的统治权移交皇室,从此正式开启了"英属印度"的时代。1876年,维多利亚女王正式加封印度女皇。那之后的第十年,印度人民成立了国民大会党,呼吁推翻殖民者的统治。

在接下来的六十年里,印度民间要求独立的呼声日益高涨。在圣雄甘地、贾瓦哈拉尔·尼赫鲁以及穆罕默德·阿里·真纳等民心所向的政治家的领导之下,印度独立终成现实。但与摆脱英国统治同时出现的还有另一种呼声,那就是要求实施分治,为占印度人口20%的穆斯林建立一个新的主权国家。1940年,穆斯林联盟主席真纳发表了长达两个小时的慷慨陈词,即著名的《巴基斯坦决议》。英国人终于清楚地意识到,若不建立巴基斯坦,就不可能平稳地实现印度独立。

因此,英属印度的最后一任总督,同时也是声名卓著的海军将领路易斯·蒙巴顿勋爵,受命将印度一分为二,并监督其在1948年6月前平稳过渡,实现独立。

但蒙巴顿将军并不想拖那么久。

由于暴力冲突不断升级,蒙巴顿决定加速计划,在六个月内完成印度独立。在抵达印度仅仅三个月后,蒙巴顿就沿议定的雷德克里夫线划分了这两个新生国家的边界,史称"印巴分治"。

这条分界线横穿了当时的多个省份、城镇和村庄,在印度教徒、锡克教徒和穆斯林中间引发了惊人的暴动。同年8月,印度和巴基斯坦两个国家同时宣布独立,史上最大规模的跨境人口迁移开始了。

当时共有超过1400万人越过印巴边境,约有100万人死在这场漫长的迁徙途中,成为该地区群体暴力事件的牺牲品。穆斯林、印度教徒和锡克教徒,每个人的手上都沾满了鲜血。印度教徒和锡克教徒离开巴基斯坦前往印度,他们的位置立刻被印度北部迁徙而来的穆斯林填满。

对于这场不可避免的灾难,母亲一家早已有所预见,他们决定在两国正式宣布独立前尽快离开德里。在血腥的暴乱开始前,他们就搬到了旁遮普省的古城拉合尔,而最后旁遮普地区也被印度和巴基斯坦一分两半。到1947年8月两国正式宣布独立时,母亲一家已经在拉合尔安顿下来,家中无人在那场暴乱中丧命。

对于德里的居民来说,拉合尔是一个非同寻常的选择;更多人选择径直穿过旁遮普省,在更为繁华的卡拉奇定居。但母亲和家人不得不在她父亲的现驻地安家。

拉合尔将成为他们新的家乡,可这一群穆哈吉尔人①却感到自己仿佛从时髦的国际大都会沦入到了旁遮普的穷乡僻壤。穆哈吉尔人和旁遮普,听上去简直风马牛不相及。穆哈吉尔人以说乌尔都语为荣。乌尔都语是莫卧儿王朝的大都市德里与勒克瑙的主流语言,它高雅优美,是文学与诗歌的语言,是智识与贵族的语言,是礼节与庄重的语言,它有着丰富的词汇、复杂的语法与精妙的修辞。

相形之下,旁遮普语在我母亲听来就是乡巴佬的土话了,正如她一度认为无论那个人信仰印度教、锡克教还是伊斯兰教,只要他是旁遮普人,那他就是乡巴佬。旁遮普语带有浓重的喉音与明快的节奏,还有尖锐如狗吠的刺耳音调。什么人才会说旁遮普语?农夫、村民、暴乱分子、叫卖牛奶的摊贩,还有对女孩吹口哨的街溜子。你不会听错旁遮普人的口音的,即使他们说乌尔都语,也改不了那一口格格不入的古怪腔调。也许这种不拘一格的随性语言自有其可爱之处,比如它可以让异乡人也感到熟稔亲切,可这始终是一种粗鄙、低级的语言——至少对母亲来说如此。

印巴分治后,两种文化不可避免地发生了碰撞。那些说乌尔都语的穆斯林,也就是穆哈吉尔人,他们被视为这片土地的外来者,并且永远是外来者。

说乌尔都语的穆哈吉尔人。

这种文化冲突并没有随着时间的流逝而平息。从媒体、政治、娱乐、社区生活到街坊邻居的家长里短,这条鸿沟始终存在,有

---

① 印巴分治后从印度迁往巴基斯坦的操乌尔都语的穆斯林移民,主要操乌尔都语,生活和居住在信德省。——如无特殊标注,本书注释均为译者注,后不再一一标明。

时甚至表现为赤裸裸的怀疑、蔑视和厌恶。

两种文化对彼此的刻板印象也坚如磐石。

旁遮普人——乡巴佬、没教养、吵吵嚷嚷、大老粗。

穆哈吉尔人——抠门、自以为是、靠不住、势利眼。

我的父母分别来自两个族群,这些话我小时候听得太多了。

而在当年,母亲听到的刻薄话比我只多不少。从窃窃私语的表亲到插科打诨的叔婶,每个人都在取笑她将要嫁给一个旁遮普人。当时,母亲一家已经在拉合尔生活了数十年,就连她自己也经常因为那副瘦高的体型而被错认为旁遮普人,可一关上家门,他们就大肆嘲笑邻居那群"傻蛋"。

食物也是个大问题。

母亲出生于德里,莫卧儿帝国的美食之乡,源远流长的宫廷菜肴兼采来自广袤帝国的无数香料、作料和调味品。在这里,光是肉类就有几十种做法——烤肉串、煎肉、浓汁山羊肉、整夜慢炖的牛腱子、包着煮鸡蛋的碎肉丸子,以及用大块美味鸡肉与印度香米一同烩制的香饭。可旁遮普人呢?养活他们只需一把扁豆和一把青菜。他们吹嘘自己的美食"萨格"(绿叶菜泥)[①]和"达尔"(扁豆汤)[②]时,仿佛那不是农民的口粮,而是国王的珍馐。

牲口才吃那玩意,母亲心里想。

然而,真正对母亲的自尊造成致命打击的是另一件事:她那被人尊称为"安瓦尔·哈克·乔德里医生"的未婚夫,压根儿不是

---

① saag,狭义指菠菜,广义指一切绿叶菜,包括菠菜、芥菜、甜菜和嫩萝卜叶等。
② daal,使用扁豆与应季时蔬小火慢炖,并可加入姜黄、大蒜等食材,是四季皆宜的南亚家常菜。

什么正牌医生。他是一名兽医。这意味着他整天都要与浑身恶臭的大型牲口厮混在一起,双腿埋在齐膝深的粪沼里,双臂探进一起一伏的牲畜肚子里助其分娩。这个男人的职业和他的患者一样缺乏体面。她简直无法想象自己的丈夫每天下班回家之后身上都是什么味儿。

母亲的担心并非杞人忧天。毕竟巴基斯坦人没有饲养家庭宠物的习惯,猫狗通常都是在街头以残羹剩饭为生的流浪动物,人们不欢迎这些骨瘦如柴、饥肠辘辘的小乞丐。这里的人不养闲散的宠物,只养有利可图的牲畜。养鸡是为了鸡肉和鸡蛋,养奶牛和水牛则是为了牛奶。不过,母亲一家只会去商店里买牛奶,而绝不会在自家院子里拴一头可怜兮兮的奶牛。

只有没教养的底层才饲养家畜呢。

可她不知道的是,这位安瓦尔·哈克·乔德里医生虽然不用照顾养尊处优的小猫咪和贵宾犬,可他也不必整天在牲口堆里打滚。实际上,他是国家动物园的首席医生,他的患者是大象、熊和老虎。这一切她无从得知,因为她根本拒绝与他本人及其家人会面,即便这位未婚夫的姐姐们总是成群结队地来访,令她不堪其扰。

没错,这五位未来的大姑子会在某一天身披彩色布卡罩袍[①]突然造访,打他们全家一个措手不及。依照传统,母亲的父母、弟妹和堂亲们不得不手忙脚乱地布置茶会来接待她们。一个弟弟捧出一盘新鲜热炸的"萨莫萨"(咖喱角)[②],另一个弟弟飞奔去取冰

[①] 一种具有穆斯林原教旨色彩的女性服装,主要为长袍、头巾加面罩,只露出眼睛。
[②] samosas,通常以面皮包裹馅料经油炸或烘烤而成,形状一般为三角形。其馅料包括用香料调味的牛肉、羊肉、鸡肉等绞肉和马铃薯或扁豆等根茎类或豆类作物,以及洋葱、松子等食材,搭配薄荷酱或甜酸酱食用。

镇的可口可乐,她的父亲则急吼吼地命仆人飞奔去街边的糖果师哈尔瓦伊氏[1]那里买一份热乎乎、脆生生、甜滋滋的"扎勒比斯"(油炸糖耳朵)[2],浸满黏糖浆装在棕色袋子里快快送来。

比母亲还小十岁的妹妹,同时也是她唯一的妹妹,这时也会和外祖母一同挤进狭小的厨房,急匆匆地将鸡蛋投入沸水,用肉末和扁豆馅制作沙米烤肉饼[3],再小心翼翼地量出几勺乌黑干燥的散茶叶,倒进大茶壶。厨房里只有两个小煤气灶,要在片刻之间准备好这些茶点,首先,煤气罐不能是空的,其次,她们必须掐着时间腾挪各种锅具,确保所有餐点都能差不多同时热腾腾地端上桌。

冷肉饼配热茶,热鸡蛋配冷茶,无论哪种都堪称灾难。

主人家会端上一副托盘,上面摆出家里最好的瓷杯、瓷碟和半月盘,还有在小碟子上摆成一圈扇形的小巧茶匙;古旧的银器微微发黑,即便几经擦拭也不复昔日的光彩。

母亲就这样独坐在房间里,听着楼下的喧嚣和繁忙。她知道她们每次上门都要耗费家人多少时间与金钱,知道她们每次离去后家人又要清洗多少锅碗瓢盆,知道她的亲弟妹和堂亲们会如何危坐一旁,贪婪地盯着贵客们大快朵颐——那是他们鲜少享受的美味。母亲家并不穷,至少孩子们从没饿过肚子,可也谈不上多富裕,毕竟家里养着六个大胃王——她那熊一样魁梧的父亲,还有五个弟弟。一到青春期,五个弟弟就像野草一样疯长起来,一天比一天高,

---

[1] 哈尔瓦伊,贩卖和制作糖果的种姓。
[2] jalebis,将生面团切成卷饼状或圆形,放入热油中煎炸后淋上糖浆食用。
[3] shaami kabab,先将牛肉碎、羊肉碎和鸡肉碎与鹰嘴豆粉混合,再加入鸡蛋和其他香料一同烤制,通常搭配酸辣酱作为便餐或开胃菜食用。

一天比一天壮,每个人都轻轻松松地长到了一米八,胃口也随之水涨船高。

其中一个外号叫"帕米"的弟弟,从小就是个贪吃鬼。他刚学会走路,就发现了家里用来装全麦面粉的大箱子。他每天都要"检查"那个箱子好几次,然后缠着外祖母问剩下的面粉还够不够给他做烤饼吃。随着帕米越来越大,外祖母不得不将他轰出厨房,省得他总以帮厨为由在厨房转来转去,却悄悄把手指伸进咕嘟咕嘟的炖锅里偷吃肉羹和蔬菜。他看上去总比其他兄弟更为敦实,青春期的几次"抽条"抹不掉他那圆滚滚的肚皮,也不能使他免受家人的斥责与玩笑。

除了帕米以外,这个家里没有胖子。因为真正让人发胖的食物,例如用来招待五姐妹的美味佳肴,都是平常吃不到的。糖果和汽水要等到贵客登门时才匆匆去买,要么,就只有等到婚礼或节庆时才能一饱口福。

又或者,孩子们可以分食一些客人留下的干净食物。然而这些未来的亲家姑姐从来不会留下半点残羹,每次上门总是浩浩荡荡地带着六七个孩子,等她们终于拍拍屁股离开后,盘子里就只剩下面包屑了。

母亲坐在自己的房间里,完全可以想象自己的弟弟妹妹如何乖乖坐在一旁,眼睁睁地瞧着面前一群小邋遢鬼狼吞虎咽地享用盐煮的鸡蛋、舔舐手指上的糖浆,心中祈求他们多少能留下一点吃的。

按照母亲的说法,这五姐妹会把剩下的食物全部用餐巾包好,收进布卡罩袍的暗袋里,什么也不会留下。

"按照母亲的说法"——正如我先前所说的,母亲的说法并不总是可信。

如果说她未来的婆家在她心里还存有一丝体面，那么至少在那时，这一丝体面只和两位年长的男性有关——她未来的公公与大伯哥。未来的大伯哥阿卜杜勒·哈克医生高大魁梧、器宇轩昂，身长一米八有余（令她那只比新娘高三厘米的未婚夫相形见绌），嗓音洪亮，总是穿着一身挺括的三件套西装，戴一副厚厚的黑框眼镜。大伯哥肤色白皙，甚至常被当作外国人，可她自己的丈夫皮肤却黑得像烧煳的米饭。最最重要的是，这位阿卜杜勒·哈克医生，是一位真正的医生，而不是兽医。

至于她未来的公公，虽然块头只有长子的一半，但十分英俊潇洒、气度不凡。三十年前，他的妻子撒手人寰，给这位当时才四十出头的男人留下了七个嗷嗷待哺的孩子，最小的一个只有八岁。在这种情况下，他却始终没有续弦，真叫人难以置信。像他这样中年丧偶但有权有势的男人通常都会再娶，哪怕只是为了找个人帮忙打理家务。

母亲为此而非常尊敬他。

可让人恼火的是，这位令人尊敬的老先生正是促成这桩婚事的始作俑者。他注意到这位美丽迷人、雷厉风行的院长每天都像发条钟一样准时地乘着马车来到女子学院，便四处打听她的消息。当他得知母亲已年近三十而仍旧待字闺中，便立刻认定她与自己三十二岁的小儿子乃天赐良配。

他的小儿子几年前曾经有过一段婚姻，但婚后不久，年轻的新娘便死于一场神秘的疾病。在弥留的数月里，她的身体一日不如一日，便由娘家接回照顾，这一去就再也没有回来。当时她还怀着身孕，未出生的孩子也与她一同死在了娘家。

四年过去了，这位前妻在家中的痕迹消磨殆尽，甚至没有留下一张照片。他的儿子早就应该续弦了，老先生想，而哈丽达就是他一直在为儿子寻找的完美新娘。

和母亲家一样，"阿布"（父亲）一家也在印巴分治中毫发无伤。当时，印度要按宗教信仰重新划分疆界的谣言四起，大批难民为了躲避战乱背井离乡，迁到后来成为两国边界的地方安营扎寨。当时，父亲的大哥阿卜杜勒正在拉合尔的医学院攻读学位，与那时的许多年轻医生一样，他也深入难民聚居点，帮助照料那些因饥饿与疾病而陷入困苦、因跋涉与恐惧而惶惶不可终日的难民。

如此一年多后，印巴分治正式落地，巴基斯坦宣告建国。联合国的官员询问这位年轻的医生，联合国是否能为他做些什么，来报答他尽心尽力的帮助。他说当然。他请求联合国官员帮忙护送自己一家前往新的国度。

当时只有七岁的父亲、他的五个姐姐和他们的母亲居住在旁遮普的霍希亚布尔，而他们的父亲作为地区邮政局长驻扎在北方的阿扎德克什米尔，无暇顾及家人。霍希亚布尔被划入了印度的版图，他们的亲戚已经动身前往拉合尔，但这一家妇孺不敢冒险独自上路。

两国之间的跨境列车仍在运行，但车上的乘客并非总能安全抵达。有时，一列"幽灵列车"驶入车站，车厢中满载着七零八落的死尸。暴力团伙恐吓、杀害并洗劫这些乘客，因为他们是企图逃离的"叛徒",是他们的敌人。开往印度的列车上装满了印度教徒与锡克教徒的尸体,开往巴基斯坦的列车上则是倒在血泊中的穆斯林。

联合国官员的善意永远地改变了我们的命运。他为大伯一家预订了一整节车厢,并派出了四名警卫全副武装护送他们前往拉合尔,一直送到阿卜杜勒·哈克医生的家门口。不久之后,我的祖父也获得了安全通道的优待,他们终于在新的国度、新的家乡拉合尔团聚了。他们从旁遮普出发,跨过国境,但依然还在旁遮普。从来没有人说他们是穆哈吉尔人。他们世世代代都是旁遮普人。

母亲和父亲都不知道他们从小就在相隔只有几公里的地方长大,两家人都加入了浩浩荡荡的移民大军,带着他们所能带走的所有家当,在这个新的国度开始了新的生活。各路亲朋好友、安葬于地底的先祖、传家的古宅以及一切过往,都留在了国境的那一边。

1973年8月的婚礼过后,母亲就搬到了距离自己家不远的父亲家中。从沙姆讷格尔到桑特讷格尔只有短短十分钟的路程,这两个地方都是拉合尔近郊古老幽静的街区。父亲的家庭是个复合家庭①,这一传统保留至今。女儿会在出嫁后搬出娘家,可儿子从不离家。在他们结婚后,儿媳也将成为这个大家庭的一员。年轻的妻子将在男方的家中养育下一代,照顾垂垂老去的公婆,并在他们去世后成为新的一家之主。这是一种方便实用的生活方式,也

---

① 复合家庭,也称为扩展家庭或联合家庭,是指两代以上的夫妇及其子女、亲属所组成的家庭,人数较多。

是一种自成体系的合理安排——它为年轻的夫妇提供支持,也为年迈的父母提供照护。这种大家族模式建立在相互帮扶的责任与义务之上,它保障彼此的生存,尽管这个过程中总免不了种种龃龉。

这种情况尤其常见于有许多儿子的家庭,因为所有儿子都要住在同一栋房子里,而房子总不能无限制地扩张下去。

母亲的幸运之处在于父亲只有一个兄弟,而这个兄弟在二十年的婚姻中只养育了一个儿子。哈克医生是兄长,他们一家三口住在这栋房子的顶楼,包含一间起居室、一间厨房、一间浴室和三间卧室。我的父母住在房子的一楼,包含一间浴室和两间大卧室。

其中一间卧室属于我的"达达阿布"(祖父),他确实是一个开明的老人。传统上来说,儿媳在结婚后就应当承担家务,但哈丽达是一名职业女性,没有人要求她在婚后辞去工作,做全职主妇。不过,即使不用照顾其他家人,她至少应当照顾自己的丈夫。于是外祖父想出了一个办法。他在楼下为二儿媳新建了一个小厨房,让她可以在那里为自己和丈夫做饭,与此同时,大儿媳也只用顾好自己一家三口的餐食。这样一来,两个儿媳都不会成为彼此的负担,只需轮流准备公公的饭菜即可。

就这样,我的母亲与这位大嫂默默较劲,展开了长达两年的厨艺战争。大嫂生性沉默寡言,但为人温柔可亲,她比母亲年长数十岁,而这几十年的时光,她多半是在炉灶前度过的。

我叫她"塔亚阿嫲"(大伯母)。"塔亚"是对大伯的敬称,"阿嫲"则是妈妈的意思。在我和弟弟妹妹看来她就像一位更年长的母亲,而从我仅存的记忆来看,她没有辜负我们叫她的这一声"阿嫲"。大伯母从小在优渥的环境中长大,她的父亲是一名高级军官,同时也是我父亲一家的远亲。可自从她嫁给我那不近人情的"塔亚阿布"（大伯）哈克医生后，她的命运就发生了翻天覆地的变化。大伯生性古板、不苟言笑，婚后没多久，他就向大伯母坦言他早已心有所属。早在祖父替他们敲定婚事之前（祖父甚至没有问过大伯的意见），大伯就已经与心爱的姑娘私订终身，而他偏偏又是个言出必行的男人。

迫于祖父的压力，大伯与大伯母完婚了。宗教法律允许男人迎娶最多四名妻子，但父亲家并没有这样的先例。大伯成了家里第一个、也是最后一个同时拥有两名妻子的男人。

大伯完成了对爱人的许诺，可自那以后，我的祖父和父亲都不再与他说话。他们憎恶一夫多妻的做法，也绝不肯让另一个女人踏进这个家的大门。

大伯原本以为同时娶了两位姑娘才能皆大欢喜，可这么做实际上令所有人都深感痛苦。大伯很清楚一夫多妻的代价和条件，这也是绝大多数男人不愿多娶妻子的原因——他们必须对所有妻子一视同仁，不得厚此薄彼，这包括时间与金钱的绝对平均以及感情上的不偏不倚。大伯严格地履行这项身为丈夫的义务，他将自己的时间一分为二，一天住在大伯母的家中，第二天则住在另一位妻子家里。

不过，由于诊所和医院的工作繁忙，大伯在家的时间并不多。即使回家，他也与大伯母分床而卧。一方面是由于夫妻感情不和，另一方面则是因为大伯母的体重已经超过了136公斤。

她并非打一开始就那么胖，我猜正是多年来困坐顶楼的孤寂岁月才使她愈发臃肿。她独自养大了她与大伯的儿子拉赫曼，那是一个与他的父亲一样英俊魁梧，但也同样忧郁肃穆的男孩。在大宅压抑的沉寂中，拉赫曼与她相依为命。母子二人都对哈克医生敬而远之，多数时候他们互不干涉。

由于体重超标，大伯母无法长时间保持站立。于是她在厨房的地上搭建了一个新的灶台，她就坐在炉旁的一张编织大脚凳上，一坐就是好几个小时。那是她的王座，她对仆人发号施令的指挥台。在那里，她可以透过一扇小小的石窗眺望楼下的花园和一角蓝天，或许还能吹到一丝清风。她在烹饪过程中需要用到的一切，包括搅拌碗和搅拌勺、木臼和碾槌、用来给饼子翻面的长柄钢钳"齐木塔"，甚至一尊用来手工研磨肉末和马萨拉香料①的石板"希尔瓦塔"，都放在她触手可及的地方，以便她随时取用，而不必费劲地站起来。

清晨，她为家里的"大医生"（她总是这样称呼自己的丈夫）准备万年不变的早餐：两个煎蛋、两片黄油吐司和一壶热茶。尽管巴基斯坦的传统早餐应该是辣味煎蛋饼配上口味更丰富的帕拉塔煎饼，但大伯似乎对那些不感兴趣。在大伯出门工作后，走街串巷的小贩就来了。他们叫卖的蔬果决定了家里这一天的菜式。大伯母会从二楼的窗户探出头去，仔细检阅搭在自行车架或吱吱作响的木板车上摇摇欲坠的菜筐。

"今天有什么新鲜货？怎么卖？"像所有主妇一样，大伯母开口问道。谈妥价格后，她就会派一名仆人下去取回刚买下的秋葵、甜豌豆、菠菜、芥菜等各类应季时蔬。

---

① masala，复合调味料的泛称，可以是干粉或糊状物，通常包括姜、蒜、洋葱、辣椒、茴香、胡椒、丁香、肉桂、豆蔻、薄荷叶等。

然后,她又慢悠悠地挪回自己的脚凳上,开始备餐。"大医生"喜欢吃用盐和胡椒清炒的豌豆,于是一周里总有几天,也就是他住在这个家里的那几天,大伯母会剥好新鲜豌豆留作他的晚餐。但是在那之前,她首先要在正午前做好热气腾腾的午饭,再配上一大壶热奶茶,打包送到诊所。送完午饭后,她就可以将全部精力投入到晚餐上了。她会派仆人下楼买几磅①肉、一把生菜、几颗大蒜和生姜,还有一小包热乎乎的碎青椒——因为家里没有冰箱,大伯母的食材也只够做当晚的一道主菜。

冷藏新鲜食材或隔夜剩菜的想法简直大逆不道。谁愿意用冰箱里放了几天甚至几个星期的肉和蔬菜做饭啊?现宰现切的肉类、带着晨露的蔬果,这些都是不可亵渎的美味。至于剩菜,嗯,还是布施给道旁饥肠辘辘的穷苦人吧。

无论她本人是否愿意,为家里的三个男人——她的丈夫、儿子和公公——准备三餐已经成了大伯母每天唯一的事情。二十年后,我的母亲搬来了,大伯母终于有了新的消遣。老宅里的新娘为每个人的生活都注入了新的活力。终于有人可以在夜晚和周末与大伯母闲聊几句家长里短,终于有人可以为她分担一部分赡养公公的义务了。她迫不及待地想知道这个新来的"职业女性"到底会不会下厨。

而哈丽达也正打算一显身手。

母亲的烹饪手法与父亲家早已习惯的烹饪方式大相径庭。她为这一群口味朴素的旁遮普食客奉上了德里风味的佳肴,不绝于口的赞美简直令她有些飘飘然了。在她看来,旁遮普的主妇压根儿不知道怎么处理肉类。她们只会往锅里一气扔下十几种香料,倒入成吨

---

①磅,英美制重量单位。1磅约合0.45千克。

的油和洋葱炖煮，熬出来的肉汤又浑浊又油腻。她们不知道什么叫食不厌精，只知道吃饱就行。可我的母亲就能用煎洋葱和炖番茄做底，把一磅又老又硬的山羊肉煨出清甜可口但骨香浓郁的肉汁，再撒上一把孜然、香豆蔻、丁香和姜蒜，你可以端起碗将它一饮而尽，也可以将汤汁浇在松软的米饭上或蘸着烤饼吃。

当母亲第一次将这道菜端给祖父时，他先是咬了一口吸满羊汤的烤饼，呆愣片刻，缓缓舔了舔手指，然后提高嗓门朝正倚在二楼栏杆上向下张望的大儿媳叫了起来。

"快来！"他叫道，"来尝尝这个！学学怎么做汤！"

母亲得意扬扬地捧了一碗汤送上楼，她很高兴能够证明自己在操持家务方面不输给任何人，尤其是在烹饪方面远胜这群乡巴佬。

母亲新婚的第一年就在这一道道令人惊喜的菜肴中过去了。

紧接着，我出生了。

尽管父亲的五个姐姐早已生了十几个孩子，可桑特讷格尔的乔德里老宅却只养育过一个拉赫曼。奶瓶、尿布和婴儿的啼哭，这栋房子已经很久没有享受过这样的热闹了。因此，当母亲宣布自己怀孕之后，全家都沉浸在幸福的期待中。

祖父又是期待、又是自豪，全心全意要确保他的宝贝儿媳在怀孕期间得到最充足的营养，健健康康地度过孕期。

没过几天，院子的一角就拴上了一只油光滑亮的黑色水牛，静静地咀嚼着成堆的蔬菜与干草。一名仆人负责在每天日出时给奶牛挤奶，把新鲜的牛奶煮开，再将满满一大黄铜玻璃杯的热牛奶送给我的母亲。她每天上班前都要喝一杯，晚餐后也要喝一杯。

祖父选择买一头水牛而不是普通奶牛是有原因的。普通牛奶的品质根本无法与水牛奶相提并论，还会把盛牛奶的容器弄得很滑腻。水牛奶的脂肪和卡路里高达普通牛奶的两倍，蛋白质含量也高得多。一杯纯净无杂质的水牛奶在煮开后会结出一层厚厚的奶皮，即使撇去奶皮，表面也还漂浮着油星。

不是每一个人都能忍受水牛奶那过分浑厚、浓郁、异香的口感，它同样让母亲觉得难以下咽，但她还是每天都捏着鼻子灌下两大杯。这是一头专门为了伺候她买回来的水牛，她怎么能拒绝这样的好意？他们没有浪费一滴水牛奶。从牛奶表面撇下的奶皮被搅拌成黄油或直接涂在撒了砂糖的吐司上。每周都有一桶接一桶的牛奶被制成浓郁黏稠的酸奶，再搅拌成甜口或咸口的"拉西"①奶昔。

向来高高瘦瘦的母亲一天天丰满起来，到孕晚期时，她的身材几乎可以媲美虎背熊腰的外祖父了。遗憾的是，我的外祖父无缘目睹这一幕。尽管他终于熬到了长女成婚，可他没能亲眼看到他的外孙女出生，我出生前的几个月他就去世了，但至少他知道一个新的生命即将到来。这让他终于松了一口气。他一度怀疑我的母亲会因为受不了婚姻之苦而最终逃回娘家，可我的到来无疑巩固了这段关系。

在外祖父去世之后不久，我的母亲就再次见到了——或者说梦到了——自己的父亲。母亲说，外祖父在梦中交给她一只闪闪发光的银碗，银光璀璨如满月，照得她睁不开眼。外祖父对她说，你会有一个女儿。

---

① lassi，流行于南亚的传统酸奶，有咸甜两种口味，通常以酸奶、水、香料和水果混合而成。

这个故事我听母亲说过上百遍，只可惜她的口气不像是说"你一出生，我就知道你注定耀眼非凡"，而像是在叹息"不是说这女儿耀眼非凡吗？在哪儿呢？"作为承载了无限期待的宝宝，我的初次露面并没让人失望。母亲告诉我（我决定相信她这一次），产科的护士们都说，我是她们见过的最漂亮的小宝贝。和一般的新生儿不同，我没有因为产道的挤压而脸颊凹陷、鼻子平塌、双眼紧闭，反而一出生就显得红润丰满。她说，我的五官就像工匠雕琢出来的一般精致：挺翘的鼻梁、遗传自母亲的一双流盼杏眼，还有肥嘟嘟的粉嫩小嘴。

失望在几天之后姗姗来迟：我患上了黄疸。奶油般红润的肌肤开始变黄，大大的眼白布满血丝，染上了狰狞的黄色。护士们使出浑身解数也无法为我的高烧降温，我的母亲几乎已经笃定我撑不过去了。

在大伯得知新生侄女的病情后，他对那里的医生护士大发雷霆，随即要父母立刻带我出院。一回到家，他就让人送来许多冰块。他把毛巾铺在冰块上，再让我一丝不挂地躺在上面，直到退烧为止。

母亲坚信，若非大伯及时施救，我肯定就夭折了。她还坚信，这场高烧不仅从内部摧残了我的身体，更导致我原本白皙粉嫩的肌肤变得黝黑，好像一张烤煳了的面饼。有人说我的肤色遗传自干豆角一样的父亲，但我的母亲坚决否认这一点。大伯告诉她不必担心，女大十八变，等我长到十六岁时，必能恢复婴儿般的白皙。母亲对此深信不疑，直到我渐渐长到十六岁。奇迹没有发生。

不管怎么说，至少我捡回了一条小命。

一条黑黑瘦瘦的小命。

大人们不怎么关心我有多瘦,但特别担心黝黑的肤色会成为我一生的阴影。和所有那个年代或更早以前出生的女孩一样,从我降生的那一刻起,他们就为我开好了一张《婚姻潜力打分表》。

皮肤黝黑的小女孩,从一开始就是"差等生"。

我一定是被什么恶魔之眼盯上了,母亲如此坚信。父亲那群叽叽喳喳的姐姐蜂拥而至,暗暗地打量着我,看我配不配得上成为某一位表兄的新娘(在南亚大陆,且不论好坏,堂表亲结婚是很常见的),顺便对我母亲的子宫评头论足。

每个人见到我都要发出一声沉重的叹息。女儿。她们的小弟弟,第一胎是个女儿。生女儿算不上罪大恶极,但肯定比不上生儿子:儿子长大后还能照顾父母,可女儿长大后就只是别人家的媳妇;儿子娶回妻子还能多赚一份嫁妆,但嫁女儿就得自己准备嫁妆,真正的"人财两空"。

儿子减轻负担,女儿加重负担——如果从小就被灌输这种思想,她们自然会对这种说法奉若圭臬。可母亲就是打破这种观念的存在。确实,她在婚后没有对自己的父母提供什么财务支持,但和这些姑姐不同,她有家庭之外的工作。无论在经济方面还是其他方面,她都不是任何人的负担,她也绝不会培养一个成为负担的女儿。

然而,看着我深褐色的肌肤,母亲很明白她的女儿将在二十年后遇到怎样的困难,就像她年轻时一样。白皙的肤色更受欢迎,母亲对此深有体会。相比年幼的妹妹,母亲的肤色更黑,每一个见到她们的人都非要这么说上一句。

没关系,祖父自有妙计。他不仅是某个片区的邮政局长,还是一位略通医术的业余"哈金"①。他从自己的父亲、一位声名远播的专业"哈金"那里学到了不少传统的自然草药疗法。

幸运的是,旁遮普乳制品饮食中的三驾马车"杜德、大喜、马克汉"——牛奶、乳酪、黄油——正是养出健康白嫩肌肤的关键。这三样东西老少咸宜,同时也是治疗枯黄干瘦的妙方。俗话说"吃什么补什么",多吃番茄就会脸色红润,多吃长得像脑仁的核桃就会越来越聪明。喜欢喝酽酽的浓茶?那就别怪你的肤色会变得像茶水一样浓黑了。要想养出细腻透亮的肌肤,那就多吃浅色的乳制品,或者像准备婚礼的新娘那样,直接将腻乎乎的奶油抹在脸上。

水牛再次闪亮登场。

祖父要求我的母亲每天给我喂几瓶新鲜的全脂水牛奶,而不是她从医院带回家的婴儿配方奶粉。怀孕期间,母亲原本打定主意要母乳喂养,但最终还是沦陷在当时席卷整个地区的"以配方奶粉代母乳"的健康运动中。医院的医生和护士掏出一堆花里胡哨的表格和英文论文,向她力证母乳会导致母婴间的疾病传播,而配方奶粉专为婴幼儿定制,成分干净可靠,富含多种儿童生长所需的维生素和矿物质,能让孩子更健康、更聪明、更强健。

此外,只有穷人和没受过教育的下等人才会母乳喂养。上流阶层的妇女,尤其是欧美妇女,现在都选择喂食配方奶粉。奶粉喂食还能让妈妈继续保持傲人挺拔的身材,日常生活也不再为哺乳束缚。再也不会出现令人难堪的"晃荡水袋",再也不会因为漏奶而湿透内衣与衬衫了。毕竟,女人不是奶牛,对不对?

这通宣传成效斐然,它不仅征服了我的母亲,也在整个地区

---

① 印度和伊斯兰国家的草药医生或郎中。

蔚然成风。现在我们都很清楚那不过是雀巢公司的一次全球营销，只是为了让母亲放弃母乳，转投配方奶粉。广告奏效了，被告知母乳喂养风险的母亲们，离开医院时带着的都是奶粉公司的赠品奶粉和奶瓶，她们准备像富裕、"上流"的西方父母一样喂养自己的孩子（她们早已对这套说辞深信不疑）。

然而，我的祖父在逐一查看了雀巢罐子背后的配方表后，气呼呼地把它扔到了一旁。"这都是什么鬼东西？"他怒不可遏。这不是来自天然动物的奶汁，不是羊奶，不是牛奶，不是水牛奶，也不是绵羊奶，这是一种用化学物质勾兑出来的、毫无营养的液体。他的宝贝孙女绝不能喝这种垃圾玩意儿。

如果母亲不想喂母乳，没关系，他不会强迫她。但我应该喝仅次于母乳的上等好奶：水牛奶。只要祖父还是一家之主，我就得每天每夜都喝水牛奶。

不过祖父的这种独断并未维持太长时间，因为就在我出生之后不久，我父母的生活发生了翻天覆地的变化。

母亲知道，父亲也像许多朋友和同事一样申请了美国签证。20世纪70年代，美国废除了过去偏向欧洲移民的法律，广开国门，招揽全球各地的专业人才。1965年，国会通过新的《移民和国籍法》，美国不再以种族或原籍国作为是否批准移民的依据，而是更看重你的职业优势，看重你能够为这个世界上最繁荣的国度带来哪些满足其劳动力与专业需求的特长。

当时的美国对兽医专业的移民有很大的需求。他们不缺兽医来照顾全美数百万计的猫狗爱宠，而农业部的上百个空缺岗位在等着他们填补，这也是父亲的同学们赴美后的归宿。

父亲想要移民美国的原因有很多，同为兽医的朋友纷纷离去是其中最重要的理由之一。父亲交游广阔，与朋友们情同手足，这常让母亲不满。在她看来，父亲的朋友太多，他在朋友身上花费的时间也太多；社交应酬都是浪费时间，生活中还有更多重要的事值得关注，例如宗教，例如慈善。父亲和母亲的这场拉锯战持续了五十年之久，可母亲始终没能让父亲远离他的朋友。

伊曼纽尔·古拉布医生就是父亲的好友之一，他与父亲的友情可以追溯到学生时代，他们一同就读兽医大学的日子。伊曼纽尔叔叔比我父亲更早拿到签证，在父母新婚之后不久，他便携妻子谢拉移民美国。一拿到绿卡，他就立刻为我父亲出具了一份经济担保书。可以说，如果没有这对夫妇的帮助，我们一家或许永远无法成功移民。

伊曼纽尔叔叔和谢拉阿姨原本就有一个儿子。1974年1月，他们的第二个孩子，我未来最好的朋友舒布纳姆在美国出生。六个月之后，我在地球另一头的巴基斯坦拉合尔呱呱坠地。我刚一出生，父亲的签证就获得了批准。

如果你以为拿签证是最困难的一步，那你就大错特错了。离开一手将自己养大的父亲，离开感情亲厚的姐姐和她们的孩子，离开熟悉的环境、商店与街坊，离开埋葬母亲的土地——这些都是移民海外必须付出的沉痛代价。诚然，大伯可以照顾祖父，但离开故乡就意味着抛掷了身为儿子的赡养责任。

然而，一个前途广阔、如梦似幻的伟大国度正在向他招手。父亲对美国的所有了解全都源于美国电影。笔直的大道、林立的高楼、规整的郊区……处处繁荣而富足，充满机遇与挑战，这就是"美国"这两个字所代表的一切。如果他继续留在拉合尔，甘愿做一名大学讲师兼国家动物园的首席医生，那么他的职业道路此刻就已走到尽头，再无新的高峰。

可在美国，人们还养宠物——似乎人人家中都养狗。美国人照顾宠物的悉心程度，比巴基斯坦人照顾家人更甚。他们愿意为家猫家狗一掷千金，在那里，兽医是体面的高收入职业。

父亲无法拒绝这样的诱惑，尤其是在当下，他有妻有女，得给她们更好的生活。不过，除非祖父点头，否则父亲不会擅自离开。父亲把这个想法告诉了母亲，他们一同去求祖父，希望得到他的首肯与祝福。祖父立刻同意。他告诉父亲，这是个正确的决定。

几个月后，父亲卖掉了摩托车，母亲卖掉了几件家具，终于凑够了一张飞往美国的单程机票以及五百美元的余钱。这是给父亲的机票，他会先飞到美国，找到工作和房子，站稳脚跟，然后再把我和母亲接走。母亲简直有些迫不及待。她终于可以摆脱这一大家子亲戚，飞到一个谁也管不着的地方，去过自己真正想过的生活了。

十个月后，父亲终于挣够了我和母亲两人的机票钱。除了装满两个手提箱的行李，母亲变卖或送走了剩下的所有家什，完成了女子学院院长的工作交接，并尽可能抽出时间走访了每一户亲戚，与他们道别。

在离家千里之外的地方，已经有一群朋友在北弗吉尼亚州等着我们了。父亲在那里的移民社区租了一套小公寓，我们的邻居有巴基斯坦人、印度人、西非人、阿拉伯人、拉美人,还有一些人来自听都没听说过的地方。在这些人中,母亲只认识伊曼纽尔叔叔和谢拉阿姨。他们在新公寓中接待了我们,并为我们准备了一些食物、家具,以及他们的女儿舒布纳姆长大后已经穿不下的衣服。

比我大六个月的舒布纳姆那时已经蹒跚学步,看上去脸色红润、憨态可掬。与她相比,在长途飞行过程中饱受腹泻之苦的我看上去则形容枯槁,可怜至极。我蠕动着爬到她的身后,只见那一张小脸上嵌着一对大大的眼睛。

母亲问谢拉阿姨,她要怎么才能把我养得像舒布纳姆那样白白胖胖?当时的舒布纳姆看上去简直就像家里雀巢NIDO奶粉罐宣传画上肥嘟嘟的小模特。

谢拉阿姨是一名护士,她仔细地观察了我的情况,然后胸有成竹地告诉母亲她有办法。在美国,有一种名为"半对半"[①]的乳制品,它比水牛奶更醇厚,想必很快就能将我的营养补上来。

现在,我已经无从得知当年这两位妈妈的交流究竟出了什么问题,但这次对话确实对我的一生造成了极其深远的影响。许多年后,谢拉阿姨对天发誓她告诉我妈每天往我的奶瓶里加两茶匙的"半对半",可母亲信誓旦旦地说,谢拉阿姨明明告诉她,每天要给我喝两瓶"半对半"。

而她也真的这么做了。在接下来的几个月里,我像吹气球一样胖了起来,这都得归功于每天两瓶的"半对半"——脂肪含量高达12%,几乎是全脂牛奶的三倍。再稠一点,它就该结成奶瓶都吸不动的奶油块了。除此以外,我每天还要再喝四五六瓶全脂奶。

---

① half-and-half,又称半奶油半鲜奶,由一半牛奶和一半稀奶油混合而成,脂肪含量较高。

有时，母亲会把装满的奶瓶排在我的婴儿床护栏里，第二天起床时却发现它们散落在房间的各个角落，里面的牛奶早已一滴不剩。

我开始长牙，锋利的乳牙如同小刀般从牙龈里挤出来，疼得我日夜哭闹不休。母亲远渡重洋，她自己的母亲、姨妈和表姐妹这些通常能给新手妈妈支着的女性长辈都不在身边，在弗吉尼亚孤军奋战的她，只能向为数不多的几个朋友寻求建议。她们告诉母亲，可以给我一些冰凉的咀嚼物以减轻牙疼的刺激和痛楚。母亲左思右想，什么东西的体积足以让我啃咬个够但又不会被噎住，容易冷冻，同时又不伤害牙龈呢？

某天清晨，正在准备早餐的母亲灵光一闪，找到了：黄油。长条的黄油。它的大小正契合我的小手，它会在我的嘴里慢慢融化，自然也就没有窒息的风险。况且，黄油很有营养。如果说世界上还有什么比牛奶和酥油更适合孩子的食物，那可不就是黄油！

说起来你可能不信，但老天在上，每当我向别人提起这件事，我的嘴里就会再度泛起那种熟悉的感觉：一大块咸滋滋的冷冻黄油在我的嘴里融化成一摊油汪汪的水洼。你一定想知道我从小到大到底吃了多少块黄油才会留下这样的心理阴影，我可以告诉你，"根本数不清"。

发生在我身上的变化可以说是日新月异，毕竟我每天光从乳制品中就摄入了数千大卡。很快我就比舒布纳姆还要胖了。那时，我的母亲正在帮忙照看舒布纳姆，这也是她在美国的第一份工作。我和舒布纳姆每天都要在一居室的小公寓里玩闹几个小时，躺在同一个婴儿护栏里呼呼大睡。我总是行动迟缓，但舒布纳姆的小腿小脚却灵活得像一道闪电。她不止一次趁着母亲抓紧时间洗漱时爬出护栏、蹬掉尿裤，半裸着身体蹒跚着跑出我家大门。

母亲还记得有时舒布纳姆先爬出了护栏，还不忘转头帮我一把，想带我一起逃跑。我们从出生起就结成了不离不弃的死党，并将终生维持这份始于襁褓的友情。不过，只有在最初的几个月里，她是我们两人中的"小胖子"，自那以后这名号就归我所有，再未易主。

流淌着奶与蜜的国度慷慨地给予她的丰饶，在大开眼界的同时大开胃口的人并不止我一个。我的父母做梦也没有想到过有这样一个国家，你甚至不用打开车门，就能享受一顿脂香四溢、热气腾腾的大餐。超市、快餐店、饭馆以及令人眼花缭乱的各色零嘴小食、果汁汽水全都价格实惠、触手可及。他们从未见过这么多花样新奇的饼干、薯片、麦片和面包。有了密封包装的预制肉，再也不用每天赶早去屠宰铺子了。来自世界各地的新鲜蔬果，无论当季或反季，全都琳琅满目地摆上货架，任君挑选。

原来这就是神所应许的富足。当我们踏上回国的飞机，前去探望父母日夜思念的亲友时，这一家三口看上去就像减肥广告里的"减肥前"照片，并将永远烙印在他们巴基斯坦老乡的心中。

二

帕科拉，顶呱呱

我们在移居美国数年后首次回巴基斯坦探亲的故事经过无数人口口相传，简直成了茶余饭后必须要拿出来讲一讲的经典传奇。据说当时我只有两岁，体重却已经达到了惊人的22.5公斤。我拒绝相信这种明显夸大其词的说法，可惜已经太迟了，我被永远地钉在了那根耻辱柱上。

巴基斯坦国际航空是所有巴基斯坦人的首选航空公司，因为他们提供油水充足、量大管饱、浇满马萨拉酱的香饭。回国的当天，母亲就是从这样一架飞机的机舱里衣着凌乱、精疲力竭地钻了出来。我双臂挂在母亲的脖子上，紧紧地搂着她，一条倒霉的白色羊毛毯徒劳地尝试裹住我乱踢乱蹬的双腿。当时已有身孕的母亲不得不揣着尿布包、拎着巨大的手袋、拖着一个超大尺寸的国际航空行李箱、抱着一个棕色皮肤的半大孩子去办理海关和入境手续。

没有人想到应该给我准备一辆婴儿车。那时的人类已经登上月球,却还没学会给行李箱装轮子。

在飞机着陆一个半小时后,满头大汗的母亲终于带着我挤出了机场,久候在机场外的两家亲戚也早就人困马乏。他们为迎接我们带来了许多糖果和彩带花环,但在这闷热的等候中,彩带失去了金闪闪的光泽,糖果也融成了一摊糨糊。母亲终于出现了。她走近人群,一把扔掉了从行李区一路拖回来的大包小包。而我仍然像圣诞树上的装饰品一样牢牢挂在她的脖子上。

八十多岁的祖父依然体格健壮、精神矍铄,只见他身着一件白得发亮的库尔塔无领长衫,头上包着白色的缠头巾,轻轻敲着手杖迎了上来。然而,在看清面前的儿媳和她脖子上那个面目全非的小家伙时,祖父关切地拧起眉毛,蓝色的眼睛眯成了一条细线。他最后一次见到我时,十个月大的我还可以称得上是可爱的"婴儿肥",可现如今,最可怕的噩梦也不过如此——铁证如山,他的孙女长成了一个令人忧心的"小胖妞"。

母亲俯下身子,撬开我汗津津的小手,将我放在祖父面前。祖父把手杖递给母亲,弯下腰来想要抱起他最疼爱的小儿子的独女。他将我拢到胸前,缓缓直起腰,然后又把我放回地上。"哦哟哦哟哦哟。"他说。对于祖父来说,这个两岁的小孙女实在是太沉了。

随后,他问出了那个母亲在今后的日子里反复向我提起的问题。

"你到底对她做了什么?"

阿卜杜勒·哈克医生用眼睛仔细地丈量了我的腰围,然后将目光转向一旁同样敦实不少的母亲。他们已经看过父亲过去几年寄回来的照片，那个一度身材健美的年轻人已经变成了美国最典型的南亚大爷：两条麻秆腿，臃肿的大肚腩下勒着一条绷得紧紧的裤带。显然这不是我一个人的问题，而是我们一家人的问题。在去美国之前，我们明明都很健康——这到底是怎么一回事？

母亲徒劳地解释道，美国的食物实在太丰盛了，随便买几份汉堡或炸鸡远比在厨房里忙活几个小时做出来的饭菜更美味，也更便宜。何况他们根本没法在美国找到家乡的香料、配料、山羊肉和处理得恰到好处的鸡肉。此外，住在公寓同一层楼的某户美国家庭实在太热情了，他们家的四个孩子都特别喜欢走廊另一头这个胖乎乎的巴基斯坦小朋友。一到放学时间，他们就把我接到自己家里，和我一同分享蛋糕、饼干、薯片和"奇多"玉米条，这些都是我父母平日不会往家里带的美味零食。在一张褪色的老照片里，我穿着一件帐篷似的长裙，脖子上系着一条毛巾，正忙着把一大块蛋糕塞进嘴里。

美国人似乎一天到晚都在吃。在我父母看来，"吃零食"是独属于美国人的奇观。在巴基斯坦，人们吃饭定时定量，一天只有早餐、午餐、下午茶和晚餐，可美国白人家庭的孩子却一天到晚都在吃零食。如今，这些零食开始在我的身上展现它们的威力。

从小帮忙照顾我的大伯母一边给我洗澡一边喃喃道："天哪，这小家伙的身材快赶上她爹了。"在我的母亲听来，这真是一句赤裸裸的嘲讽，尤其是说这话的大伯母也不见得苗条到哪里去。可母亲深知那条铁律——已婚妇女想怎么胖就怎么胖，何况生孩子本就会让人发胖；可是未婚的少女却没有变胖的资格。一个从小就超重的胖妞,她的婚姻之路过早地亮起了红灯。

母亲乐得顺水推舟,将一切怪罪到她丈夫身上。她也不想给女儿缝制"帐篷"做长裙,可除此以外,这女儿已经穿不下任何衣服。这一切都是我爸安瓦尔的错。他是个真正的老饕,他乐此不疲地遍尝每一家餐厅,与朋友们大吃大喝几个小时,还喜欢用毫无节制的快餐来讨得女儿的欢心。

如果说父亲一家只是对我们母女俩的体形表达了极其克制的不满,母亲一家就完全是另一回事了。我的舅舅和小姨不敢对他们称为"阿琵"(长姊)的母亲造次,但对于我这个只有两岁大的小朋友,一个既可爱又可笑的小胖墩,他们就大胆放开了手脚。

"她到底吃了几个美国人?"

"她就像一头水牛崽,我们又有自己的小水牛啦!"

"Mota aalu pulpula, danda lay kar gir paray(一颗土豆圆墩墩,拄着拐棍站不稳)!"他们甚至编起了儿歌。

我肚皮上的每一层皱褶、小胖手背后的每一处凹陷,无不彰显着美国的富足。看来,美国的生活着实轻松得令人羡慕啊。至少我的亲戚们是这样认为的。

然而母亲的述说很快打破了他们的幻想。在美国生活自然有其便利之处,可生活在巴基斯坦的人们完全无法想象你需要靠自己的双手完成多少杂务。首先,最痛苦的一点就是没有帮佣。如果你需要什么东西,就只能亲自出门一趟,没有人会帮你去商店买东西。当然,也没有人帮你泡茶,没有人帮你扫地,没有人帮你打扫厕所。

我的母亲来美国前从未打扫过厕所。在第一次踏上美国的土地时，她压根儿不知道该从何下手，多亏了另一位巴基斯坦移民特地上门教她。在巴基斯坦，打扫厕所是最贫穷的巴基斯坦基督徒才会做的事。他们每周上门擦洗简易马桶，用篮子装走厕所里的排泄物。可在美国，母亲却要像最卑微的以赛人^①一样清洁马桶，这简直是她从未想到过的耻辱。

母亲倒不是对基督徒有什么偏见，毕竟他们的好友伊曼纽尔叔叔和谢拉阿姨都是基督徒——但他们是受过教育的、上进的基督徒，"好基督徒"。和其他巴基斯坦穆斯林一样，母亲认为通过印巴分治，他们已经抛弃了落后的种姓制度，并自觉比印度人更优越，可实际上，他们只是换了一批人继续歧视和压迫。

除了打扫厕所，洗衣也是一件不知该从何向亲戚们说起的大难事。每个星期，你都要先攒好一把硬币，或者必要时向邻居讨要几个，再拖着一大筐脏衣服外加七零八碎的洗衣粉和漂白剂来到阴暗的公寓地下室。如果幸运的话，你会找到一台空着的公共洗衣机。没错，你要与一群来路不明、卫生习惯堪忧的陌生人共用洗衣机。你可以选择在洗衣房里干坐几个小时，等待机器把你的衣服洗好烘干，也可以选择暂时离开，每隔一段时间回来看看；但没人能够保证你的枕套、内衣和丈夫的工作服不会就此不翼而飞。

美国的洗衣方式实在有愧文明社会的称号。一回到娘家，母亲就迫不及待地把我们的脏衣服一股脑儿塞进脏衣篮，以便洗衣

---

① eesai/isai，源于阿拉伯语"isa"，是《古兰经》中对耶稣的阿拉伯语称呼。最初用于指代巴基斯坦的基督徒，现多用于对清扫街道等低种姓职业的蔑称。

工朱比氏①完成运送、分类、清洗、熨烫、折叠并归还。在美国，母亲就是家里的朱比氏。不仅如此，她还兼任家里的跑腿、女佣、屠夫、厨师和厕所清洁工。

不过，至少在第二次怀孕的最后几个月，母亲终于可以舒舒服服地回归她所习惯的生活方式，享受她应得的照料了。她把我交给弟妹们照顾，而他们则兴奋地将我抱来抱去，轮流给我洗澡、喂奶，甚至带我骑上家里那辆快要散架的破摩托，非要来一场险象环生的兜风。

在回到沙姆讷格尔之后，母亲就开始成日成夜地接待闻讯而来的七大姑八大舅，他们都迫不及待地想要亲耳聆听有关奶与蜜之地的一切，如果幸运的话，还能收到母亲从美国带回的礼物。人人都想要电子产品，但很少有探亲的移民负担得起这样的开销。因此，母亲只能带上一大兜洗发水、润肤露、针织衫、爽身粉、牙膏、化妆品、鞋子、钱包、内衣、袜子、糖果和无数七零八碎的小玩意一同远渡重洋，分发到这一大群亲戚的手中。一收到礼物，所有人的第一反应都是翻来覆去地查看包装，希望找到一张贴着"美国制造"的标签。

几乎没人能找到这样的标签。你没法跟这些亲戚解释大部分美国产品其实都产自中国、孟加拉或越南，因为他们压根儿不会相信，只觉得你是买了便宜货想要糊弄他们。他们对"美国制造"的迷信其实无关标签，而关乎产品本身的质量。巴基斯坦本土商品的质量与欧美的同类产品根本无法同日而语。因此，他们的探望多半是为了得到一份"美国"礼品，然后坐下来喝几个小时的

---

①洗衣服的低种姓。他们通常挨家挨户收集家庭脏衣物，一两天后清洗送回。

奶茶，吃上一点人人家中都备有的伴茶小食，炸什锦"尼姆科"——这是一种南亚经典小吃，通常由炸得酥脆的咸味扁豆和坚果、金黄葡萄干、撒满辣椒粉的玉米片、马铃薯脆条和十几种其他油炸食物随机混合而成。如果能从小店买到新鲜出炉的咖喱角就最好不过（没人想吃变质的咖喱角，那会让你连续三天在厕所里悔不当初），如果没有，最家常的炸时蔬"帕科拉"也是不错的选择。

将鹰嘴豆粉、调味料、切碎的洋葱和辣椒搅拌成面糊，一勺一勺地倒入沸腾的热油中，就能做出一粒粒令人食指大动的辣味炸时蔬。厨房里每隔五分钟就能端出一盘热气腾腾的炸时蔬，再蘸上青绿色的酸辣酱，不到两分半钟就会被食客们席卷一空。

母亲兴致勃勃地探听四邻八舍这几年来的飞短流长，而我则在一旁追着任何愿意和我玩的大人或小孩满地跑。每天早上她都起得很晚，我的小姨与"那尼阿嬷"（外祖母）则早早起床，帮我洗净胖乎乎的小手和脸蛋，给我准备一份煎鸡蛋和黄油吐司——她们理所当然地认为美国的小孩都吃这个。当我坐在俯瞰庭院的露天阳台上享用我的美式早餐时，她们就坐在我的身边吃着帕拉塔煎饼配奶茶。这是最富东方神韵的庭院美景，在美国却难得一见。巴基斯坦的住宅布局和美国的住宅布局完全相反，庭院、天井和露台不是环绕在建筑的外围，而是被鳞次栉比的小楼环绕在中央，形成独属一家的户外空间。

你可以在庭院里栽种一些植物，但大多数地方都会铺上平整的混凝土与砖块以便日常洒扫。人们通常会在庭院里摆放座椅、地毯和吊床"曼吉斯"。平日里，大伙儿都可以在这里吃饭、饮茶、抽水烟、看报纸或听收音机，如果天气太过闷热，晚上也可以在庭院里睡觉。

母亲常常在庭院中醒来，一睁开眼就看到她的某个弟弟正拿着水管，像刷洗牲畜一样冲洗着她那浑身上下只穿着内裤的小女儿。她肥嘟嘟的双腿并在一起，内裤腰带勒出的小"游泳圈"在水流的冲击下一颤一颤地垂在腰间，褐色的肌肤配上一头乌黑笔直的头发，活脱脱就是一个缩小版的安瓦尔·乔德里。

母亲说，一切证据都表明我本该是个男孩，和父亲出奇相似不过是最寻常不过的例证之一。不过不必担心，还有一个新的生命即将诞生。

这一年夏天的拉合尔比往年更加凉爽——如果32摄氏度可以称之为凉爽的话。这对母亲来说是一件大好事，随着预产期的迫近，她的身体也愈发笨重。在母亲最后受难的这段日子里，白昼渐长，街上张灯结彩地挂满了巴基斯坦国旗的横幅装饰。白色的条纹代表巴基斯坦的宗教少数群体，绿色的宽幅及其上明亮的新月和五角星代表了巴基斯坦伊斯兰共和国的伊斯兰信仰。

8月14日是巴基斯坦的独立日，这比亦敌亦友的邻国印度宣布摆脱英国殖民统治的独立日还要早上一天。在独立日前的几个星期，全国上下就开始广播新谱写的爱国歌曲，人们在窗台和阳台上挂满国旗，政府运营的唯一电视网络PTV开始播放对巴基斯坦国父穆罕默德·阿里·真纳的纪念节目、印巴分治期间的黑白老照片展览以及拥军爱军的宣传视频。

这个新生的国度前几年刚刚经历过战火①,保家卫国的思潮仍在民间此起彼伏。母亲的叔伯和表亲都曾在军中服役,而母亲本人更是于1971年短暂地加入过一支女子民兵团,与自己的妹妹以及街坊邻里的其他姑娘一同接受过步枪训练。毕竟拉合尔距离敌境仅数英里之遥,她们下定决心,如果边防失守,她们将誓与敌人血战到底。直到某一天,一架印度战斗机贴着她们的头皮呼啸而过,一切豪言壮志顷刻间荡然无存。正在操练的姑娘们扔下手中的步枪朝着周围的掩体仓皇而逃,只留下教官在她们身后无可奈何地破口大骂。但无论如何,母亲依然爱国,这也是母亲身在异国的一桩思乡病。今年的独立日,母亲无比期盼再度观赏节日的烟花与游行,换上绿色与白色的服饰,与亲朋好友们分享糖果美食。

就在这个激动人心的时刻,在我们的祖国庆祝二十九岁生日的大好日子里,一名小爱国者呱呱坠地,同时宣布自己也从母亲的子宫中"独立"了——1976年8月14日,我的妹妹出生了。

还有什么是比一胎女儿更糟糕的吗?二胎还是女儿。这回,在其中一个姑姐直接当着小宝宝的面哀叹"弟弟又多了一个负担"时,母亲终于忍不住落泪了。另一个姑姑连忙安慰母亲,多一个女儿又怎么样呢?是,旁边这位是有几个儿子,可她也有好几个女儿呀。别担心,总有一天,真主也会赐我们的弟弟一个好儿子。

这些话足以让母亲愤懑地转过脑袋,盼咐护士将小宝宝抱走;她不愿抱自己的二女儿了。另一名护士问她,是否愿意把这孩子

---

① 1971年3月,东巴基斯坦宣布成立孟加拉人民共和国,同年12月孟加拉国正式独立。在因孟加拉国脱离巴基斯坦而爆发的第三次印巴战争中,印度再次占领了巴控克什米尔地区的部分土地。

送养给别人？她很乐意抚养这个生来就有一顶柔软乌黑卷发的小天使。当然，母亲不能这么做，也不愿意这么做。我的祖父在一旁声如洪钟地斥责自己的女儿："多一个女孩怎么了？女孩是天大的福气！先知穆罕默德就有四个女儿，没有儿子[①]！"有了他的支持，母亲这才感觉好多了。

他们给我的妹妹取名为"西德拉"。西德拉是天界的一棵圣树，它位于第七层天的尽头，是人类灵魂与人类智识所能抵达的至远极限。西德拉之外隐藏着寰宇间所有无人知晓的奥秘，包括真主的奥秘。母亲很喜欢这个名字，并希望这份祝愿能伴随妹妹一生。只可惜我没有那样的好运。

母亲曾为我取名"阿以莎"——先知最钟爱的妻子，以其机智、善良、果断和聪慧而闻名。取名对孩子的一生至关重要，一个好名字可以塑造孩子的个性，甚至影响他们的命运。不过，我无福消受阿以莎这个好名字。就在我出生之后不久，邻家另一个名叫阿以莎的小女孩不慎从屋顶跌落身亡。祖父笃定这不是个好兆头。

他为我改名为"拉比亚"。拉比亚·巴斯里是一名生活在公元8世纪的伊拉克女奴，最终却成为穆斯林世界的第一位苏菲派女圣徒。她以对真主纯粹的虔诚与热烈的诗歌而闻名于世，她身上出现过这样的神迹：在长达数日甚至数周的闭关苦修中，神赐的食物会自动出现在她的禁闭室里。拉比亚·巴斯里之所以受到人们的崇敬，不仅因为她是那个时代足以成为一众善男信女精神领袖的神秘主义者与知识分子，还因为她恪守独身，从不与男性交往。

[①] 穆罕默德其实有儿子，史载穆罕默德有四子四女，三个亲生儿子夭折，一个是继子。

对于这种坚贞不渝的意志,著名苏菲派理论家内沙布尔的阿塔①盛赞她"虽伶仃一女子,胜千百英雄汉"。

遗憾的是,我仍然没能继承这个名字的美好寓意,尤其是关于拉比亚"禁闭室中天赐美食"的那一部分。认识我的人都知道,从孩提时代起,我无时无刻不惦记着吃饭。在家里请客或到别人家做客时,大多数孩子往往非常贪玩,对摆放着茶水点心的桌子或是庆典中的自助食物都视若无睹。但我就不一样了。我会径直走到餐桌前站好,丝毫不在意周遭大人与孩子的偷瞄与窃笑。我就像一个不合群的小乔治·康斯坦扎②,穿过摩肩接踵的人群,来到餐桌的主位旁站定,以刚与桌面平齐的视线直勾勾地盯着桌上的美食,等待主人发出用餐的信号。

在其他母亲呼唤自己的孩子别再乱跑,停下来吃点东西的时候,我的母亲就在一旁沉默地看着自己的女儿小心翼翼地端着盘子走到角落,给自己系好围兜,把一大盘食物吃个精光。我的泰然自若常令母亲感到震惊。我的每一口饭都吃得如此慢条斯理、从容不迫,好像我不是在吃饭,而是在冥想。我的注意力像瑜伽信徒一样沉静而精准,什么都无法夺走我对食物的专注。这种专注唯一的好处就是我从来没有在吃饭时弄脏过自己的衣服,没有一块面包、一勺咖喱、一粒米饭能逃出我的嘴巴。

母亲非常庆幸我的衣服总是整洁如新,因为随着年龄的增长,

---

①即阿布·哈米德·本·阿布·伯克尔·易卜拉辛,笔名法立德尔丁·阿塔,常译作"内沙布尔的阿塔",12世纪的波斯诗人,苏菲主义理论学家。他的作品对后世的波斯诗歌和苏菲主义影响深远。代表作有《百鸟朝凤》和《神圣之书》。
②美国经典情景喜剧《宋飞正传》(*Seinfeld*)中的虚构角色,他自私、懒惰、缺乏社交技巧且常常失败,但偶尔也会展露出忠诚、幽默等积极的品质。

适合我的衣服是越来越少了。大多数儿童服装的腰线根本裹不住我那圆鼓鼓的小肚皮，童装设计师显然也不会为我这种尺寸的小象腿制作紧身针织袜。

根据传统，在产后的四十天，母亲应该待在娘家，由自己的母亲、姐妹、姨妈和表姐妹来照顾自己和宝宝。这段时间被称为"齐拉"[①]，也是产妇恢复身体的关键时期。产妇应该每天按摩腹部以缓解水肿，系上六周的束腹带以恢复到产前的身材，每天摄入营养丰富的食物以恢复体力并确保母乳充足。

母亲拒绝了腹部按摩和系束腹带，这个决定让她事后悔不当初——在余生的岁月里，她的小腹时时刻刻都像怀着一个宝宝，再也没有恢复少女纤细的腰身。然而她兴高采烈地接受了第三种做法：每天摄入营养丰富的食物，并且持续时间远远超出了四十天；当然，这是题外话，绝对与她日后的肥胖无关。

在母亲带着妹妹出院回家之前，外祖母就已经忙活着倒腾"庞吉里"了。这是一种你做梦都想象不出来的热量炸弹。食材已经准备就绪：一袋全麦面粉，一袋粗粒面粉，以及成堆的杏仁、葡萄干、椰枣、椰子、开心果、金合欢胶、卡玛卡树胶、炒得干香的芡实（"鸡头米"）、大量酥油以及用来调味的棕榈糖。

从阿育吠陀[②]的角度来说，庞吉里的每一味原料都自有其医学道理。其中包含多种维生素、蛋白质、必需酸、矿物质，以及最最重要的卡路里。在庞吉里的热量面前，西方人的格兰诺拉麦片

[①] 与中国的"坐月子"习俗类似。根据伊斯兰习俗，产妇可以在四十天恶露期结束后沐浴，给孩子剃头，然后可以斋戒、祷告。
[②] 意为生命的科学，一种南亚传统医学。

根本不值一提。这些卡路里将用于补充母亲孕育和哺育新生命所消耗的卡路里，提供从内到外热乎乎的能量，抚平酸痛，让她安睡。

每一味原料都要在酥油中慢火烘烤，去除生涩、激发香气，然后归到一旁等待厨师以同样的方式处理完其他食材。就连全麦面粉和粗粒面粉也要浸入酥油中，用小火细细烘烤，直到雪白的面筋染上金黄，空气中弥漫出坚果的芳香。此时，要把烘焙过的坚果、树胶和椰子放在石板上用力磨碎成粗粝的颗粒，再混入所有其他成分，想吃多甜就可以加多少糖，直到制成一道美味、香甜、油腻、酥脆又颇有嚼劲的超级补品，放在密封罐子里可保鲜数月之久。

于是，月子里的每一天，母亲都要在小憩与正餐的间隙来上一两把，早上起床一把，晚上睡前一把，路过露台餐桌上那个大罐子时又摸上一把，有时还要邀请其他人也同享同乐。

在西德拉出生后的第一个月，母亲通过庞吉里摄入了成千上万的卡路里，紧随其后的是一年之中所有穆斯林都在疯狂长胖的日子——斋月"拉马丹"。今年的斋月开始于西德拉出生后的几个星期，在日出到日落之间，人们不能进食。

每年到了这个时候，非穆斯林的朋友们总会向我们致以深切的慰问与敬意："真没法想象你们怎么能做到一整天不吃不喝的，我可不行——那可是**整整三十天啊！**"这些可怜而善良的灵魂绝不会想到，斋月与其说是"禁食月"，不如说是"进食月"。在这三十天里，全世界的二十亿穆斯林比一年中的任何时候都更关心吃饭这件事。

曾几何时，斋月这一传统是为了让我们体验饥饿的感觉，净化我们的心灵，理解与共情吃不上饭的穷苦人民。而现在，斋月的意义已经变成考验我们到底能在斋戒时段之外往肚子里塞进多少吃的——从日落时的开斋饭"伊夫塔"到黎明前的封斋饭"苏呼尔",其间还有数不尽的夜宵小吃。每一种穆斯林文化都有自己独特的斋月习俗,人们会制作仅在斋月期间食用的特色餐点,举办丰盛的开斋派对,甚至会赶在太阳升起之前聚在一起大啖美食,拍下在 Instagram 上大受欢迎的美食图片。

其实,早在社交媒体出现之前,拉合尔人就已经将斋月变成了为期一个月的美食节。各家餐馆、面包店、小吃摊把时间安排得妥妥当当,在阳光普照的白昼全天关闭,并从日落前的几个小时开始为夜间觅食的客人准备丰盛的晚餐。

晚祷的钟声响起时,街道和市集上早已堆满了滋滋冒油的坩埚和炸得酥香的开斋小吃。年轻的小伙将富有弹性的面团在布垫上摔打几下,再麻利地甩进桶状泥炉的炉壁上。几分钟后,他用一把长柄钩子拉出一串滚烫的烤馕和面饼,抛向一旁急不可耐的顾客。在道旁的露天摊位上,柴火堆上架着许多巨大的铝盘,热气腾腾的抓饭和香饭散发着米饭与肉类充分混合的辛香,美味又顶饱,一边的甜食店则源源不断地端出奶味浓郁、淋满糖浆的诱人甜品。

按照一千五百年前留传下来的真正传统,开斋的食物应该是几颗健康的椰枣和一杯清水,祷告之后再吃一顿清淡的晚餐。可在巴基斯坦,椰枣和清水只是盛宴之外锦上添花的点缀。每张餐桌上都摆着椰枣,只要你愿意,总能吃到一颗以示尊重传统。但在这片南亚次大陆上,货真价实的"开斋饭"应足以让人大饱口福。椰枣和清水早就被淹没在小山一般的咖喱角、炸时蔬(直到今天,要是没有炸时蔬,我父亲压根儿不愿意"开斋")、小馅饼、炸肉排、酸辣酱和恰特^①沙拉里了。

关于"恰特"这种看似平平无奇的沙拉，我要多解释一番。即使最精通南亚美食的老饕也可能没尝过这种食物，但这真不能怪他们。恰特沙拉可能是整片南亚大陆上最令人望而却步的美食，简单来说，这是一种常被当作零食的沙拉，但与大多数人想象中的沙拉口味完全不同。恰特沙拉的风味和质感是对味蕾的一次轰炸，层层叠叠的咸辣食材上浇上一大勺糖浆和辣得冒火的酸辣酱，再铺上一层搅打酸奶和切得细碎的洋葱丁、番茄丁和香菜碎，最后入口的则是香香脆脆的酥底。

你可以在煮熟切块的土豆、鹰嘴豆和压碎的咖喱角上淋一层香浓的鹰嘴豆泥浇汁，也可以在炸酥的扁豆团子上堆一座"帕普里"^②脆饼小山，淋上一大勺浓浓的酸辣酱，再撒一把用鹰嘴豆粉做成的"西弗"香脆细面条作为点缀……所有这些做法都可以被叫作"恰特沙拉"。你也可以使用水果制作恰特沙拉，但对于任何期待清新蔬果口感的食客，我必须要提醒你，小心，这不是你以为的"水果沙拉"。恰特水果沙拉会将切丁的水果与鹰嘴豆充分混合，再淋上厚重的芒果肉泥和店家自调的马萨拉，让你尝到一种莫可名状又欲罢不能的异域美味。

恰特沙拉可以有几十种不同的做法，但每一种都离不开最重要的香料：恰特马萨拉。与人们熟知的香浓馥郁、口感丰富的"葛拉姆马萨拉"不同，恰特马萨拉的风味更为冲、刺激、辛辣，通常需要将红辣椒、干芒果、阿魏胶等十几种香料研磨成粉末，但

---

① chaat，一系列酸甜爽口的街边小吃的统称。
② papri，类似炸玉米片，是恰特沙拉中较受欢迎的底料之一。

真正赋予其独特风味的灵魂香料只有一种：印度黑盐。

印度黑盐与普通食盐的唯一相似之处只有咸味，但在尝到咸味之前，你必须先克服舌头上传来的第一种滋味：带着一股硫黄臭的煤气味。一些孩子之所以把恰特马萨拉称为"屁味马萨拉"，正是黑盐在从中作怪。或许对黑盐的欣赏需要后天的培养，但在它那刺鼻的臭鸡蛋味中，确实混杂着一种能够充分激发蔬果甘美的明确的鲜味。只要在恰特沙拉上撒一大把混了黑盐的恰特马萨拉，我敢保证你一定会把盘子舔得干干净净。

这就是为什么集香、辣、酸、臭于一身的恰特马萨拉能够成为所有恰特沙拉中最不可或缺的重磅调料，同时也是任何咸味煎炸小吃或新鲜水果切片配料中最受欢迎的选择。相信我，在炸薯条上撒一把恰特马萨拉是最美味的吃法。

母亲在这一年的斋月并未斋戒，因为她还在坐月子。按照教义，产妇、乳母、老弱病残者和在外游历者都不需要在斋月禁食。但这并不意味着她不会在破晓前和家人们一同享用喷香的煎鸡蛋、炖牛蹄和撒满芝麻与黑种草籽的库尔查馕①。只有当临近的清真寺中吱吱作响的旧喇叭传出晨祷的钟声，宣告一天的禁食即将开始时，她才匆匆灌下几杯奶茶，结束这顿丰盛的早餐。

于是，大家默契地打上一个饱嗝，以最快的速度念完清晨的祷词，便各自回房睡起了回笼觉，以尽可能消磨难挨的白日时光。我知道有些人会在整个斋月期间昼伏夜出，以规避在"斋戒"期间挨饿受渴的痛苦，然而，并非人人都能享受这样的奢侈。不过

---

① kulcha naan，与普通烤馕的区别在于普通烤馕通常使用粗制小麦粉，而库尔查馕使用精制白面。

据我所知,许多穆斯林地区会调整斋月的工作时间,好让人们能晚点上班、早点下班。

因而在斋月,白天的街道阒寂无人,晚上却灯火通明,挤满了购物的人群、当街烹饪的摊贩和大快朵颐的食客。白天,家中的主妇主要忙着筹备当天的晚餐,与邻居和亲戚用托盘、篮子或海碗交换食材,向登门乞讨的穷人分发食物,或将一盘盘米饭送到当地圣堂,布施给聚集在那里的流浪汉与贫民。

到了斋月结束的时候,许多"禁食"整整三十天的人不仅胆固醇和血糖飙升,一上称还重了好几磅。

我想,正是在拉合尔度过的这个斋月让年幼的我对南亚菜肴萌生了兴趣,弥补了过去两年我在美国失去的"家乡味"。只可惜我很快就要重返美国,并在父亲的带领下接受全新的烹饪教育。母亲往行李中塞进了几十种用塑料袋细细包好的香料和调味品、几盒糖果、几包散装茶叶、外祖母特地提前做好的几罐"阿查尔"[①]腌菜(浸透了拉合尔一整个夏季的充沛阳光),还有孜然味和小豆蔻味的饼干和炸什锦,以及她恨不得通通搬走的大量茶点。

她只留下了一样东西:刚刚出生的西德拉。

[①] achaar,用各种蔬菜和水果在盐水、醋、食用油和香料中腌制而成的食品。

三

面粉口袋

"你知道抛下一个只有两个月大的宝宝有多么令人痛心吗?"四十年来,母亲一遍又一遍地问出这个问题,但这个问题并不需要回答。"哺乳期还没结束,我就带着你回到了美国,却把她留在了拉合尔。每当想起她,我的乳汁就会沾湿前襟;如果因为思念而流泪,我的乳汁就会像山洪泛滥。几个月后,我的乳汁才终于干涸。"我不知道母亲是否曾经后悔留下西德拉,但她为此所受的折磨却是显而易见的。

这是母亲一生中最艰难的取舍。她目睹了自己寡居的母亲如何因为新生儿的到来而重焕活力,目睹了西德拉如何为这个自外祖父去世后就陷入长久哀痛的家庭注入欢乐与希望。同时,母亲也清醒地认识到,在回到美国后她必须重返职场,而她绝对负担不起照顾两个孩子的费用。而且,如果她把西德拉留在巴基斯坦,她就能够以此为由为娘家提供一些经济上的资助。外祖父的抚恤金只能勉强维持一家人的基本开销,他们需要这笔钱,可他们的自尊不允许他们接受这份救济。

此时父亲仍在美国,还未与他的小女儿见上一面,可他也同意了这个计划,因为他知道这对所有人都有好处——唯独除了西德拉自己。当然,她会成为外祖母、舅舅和小姨的掌上明珠,可对于孩子来说,再浓的亲情也无法代替父母的陪伴,无法满足孩子对双亲的渴求。这就是移民常常面临的抉择——要丢下谁?何时丢下?丢下多久?

1976年的秋天,母亲带着我返回美国,将我的妹妹留在了巴基斯坦。我再一次成为家中备受宠爱的独女,我的父母将以满腔的爱意全心全意地抚育我、喂养我。

我四岁就能识字,这一切都得归功于美国无处不在的连锁快餐店。我的父亲开发出一种绝妙的巴甫洛夫式系统来教我识字:"A 是 Arby's(阿贝兹①),B 是 Burger King(汉堡王),C 是 Coca-Cola(可口可乐),D 是 Dairy Queen(DQ 冰淇淋)……"不得不说,这套识字法很合我的"胃口"。三岁时,我已经对这套字母表倒背如流,我们一家也离开了弗吉尼亚北部温馨的移民社区,开始接触新的朋友和我们从未尝试过的菜式——意大利菜。

那时,父亲接下了他能找到的一切工作,包括在实验室当助手或在银行当保安,但他迫切地想要重回职业正轨。他已经通过了在美国从事兽医工作所需的各项考试,只差一份实习。最后,他终于在分类广告中翻到了一则兽医诊所正在寻找兽医助理的招聘

---

① 以意式薄饼比萨、切片烤牛肉汉堡和炸薯圈等为主营产品的美国快餐连锁品牌。

启事。他立即联络对方,并收到了面试邀请。

这家诊所坐落在一间老式的砖砌牧场住宅中,显见已有数十年的历史。父亲在那里遇到了自称为凯勒医生的诊所老板。凯勒医生年逾耄耋,虽然还没有关门隐退的打算,但也无法独立支撑诊所的全天运营。他问父亲故乡在哪儿,父亲回答说巴基斯坦,凯勒医生便说:"噢,那我猜这是你第一次和犹太人打交道。"

事实也的确如此。巴基斯坦没有犹太社区,而父亲对犹太人的所有了解仅限于希特勒残杀了数百万犹太人,幸存下来的犹太人一部分逃往美国,另一部分则将巴勒斯坦人赶出家园,建立了犹太人自己的国度以色列。对于父亲来说,无论是犹太人和以色列人,还是巴勒斯坦人和穆斯林,他完全分不清两者之间的差别,一言以蔽之,对巴勒斯坦人的压迫就是对全球穆斯林群体的攻击,而这一切都是以色列的错。

至少父亲就是在这样的教育中长大的。但他本身并不怎么关心政治,自然也不会因为宗教信仰而对任何人心怀敌意。因此,他有些忐忑地站在那里,希望这位犹太老先生能给他一份工作,而不会因为他的宗教信仰而将他拒之门外。

凯勒医生当然没有拒绝他。他给了父亲一份兼职,让父亲在工作日的下午五点至八点以及周末全天接诊,我的父亲也得以在工作日的白天时段继续其他兼职。当然,父亲更希望从事全职的兽医工作,但这份实习将成为他重返职业领域的第一步。不过,同时打两份工意味着父亲的一天将变得十分奔忙:清晨从我们位于弗吉尼亚州七角落的公寓出发,跨越州境完成白天的兼职,再前往位于波托马克的兽医诊所,任何两个地点之间都有一个多小时的车程。凯勒医生问父亲，为何不搬到近一点的地方来？父亲表示自己家里还有一妻一女，他担负不起一家三口在其他地方的租住费用。

凯勒医生提出了他的解决方案。紧挨着诊所的一栋老房子也是凯勒医生的房产，但因年久失修，地下室又容易积水，目前无人居住。如果父亲愿意，我们一家大可以搬进去，父亲的兼职薪水可以抵销房租。父亲同意了。他和母亲很快收拾好行李，搬出了远离亲朋好友的公寓社区，住进了这间乡下的老房子。在这里，再也闻不到香飘十里的煎洋葱或烤孜然的气味。

但是，只要踏出家门，我们就能闻到隔壁另一栋摇摇欲坠的老房子里传出一股异香。那是一种迷人的蒜香，父母也说不清那到底是什么，反正和我们以往常用的香料完全不同。就在我们一家搬进来之后没几天，有人敲响了我家的大门。母亲前去应门，一位满头白发如乱云、戴着厚厚的玳瑁框眼镜、腰间围着一条花布围裙的老太太站在那里，把一口用锡纸包裹得严严实实的平底锅塞进她的手里。

这就是我们与"嬷嬷"的初次见面。我们无从得知她的真实姓名，她只让我们叫她"嬷嬷"。嬷嬷过去曾是这个意大利大家族的一家之长，但无情的时间带走了她的丈夫，远方的梦想又带走了她的孩子；如今，她独自一人居住在隔壁的大房子里。不过，嬷嬷的生活并不寂寞。平日里总有亲朋好友络绎不绝地登门造访，在闲暇的时光里，她则忙于照料菜园里的大片番茄和罗勒，并将丰收的果实调制成美味的酱汁分送给亲友。

"要花好几个小时呢。"她告诉母亲。

几个小时？就为了一锅酱汁？母亲实在难以理解。几个小时足够她张罗出六道大菜外加一道点心了。世界上只有一道菜必须耗费几个小时，那就是"帕亚"——炖牛蹄或羊蹄，只有长时间的小火慢炖才能将坚硬的蹄筋分解为黏稠美味的胶质。

嬷嬷送来的第一道美食是奶酪浓香的意大利千层面，这也是我们第一次尝到正宗的意大利菜。我和母亲都喜欢得不得了，父亲的态度却不置可否。比萨？他倒是很喜欢这道经典意大利美食，但他甚至没有意识到比萨来自意大利。我们花了好些时间才适应奶酪的味道，在搬到美国之前，奶酪是我们从没吃过的。尽管许多南亚菜色里也会用到一种被称为"干酪"的自制白奶酪，可我好像从没在哪个亲戚家中或餐厅里真正吃到过它们。然而，奶酪无疑是比萨和汉堡的最佳搭配，那股黏稠拉丝的咸香填补了这些食物原本风味的不足。

最令父亲感到困惑的是，嬷嬷送来的东西似乎都是相同食材的不同变体，流水的美食，铁打的番茄酱汁、意面和奶酪——除了面条的形状千奇百怪，他压根儿尝不出细面条、扁面条、通心面和宽面条有什么区别。甚至"意大利面"这一食物本身都令他大惑不解。意大利面用的是雪白、松软的生面团，可谁会拿白水煮面？面团的正确烹饪方式是烘焙或油炸。在父亲眼里，意大利面就像面团家族里无人疼爱的继子，走上了一条被人错误烹饪的歧路。

说句公道话，在遇到嬷嬷之前，父亲从未与意面打过交道。除了少数几道甜食，巴基斯坦的旁遮普菜里完全没有面条的踪影。用细面条制成的"赛维扬"可以用在好几道菜里，可这种面条无一例外都需要先用酥油烤至棕黄，再加上牛奶、糖和小豆蔻煮成一小碗布丁状的甜点,或者再加些水、糖和小豆蔻做成一盘略带黏性的金黄色焦糖味面条,最后再点缀几颗坚果。这种面条是父亲愿意吃的——至少它们是炸透之后才上桌的!

但他没好意思向嬷嬷说出自己的真实想法,毕竟拒绝朋友赠予的食物是天大的罪过;而我和母亲则乐得扮演一家热情似火的好邻居,将嬷嬷送来的各色意面与酱汁一扫而光。不过,千层面仍然是我们的心头最爱。母亲在找到工作后,就将我托付给嬷嬷照料,我很快就像加菲猫一样过上了常常能吃千层面的好日子。嬷嬷并不缺钱,我的父母也只付得起每小时几美元的微薄酬劳,她纯粹只是享受这个总也吃不够意面的小女孩的陪伴。

意面越吃越多,我也越长越胖。母亲有时会要求嬷嬷少喂我一点,可她自己却管不住手脚。母亲喜欢喂我,而我自然不会反对。在那时的老照片里,我站在积雪的车道上,双手紧紧拽着大衣的布料,头发分成两股马尾扎在脑袋的两侧。我的脸盘几乎和父亲一样大,而且明显比母亲更大,但这多半是因为我继承了父亲的大方脑袋,并生了一张与之相配的大脸蛋。

在童年的照片里,我通常只有两种发型——双马尾,或短得不得了的波波头。直到长大之后我才知道为什么母亲从来不给我梳单马尾或编辫子,因为我那一马平川的后脑勺根本没法梳这些发型。试想,面对一个纸箱壳子似的后脑勺,你要把马尾扎在哪个位置呢?然而我扁平的后脑勺并非偶然,母亲也不会让父亲的遗传将这功劳据为己有,她满怀慈爱、用心良苦地按照南亚传统把我的后脑勺睡成了那样。真主保佑,我可千万不能长出白人那种珠圆玉润的脑袋啊。真正漂亮的脑袋就是要扁扁平平的,为此,在我出生后的头六个月里,母亲每天都煞费苦心,监督我彻夜仰卧在一块硬木板上。

其他南亚母亲会羡慕地询问母亲到底是怎么把我的后脑勺睡得如此平整的,而母亲只是微微一笑,爱抚着我扁平的脑袋,为自己夙夜匪懈的永久成果感到由衷骄傲。可惜的是,母亲忘记叮嘱外祖母也要为我的妹妹西德拉"睡头"了,那颗饱满椭圆的脑袋令母亲抱憾终生。西德拉遗传了母亲天生的头型,生育了七个孩子还要照顾一大家子亲戚的外祖母可没那闲工夫给七个孩子一一"睡头"。

因此,年幼的我总是扎着一成不变的双马尾,直到母亲开始工作,才为了赶时间将我满头又粗又直的长发胡乱扎成一股单马尾。为了兼顾家庭和工作,母亲需要一切协助和更多时间,毕竟美国不像巴基斯坦那样有一个大家庭可以帮她照顾孩子。

万幸的是,在美国,你至少不会为了方便的吃喝发愁。

母亲在美国找到的第一份真正意义上的工作与她在教育方面的经历毫无关系。一位朋友告诉她,未来的出路在于跟上当时正蓬勃发展的计算机技术潮流。与1977年的普罗大众一样,母亲对计算机或计算机技术一无所知,但只要她会打字,就可以在这个新兴的工作领域分一杯羹。

母亲当然会打字。否则,作为受过高等教育的文明人士,她要怎么撰写论文和书信,管理偌大的一个女子学院呢?她默默感恩这份天赐的运气,然后向一个数据录入岗位投递了自己的简历,并几乎是立刻收到了面试邀请。母亲将我托付给嬷嬷,转了一趟又一趟的公交车，这才终于来到一栋蔚为壮观的摩天大楼前。她着意打扮了一番，穿上了在她可以接受的范围内最接近西方正装的衣物：长及膝盖的库尔塔无领长衫、宽松的长裤、再配上一条两米七长的杜帕塔披肩①。她决不能接受像美国女人那样只穿一件短衬衫，大摇大摆地露出屁股的曲线，或是连头巾都不戴就出门。对她来说，这两种打扮都太过轻浮。有些长居美国的巴基斯坦或印度女性已经扔掉头巾，学会将衬衫下摆塞进长裤，这在母亲看来简直数典忘祖、寡廉鲜耻，她发誓自己绝不会自降身价来追赶这种潮流。

面试时间比母亲预想的还要长，因为负责招聘的中年白人男性一听说母亲来自巴基斯坦，就开始滔滔不绝地讲述自己对巴基斯坦的赤诚热爱。他曾经去过一次巴基斯坦，并深深爱上了那里的人们、文化和美食。你会不会做巴基斯坦菜？他兴奋地问母亲。母亲当然会。在答应这位主管哪天为他专门做一道他日思夜想的鸡肉香饭之后，母亲带着正式的就职邀约离开了大楼。

这位可怜的主管不会知道，讽刺的事情发生了：母亲的新工作使得她几乎不再有机会在家里做任何巴基斯坦菜，我的父母变得越来越依赖超市货架上的方便食品。加工奶酪片、冷冻罐装果汁、速食比萨、各式果酱果冻、甜甜圈和小蛋糕，这些东西第一次出现在我们家的日常餐桌上。

嬷嬷的意大利菜让我爱上了奶酪，也让我的体形进一步膨胀，但无论如何，那仍然是用新鲜食材现制的营养美食。可在家里一天吃上几顿深加工食品？在超重中度过余生几乎已经是我板上钉

---

① 南亚妇女遮盖头部和肩膀的传统长披肩，常与纱丽搭配穿着。

钉的命运。

在我快要上幼儿园的那年，我们一家终于准备返回巴基斯坦，去接我的妹妹西德拉。离开家乡的这几年时间里，我的体重问题愈发严峻，以至于母亲常常心下不安，因为她很清楚所有人都会因为我的体重问题而对她发难；可在她的丈夫看来，这根本算不上什么问题。

"她只是婴儿肥罢了，总会过去的；谁不喜欢胖乎乎的小朋友呢？"这就是父亲的心态。可他上一次并未跟随我和母亲回国，因此没有听到祖父那句让母亲终生难忘的诘问："你到底对她做了什么？"既然这次父亲也要一起回国，母亲便打定主意要向所有人澄清，父亲才是那个贪吃鬼，孩子那么胖、他自己大腹便便，都得由他负责。

美国丰饶的物产把我们一家喂得白白胖胖，紧绷绷的外衣下裹着紧绷绷的肚皮。前来接机的亲戚一方面替这待宰肥羊似的一家尴尬不已，另一方面也在心中暗暗羡慕大洋彼岸优渥的生活。我们三个看起来就像"attay ki bori"——人们每月采买后堆放在家中的大面粉口袋。

我们打开行李箱，向双方的亲戚分发从美国带回的礼物，面粉口袋的奥秘就在其中。除了和上一回差不多的美容和洗浴用品，我们还带回了不少美国加工食品；我的父母坚信没有人能抵御这些美食带来的快乐。淋满乳脂糖浆的奶油酥饼、糖果棒、奶酪通心粉、布丁蛋糕、小黛比牌零食、花生酱夹心饼干……这些巴基斯坦人从未听说过的食物都是我们的心头好。

这些也是我们带给西德拉的礼物。上次一别，我们已经两年多没有见过面了,我们之间所有的联系只有外祖母偶尔随信附上的几张近照,还有因为过于昂贵所以每个月只能打一次的越洋电话。但我和西德拉都知道彼此的存在,并期盼着阖家团圆的那一天。母亲说,我总是闹着要把小妹妹接回家,而外祖母说,世界另一头的西德拉也常常盯着我的照片,问他们为什么父母带走了这个小胖妞,却把她留了下来。

西德拉满一岁的时候,外祖母给她取了一个昵称"莉莉",这昵称一直沿用至今。虽然才刚一岁,但她已经是个十足的小话唠了。每次打电话,外祖母就会让她坐在电话机旁,好让我们通过电话线的滋滋杂音听到彼此的声音。虽然通话质量并不理想,但那毕竟是整个街区屈指可数的住宅电话之一。在那时,若非惊人的意志和反复的贿赂,你休想突破掌控通信网络的政府机构的官僚做派,给家里装上一部电话。在那个大多数人不得不通过当地商店按分钟拨打和接听电话的时代,拥有一部住宅电话使得母亲的家族身价倍增。可与此同时,外祖母家的电话号码也成了左邻右舍的电话号码。每天从早到晚都有人上门打电话,又有无数电话打进来指名要找对街的阿姨或邻近的阿叔,外祖母还得派人转达口信或叫人到家里来接电话。

这部电话带来了许多烦恼,但为了莉莉,一切都是值得的。我们必须确保莉莉在任何情况下都能联系到我们,我们也能随时联系到莉莉,并据此维系一种虚幻的亲情纽带。这种做法无疑在莉莉身上收效甚佳,因为就在我们踏出机场大门的那一刻,莉莉立刻松开了她一直称作"妈妈"的外祖母,扑进了自己父母的怀抱,并坚持要我们立刻、马上带她回美国。

西德拉显然并不怎么喜欢我这个姐姐，我们第一次见面的时候她还给了我一巴掌；尽管我的个头是她的两倍，个性与魄力却不及她的一半。她从小在五个大老粗舅舅的陪伴下长大，他们不分昼夜地带着这个小姑娘骑着摩托车兜风，教她一切令人面红耳赤的旁遮普脏话，每天晚上轮流照看她睡觉。而我呢，从小没有什么亲戚或朋友，只能在千层面和薯片的陪伴下安安静静地自娱自乐。

这个脾气火爆的小妹妹有些让我发怵。

在返回美国之前，大伯与我的父亲进行了一场十分严肃的对话。他透过厚厚的黑框眼镜仔细地打量着面前发福的小弟。就在不久之前，父亲还曾担任旁遮普板球队的队长，那时的他身材健硕、行动敏捷。

可现在呢？看看你自己。大伯说。安瓦尔，你生活在全世界受教育程度最高、最发达的国家，可你却丝毫不在乎自己和孩子的健康。"安瓦尔啊，"大伯语重心长地说，"你该为此感到羞耻。"

带着大伯最后的规诫，我们一家人离开了巴基斯坦。但谁也没有想到，这一别又是许多年。

几年之后，随着弟弟萨阿德的到来，母亲不得不暂时停止工作，休息了很长一段时间——比她原本预想的还要长得多。这个家中期盼已久的男丁、长子、一家姓氏与血脉的继承人，终于在1980年呱呱落地。父母为此订购了无数箱糖果分发给巴基斯坦老家的数百位亲戚和美国的众多朋友，共同庆祝他的诞生。

和莉莉一样，萨阿德也拥有一头蓬松的卷发和白皙的皮肤。但他身形颀长,肥嘟嘟的脸蛋上挂着一双细狭的吊梢眼,和我们母女的杏眼一点儿也不一样。从他出生的那一刻起,就注定了这是一个不惹人注目的安静宝宝。分娩的那一天,母亲还在上班。当她意识到自己临盆在即后,便立刻打卡下班,自己开车去了医院。波澜不惊,易如反掌。

在当时的每一张全家福里,你都能看到家里其余的四人如同蜜蜂环绕花朵般围在萨阿德的身边,为这个新奇可爱的小玩具感到无比骄傲,保护欲满满。早在几年之前,母亲就为外祖母提交了移民申请,可当时外祖母并不想来美国。如今,为了见上小外孙一面,外祖母终于勉为其难地坐上飞机,完成了平生第一次漂洋过海的远行。萨阿德出生在九月,几个星期之后的深秋,外祖母踏上了阴冷潮湿、灰暗无趣的美国东海岸。

她在美国只待了短短的几个月。她怀念拉合尔寒冷但晴朗的冬日,怀念巴基斯坦政府运营的电视台,怀念四邻八舍的喧闹与沿街小贩的吆喝,怀念水沟、水泥、炸鱼和香料交杂的味道,怀念家里络绎不绝的三亲六戚。美国很安静,甚至有点太安静了。当然,这里的街道很干净,但也很空旷。路上看不到一个人影,仿佛这里已经不是活人的世界。如果熙熙攘攘的居民区意味着遍布垃圾的小巷和烟尘滚滚的人力车,她很乐意接受这样的代价。她打心眼里怀疑,自己的女儿住在这个过度清洁、缺乏色彩的国度里是否真的幸福。

她对美国的食物也提不起兴趣。尽管我的父母十分兴奋地向她推销他们的美国食物"初恋"比萨,但外祖母对此不屑一顾。她捏起一块比萨仔细端详了半响,开口问道:"这个面饼怎么只烤了一面呢?这个番茄酱汁里怎么没有孜然、生姜、姜黄或辣椒?上面这堆黏糊糊的白色作料又是什么玩意儿?"

她对我们一家表示了深切的同情,因为她很清楚自己的大女儿在出阁前就十指不沾阳春水,婚后带着三个孩子就更别指望她能亲自下厨了。不过,她也正是因此才远道而来,做饭、清扫,帮助母亲平稳地度过刚生完孩子的头几个月。

在这段日子里,外祖母为我们做了不少家乡菜。可事实上,到了萨阿德出生的时候,我们全家都已经患上了对美国方便食品的严重依赖。那时的我们还没有意识到,我们正在抛弃真正健康、营养的食品,转而摄入在某些国家甚至不能称为"食品"的垃圾。就和许多移民一样,我的父母对美国抱有某种天真的幻想,他们坚信美国的东西就是最好、最干净、最安全、最健康的。美国拥有完善的规范与标准,制定了食品行业必须遵守的法律法规,还掌握着全球顶尖的科学技术。这个国家的医生和科学家最清楚什么东西有益身体健康,而美国只会为它的公民提供最优质的食品。

我们一度认为美国人的食物更健康,于是我也吃起了"滥竽充数的学校午餐包",而这种餐包的材料主要是廉价的白面包切片。

天哪,我爱死白面包了,沃登面包的广告简直把我迷得神魂颠倒。他们在广告中喜笑颜开地宣称这种用鲜艳的彩色波点塑料纸包装的面包富含钙质与多种维生素,是名副其实的健康食品。学校里其他孩子的餐包常常是用昂贵的沃登面包做成的三明治:切得平平整整、白白软软的面包片里夹满了花生酱和果酱、火腿和奶酪,还有金枪鱼沙拉。可我的母亲只会买最普通的白面包。就像食杂店里的许多名牌商品一样,沃登面包永远不在我们的预算之内。

我一厢情愿地认为沃登面包要比食杂店里的普通白面包口感更厚实。也就是说,两片普通白面包才抵得上一片沃登面包;也就是说,我应该一次吃两片普通白面包——而我也确实这么做了。我发现,不管是什么食物,只要夹进白面包里或涂在白面包上,都会变得比原来更美味。我试过往白面包里填上软化的黄油和果酱、楔形奶酪和腌黄瓜、几勺白糖,甚至还有意面或米饭之类的主食。我试过烤白面包,涂一层黄油,最后撒上盐和胡椒。我试过把白面包压扁,再卷上蛋黄酱或隔夜的蛋饼。

我从挚友舒布纳姆那里学会了用博洛尼亚红肠、奶酪、芥末和生菜搭配烤面包的美味做法。舒布纳姆一家早在几年前就从弗吉尼亚搬到了特拉华,而我们一家则在父亲申请到一份政府公职后辞别了凯勒医生,离开马里兰后在堪萨斯短暂地住过一段时间。我们两家的父亲当时都在美国农业部谋得了一份兽医主管的差事,而他们注定要在着力发展禽畜屠宰的各州之间奔波。

在堪萨斯州,我们居住在一幢联排活动房屋中,镇上没有任何其他有色人种,距离最近的南亚食品店或穆斯林家庭足有数百英里之遥。在这样度过了与世隔绝的一年之后,母亲表示她受够了,我们必须重返文明社会。为此,父亲申请调职到特拉华并获得了批准。那里有绵延数英里的低矮白屋,家庭农场里饲养着成千上万只肉鸡,为裴顿农场[①]等众多公司集体供货。特拉华州当然也算不上什么繁华都会,但至少舒布纳姆一家都住在那里,且距离华盛顿特区也只有几个小时的车程。

住在堪萨斯州的时候,我曾给我唯一的朋友舒布纳姆写过信,

---

①美国主要的鸡肉、火鸡和猪肉加工公司。

我总感觉我们再也没有机会见面了。可现如今，我们一家竟然搬到了她所在的小镇，这简直像在做梦。我们只在特拉华州短暂地停留了几个月，但在那几个月里，我和舒布纳姆乘坐同一辆校车上同一所学校。有时我会直接在她们家下车，父亲晚上过来接我之前，我们都可以在她家尽情玩耍。那是我学生时代最美好的回忆之一。

舒布纳姆的父母白天都要工作，她的大哥又常常把自己反锁在卧室中，那是我们这两个小屁孩不能踏足的禁地。她们家的房子旁边有一片足以泛舟横渡的大池塘，周围绿树成荫，好不幽静。我们常常在池水边、树丛中一玩就是好几个小时，要么一起看电视，要么对着杂志傻乐，那是只属于我们闺蜜俩的快乐时光。在那转瞬即逝的几个月里，最令我印象深刻的就是博洛尼亚红肠三明治了。

我过去从未吃过博洛尼亚红肠。舒布纳姆家的冰箱里竟然藏着那么多"老美"食品，甚至还有许多因为太过"老美"而尚未被我父母接受的方便食品，例如热狗和速冻晚餐——实在是太酷了。我一下子就迷上了格沃特尼牌鸡肉红肠那种咸香弹牙的口感，尤其是慢慢撕掉每一片红肠外包装上那一圈红色塑料纸时的感觉。

我知道，这种说法可能让你汗毛倒竖，我完全理解。可这种深度加工过的粉嫩鸡肉肠就像有种难以言喻的魔力，有时我甚至等不及将它夹进面包，就把整片红肠塞进嘴里囫囵吞下，并在心中祈祷舒布纳姆不会发现我的小动作。我已经学会了掩饰自己异于常人的食欲，因为我发现无论是莉莉还是萨阿德，甚至是我最亲密的朋友舒布纳姆，她们都没有这种贪婪的食欲。可我就是感到饿得慌。

后来，在我的极力劝说下，母亲也开始买这个牌子的红肠了。我开始在家里尝试各种红肠的做法，例如将红肠放在涂满奶油奶酪的面包片上做成单面三明治，或夹进两边涂满蛋黄酱煎香的烤芝士三明治里。

这样一来，我的学校午餐又多了几种新的选择，尽管我最常吃的仍然是往吸满了香辣咖喱汁的白面包片中夹上隔夜的萨格菜泥、秋葵或炖鹰嘴豆的三明治。这种午餐不会让我在学校里变得更受欢迎，但是无所谓，因为我本来也没多受欢迎。我并不气馁。如果我的同学肯尝一尝压扁在松软面包片中辛辣多汁的萨格沙拉有多么美味，他们就不会一看到那摊一塌糊涂的绿色酱汁就皱着鼻子别过脸去。我喜欢将海绵一样吸饱浓汁咖喱的面包片湿乎乎地塞进嘴里，让它在我的唾液中蓬发出更黏稠的触感。我津津有味地品尝着面包纤维在我的咀嚼中团成致密弹牙的小淀粉块，一次次地冲击我的味蕾。可我当时并不知道，甚至要到几十年后才知道，这种吃法比直接吃白糖还要糟糕。但这已经不重要了。我对面包完全上了瘾。面包是无所不能的奇迹。

廉价、简单、美味，这是每一位职场母亲的梦想，也是每一位南亚母亲的救赎；她们不再需要晨起赶制各式各样的馕、烤饼和帕拉塔煎饼了。当然，那是"很久很久以前"的事了。那时，巴基斯坦食品店和印度食品店还没有像今天一样星罗棋布地开遍全美，售卖各式各样的冷冻或现制面饼。过去的清真食品店里只出售一种二十五张一大包的馕，那玩意儿吃起来犹如嚼蜡，总有股不大新鲜的味道，材料用的也是白面粉而非全麦面粉，其健康营养成分与我们今日用来蘸咖喱酱的新鲜面饼不可同日而语。

撇开健康不谈，这种面饼吃起来十分方便。我很快意识到，只要稍加烘烤，再涂上一层咸黄油，平平无奇的面饼也会变得美味惊人。我常常在放学之后就着几杯冰牛奶吃下一张一张又一张烤面饼，或一口气吃掉半包白面包片——但我每次都只敢悄悄拿出两三片，小心翼翼地掩盖自己偷吃的痕迹。

那个时候，我学会了偷偷摸摸地吃东西，把我永不餍足的食欲藏起来。我学会了用餐巾纸包住零食，压扁之后藏进书页里，学会了在有人突然走进房间时一口气把嘴里的食物用力吞下去。也是从那个时候开始，我终于意识到自己确实有点胖，因为我身边的每一个人都开始喋喋不休地谈论我的体重，留意我到底吃了什么、吃了多少。我意识到，如果我还想大啖我心爱的美食并且放开肚皮吃到饱，那我最好学会藏着点儿。

我嫉妒莉莉，她对饼干、薄脆和面包完全无动于衷。她更喜欢在放学之后啃两个苹果或橙子。这真是难以理解，到底谁会乐意吃那个？一周之内总有几次，母亲会在晚饭之后切几盘水果强迫我们吃下去；这是我唯一会碰水果的时候。而莉莉喜欢水果胜过面包，喜欢冰冻果子露胜过奶油冰淇淋，喜欢硬糖胜过巧克力。在莉莉吸吮柠檬汁或酸橙汁的时候，我在吸吮奥利奥饼干中间的奶油夹心。莉莉的口味与我天差地别，可对我来说，她才是那个不懂吃的人。

现在想来，美国的饮食想必对初来乍到的莉莉的身体造成了极大的冲击。在生命最初的三年里，她都是在外祖母家吃家常菜长大的，每一种食物都来自街边肉铺和菜摊上最新鲜的当天供应。

我相信，莉莉的童年塑造了她一生的饮食习惯与体形，不幸的是，我的童年也影响了我的一生。

莉莉一定非常怀念家乡新鲜的面饼，可对于母亲来说，现制面饼实在工程浩大。揉面团倒是小事。与巴基斯坦不同，美国的全麦面粉经过精细加工，只要加点水、盐、油，揉上五分钟，就能揉出一个柔韧的面团。可要换作巴基斯坦正宗的"阿塔"粗面粉，则需要揉制差不多三十分钟才能形成面筋，再擀成任何可以入口的东西。如果揉制的时间不够，你做出的就是一块硬如铁板的实心面饼，而不是可以轻松折叠、吸满酱料与肉汁的松软面饼。

在母亲看来，在案板上手工擀制一张张面饼是下等人的差事。实话实说，在她嫁给父亲并迁居美国之前，她从未亲手做过一张面饼，外祖母也一样。尽管母亲的娘家只能勉强算得上是中产阶级，但家里也雇用了一名女工每天上门制作面饼。他们只是这位制饼女工的无数客户之一。在巴基斯坦，制作面饼大多是仆佣而非女主人的工作。

做好的面饼必须趁热吃。一家人在桌边围坐整齐后，女工就会把"塔瓦"上热乎乎的面饼端上桌。"塔瓦"是一种极沉的平底铁锅，它可以将面饼加热到蓬松可口的完美状态，并在饼皮上留下酥香的褐色焦斑，一分一秒都马虎不得。

在家里，做一次面饼就好像独自完成一整套工厂流水线的程序，飞扬的面粉无孔不入地散落在台面、地板以及厨师的头发和鼻孔里，这是母亲最讨厌的。因此，尽管她在婚后已成为制作面饼的老手，但从某一天起，她突然决定再也不做面饼了。只有在一年之中的某个时候，我们才有幸闻到全麦面团的清香，见证擀成薄片的面团如何在那一双宽厚的巧手中伴随着"啪、啪、啪"的脆响,奇迹般地变得越来越大、越来越圆。

那个特殊的时刻就是斋月的凌晨,我们不得不从深沉的酣睡中醒来,赶在清晨的第一缕阳光露面之前吃点东西。严格来说,还未进入青春期的孩子不需要禁食,但许多年幼的孩子会有意模仿大人,从黎明前的早餐禁食到午餐,午餐过后再禁食到太阳落山后的开斋晚餐;当然,孩子们全天都是可以饮水的。

对于孩子来说,禁食属于"心诚则灵"的行为。我从六岁开始学着父母"禁食",并为自己居然能坚持一天只吃三顿正餐而不吃零食感到非常骄傲。到九岁时,我第一次实现了真正的全天禁食。但我不得不承认,敦促我实现禁食的最大动力不是什么成就感或比其他小朋友更厉害的自豪感,而只是因为我想在早上吃到母亲一年才会亲手为我们制作一次的帕拉塔煎饼。

对于门外汉来说,帕拉塔煎饼和烤饼都只是面团做成的饼子而已。两者的区别在于,制作烤饼不需要使用油或酥油,只需要擀开后放进塔瓦铁锅里烤干即可;而帕拉塔煎饼则有点像千层酥饼,需要先在面饼上涂一层植物油或猪油,擀开后放进铺了底油的平底锅里煎制。我们通常在晚餐吃烤饼,因为它口感清淡、更加健康,而帕拉塔煎饼则是早餐和早午餐中的主食。

在母亲施恩制作帕拉塔煎饼的斋月清晨,她会提前一晚备好面团,再在第二天日出前一个多小时(我们仍沉睡在梦乡中)走进厨房,一边烧热塔瓦铁锅,一边熟练地备好光滑的面剂子。剂子一排六个,她会用结实有力的手指一个接一个地将它们碾成扁平的小面饼,再把小面饼扔进一个装着全麦面粉的小盆里摔打两下,使面饼的两面都均匀地沾上一些薄面,最后再在案板上直接将面饼压成略大于手掌的大小。

然后,她会在面饼的一面抹上植物油或酥油,再将这一面一点点卷起,盘成一条长长的螺旋状面团。

接下来就是考验真功夫的时候了。在制作帕拉塔煎饼的整个过程中,母亲都不会使用擀面杖。她仅凭一双肉掌就可以将螺旋状面团重新揉成一个圆面团,再将面团扔进面粉里滚一圈,又重新拍回案板上压实。此时的面团已经在多次压制和丰富油脂的作用下变得柔软细滑,母亲便再次掂起面饼,在两个手掌间飞快而有力地来回拍打。

母亲精湛的技术每每看得我如痴如醉。她手中的面团飞快地从左手换到右手,又从右手换到左手,随着她的动作越来越快,面团也在离心力的作用下越来越扁、越来越大,直到变成一张刚好填满平底锅底的面饼。在煎制锅底的一面时,母亲会在面饼的边缘和中间滴上几滴油,几分钟后,面饼翻面,母亲又会在另一面上再滴几滴油。这时,母亲通常右手挥舞锅铲,不时翻动炉子上的煎饼,另一只手早已准备好随时将第二张饼摊进锅中。等到锅里的面饼煎得两面金黄、边缘酥香,她便将煎饼铲出,用干净的毛巾盖住以便保温,第二张、第三张煎饼也接连做好了。

通常在做好第二或第三张煎饼后,母亲就会在楼梯上叫我们起床。但大多数时候,是塔瓦铁锅上滋滋作响的温暖酥香唤醒了我们。在持续三十天的斋月里,我们每天的早餐都是帕拉塔煎饼配原味酸奶和山羊肉浓汤。吃酸奶是为了帮助消化凌晨四点匆匆吃完的丰盛早餐,而咸鲜的羊骨汤在提供丰富营养的同时又不至于油腻得叫人反胃。有时，我们会把帕拉塔煎饼掰成小块泡进汤里，让它吸满浓郁的汤汁，就像西方人用面包蘸肉汁一样吃下去。有时，我们会把帕拉塔煎饼折成小勺形状，用它舀一点汤汁和碎肉，趁它还没漏光时一口气塞进嘴里。

这顿丰盛的早餐足以让我们在学校里度过精力充沛的一天。

放学之后，我们还会在附近疯玩一阵，直到夜幕降临。我们爬树、捡石头，挨家敲门看看还能找到哪些小伙伴一同玩耍。特拉华州的乔治敦算不上什么繁华的大都市，但也绝不是荒无人烟的小村子。附近的街坊大多是黑人家庭，我们在这里自在极了，这是住在堪萨斯州时从未有过的。我们和一大群孩子从街头玩到巷尾，但会小心翼翼地避开正对面的一户人家；他们家里养了四只凶狠的比特犬，我们从来不敢招惹。

乔治敦的房子多是高大狭窄的老屋，房子周围拦着一圈铁丝网，家家户户的后院都有棚屋。我们也在棚屋里养了十几只鸡和一只鸭子。最开始时，父母并没有在后院蓄养家禽的计划，直到某一天，下班回家的父亲捧着一个箱子进门，里面装着一只我们前所未见的最肥硕的白鸡。父亲说，当时他正驾车沿着一条双车道公路从养殖场回家，突然，他看到一只肉鸡从前方几百英尺处那辆满载几百笼肉鸡的平板卡车上飞下，停在不远的路旁。他不知道这只鸡是怎么飞出来的，也不知道它为什么会突然"跳车"。

父亲把车靠边停下，上去一探究竟。这是一种在工业化养殖中十分常见的大鸡，为了提高产肉率，只只都被喂得脑满肠肥。看到因为惊吓而缩成一团的大白鸡，父亲伸出双手，仔仔细细地对它进行了一次全面检查。好消息是它没有受伤，没有流血的痕迹，也没有明显的触痛。父亲试着把它扶起来，谁知它咚的一声又栽倒在地。父亲又试了一次，它还是一下栽倒在路边的碎石里。

父亲这才意识到，由于这只鸡从小在极其局促的养殖笼中长大，体形又如此肥硕，它的双腿根本无法支撑自己身体的重量。这只可怜的白鸡可能终其一生都活在暗无天日的大棚里，和它的无数同类挤在一起，从来不知道奔跑、漫步与展翅是什么滋味，只能在基因改造和激素饲料的共同作用下以惊人的速度越长越大、越长越胖。于是父亲把它装进纸箱，带回了家。我们立刻在后院的棚屋里给它清扫出一小块地方，并给它取名为"邦妮"。

就在我们收养邦妮之后不久，过了一两个星期，父亲又捧着一个箱子进门了。这一回，箱子里装着他在例行巡视农场时农夫送的三只小鸭子。我们在箱子里铺上毛巾，把这三个灰褐色的小毛球放在厨房的纱门边，以便让它们在一天中的大部分时候都能晒到太阳。有一天，三岁的萨阿德路过厨房，看到挤在一团的小鸭子，突然用力踹了箱子好几下。当天晚上，我们就发现有两只小鸭子断了气。虽然这可能不关萨阿德的事，可当时九岁的我坚信他就是杀死了两只小鸭子的罪魁祸首。

我们给那只幸存的小鸭子取名"比尔"，在它长到足以在棚屋里安全生活的时候，我们也把它放进了棚屋。邦妮主动过去照顾比尔，它们很快变得形影不离。白天，比尔就一摇一摆地跟在邦妮的身后，在后院里惬意地散步。邦妮仍然像父亲刚发现它时一样丰满，但已经能够依靠自己的力量行动。因为长期负重，它的双腿再也直不起来了，可它还是学会了巧妙地挪动身体。

其他十几只鸡很快加入了他们的行列，尽管它们一开始并不是养来作宠物的。那时，要买到清真宰杀的肉类并不容易，因此我的父母异想天开地认为在家宰杀会是个好主意——直到真正杀过一次鸡后，面对厨房里一塌糊涂的惨状，他们立刻放弃了这个想法。在家杀鸡、放血、清理内脏、处理鸡头鸡脚、拔毛、剥皮、切块，这一套流程做下来实在是吃力不讨好。

他们只能继续从当地超市购买处理得干干净净的预包装鸡肉，安拉一定会宽恕他们。我们仍在继续饲养那些逃过一劫的肉鸡，可它们始终没有培养出邦妮和比尔那样家人般的温情。来我家做客的邻居与朋友都惊叹于这一鸡一鸭之间超乎寻常的友情，1984年的整个夏天，我们目睹了它们如何一同吃饭、一同玩耍甚至交颈而眠，可以说是寸步不离。然而，我们才刚在特拉华州安定下来，父亲再次接到调令，要求他前往两百英里之外宾夕法尼亚州的钱伯斯堡；这对我来说简直是毁灭性的打击。还没读完一个学期，我就又要搬家转学，离开我的闺蜜舒布纳姆，离开我在学校和邻里街区交到的那么多朋友。

但是搬到宾州也有好的一面。父母告诉我，在距离钱伯斯堡只有四十分钟车程的马里兰州黑格斯敦有一个小型巴基斯坦人社区，我们肯定能在那里交到新朋友。父亲给母亲列了一张新房子的备选单，于是在某个周六清晨，我们锁好房门，举家驾车前往钱伯斯堡，考察未来的新家。我们在钱伯斯堡住了一晚，再次回到乔治敦时，等待着我们的却是后院的一片狼藉。

那仿佛是恐怖片里的场景。我们的后院里鲜血淋漓，羽毛和内脏散落一地。我们目瞪口呆地站在原地，凝视着眼前只能用"屠杀"来形容的景象，直到隔壁的邻居赶来告诉我们究竟发生了什么。就在我们离家的那天下午，日落之前大约一个小时，对面的几只恶犬不知怎么地冲破了自家的大门，蹿进了我家后院。我们的邻居也不知道究竟是怎么回事，只听到我们家中一阵鸡飞狗跳，她往窗外一瞧，只见几只恶犬疯了一样地追着我们的鸡满地跑。大多数鸡扑扇着翅膀越过藩篱，躲过了恶犬的血盆大口，比尔也飞上了棚顶。

可矮矮胖胖的邦妮却飞不起来。邻居说，眼看抚养自己长大的"母亲"兼最亲密的朋友就要被几只恶犬撕成碎片，比尔便从棚顶直扑下来，想要救下邦妮。它在空中拍打着翅膀，尖叫着，不停地啄着、咬着几只恶犬，直到其中一只转头叼住了它。

几分钟之后，这场战斗毫无悬念地结束了。地上只留下邦妮和比尔支离破碎的尸体。

我从小就喜欢动物，而邦妮和比尔几乎可以算得上是我们家唯二养过的"宠物"了。我哭得上气不接下气，为它们的悲惨命运而哭，也为比尔的勇气与忠诚而哭。几十年后，想起这一对密友仍然让人潸然泪下。这是我人生中的第一堂友情与忠诚课。在我的父母看来，这也是让我直面人生的第一课。在成长的过程中，我们必须逐渐理解大自然的残酷本性。母亲递给我一个垃圾袋，叫我去收拾院子里那些还沾着羽毛、染着鲜血的肉块。

我流着眼泪照做了。

几个月后，我们举家搬迁到约有一万五千人口的钱伯斯堡，在这个坎伯兰山谷里风景如画的宁静小镇上安顿下来。每到周五，我们便会驱车一小时参加周边巴基斯坦人社区组织的百乐餐①。我们慢慢熟悉了街上的阿米什②农民,也开始结识社区中的其他邻居。在这个白种人居多的小镇上,我们又一次成了稀有的南亚人。

刚搬进新家,母亲就被住在隔壁的女士吓了一跳。这位女士最喜欢穿着比基尼泳装在自家前院里享受日光浴。只要天气晴朗,阳光灿烂,她便总是几乎"全裸出镜",让来来往往的路人——对母亲来说,尤其是我的父亲——随便看个够。

她是那么开放坦率,对自己的身材是那么自信,同时又毫不关心世人与真主的目光,这一切都让我惊奇不已。而我的母亲则常在一旁喃喃自语:"感谢真主,我们是穆斯林,我们要把自己裹得严严实实,必不叫他人看到我们的赘肉和缺陷。"

在我们家那条街道的背后,有一片广袤的原野,道旁种满了适合攀爬的高大树木。我常常爬到树上读书,一坐就是好几个小时。能与我的食欲媲美的,也只有我对阅读的渴望了。我的枕边常年堆着一摞书,我每周都要去本地图书馆一次性借还六七本。阅读让我感到自己与众不同。每隔一段时间,我就会到图书馆的旧书车上"挥霍"一把,斥资二十五美分购入一本旧书,因为每次到图书馆还书都让我感到心碎欲绝,仿佛挥别一位此生不复相见的挚友。

我的收藏中就有这么一本破破烂烂的精装书,深黄色的封面上印着几个大字:金妮与厨艺大赛。在这个成书于20世纪50年

---

① 一种聚餐方式,每位参与者都会带一份自己烹制或购买的食物或饮料,放在一起让大家自由取食。
② 美国和加拿大安大略省的基督新教再洗礼派门诺会信徒,以拒绝汽车及电力等现代设施、过着简朴的生活而闻名。

代的故事里，十一岁的少女金妮在百无聊赖中发现了报纸上刊登的一项厨艺大赛，于是她开始收集各类食谱，学习制作当时非常流行的许多餐点，例如果冻沙拉、蛋奶酥和鸡肉面包等。然而，在花了好几个月的时间制作这些花里胡哨的甜点，却在制作蛋奶酥的最后一刻失手后，金妮最终敲定了她参加厨艺大赛的作品——最最简单的面包。

这本书我翻来覆去地读了几十遍，对于"小孩子也能做好饭"这件事着迷不已。我从未获准在家里做饭。除了洗碗，母亲不许我们几个踏进厨房。让三个孩子下厨只会把厨房掀个底朝天，这是母亲最不愿意看到的。

可这本书告诉我，和我一样大的女孩也能做出美味的食物，而不是非得炸掉厨房、毁掉炉灶或者切掉手指。我恳求母亲是否能让我按照书里的食谱烤一次面包。我向她保证我不会用到炉灶，不会在厨房里点起明火，面包里也绝不掺杂任何香料、洋葱或一切可能会让厨房的某个角落发黄发臭的危险配料。除此以外，我们可以学一学烤箱到底该怎么用——那一天之前，母亲从未真正用过烤箱，之后也再没用过。

从过去到现在，烤箱一直是母亲堆放锅碗瓢盆和克拉希炒锅[①]的储藏室。那口炒锅里永远盛着四英寸深的油，随时准备炸时蔬、煎鱼或煎炸一切。每隔一段时间，母亲就会滤一滤锅里的陈油，又加入少许新油，再把炒锅塞回烤箱里。烤箱在她的烹饪中派不上任何用场。她从小就没用过，她会做的巴基斯坦菜没一道能用

[①] 又叫羯荼炒锅，是一种深口厚壁的圆形铁锅，和中国的炒锅相似。巴基斯坦菜中用克拉希炒锅烹饪的菜式多用其命名，例如羯荼羊、羯荼鸡等。

上烤箱的。

她知道，和我们聚餐的一些阿姨常常显摆自己新做的美式烘焙食品，例如蛋糕、布朗尼和烤鸡，可母亲做烤鸡从来不需要烤箱，她会把厚厚的铁锅架在炉子上慢火烘烤。母亲也从来不用烤箱做美式甜点，她会用炉子做出各式各样的南亚点心。何况父亲最近购入了一台电视机大小的微波炉，再加上家里原本就有一台用来加热食物的小烤炉，母亲觉得这些完全够用了。

只需再买一些白面粉，我就可以做面包了。这栋房子的前任房客不知为何在通往地下室的楼梯口留下了三样东西——一大罐无糖可可粉、一包五磅重的细砂糖，以及满满一盒酵母。谁也不知道那些东西堆在那里多久了，我们也并没有扔掉它们的打算。考虑到我只需要很少的食材，母亲终于让步了。

我花了一整个星期六来制作面包。揉面，发酵，揉面，发酵。整整一天，偌大的房子里都弥漫着麦芽与砂糖的芬芳，比点了香薰蜡烛（或是南亚家庭燃烧的线香）还要香甜。对我来说，尽管忙活了我几个小时，但面包的香气确实让家里充满了温馨的味道。最后，终于到了把面团送进烤箱的环节。

我打开烤箱进行预热。一想到自己即将踏入一个连母亲都未曾涉足的美食领域，那感觉奇妙极了。因为家里没有面包烤模、烤盘或蛋糕盘，我只好把大致捏成面包形状的面团放进一口不锈钢锅里。我把不锈钢锅推进烤箱，惊喜地发现烤箱居然有照明功能。就在我匆忙收拾厨房中留下的一地狼藉时，莉莉和萨阿德一直围着那台闪闪发光的烤箱，目不转睛地盯着面团缓缓拔地而起，变成诱人的金黄色。

刚刚厨房里还弥漫着新鲜酵母的味道，现在则充满了难以描述的温暖甜香，四周的空气似乎变成了一张舒服柔软的大毯子，将我们拥进它暖洋洋的怀抱。我们从未闻到过这样的味道。如果阳光也有香气，那一定和此刻面包的味道差不多。我们迫不及待地盯着时钟的指针，直到面包终于可以出炉的那一刻。面包烤得好极了，饱满蓬松、金黄酥脆，这是我亲手做出的第一道美食。

我在书里读到过，新鲜出炉的面包抹黄油最好吃，于是早早就解冻了一块黄油备用。刚烤出来的面包实在烫手，我赶紧垫上餐巾，飞快地将面包切成了薄片。一碰到面包，黄油就立刻融化消失了。在我们一家五口的围攻下，桌上的面包也在短短几分钟内消失了。难怪金妮只靠面包就打败了厨艺大赛中的所有对手。全家人都意犹未尽地嗦着手指上咸香的黄油，没想到食杂店的廉价白面包与家庭自制烤面包的味道竟如此天差地别。莉莉和萨阿德没吃够，我的父母也没吃够，而我在暗暗后悔怎么没有多做一块。

不过，既然母亲已经允许我用烤箱，我的尝试就可以不再限于烤面包，而是有了无穷无尽的可能。我可以烤饼干、烘焙蛋糕、做各式糕点与馅饼——烘肉卷！砂锅菜！整个美式美食的广阔世界任我探索遨游！可惜有些扫兴的是，母亲已经明确表示她不会为我的新爱好提供一分钱的经济支持，也不会购买任何我们家平常绝对用不着的食材。因此，我只能继续打那 4.5 千克通用面粉、酵母、细砂糖和可可粉的主意。

我又按照先前的食谱烤了几次面包，然后又剪下并收藏了另一种名为"丁点派"的甜品做法。丁点派就是在两块如蛋糕般松软的巧克力饼干间夹满打发的鲜奶油，简单来说，就是能够一口一个的迷你"无比派"①。这是我学做的第一道甜品,和面包一样大获成功。在那之后我又做了好几次丁点派,直到用完家里的所有食材。

遗憾的是,这一切都发生在我升五年级之前——我错失了依靠厨艺在学校里扬名立万的机会。在那之前,我一直寄望于通过成为珀蒂克小学最聪明的孩子来赢得同学们的钦慕。也许我的方法不太对头,可我一直相信,只要背完英语词汇表里的全部单词,我就能成为最聪明的孩子。我会在洗澡时辨识沐浴露瓶子上的成分,也会在吃早餐时研读麦片盒子背后的配方。我会在字典里查阅每一个不认识的单词,然后一遍又一遍地默写。我如饥似渴地阅读周围的一切文字,午餐读,晚餐也读,半夜打着手电也要读。我甚至开始背诵字典。在最终放弃之前,我已经背完了 B 开头单词的一半。

这一切让我的母亲心急如焚。她坚持认为,再这么没日没夜地读下去,我的眼睛迟早要瞎。她最不愿意看到我猫在一个地方不挪窝,一读就是好几个小时。我简直像一个退了休的老太太,而不像活泼好动的小孩子。可我对一页又一页的铅字如饥似渴,并且坚信阅读使我与众不同——我可不像弟弟妹妹和其他同学,他们只是一群对广阔的世界毫无求知欲的小野人。阅读必将使我出类拔萃、鹤立鸡群。阅读是我唯一擅长的事,我对此笃信不疑。

我小时候真的做过不少奇奇怪怪的事。例如我可以全文背诵《葛底斯堡演说》②,并告诉所有耐心聆听的听众,我之所以背诵它,

---

① hoopie pie,美国东部的一道经典甜品,用两层巧克力派夹奶油馅料,形似大号的马卡龙。
② 发表于美国南北战争期间,也是林肯总统最著名的演说。

是因为我欣赏这篇雄文的磅礴气势。我确信这样做，也就是一字不落地背诵《葛底斯堡演说》，能让我收获同学们的欢迎与崇拜。奇怪的是，事情的发展并不如我所料。我仍旧是一朵胖乎乎的棕色"壁花"①，每天都用相同的发带扎着泛油的黑发，最近还戴上了眼镜。直到升上五年级，我才突然注意到同班的白人小姑娘是多么漂亮可爱。她们忽闪着一双蔚蓝的眼睛，一头金发或是大卷或是波浪，要么就如同闪光的瀑布般柔顺地披肩而下。每当她们在操场上尽情奔跑，雪白的脸蛋就笼上了一层粉扑扑的柔光。而我一跑起来，血液涌上脸颊，棕黄的皮肤就变成了暗蓝色。我意识到在她们娇嫩的美貌面前，我的旁遮普基因简直重若千钧。我的长相注定无法为我赢得同学们的喜爱。

不过，学校一年一度的圣诞筹款活动又给了我一个大显身手的机会。我从来没有参加过这样的活动。每个学生都收到了几本色彩缤纷的小册子和一个用来筹款的正式信封。筹款最多的班级将赢得一次比萨派对，而筹款最多的学生将有机会与校长共进早餐。

可我一看食品目录中各式各样的巧克力、糖浆苹果爆米花、坚果糖浆脆饼条什锦大礼包，还有一盒盒奶酪、饼干和香肠，我就知道想跟父母卖东西肯定是没戏了。他们绝不会浪费 13.99 美元去买食杂店里几块钱就能买到的糖果，加上我们家没有准备圣诞礼物的传统，他们也绝不会买那些没用的圣诞老人雪花包装纸。

为了赢得大奖，我决定走上街头，打点儿邻居的主意。一想到要让自己的孩子挨家挨户地向陌生人推销商品，父亲和母亲就感到羞愧难安。这到底是什么妖魔鬼怪的文化，政府收了那么多税，

---

① 指舞会或聚会中靠墙坐在角落，无人理睬的羞怯女生。

却养不起我们的小学？我最终还是说服他们让我出去一试，前提是我得带上莉莉和萨阿德。

于是我拖上弟弟妹妹，开始挨家挨户地兜售商品，但我很快发现我并不是唯一发现这一商机的学生。就这样低声下气地推销了几天，我终于收获了三笔订单。两笔是香肠加奶酪什锦篮，还有一笔是"七彩巧克力"。我从来没听说过这种零食，不过从图册上看，那是一种裹满了彩色糖粒的巧克力片。

几周之后，学校订购的商品到了。我们重返学校，领取各自订单上的商品，准备送给已经预付了货款的客户。当天下午，我就把两份香肠加奶酪什锦篮送到了客户家里，可订购巧克力的那户人家碰巧没人，我只好捧着足有一磅重的玻璃纸袋回家，将这一袋子五彩缤纷的巧克力塞进了我和莉莉共用的上下铺的床底。当晚熄灯之后，我躺在黑暗中，心里却记挂着床底那一包无人知晓的巧克力。它到底是什么味道呢？玻璃纸袋没有密封，只在束口的地方系了一个蝴蝶结。

或许我可以尝一块。就尝一块，谁也不会知道的。

我不知道上铺的莉莉有没有睡着，但上方传来的呼吸声十分均匀，她似乎已经陷入酣眠。莉莉有些怕高，她本来不想睡上铺，但我们别无选择。以前我睡上铺的时候，我的床垫曾经直挺挺地砸落在莉莉的身上。父母觉得这架小床实在无力承担我的重负，只能转而让莉莉搬到上铺，以免她睡梦中被姐姐压死。我觉得他们有些小题大做了，但正如俗话所说：小心驶得万年船。

我缓缓地从床底抽出玻璃纸袋，解开了上面的蝴蝶结。巧克力的香气扑面而来，仿佛给我注射了一针肾上腺素。我拈起一块巧克力，让它在我的舌尖缓缓融化。我真想咬碎上面甜蜜的糖粒，但又害怕惊醒莉莉。再来一块，我想。还可以来一块。要不再来一块。好了，真的是最后一块了。

不知不觉，玻璃纸袋已经空了。我吃掉了所有的巧克力，现在，我真的成了一个小偷。一个在夜幕的掩护下实施犯罪的窃贼，天生的坏种。我读了那么多本《少女妙探》，我早该知道的。现在该怎么办？我肯定会被抓起来的。我不知道我会被抓到哪里、交给谁，但这是板上钉钉的事。即使我侥幸逃脱了法律的制裁，死后也会下地狱。

我以前从来没有偷过任何东西。好吧，我曾经在食杂店的布兰奇牌糖果展示架上拿过一把糖，可当时我才六岁，而且我真的以为那些糖果是免费的。要是那位订购巧克力的和蔼老太太找上门来该怎么办？要是我得给她赔钱，我要去哪里弄这十三美元呢？如果父亲知道他的女儿是个小偷，他会怎么对我呢？

接下来的好几天，我都在惴惴不安中苦思冥想该怎么解决这件事。或许我可以买一袋好时之吻滥竽充数，把它放在老太太门前，然后一走了之？反正她也不知道我住在哪里。可她会打电话到学校来吗？时间一天天过去，就这样过了好几周，圣诞节到了，可什么事也没有发生。我满怀愧疚，同时也松了一口气。一切都结束了。或许她压根儿不记得有这么一回事。可我永远不会忘记，不会忘记我曾经当了小偷。直到今天，一看到七彩巧克力，我的心里还是会涌起同样的羞愧与恐惧，尽管自那一晚之后，我再也没有吃过那种巧克力。

最后，那些能向父母、爷爷奶奶和叔叔阿姨兜售大量圣诞礼品的同学赢得了本次筹款比赛的胜利。对于那些家里过圣诞节的孩子，这自然是一种不太公平甚至带有歧视性的优势。毕竟，如果学校要举行兜售萨格菜泥和帕拉塔煎饼的比赛，我绝对勇拔头筹。

我期盼已久的圣诞荣耀落空了，但春季学期带来了新的希望。每年春天，学校都会举行盛大的聚餐会，家长们会从家里带来各式美食，与所有人一同分享。母亲不会为我特地购买制作甜点的材料，但我可以使用家中已有的食材进行烹饪（我仍未获得使用炉灶的许可，只能使用烤箱）。这回，我不仅要进军正餐，还要抓住机会在聚餐会上一鸣惊人。除此以外，一想到母亲会在聚餐会上端出一大锅火辣辣的鹰嘴豆或羊肉汤，我就倍感焦虑。我必须亲自出马。我已经找到了一份完美的食谱，幻想每个食客都将拜倒在我高超的厨艺之下。我似乎已经听到人群中传来窃窃私语："真不敢相信这居然是拉比亚做的！她才十岁呀！"他们频频点头称赞，夸奖我真是一个与众不同、聪明绝伦、天赋异禀的好孩子。人们终于看见我了。

那张食谱是我从诊所的杂志上偷偷撕下来的。我心中认定，要是前台看到我在撕杂志，肯定会报警把我抓起来。可这份食谱完全值得我冒险一搏。这份食谱做的是烘肉卷，但又不是普通的烘肉卷。这是一种螺旋夹层烘肉卷，最里面一层是米饭，外面卷着一层碎牛肉，顶上再浇一层番茄酱汁，最后送入烤箱烤制。食谱上配了一张烘肉卷切片后的彩色图片，松软的米饭与焦香的牛肉一层卷一层，再撒上少许欧芹点缀，真令人垂涎三尺。

我幻想着在聚餐会上当众掀开托盘盖子的那一刻，所有人都会惊讶得倒吸一口气，对这份完美的螺旋夹层烘肉卷赞不绝口。我会连续几个星期成为学校里最闪亮的风云人物。

反正我家的冰箱里总堆着用不完的碎牛肉，我们每次光临清真肉铺都要购入大约四分之一头牛那么多的碎肉。至于印度香米，我们家的储量永远不会低于二十磅。印度香米可不是食之无味的美国大米（尽管这道菜其实应该用美国大米），可在当时，我甚至分不清这两种米到底有什么区别。

我们家做饭从来不用欧芹，但每搬到一个地方，母亲都会在院子里种满香菜。这两种东西看起来差不多。伍斯特酱[①]？从来没听说过。不过家里有酱油，估计差不了多少。面包糠家里也不常用，可我知道母亲会在做肉丸时加一些"贝森"（也就是鹰嘴豆粉）以保持肉丸的软糯，显然它可以作为面包糠代替品。

如果你看过《菜鸟烘焙大赛》这档真人秀，你就会知道，门外汉复刻一道精致的菜品往往会造成怎样的灾难性结果。我的螺旋夹层烘肉卷早在这档节目开播前几十年就在学校的聚餐会上"技惊四座"了。

我尽可能按照食谱上的做法腌好碎牛肉，把肉末平铺在一层铝箔纸上，再铺上一层蒸熟的印度香米，然后小心翼翼地将它卷成一根肉香四溢、蒜香扑鼻的大圆木。最后，因为家里没有红糖可以熬制新鲜的番茄酱汁，我往肉卷上挤了不少即食番茄酱——不管怎么说，往肉类菜肴上淋新鲜番茄酱汁听上去也不是什么好主意。

[①] Worcestershire sauce，或称为喼汁、辣酱油，是一种英国酱料型调味料，味道酸甜微辣，色泽黑褐透亮。

由于家里还是没有烤面包的模具，我只好把肉卷直接放在铝箔纸上送进了烤箱。结果，刚刚还有模有样的肉卷很快塌成了一团高约两英寸、宽约八英寸的不成形肉泥，还渗出了一大摊汁水。正常情况下，烘肉卷会渗汁吗？我该怎么处理这一摊肉汁？母亲同样无计可施。但我灵机一动，心想，只要烤的时间足够长，想必就能把汁水收干。因此我一直烤啊烤，直到铝箔上的汁水和烘肉卷里的汁水全都蒸发得一滴不剩。

最终从烤箱里端出来的成品简直惨不忍睹。可一个小时后的聚餐会迫在眉睫，除了硬着头皮端上，我别无选择。由于放了鹰嘴豆粉和香菜，它闻起来更像一道巴基斯坦烘肉卷而不是我想象中的美式烘肉卷，但我还是坚信它的味道肯定要比卖相好。一到学校，我就趁乱把那盘灰褐色的烘肉卷塞到了早已被来宾们围得水泄不通的聚餐长桌上，然后悄悄地退了出去，拒绝认领我刚刚做出的那盘丑东西。我站在远处，提心吊胆地看着人们逐一走过我的作品，好奇地拿着叉子拨弄半晌，然后耸耸肩，切下一小块放进嘴里。我屏住呼吸，观察着每一个人的表情。难以下咽？捂嘴作呕？当场吐出来？还是倒进垃圾桶？

以上场景都没有出现。没有人把我的烘肉卷倒进垃圾桶，可也没有人吃第二口。最后，我鼓起勇气，假装不知道那是谁的作品，故作随意地切了一大块混进我的餐盘里。它并不像外表看上去的那样难吃，但也绝谈不上美味。那是一种莫名其妙的味道。这可能是人类历史上第一次也是最后一次把鹰嘴豆粉和酱油加入同一道菜。

聚餐会结束时，盘子里还剩下了大约四分之一的烘肉卷。其他学生和家长开始收拾自家的碗碟和餐具，而我拒绝认领我们的盘子。我可不想被人认出我就是那盘平平无奇菜肴的幕后厨师。我告诉母亲我第二天会把盘子带回家，便一溜烟逃离了现场。在珀蒂克小学聚餐会上一夜成名的美梦再次破碎。但我不会就此认输。

转到珀蒂克小学的第一年，每到课间休息，我就掏出书本，假装对操场上活蹦乱跳的孩子不屑一顾。我没有莉莉的灵巧与体力，不能像她那样优雅地在秋千、平衡木和攀爬架间辗转腾挪。在操场的另一头，我常常看到她双手轻巧地一拉，便像缀在细绳上的珠子般灵活地翻上单杠，又或者轻展猿臂，在平梯的数根横杠间灵敏穿梭。我做不了这些动作，我的手臂可撑不住我的重量。

我从来没有称过体重，据我所知，家里也没有体重秤。当然，之前体检时，医生肯定给我称过重，但从没有人跟我提过。我第一次得知自己的体重正是在五年级的最后几周，真该谢谢那天杀的总统体能测试[1]。

如果你从未听说过这种测试，那么你很幸运，躲过了我们这一代大多数孩子都永生难忘的奇耻大辱——在同龄人的围观下完成一系列仰卧起坐、卷腹、引体向上和一英里[2]计时跑的运动项目。由于珀蒂克小学规模不大，五个班级的体能测试全部安排在同一天，因此，你不仅要在全班同学面前出洋相，更要在全校同学面前丢大脸。

这耻辱的一天开始于一项我本人压根儿不想承认的"重磅成

---

[1] 20世纪50年代末至2013年在美国公立中学实施的一项全国性体能测试计划，后被"总统青少年体能计划"取代。
[2] 约合1600米。

绩"。在体测之前,所有学生要做的第一件事就是脱掉鞋子排好队,在大庭广众之下挨个上秤,测量身高和体重。体育老师拿着一份表格站在体重秤旁,记下负责称重的老师报出的数字。这样一来,每一名学生的体重自然无所遁形。

"53 磅。"

"49 磅。"

"61 磅。"

轮到我了。

我知道自己算不上娇小,但也绝不像幼儿时期那样肥嘟嘟。我还没有抽条,身材显得有些敦实,但在我看来,这还远算不上"肥胖"。我不像莉莉那样活泼矫健,但是若有必要,我也可以爬树和跳绳。问题在于,直到上秤之前,我都不觉得自己的身材有何不妥。

我大剌剌地踏上了体重秤。

我不以为意地目视前方,老师弯下腰来看了一眼数字,直起身子,又弯下腰来仔细确认了一遍,这才惊呼出声:"100 磅。她有 100 磅。"

紧接着,他转过身来冲我露齿一笑,好像在祝贺我取得了什么了不起的伟大成就:"嗯,到目前为止,你已经打败了学校里的所有同学,你是最重的!"

在场的每一个学生都听到了他的这句话。我感到脸颊和耳朵烧得发烫,眼镜蒙上了一层白雾,发带也垂头丧气地垮到了一边。我就这样走过其他同学,走过惊讶得挑起眉毛的体育老师,走过全校最受欢迎的男生,同时也是我的暗恋对象乔纳森·威德尼。

100 磅,45 公斤?我怎么可能比我的同学重这么多?我看上去根本不像那么重的样子……要么就是我从来没有认真看过自己究竟是什么样子。

接下来的体能测试只能说是雪上加霜。我做不了哪怕一个引体向上，一分钟内只能勉强完成十来个卷腹和俯卧撑，花了十一分钟才慢慢跑完一英里——就这样还感到恶心想吐，几乎当场晕倒。这时我终于明白了，我的身体状况比一摊土豆泥没好到哪里去，而且我真的是个大胖子。

体测结束后，我什么也没拿到，但莉莉带回了一张由罗纳德·里根总统亲笔签名并盖章的奖状。我的父母激动坏了。美利坚合众国的大总统给他们的女儿亲笔签发了一张奖状，表彰她具备合格美国公民应当具备的优秀体质。这真是我们这个移民家庭的殊荣。

尽管我并不擅长运动，也没拿到体测奖状，但忽然开始有同学邀请我在课间休息时出去踢球了。实际上，踢球是我唯一愿意公开参与的运动。我受到了同学们出乎意料的欢迎，而这完全归功于乔纳森·威德尼对我明晃晃的示好。这位金发碧眼、龅牙罗圈腿的校草是珀蒂克每一个五年级女孩的梦中情人，可他对谁都冷冰冰的。女孩们递出的情书、暗送的秋波和每当他走过时激起的涟漪般的笑声都无法博得他的任何关注。

就像所有女孩一样，我也对他暗自倾心，却又因为他太受欢迎、太玩世不恭而对他避之不及，直到避无可避——五年级的最后一个学期，我被安排坐到了他的身边。现在，乔纳森·威德尼可以闻到我的午餐是什么味道，可以看到我壮硕的大腿如何撑满牛仔裤的裤管，可以亲自认证我确实一点儿也不酷了：不得不和一个胖女孩挤一桌，我真为他感到遗憾。

可是乔纳森每天都在尝试跟我搭讪，削自己的铅笔时总帮我一并削好，还会用手指沿着我用记号笔在牛仔裤上画出的图案仔细描摹一番。

每天课间踢球的时候，乔纳森·威德尼都会被推选为队长，而他总是会在挑选队员时第一个把我选走。这个举动不仅使我感到困惑和惶恐，也使每一个暗恋他的小女孩都感到茫然若失。

那是我人生中第一次（但不是最后一次）意识到，原来胖女孩也有人爱。

四
离水之鱼

时间来到1985年,十一岁的我疯狂地爱上了迈克尔·杰克逊,对麦当娜的走红感到莫名其妙,同时无比厌烦升入中学后的新生活。亲爱的乔纳森·威德尼和我不在同一所学校——他曾试过在暑假里约我出门,却被我凶神恶煞的父母挡回去了。操场的那一头没了莉莉的身影,她还待在珀蒂克小学呢;若有她在,我多少还能感到些许安慰。

我又一次陷入了迷茫。这所学校里有数百个孩子,我是唯一一个棕皮肤,而在小小的珀蒂克,我至少还有几十名同类。好在这场噩梦并未持续太久,就在我升入中学一年级后短短两个月,母亲就带着我、莉莉和萨阿德一同回到了巴基斯坦,准备参加小姨的婚礼。这一待就是五个月。

这回的新娘正是母亲唯一的妹妹。作为家里一连四个男孩之后迎来的千金（尽管后来又有了一个弟弟），小姨可称得上是母亲一家的掌上明珠，而这场婚礼也势必要办得轰轰烈烈、风风光光。

这个时候，我才知道小姨的大名原来叫"福齐亚"，在那之前，我们一直亲昵地叫她"祖比"。这种昵称是旁遮普地区的传统，尽管母亲一家并非旁遮普人，但他们依然沿用了这一习俗。我的妹妹西德拉就是这样变成"莉莉"的，而我小时候，大家都叫我"波碧"。它的发音不像美国人说的"波比"，而是拖着一串长长的尾音："波碧——"。

"波碧——你在哪儿！？"

祖比小姨的这场婚礼如此盛大，不单单因为她是家中最受宠的小女儿，也不单单是因为她在二十七岁的"高龄"终于嫁了出去，最重要的是，这也是近十年来散居世界各地的七个兄弟姐妹首次齐聚一堂，简直就像一场"复仇者联盟"（没有超能力的那种）再集结。

母亲、伊菲"玛穆"和哈立德"玛穆"从美国飞来，巴贝尔"玛穆"拖家带口从迪拜赶回，帕米"玛穆"住在拉合尔以南七百英里的卡拉奇，可汗·古尔"玛穆"则住在拉合尔以北数百英里的品第（"玛穆"指的是舅舅）。只有祖比小姨和外祖母仍然住在沙姆讷格尔的老房子里，平时由住在附近的舅舅们轮流探视。

我过去从未遇上过这种阖家团聚的盛会。我们与同住在美国的伊菲舅舅、哈立德舅舅三不五时就会聚一次，而在巴基斯坦国际航空公司工作的帕米舅舅每年都能拿到免费的机票，有时也会顺道过来与我们见上一面。可自我四岁离开巴基斯坦后，就再也没有见过祖比小姨、可汗·古尔舅舅和巴贝尔舅舅了。

舅舅们都长得高大黝黑，只有可汗·古尔舅舅生得面如敷粉，嵌着一对翠绿的眼眸。我简直不敢相信这样的人竟然是我们家的亲戚，直到母亲给我看了其他亲戚的照片：个个金发碧眼。"西坎达尔·阿赞姆①的血脉仍在延续。"母亲不无怨恨地说，责备这位伟大的亚历山大大帝在这片土地上播下了永不断绝的孽种。

家里七个兄弟姐妹，只有祖比小姨继承了外祖母娇小的身材。我被她深深地迷住了。她是这场婚礼的女主角，没有什么比一位盛装的新娘更能激发小姑娘澎湃的想象了。在我看来，她是仅次于公主的存在。这也是我第一次参加真正的巴基斯坦婚礼。婚礼前夜，女宾们都要参加"曼海蒂②仪式"（又叫"指甲花之夜"），房子里彻夜张灯结彩，整日载歌载舞。婚礼当天要完成一系列复杂庄严的仪式，流水般呈上一盘盘糖果、烤肉和咖喱饭，再加上一场盛大隆重、娘家人泪洒当场的送亲仪式，一切正如我最爱的宝莱坞电影中那样。

我们曾在美国参加过父亲同事的婚礼，那场仪式索然无味。观礼来宾死气沉沉地干坐在教堂的长椅上，全程默不作声，而新娘一身缟素，真叫人搞不清这到底是婚礼还是葬礼。站在圣坛之前的只有两位新人，仿佛世间除了他俩别无他人——家人？谁在乎。父亲当时就感慨道，怪不得美国的离婚率高达50%。

比婚礼仪式更糟糕的是午餐茶会，餐桌上只摆了几盘丁点大的手指三明治、清淡无味的意面沙拉和过于精致的小食拼盘。"连

---

① 波斯人对亚历山大大帝的称呼，意为伟大的战士。
② 曼海蒂，用天然植物指甲花的叶或幼苗磨成糊状颜料在手掌、手背及脚上绘图的民间艺术，是新婚仪式和各类庆典中女性必不可少的装扮。

吃的东西都没滋没味!他们竟然敢让客人饿着肚子回家!"母亲惊诧不已,父亲则在一旁连连应和。这完全不是待客之道。

相比之下,南亚的婚礼真是鲜花着锦、热闹非凡。一对新人在双方家人的簇拥下每走一步便激起无数欢呼与彩带缤纷,新娘与女宾的珠宝环佩叮当作响、摇曳生姿,这才是真正的庆典。

母亲的大哥巴贝尔几年前在巴基斯坦结了婚,可我们谁也没有收到请柬;婚礼结束我们才得到消息。我的母亲与那位准大嫂(也是我们家的一位表亲)素来水火不容,故而她十分坚决地反对这门亲事。在巴基斯坦,与堂表亲结婚的情况相当普遍,人们也是最近才得知这种结合下的后代遗传病风险更高的。近亲结婚通常是一种维系家族紧密性的方式,同时又能确保结婚对象是从小知根知底的良人;在某些情况下,近亲结婚也是为了确保家族血脉与财富的延续。人们总是饶有兴致地猜测谁家的孩子会和谁家的孩子结婚。在子侄辈的成长过程中,做叔叔阿姨的总是一刻不停地观察着谁才是最合适的结婚对象,有时甚至会提前好几年为两个半大孩子定下婚事。我有理由相信,时机一到,我和莉莉肯定也会收到堂兄弟或表兄弟的求婚。

母亲打小就认识巴贝尔舅舅的未婚妻,但她们一向势不两立。她认为那女人根本配不上巴贝尔舅舅,一定是在其他男人那里接连碰壁之后才缠上了自家那不谙世事的天真大哥的。在得知两家议亲之后,母亲从美国一连寄来了好几封抗议信,但巴贝尔舅舅正在热恋,并不搭理母亲的抗议。得知两人大事已定后,母亲愤怒地写了无数封信,把促成这桩婚事的人痛骂了个遍。

在我们抵达拉合尔之后数日,巴贝尔舅舅也偕妻带女从海湾地区飞回来了。老房子里早已住得满满当当，每个房间里都塞了三四个人。只有祖比小姨的闺房是个例外，没有人会不识趣地侵占准新娘的房间，她要有自己休息的地方。

其中一间卧室里摆着一张足以并排睡四个成人的大床，以及一张与之垂直的小床。事发当天，母亲和几个兄弟正靠在大床上看电视，而我正在小床上独自玩耍。我看到一个魁梧的男人领着一个女人和襁褓中的婴儿从我们的窗前走过，很快，这一行人就走进了房间。

屋子里突然安静下来，仿佛酝酿着某种不祥的风暴。巴贝尔舅舅和他的妻子在椅子上坐下，母亲则从床上直起上身，怒气冲冲地盯着他们。良久，巴贝尔舅舅才挤出了一句"萨拉姆"①，可还没等一旁的女人开口，母亲就从床上跳起，抽了她一耳光。母亲不过瘾似的又举起了手，但这回巴贝尔舅舅立刻咆哮着拦住了她，其他几个兄弟连拖带拽地将母亲架走了。

看到眼前的这一幕，我清楚地意识到，这绝对会是一场让我终生难忘的婚礼，终生难忘的旅行。

人们对旁遮普人往往有偏见，认为他们总是大呼小叫、不守规矩，一言不合就要动手，但很快又会重归于好。或许真有这样的人存在，但我从未在父亲的旁遮普家族中见过这样的情景。所有小题大做、无理取闹的怒火与纷争都发生在并非旁遮普人的母亲一家中。

---

① Salaam，意为你好或行额手礼，流行于南亚和中东的见面问候语，同时也是穆斯林世界中广泛使用的祝福语。

离开位于沙姆讷格尔的外祖母家，前往几英里外桑特讷格尔的祖父家，简直就像从炮火连天的战场躲进了风平浪静的港湾。这不仅是因为外祖母家中整日争吵不断，还有一部分原因是那栋房子就坐落在一条极其拥挤繁忙的街上。母亲一家迁居此地时，这里还是一片荒无人烟的旷野，可到了八十年代，街道两旁林立的小店、摊贩和新建的民居就把一条大路堵成了羊肠小道，只容得下两辆汽车十分小心地相向而行，稍有不慎便会酿成事故。汽车、自行车、狗、驴、摩托车、人力车一同汇入熙熙攘攘的人流，白日里喧闹不休，午夜后依旧热闹非凡。外祖母家是观民风的好地方，但绝不适合睡觉。

祖父家则完全不同。这栋房子坐落在一条宽敞整洁的大道上，偶有推着自行车叫卖新鲜蔬果的小贩路过，嘹亮的吆喝声在街上久久地回荡。你可以一连几个小时望向窗外，却只能看到三五个路人走过。屋外和屋里一样安静，叫人分辨不出家里到底有没有人。

亲戚们常说，莉莉是母亲家的掌上明珠，我则是父亲家的心肝宝贝。我确实对祖父有一种特别的依恋。依稀记得在我们搬到美国之前，母亲还在工作时，一直都是大伯母在悉心照料我，给我洗澡，给我喂奶，给我无限的关爱。遗憾的是她在几年前去世了，她的心脏再也无法负担身体的重压。她甚至没能见证独子拉赫曼步入婚姻。

如今，祖父的房子里又添了新面孔。拉赫曼（我们叫他"坡帕"）在前年结了婚，目前和妻子以及刚刚出生的一对双胞胎儿子住在楼上新建的卧室里。

年过七旬的大伯依旧精神矍铄地在自己的诊所里忙前忙后，同样做了医生的儿子拉赫曼成了他最得力的助手，两个男人整日不着家。九十多岁的祖父双目完全失明，仍像过去几十年一样独自住在一楼。那时，拉赫曼的妻子还在孕中，由于腹中的一对双胞胎日渐长大，不得不卧床休息数月。

大伯和堂哥不放心把老迈的盲人和身怀六甲的孕妇孤零零地扔在家里，任由仆人们摆布。他们需要找个值得信任的家人来照顾他们、监督仆人，确保他们每天都能吃上新鲜的餐点，还要负责日常采购、脏衣送洗、日常沟通，管好这么一大家子的衣食住行。因此，祖父几十年前就禁止踏入家门的女人，大伯的第二位妻子——即使祖父为他另外敲定了一门婚事，大伯也从未抛弃她——终于搬进了祖父的家里。

祖父依然拒绝与她说话。他无法忘记正是这个女人使他们父子离心，更让他的大儿媳含恨而终。拉赫曼也对她心有怨怼，看到这个女人取代了母亲在家中的位置，占用了母亲的厨房与卧室，这一切都令他感到痛苦。可在祖父家里，所有人都保持着一种隐忍的克制，绝不会出现外祖母家那种大打出手的场面。每个人都尽职尽责地扮演着自己的角色。相比私人的尊严与愤怒，他们选择维护家族的安宁与体面。

祖父失去了全部的视力、牙齿和一部分听力，但依然头脑清醒、身体健康、精力充沛。他让仆人将所有用得着的东西都摆在床头，比如水果、坚果、药物、饮用水、袜子、毛巾等，以便他可以自行取用。每天清晨，他就拿起摆在床头柜上的干净衣物，把毛巾往肩膀上一搭，独自穿过院子里的小路去洗冷水澡。

房屋的管道里没有热水，因此，要想洗个温水澡，就必须先在楼上的厨房里烧好一大壶滚烫的沸水，再拎下楼，加进塑料桶中与冷水混合。无论是在祖父家还是在外祖母家，卫生间里都没有浴缸或淋浴间，里面只有一个水槽、一个厕位、一个离地几英尺高的水龙头，以及地板上一个用于排水的小洞。洗澡时，你要先从水龙头里接满一大桶水，然后坐在凳子上，一遍遍地舀水冲洗自己的身体。

对我来说，在巴基斯坦洗澡算得上是新奇有趣的体验，可如厕就是另一码事了。和当时大部分巴基斯坦人家中的厕所一样，祖父家和外祖母家都是那种设在地面上的蹲厕。蹲厕的两旁安有陶瓷脚垫，好让你站在上面。

母亲的兄弟们早已料到几个孩子肯定不会使用蹲厕，便赶在我们回家前加装了一个坐式马桶。可祖父家的厕所未做改动，还是最常见的蹲厕，我站在这个大洞前，束手无策。我应该把整条裤子都脱下来吗？我的衣服下摆会不会掉进厕坑里？如果在蹲着的时候需要用双手来保持平衡，那我拿什么来擦屁股？要是我整个人翻进厕坑里该怎么办！？

"翻进厕坑"成了我每次上厕所时最大的噩梦，因为我无论如何都做不到在蹲下的同时把双脚牢牢地固定在陶瓷脚垫上。这显然是一种需要长期磨炼的体术，不适合我这种娇生惯养的美国小孩。在听说我的苦恼之后，祖父给我想了个办法。他把一张塑料椅子的中间挖空，然后搭在那个令人望而生畏的厕坑上方。祖父的心灵手巧倒在其次，最重要的是，他没有把一个十一岁小孩对厕所的恐惧当作玩笑轻轻带过，而是真的为我找出了解决办法，这是多么深切的关爱。

我是祖父最疼爱的小儿子的大女儿,他对我始终怜爱有加。这个九十七岁老人的身高已经缩到 1.65 米,可依旧不怒自威。他的声音和年轻时一样洪亮,可在呼唤我时,刻意放低的声音却又那么温柔可亲。他管我叫"普塔",意思是"我的孩子",我从未在如此简短的一个单词中感受过如此深沉的爱意。

祖父是我见过年纪最大的人。仗着他双目失明,我常常肆无忌惮地盯着他猛瞧,盯着他脸部的轮廓、手上的皱褶,盯着他多蒂缠腰布下露出的两条瘦骨嶙峋的小腿。我要将祖父永远留在我的记忆中,而我也真的做到了。

当时我正沉醉于海伦·凯勒的故事,因而对祖父失明后的生活很感兴趣。一年之前,我第一次戴上眼镜,从那时起我便坚信总有一天我会变成瞎子。我仔细地观察祖父在失明之后怎样独立生活,怎样从一个地方走到另一个地方——在行走的过程中,有一只手从不离开墙壁。

他坚持自己吃饭。用餐前,他会用手指碰一碰送到房间里的餐盘上的每一道菜,看看今天吃什么、装在哪个容器里。在逐一确认完托盘里的东西后,他会从床边的水杯里捞出一副假牙,塞进嘴里略做调整,之后便慢条斯理地吃起来。吃完饭后,他会伸手摸出一个锡罐,撬开盖子,取出一块黄澄澄的棕榈糖。他会掰下一块分给我,然后自己也吃一小块,这顿饭就算结束了。

"每一口食物都要咀嚼二十五次。"他叮嘱我。这听上去似乎有些矫枉过正,但祖父解释说,咀嚼二十五次不仅可以减轻消化系统的负担,还有利于控制食量,在减少摄入的同时更好地享受食物的美味。我试着按照祖父的方法吃饭，可我实在无法把一口的分量延长至二十五次咀嚼；我刚数到十，嘴里就已经空空如也了。

这天早上，我决定亲手为祖父做个煎蛋饼，给他一个惊喜。我坐在煤气灶前面的木凳上，打了几个鸡蛋，加入食盐、辣椒粉、姜黄和孜然粒，然后将蛋液倒进了一锅滋啦作响的酥油中。我按照祖父喜欢的方式将蛋液煎至两面焦黄，他可不喜欢白嫩松软的美式煎蛋饼。

煎蛋饼加上早已准备好的帕拉塔煎饼和切片果盘，我小心翼翼地端起这份早餐走到楼下，志得意满地把托盘砰地放在他的餐桌上。祖父伸手拿起盘子，摸了摸今天的早餐是煎蛋、水煮蛋还是煎蛋饼。随后，他拈起一块帕拉塔煎饼和一块煎蛋饼塞进嘴里。他咀嚼了一下、两下，然后突然把盘子一摔，把嘴里的东西全部吐进了手帕里。

"这是什么玩意儿？"他咆哮道。

但他的怒火并不是冲着我来的，而是冲着一旁他自认为的"罪魁祸首"、平常负责给他做早餐的大伯的第二位妻子。他本来是绝不会同她说话的。

"你是要毒死我吗？**咸得要老命！**连个鸡蛋都不会做！？"

祖父的脸涨得通红，双手发抖。我吓坏了，差点想溜之大吉，让她替我背下这口黑锅。

但我最终还是不情不愿地向祖父坦白，这盘齁咸的蛋饼是我的"大作"。

祖父的气焰立刻熄灭了。他低下头，伸手拿过盘子，又开始吃那"咸得要老命"的玩意儿。

"我的孩子,"他温和地开口道,"食物上桌之前,记得自己先尝一尝。"

就这样,祖父吃完了整整一盘煎蛋饼,再也没抱怨过一句——只因为那是他的孙女亲手做的。这是幼年的我在烹饪这门功课中学到的一次宝贵教训。

有时,我会和祖父一起到院子里晒太阳。他会优哉游哉地倚在吊床上,手里托着一支咕嘟咕嘟作响的水烟。我本来挺喜欢水烟的气味,但后来得知烟丝里掺有"古波",也就是晒干的牛粪饼,顿时就觉得有点恶心了。我很清楚牛粪是什么味道,但水烟闻起来并不像牛粪。每天中午到下午的时候,总有人赶着一大群乌黑油亮的水牛从我们家门前那条宁静的小路上经过。牛群脖子上的铃声响起时,我就会跑到楼上的窗户旁,看着这群庞然大物从楼下不徐不疾地漫步而过。一个骨瘦如柴的牧牛人挥舞着细细的枝条跟在后面。

牛群经过后,小路上便留下许多在阳光照射下冒着热气的牛粪。后来我才意识到,这些牛粪每天都会凭空消失。原来有人专门收集牛粪,与干草混合后拍扁晒干,成为整个城市的水烟与炉灶的燃料。

祖父可以在阳光下一言不发地坐上好几个小时,我很好奇他是否知道身边有人。一旦确定即使我悄悄溜走他也不会发现,我就会偷偷跑开,到周围玩一会儿,心里也不会太过内疚。我很难克制自己爱玩的天性,因为每当我和祖父来到院子里,隔壁的墙头上就会冒出几个灰扑扑的小脑袋。墙的那一头住着一对夫妻,他们有九个女儿和一个儿子,全都挤在一栋大房子分隔出租的小房间里。

他们是我见过的最漂亮的一家巴基斯坦人。夫妻两个都很年轻，看上去也不过是两个大孩子。家里的十个孩子都有一头浅棕色的波浪卷和一对明亮的淡褐色眼睛。他们家里最大的女孩比我还要大几岁，拖着一条垂到腰间的美丽发辫，真让我这油腻的黑色波波头相形见绌。

这对夫妻每年都在生孩子，女儿之后又是女儿，但他们一定要拼出个儿子来。他们需要儿子。如果没有儿子，谁来照顾他们的晚年？如果没有儿子，谁来挣钱把姑娘们都嫁出去？因此，你总能看到这家的大姑娘身后背着小姑娘，而年轻的母亲永远挺着肚子，整整九个月都在祈祷上天垂怜赐他们一个儿子，直到最终如愿以偿。

"太愚昧了。"母亲对此评价道，"怎么能像动物下崽一样，一窝一窝地生？这么多孩子怎么养？这么多姑娘去哪里找人家？那个小儿子要被九个姐姐拖垮了。"

他们对我这个美国傻大个充满了好奇：明明是女孩，却留着男孩的发型，戴着老头的眼镜。我的乌尔都语很糟糕，只会听不会讲，字更是一个也不认得。他们同样不会说英语，但我们神奇地克服了语言障碍，常常混在一起玩"你追我跑"和捉迷藏，我还会从母亲的手提箱里偷拿一些糖果和饼干分给他们。我去过他们家两次，发现他们十二口人只有两个房间，炉灶干脆就支在院子里。房间里倒是干净，课本与衣服收拾得整整齐齐。每间房各有一张大吊床，白天就收到一边，松松垮垮地靠在墙上。

显而易见，这一家人很穷，但穷得很有尊严。小小的出租屋打理得井然有序、一尘不染,每个孩子也都穿得干净朴素,全家洋溢着一种令人羡慕的安定与祥和。我也羡慕这一家的大姐,她生性天真善良,一双明亮的大眼睛里总是盈满笑意,落落大方,完全没有任何自卑之态。而我,自从回到巴基斯坦后,一日比一日更深刻地意识到自己的幼稚,意识到周围的每一个人对我们一家的期待:更富裕的生活意味着我们应该活得更优雅、更光鲜、更美国。

可我和莉莉顶着的发型和衣装是那么寒碜——这两样都是母亲的杰作。这当然是因为我们既没有钱去理发沙龙,也没有钱购置巴基斯坦的高级服装。亲戚们都很困惑,为什么这一家"美国人"和电影里的美国人不太一样?还不是因为我们的父母依然按照他们的成长模式来养育我们,精打细算、克勤克俭。除此以外,他们还想尽可能保留孩子身上的"巴基斯坦味",因为他们坚信,总有一天,这些孩子终将重返故土。平常放学回家后,我们都得换上传统的南亚服装"纱丽克米兹"①,而父亲最大的梦想就是让两个女儿都留一头乌黑发亮的长辫。只可惜母亲懒得替我们打理,坚持每隔几个月就给我们的头发来一剪刀。

我们一家人的生活跟光鲜亮丽丝毫不沾边儿,可讽刺的是,有一样东西可以充当美国生活富足的铁证,那就是我的体重。要不是家里的存粮多得吃不完,怎么会养出这么敦实的孩子?

祖父最后一次亲眼"看到"我还是八年前我们来接莉莉的时候。这些年来,母亲时时把祖父那句"你到底对她做了什么"挂在嘴边,翻来覆去地说了不知道多少次。我一直有些担心自己的体形会再

---

① shalwar kameez,流行于南亚的整套服装。shalwar 意为宽松的裤子,kameez 意为长衬衫。

次让祖父蒙羞,可现如今他已经彻底失明,或许也算不幸中的万幸。

不过,其他亲戚的眼睛还亮着呢。

与祖父的五个女儿(我称为"法弗",即姑姑)见面,我和莉莉简直就像家畜进了农贸市场,任人拣选。几个年长姑姑的孩子都已过而立之年,早就成家立业,可几个年轻姑姑的儿子年纪与我们相仿,可以视作我和莉莉的潜在婚配对象。

我们接连拜访了好几位姑姑,为了送礼,也为了叙旧。年纪较大的四位姑姑都住在距离祖父家不远的地方,因此她们的孩子,也就是我的表哥表姐们,常常会顺路看望祖父,陪他坐上一会儿。去探访这几个姑姑就像一下子点亮了家族树上百分之八十的名字。每到一家,他们就要把莉莉、萨阿德和我介绍给一大群不认识的亲戚,每一家少说都有八到十个,然后再介绍给他们的配偶和子女。我们不得不努力记住一大串诸如库奇、莫娜、巴布鲁、特温齐、平琪等一百多个昵称和他们的大名,还要努力记住我们应该怎么称呼他们。

我们往往只需要安静地坐在客厅里,等着姑姑一家人蜂拥而入,挨个跟我们打招呼,最终把我们团团围住。主人的脸上挂着热情洋溢的微笑,细细地打量着面前的客人,而做客的几位只感到如坐针毡,千方百计地想要避开他们直勾勾的目光。如果"盯着瞧"能算作一项竞技运动,巴基斯坦人绝对是当之无愧的世界冠军。无论你走到哪里,人们都会极其自然而坦率地盯着你猛看半天,看得你浑身发毛,他们也丝毫不觉得需要掩饰。在巴基斯坦的文化里,盯着人看并不算什么失礼的行为。可对于被盯着瞧的一方而言,真是犹如芒在背,坐立难安。就算故意迎着对方的目光瞪回去，微笑着点点头，你又能坚持多久呢？最终你还是败下阵来，仓皇失措地垂下眼皮、移开目光，希望对方也能识趣一点，适可而止。可他们从不知道什么叫适可而止。

置身这样一群近乎完全陌生的亲戚当中，忍受着他们上下打量的目光，我们做客人的还得吃点儿东西——可他们却完全不吃，只是继续盯着我们瞧。客人一进家门，家长就会支使男孩们去拿冰镇可乐、咖喱角和糖果，厨房炉灶上的茶水也恰好烧开。时值冬季，每一家招待我们的都是同一类食品——"热食"，这指的不是摸上去热乎乎的食物，而是吃下去后能让身体发热的食物。在古老的东方，每一种食物和香料都被归为"热性""寒性"或"中性"，要想身体健康，就得吃应季的食品。在隆冬进热食可以驱寒，在酷暑进寒食可以去暑。无论去到谁家，他们的桌上总摆着两种传统的热性食物，一种是用在酥油烹煮的胡萝卜糊上撒满坚果，再舀几大勺甜腻的浓奶浆"珂亚"做成的胡萝卜牛奶布丁，还有一种则是盛在浅盘中对半切开的煮鸡蛋。

无论是姑姑严厉的审视还是表亲惊诧的目光，都不能阻止我在每一户亲戚家都吃个肚皮滚圆。这一天，我们正在二姑姑家做客，客厅里挤满了她的女儿和外孙女们，而我正在把第三个煮鸡蛋塞进嘴里。二姑姑问母亲："你刚刚说拉比亚今年多大来着？"

母亲看了看坐在一旁戴着眼镜、用发箍勒着一头油腻笔直波波短发的女儿，回答说我已经十一岁了。

"十一岁？你平常都喂她吃什么？她看上去少说也有十八岁，全都发育好了。"

我继续闷头大嚼鸡蛋，有一搭没一搭地听着。热乎乎的鸡蛋煮得恰到好处，金色的蛋黄咸香油润，这可比美国的鸡蛋好吃多了。等我终于从鸡蛋的美味中回过神来，抬起头，发现母亲、二姑姑以及好几个表姐妹都在细细地打量我。"发育？"我暗自奇怪。我不知道"发育"是什么意思。

母亲似乎有些不知所措，喃喃辩解道："你们知道的，美国孩子长得就是快，发育也早。我自己快十六岁才发育。波碧嘛，也是几个月前才发育的。"

"哦——"二姑姑惊叹道。其他几人也诧异地挑起眉毛，倒吸了一口气。

我突然明白她们在说什么了。就在几个月前，我生日的当天，同时也是初一刚刚开学的时候，我的初潮来了。

幸亏五年级时刚刚上过生理健康课，我对青春期和性行为有了一些基本的认识，而不至于被突如其来的初潮打个措手不及。我记得当时还是我一再催促母亲，她才勉为其难地在性教育课程同意书上签了名，同时不忘严正警告我："无论你学到了什么，绝对、绝对、绝对不能对你的弟弟或妹妹提一个字。也不许和舒布纳姆说这些东西。不许和任何同学讨论这些东西，谁也不行。绝对不行。"

母亲的警告起了作用，我从不敢与任何人讨论我在生理课上学到的内容，直到数年以后，我终于鼓起勇气去问舒布纳姆精子到底是如何与卵子结合的（我们的生理课老师拒绝说明这一点），然而，我无论如何都不肯相信舒布纳姆告诉我的答案。

初潮的那天清晨，我兴高采烈地跑下楼，咬着母亲的耳朵告诉了她这个消息。当时母亲正坐在桌边缝着什么东西，听完我的悄悄话，她脸色一红，放下手中的活计，把缝衣针插回了线轴里。"跟我来。"她说。

我蹦蹦跳跳地跟着母亲上了楼。我们两人走进浴室,母亲把门落了锁,这才告诉我卫生巾放在什么地方以及如何使用它。在此期间,她没有正眼看过一旁嬉皮笑脸的我,直到最后才郑重其事地盯着我嘱咐道:"绝对、绝对、绝对不能告诉任何人你来月经了。谁也不行。绝对不行。"

我没有违背母亲的命令。可如今,在这个挤满了女眷的客厅里,母亲堂而皇之地向所有人宣布我来月经的消息。她对亲戚们解释道,美国的伙食实在太丰盛、太有营养,就连美国的女孩也比巴基斯坦的姑娘们要提前"发育"好几年。

在场的每个人都面色凝重。这可不是个好消息。一般来说,女孩的初潮来得越晚越好。一旦月经来潮,她就必须履行所有宗教义务,这也意味着她到了适宜婚配的年龄。可过去制定"初潮之后即可婚配"这条规则的人恐怕从未想过,会有女孩在九岁、十岁、十一岁时就进入了青春期。

"噢,怪不得发育得好。"二姑姑盯着我微微隆起的胸部,如此评论道。感应到她的目光,我不由得含胸驼背,缩起肩膀,手里还拿着一小盘切好的煮鸡蛋。看着面前的侄女,二姑姑忧心忡忡地叹了一口气。众所周知,月经来潮之后,女孩就不再长高,而是日渐丰满,尤其是在某些部位。对于我和我未来的婚姻来说,这可不是什么好兆头。我的身高只有 1.52 米,体重却已经相当可观。二姑姑原本希望我能够成为他们家的儿媳,可事实摆在面前,我不是婴儿肥,而是货真价实的成人式肥胖了。我不会再"抽条",我已经没救了。

她下达了最后的判决:"美国的食物让她发育,也让她变胖。好好想想以后怎么办吧。谁愿意娶她呢?"

"嘿,小胖妞!没人愿意娶你啦!"在外祖母家时,帕米舅舅也会半是调侃、半是忧心地这么对我说。

"胖妞"是我在这次探亲之旅中收获的新昵称,此外还有"脆球",一种往炸酥的球形脆壳里浇满鹰嘴豆泥和土豆泥的街边小吃。

"胖乎乎的。"某天吃早餐时,大伯的儿子拉赫曼突然宠溺地对我说。

我停下了手里的动作,拉赫曼连忙打圆场。"不不,继续吃吧。你看,我也胖乎乎的呀。"

这话不假。拉赫曼膀大腰圆,将近 1.93 米的个头,体重得有 113 公斤。但我很快意识到,对于男人来说,胖不胖无关紧要。

我和曾经多次订婚但从未真正结过婚的帕米舅舅说,看看他那大腹便便的样子,也算不上什么"健美先生"。他凑近我,劝道:"小胖妞,你还不明白吗?只要有工作、有房子,男的长什么样都无所谓。可女的不同,女孩可不能年纪轻轻就胖得跟别人家大姨似的。女孩要的是身材,不是身家。"

身材,身家。我不得不承认,这个文字游戏玩得很妙。

距离祖比小姨的婚礼只剩下最后几周时间了,随着婚礼日期一天天迫近,家里也变得愈发热闹起来。按照传统,新娘在出阁前至少一个月都应禁足在家,可祖比小姨实在受不了六个兄弟姐妹和侄子侄女成天在她身边团团转,更何况她早已习惯每天出门的生活。她要上学、访友、赶集,还喜欢不时探索本地的美食餐馆和珠宝店铺——美食和珠宝是她最大的两个爱好。

我特别喜欢祖比小姨。与大姐和兄弟们不同，祖比小姨安静温婉，光彩动人。我真想知道生来就是大美人是一种什么样的感受：全家人无时无刻不围着你打转，在任何社交场合中甫一登场，就立刻成为万众瞩目的焦点。她常常和我们这群子侄混在一起，躲在被子里偷偷分我们些糖果饼干，但她告诉我她最喜欢和我窝在一起，因为我摸上去软绵绵、肉乎乎的。在这场长达数月的探亲之旅中，只有祖比小姨从未对我的体重发表过任何负面评论。

这天，祖比小姨又打扮一新，准备偷溜出门。她看到我在一旁瞪着一双水汪汪的大眼睛，于是邀请道："要跟我一起出门吗？"

我一蹦三尺高，连忙穿上凉鞋，告诉母亲我要和祖比小姨出去玩。

"别再顶着大太阳出门了！要是婚礼前晒黑了怎么办？街坊邻居会怎么议论你？都要嫁人的大姑娘了，没点羞耻，一天到晚在街上闲逛！"我们跑出铁门，把怒吼的母亲远远甩在身后。

祖比小姨拉住我的手说："好了，第一站，咱们先去吃个汉堡。"我从来不知道在巴基斯坦也能买到汉堡，但我确实非常想念美式快餐。于是我们迈开步子，走啊，走啊，走啊。

祖比小姨告诉我，她去哪儿都用走的。她不想花钱坐人力车，也懒得去挤公交车，所以她总是走路。用双脚她总能及时发现大楼脚下一茬茬新开的小店和路边神出鬼没的小吃摊。

我们手拉着手，沿着家家户户屋外的露天排水沟，在熙熙攘攘的车流、摊贩以及见缝插针地停满任何空隙的摩托与汽车间穿行。这是我第一次真正踏上拉合尔四通八达的街道，在那之前，我一直被关在沙姆讷格尔和桑特讷格尔的大门里。这种感觉令我心中雀跃,兴奋不已,一股难以言喻的归属感涌上心头。我们来到一处环岛,环岛周围没有明显的车道划分,各个方向的车辆漫无章法地呼啸而过,驶出或没入十几条看不见的"道路"之中。似乎每个司机都铆足了劲儿,死死地按住手里的喇叭。

环岛中央的草坪上矗立着一座小型莫卧儿城堡似的雄伟遗址,四根宏伟的大柱分立块状结构的四角,底下敞着几扇巨大的拱门。这尊栉风沐雨的华美建筑仿佛自《阿拉丁神灯》的故事里穿越而来,格格不入地屹立在车水马龙的市中心,屹立在一众商铺、垃圾堆与色彩艳俗的广告牌里。

见我目不转睛地盯着它,祖比小姨向我解释道:"那是'绍尔布吉',意思是四塔楼,有四百多年的历史了。它是为莫卧儿王朝的公主泽布·乌恩·妮萨建造的,原本通往皇家花园,那是公主与侍女们的游憩之所。以前啊,中间那道拱门里还有潺潺小溪流过……现在已经没什么好看的了。"

对我来说,这可太好看了。我从未见过这样的建筑。它是为一位真正的公主建造的!这里曾经繁花似锦,还有溪水流过!

我本以为我们要上绍尔布吉,从它底下的拱门里穿过,但小姨断然否决了我的想法。"看到草坪上躺着的那些人了吗?"她问。

我当然看到了,我猜他们是在睡午觉。

"他们都是'查西斯',瘾君子和小毛贼。他们没有地方可住,就在绍尔布吉露营扎寨,买卖毒品。那里很不安全,我们从旁边绕过去。"

我们绕过环岛,走过一条又一条街巷,最后在一辆木板车前停了下来。木板车的一边放着一打抻长的面饼和一盆煮鸡蛋,另一边则排着一列小盆,分别放着捣碎的洋葱、番茄、辣椒、生菜、各式香料和酱汁。木板车正中央突起的炉灶上架着一口直径超过两英尺的塔瓦铁锅。这就是"汉堡店"了。

我兴致愈发高涨。过去,我不仅从未真正逛过这座城市,大人也从不允许我们吃路边的食物。尤其是父亲一家,他们自己从不吃路边摊,也明令禁止家里的孩子吃。露天制作的食物会吸引蚊蝇不说,那些小贩时不时擦擦鼻子、挠挠裤裆,然后又不以为意地继续招呼客人,实在是太不卫生了。他们还警告我们说,对于"水土不服"的美国胃,吃路边摊必然招致灾难性的后果。

母亲一家在吃食的选择上显然更具冒险精神,我的五个舅舅每天都会从不同的餐馆或小吃店里打包一些食物回家,但他们从来不肯带我们去店里。而此时此刻,这个露天汉堡车对我而言无异于一场新奇的大冒险。祖比小姨示意戴着头巾的瘦高个儿摊主给我们做两个汉堡,他伸手从推车下面捞出了四个肉饼,但那看上去不像牛肉饼。"那是什么?"我问祖比小姨。

"那是用扁豆和牛肉压碎做成的沙米烤肉饼。注意看他的制作步骤。"

这时我才意识到,祖比小姨带我吃的汉堡并不是我以为的那种汉堡;很显然,她也没吃过真正的汉堡。只见摊主先将肉饼铺在铁锅上压实,淋上一勺酥油,当肉饼开始滋滋作响时,他又往铁锅上扔了几个煮鸡蛋,并用手里的铁铲将鸡蛋大致捣碎。随后他把肉饼翻了个面,往上盖两片中间切开的小圆面包,与此同时浸在酥油里的鸡蛋碎开始噼啪作响,蛋白煎得微微焦黄。

最后，他铲起肉饼，与其说是塞进两片已经加热好的圆面包里，不如说是像抹黄油似的将肉饼碾碎后涂在面包片上，再往里面撒上一把鸡蛋碎和其他新鲜配料，一撮恰特马萨拉，几勺番茄酱、青色的辣酱和红色微甜的酸辣酱。这个汉堡可以说是"群英荟萃"：松软的肉饼、有韧劲的鸡蛋、香脆的洋葱、多汁的番茄。我从未想过世界上还有这样的汉堡。美国最近才流行起在汉堡里加鸡蛋的做法，这个巴基斯坦汉堡摊在引领美食潮流方面可以说是一骑绝尘了。我们站在路边狼吞虎咽地干掉了新鲜出炉的汉堡，因为丰富的酱汁流得满手都是，我们又用木板车上的水缸洗了手。

这时，我们已经在外面逛了一个多小时，我那疏于锻炼的"美国富贵病"找上门来了。祖比小姨同意带我搭公交车前往下一个目的地——她之前的大学食堂。她领着我走到一个街角，那里压根儿没有公交站牌的踪影，可公交车就是知道应该停在哪里，乘客们也知道该在哪里候车。每隔一分钟左右，就有一辆人满为患的公交车或小型面包车在路边停下，售票员一报出站名，就有一撮人火急火燎地跳下车，另一撮人则拼死拼活地挤上去，唯恐司机一脚油门绝尘而去。每次车去车来，总有几个可怜的家伙被挤出车厢，只能无可奈何地等待下一趟。

这个街角的车站实在是太吓人了。我们被夹在汹涌的人潮中，周围的乘客大多是男人。祖比小姨紧紧抓住我的手，叮嘱道："我们的车就快来了。无论如何都不能松开我的手，我带你上车。"

我们的车终于来了。和许多公交车一样，它有前后两个"门"——如果没有门板的车门也能称之为"门"的话——挤不进车厢里的乘客就只能站在车门最矮的一级台阶上，将半个身体悬在车外。祖比小姨一马当先，左推右搡，终于挤到了车门口，并在几秒之内就敏捷地登上台阶，钻进了车厢；可我没能抓紧她的手，被孤零零地留在了车门之外。我听到祖比小姨尖叫起来："我的女儿！我的女儿还在下面！帮她上来，请让一让！帮她上来！"我感觉有人猛地拉了我一把，在车辆发动的同时，我终于登上了车门外最矮的台阶。

我听到远处传来祖比小姨的尖叫："波碧、波碧！"她仍在奋力挣扎，想要看清我究竟有没有上车。这时有人大声回应道："Fikar na kaar bibi, tere bhans ka bacha char gaya（别担心，女士，你的小胖墩儿好着呢）！"

乘客们哄堂大笑，而我不由得涨红了脸。当时我正紧紧地抓住车厢上部的栏杆，以免那辆横冲直撞的公交车把站在最外面的我给甩出去，可听到那句话，我差点儿不堪受辱地跳进汹涌的车流。到了下一站，车上下去了几个人，新上车的乘客终于把我推进了车厢里。我挤到祖比小姨身边，她赶紧一把抱住了我。"她是你的女儿？"一旁有人出言道，"我看你像她的女儿。"

祖比小姨毫不示弱地顶了回去："Bakwas band karo（闭上你的臭嘴）！"对方果然没再说话。等终于到站下车时，我已经眼泪汪汪了。"这个地方的人个个都是混蛋。"祖比小姨再次牵起我的手，朝母校的大门走去。

接下来的快乐时光驱散了公交车带来的阴影。我们在大学食堂里吃了炸时蔬和开心果老雪糕，那滋味远胜我吃过的任何冰淇淋。快到傍晚的时候，我们又去了有两百多年历史的远近闻名的安娜卡丽集市。这个集市的规划没有什么条理，不过是一片纵横交错的古老街巷。路旁开满了各式各样的小店，最小的店面不过十英尺宽，柜台上陈列着琳琅满目的布匹、鞋子、玩具、服装和一排排琉璃手串。祖比小姨对这个集市可以说是了如指掌。她带着我在鳞次栉比的小店间穿梭，越走越深，最后，我们来到一家商铺前。一个男人坐在高高的台面上，身旁堆满了石榴、菠萝、橙子和香蕉。

商铺的一侧挂着帘子，祖比小姨上前将布帘扫到一边，露出一排简陋的长凳，十数名面带倦容的妇女正坐在那里休息，脚边堆满了各式各样的购物袋。她们躲在这片闹市的僻静处，就着手里的恰特水果沙拉，畅饮大杯的鲜榨果汁。

"这里，"祖比小姨介绍道，"就是全拉合尔最著名的恰特沙拉店。"

我们挑了个位置坐下，祖比小姨点了一份招牌恰特沙拉，一份看上去像安布洛西亚①水果沙拉的恰特沙拉，以及一杯菠萝奶昔。

帘子外面，我瞥到一个小男孩正坐在堆积如山的脏杯子和脏盘子中间，极其敷衍地把餐具浸入水桶，涮了涮，便递给另一个男孩，后者则用手中一块脏兮兮的抹布随便擦了两下。噢，我真是自讨苦吃。我的脑子里浮现出堂哥拉赫曼对我说过的各类疾病和细菌——肝炎、伤寒、寄生虫，还有其他几十种引起腹泻和呕吐的元凶。

然而，在两个装满恰特沙拉的小银盘和一大杯冰冰凉凉的奶昔送上桌时，这些全都被我抛到了九霄云外。我们往恰特沙拉上撒了更多的恰特马萨拉，又淋上用李子和椰枣做成的酸酸甜甜、

---

① ambrosia，一道经典的美式甜点色拉，通常以水果、椰子、棉花糖和奶油混合制成，有时还会加入坚果和酸奶油。

撒满辣椒粉的酸辣酱。一切都奇妙极了。其实这家小店的恰特沙拉并不比我们自制的恰特沙拉高明到哪里去，奇妙的在于这等独一无二的体验——在这个古老集市的中心和一群萍水相逢的阿姨们分享这个无人知晓的僻静角落，耳边祖比小姨在向我娓娓讲述十七世纪的传奇女子安娜卡丽的故事。

安娜卡丽（意为"石榴花"）是一名美貌的宫廷艺伎，她爱上了莫卧儿帝国的皇子萨利姆，两人在拉合尔一见倾心。可安娜卡丽是萨利姆的父皇阿克巴皇帝的宠姬，这段不伦的恋情传到了皇帝的耳朵里，暴怒的皇帝便下令将安娜卡丽活活砌死在皇宫后院的一堵墙里。有人说安娜卡丽就此香消玉殒，也有人说她设法逃过了一劫。无论哪种说法，萨利姆皇子都伤心欲绝，并在登基称帝（即贾汗吉尔皇帝）后在古城的中心为这位故去的恋人修建了一座极尽奢华的陵墓。

安娜卡丽的墓中刻着真主的九十九个名字和一首皇帝所作的悼诗，诗中写道："啊！若能再见爱人一面，我将感谢真主，直至终末之日。"

这个故事完美契合了宝莱坞电影从小在我心头烙上的浪漫幻想。我想去安娜卡丽的陵墓看一看——说着，我从银盘里抓走了最后一点儿果汁。

"生活在古代的贾汗吉尔皇帝尚且如此浪漫，如今的男人却大不如前了，"小姨感叹道，"安娜卡丽的陵墓还在原地，但现在已经被改造成政府大楼，里面堆满了成山的档案与文件。他们第二次杀死了安娜卡丽。"

婚礼进入了最后的倒计时。时间只剩下一周,筹备工作还远未就绪。

我们为祖比小姨准备的嫁妆和预备赠送给新郎一家的礼物渐渐堆满了整个房间,包括许多祖比小姨婚后要带去新家的大件家具。严格来说,穆斯林不应当为女儿准备大笔陪嫁,否则像是在用金钱"买"新郎。相反,穆斯林的新郎有义务按照新娘一家的要求,在婚前或婚后向新娘赠送彩礼。不过,巴基斯坦依然保留了旧日的印度教传统,即新娘会收到彩礼,但也应付出相应的嫁妆。

新娘家的礼物越多,名声就越响。新娘要为新郎的母亲和姐妹准备金光灿烂的戒指与手镯、各色华丽的衣衫与披肩,为新郎及其父亲准备手表和古龙香水,为新郎本人准备十几套西装、毛衣、外套和鞋袜,此外还要为新婚夫妇的爱巢准备无数精美的茶具与瓷器、毛毯与床单,若干家用电器和不锈钢厨具。如果碰上女方家境优渥或男方贪得无厌,新娘还少不了要陪嫁一辆崭新的小轿车。家有千金的父母通常从女儿还小的时候就开始为她攒嫁妆、攒婚庆首饰了,因为他们心里清楚,这是普通人家绝对无法在一夜之间掏出的巨款。

祖比小姨的嫁妆来自世界各地。我们这些长居国外的亲戚从美国、欧洲和迪拜带来了许多时髦的礼物。母亲给未来的妹夫准备了成套的西装、皮鞋和古龙香水,为姻亲家的女眷们准备了皮包和毛衣。剩下的几兄弟分摊了更昂贵的礼物,一个舅舅送了洗衣机和烘干机,一个舅舅给新郎买了手表,另一个舅舅则为女眷们准备了金戒指。

大件的家具将在稍后送到新郎家中,但剩下的个人礼品可不能用袋子一装就随随便便送出去，它们必须像皇室贡品一样，用透明的玻璃纸仔细包好，精心摆放在巨大的托盘与花篮中，再饰以繁复的彩带与鲜花。这项工作极其耗时耗力，首先要将衣服整整齐齐地悉数叠好后用针线固定住，以免脱位，再将它们巧妙地排布在托盘与花篮中，做好装饰点缀，最后再将它们整个牢牢包好，以便在最盛大的婚礼当日将这些礼物以最完美的样子隆重地赠送给新郎一家。

唯一一件在婚礼之前交换的礼物是双方的礼服。新郎一家负责准备新娘的礼服和首饰，而新娘一家则负责提供新郎的礼服。直到婚礼的前几天甚至婚礼前夕才知道自己要在婚礼上穿什么衣服，这实在令人心中忐忑，可这项习俗依然流传至今。双方家庭会交换衣物的尺码，剩下的就只能听天由命了。

我从未见过祖比小姨的未婚夫，只听说过他的一些情况。他是巴基斯坦军队里的一名上尉，来自距拉合尔约数小时车程的古吉兰瓦拉。就剩我和祖比小姨两个时，我会不断问她，她爱他吗？她喜欢他吗？他长得帅吗？她激不激动？可小姨每次都只是默默地别过脸去，从不回应。

"别问了。"母亲压低声音说道，"新娘不应该为结婚而激动或者开心。她将永远离开自己的至亲，她只会为此难过！"

我十分困惑。我想起我们在美国参加的婚礼，新娘是那么幸福快乐，那才是新娘该有的样子。

在距离婚礼还有数日的一天清晨，家里爆发了不小的骚乱。当日原本的计划是由我的两名舅舅驾车前往古吉兰瓦拉给新郎送礼服，但新郎早上打电话过来，说不必麻烦舅舅，他们一家正好到拉合尔办事，几个小时后会直接登门拜访。我们家里完全没有做好待客的准备。小姨敷着满头的椰子油，几个舅舅衣衫不整、胡子拉碴地坐在客厅，而母亲和外祖母都出门购物去了。

听到这个消息，祖比小姨一跃而起，冲回房间换下了身上已经穿了两天的衣服，把一头长发捋顺梳好、扎成辫子，又急匆匆地跑进厨房，希望找到一些可以用来招待未婚夫一家的东西。其他人则开始手忙脚乱地打扫庭院，收拾餐桌上的零碎杂物，整理乱七八糟的客厅——每天晚上，这里都要充当六七个人的卧室，沙发被挪到墙边，床单和枕头堆得满地都是。除我之外的每个人都把这次突然来访看作惊吓而不是惊喜，这几位不速之客完全打乱了家里下午的计划。如今距离指甲花之夜只剩最后两天，人人都忙得脚不沾地，只有我迫不及待地想要一睹这位未来姨丈的尊容。

终于，门口传来了叩门的声音，紧接着是一串嘈嘈切切的招呼与寒暄，小姨的未婚夫带着自己的母亲和姐妹来了。母亲和外祖母几分钟前才刚刚到家，此时正在屋里急急忙忙地收拾打包新郎的礼服，留下小姨独自在厨房里忙活。我跟着祖比小姨站在点着两个炉子的灶台旁，她正在炸时蔬，脸上红彤彤的。一个舅舅走进厨房，问餐点好了没有。已经好了。于是他端起一个托盘，我也端起一个托盘，跟着他走进了客厅。

这时，我已经熟练地掌握了巴基斯坦人"盯着人猛瞧"的技能，而且很清楚这么做绝不会招致惩罚。于是从走进客厅的那一刻起，我便目不转睛地盯着沙发中央那个瘦削、秃顶、留着一撮小胡子的男人。我放下装满坚果、鸡蛋、炸时蔬和烤肉的托盘，目光一刻也没有从他身上离开，然后走到母亲的身后站定。母亲正坐在客厅的主位上。

这是新郎一家第一次见到我们家中堪称一家之主的长姊，母亲早已打定主意要逗一逗"美国佬"的威风。她一张嘴便吐出了一大串英文，我不由得大吃一惊。除非万不得已，她从来不在家里说英语，甚至不在美国的家里说英语。这显然是要给对方一个下马威。

出乎意料的是，新郎从容不迫地跷着二郎腿，以流利的英语回应了母亲的有意刁难。他毕竟是一名军官。经过这番试探，母亲发现无法从语言上占到任何上风，于是又换回了平易近人的乌尔都语。我仍旧一言不发地盯着新郎，而他则时不时对我抬眼一笑。

最后，他终于开口道："你叫什么名字？"

"呃，拉比亚。"

"你以后可以叫我伊斯拉姨丈。"

我喜欢这个男人。在这种场合，许多大人都会完全无视身边的孩子，不会主动与孩子搭话，也不愿意听孩子说话，可他特意和我打了招呼。我蹦蹦跳跳地穿过院子回到厨房，小姨将我拉到一边，低声问道："你看到他了吗？他人怎么样？"

我欢快地叫道："他人很不错，**就是没有头发——像颗光溜溜的大鸡蛋！**"

直到几个星期后我才知道，当时伊斯拉姨丈和客厅里的所有人都听到了我这番振聋发聩的点评。

他们一直待到傍晚才作别离去，此时距离周末三天的庆典只剩下星期四一天了，星期五就是指甲花之夜，星期六是新娘家的送亲宴，星期天则是新郎家的迎亲宴。

　　我在橱柜里发现了一台尘封已久的老式录音机，便让我的舅舅给我买回了许多婚礼音乐磁带，从宝莱坞金曲、古老的民谣、欢快的指甲花之夜颂歌到凄切的新娘送亲曲，应有尽有。为了烘托婚礼的气氛，我把录音机的声音调到最大，没日没夜地播放着。

　　可我的努力收效甚微。祖比小姨终日闷闷不乐，一天比一天消沉，而家里的其他人则忙得焦头烂额，一天比一天暴躁。就在指甲花之夜的前一天，几名工人拎着油漆桶，把我们家里里外外快速粉刷了一遍，又在正对街道的外墙、屋顶和院落里拉满了五颜六色的彩灯。结婚就要有结婚的样子。

　　我喜欢这些装饰。在美国，只有圣诞节时才能看到闪闪发光的灯串，而我们家又不过圣诞节，所以我只能远远观望别人家的点点星火。黄昏时分，家里亮起了喜庆璀璨的灯光，一切都像印度电影，如梦似幻；然而与电影中的其乐融融不同，我们这一家个个都像吃了火药。母亲对外祖母发火，外祖母对舅舅们发火，舅舅们互相发火，而祖比小姨把自己反锁在房间里，对外面发生的一切充耳不闻。

　　察觉到家里的气氛剑拔弩张，我干脆爬上了屋顶，这是我最喜欢的地方之一。在屋顶的天台上，我可以远眺周围好几家街坊的院落。在巴基斯坦，每家每户都有这样一个开阔平坦的天台，四周围着铁栏或砖墙，天台上则放着几把椅子和吊床。孩子们在这里玩耍，年轻人在这里放风筝，妇女们在这里晾晒衣物，一盘盘辣椒与一罐罐腌菜在这里沐浴阳光，老头子在这里饮茶；我喜欢在这里观察人们的生活。在拉合尔寒冷的冬季，天台是晒太阳的绝妙去处。有时我们全家都会聚在这里，吃着拌了盐与辣椒粉的黄瓜片，再喝一杯掺了黑盐的鲜榨胡萝卜汁。

在炎热的夏夜，我总想留在天台上睡觉，我知道父亲从小都是这么干的。我曾经恳求舅舅们让我在天台上睡一夜，但遭到了断然拒绝。首先，只有男孩子才能睡天台，女孩子睡天台只会引来不怀好意的目光；其次，更重要的是，我可能会被杀掉。"'哈索拉'会敲碎你的脑袋！"他们说。

"哈索拉"意为敲头党，是报纸为近来发生的一系列残忍谋杀案的幕后真凶所取的绰号。受害者往往在露天睡觉时遇害，无论是睡在自家天台上的普通人，还是露宿街头的流浪汉，都会被一锤敲死。有时，受害者的脑袋可能会被敲得稀碎，舅舅们如是说。所以你再也看不到人们大剌剌地在天台上睡觉了。所有人都被吓坏了。

舅舅们的恐吓颇有成效，我每次登上摇摇欲坠的梯子到天台上玩耍时，都不敢停留太久。可有的时候，我上天台并不是为了偷看别人家的院子，反而是为了在不被家人发现的情况下偷看自家的院子——尤其是偷听大人的谈话。

这天晚上，我从二层楼顶的天台偷偷向下张望，看到两个舅舅刚刚结束了指甲花之夜的准备工作，正围坐在中庭里休息，一边闲聊一边敲着松子和核桃。不知说到了什么，两个人都抬高了音量，紧接着嗓门越来越大，声音越来越响。

不过这没什么好稀奇的。自从回国以来，我至少目睹过这群亲兄弟争吵不下十几次，每次都闹得地动山摇，仿佛世界末日。舅舅们各个身材魁梧、嗓门洪亮，他们的嘴里打雷似的进出一连串我从未听过的脏话，什么妈啊，妹啊，还有某些我连提都不能提的身体部位。好多脏话要到许多年后我才能回过味儿来。

父亲对我们说话从来都很心平气和，所以我不擅长应付怒气冲冲、大吼大叫的男人。这种情况很吓人，但也很奇妙，就像眼睁睁地看着一场惨烈的车祸在你的面前无可挽回地发生。

我看到两个身影跳了起来，开始互相推搡。

啊哦。冲突升级了。

"狗日的，你又为她做过什么！？"

"狗日你妹了，我比你这混蛋强多了，你做了什么？在国外吃成个肥猪！"

他们正在争吵这些年来到底谁没有好好孝顺自己的寡母。两个人吵得越来越激烈，越来越大声。

正好随身带着那台录音机的我连忙翻看里面的磁带，那是由当时风头正健的穆萨拉特·纳齐尔录制的一盘《婚礼金曲》，可我不得不忍痛牺牲这盘磁带以便录下楼下的争吵。我都想好了，如果我能成功把这段粗口连篇、令人不忍卒闻的争吵录下来，再在事情平息后把录音放给他们听，他们一定羞愧得无地自容，再也不敢这样放肆了。又或者，我可以用这盘磁带来要挟别人，获得一些好处。可究竟能要挟谁呢？我也不知道。

总之，机不可失。我在狂风暴雨的谩骂中按下了录音键。

正在破口大骂的舅舅已经被另一个舅舅按住了脑袋，外祖母则站在露台上恳求他们不要再丢她的老脸，现在整条街上的人都听到了。我听到不远处响起了拍门的声音，于是拔腿跑到天台的另一头去看看门外发生了什么事。只见几个邻居站在街边，正隔着门大声训斥我的舅舅，让他们有点公德，现在是晚上十点，大家都准备睡觉了。何况谁家没有女儿、姊妹和母亲？她们犯了什么错要听到这些侮辱人的混账话？

当然，没有一个人去应门。

我又跑回天台的这一头，正好目睹其中一位舅舅操起一把椅子，猛地砸向自己亲兄弟的后背，疯了似的大叫道："好啊，**今天我就 x 你老婆怎么了！**"

彼时彼刻我自然不明白他在说什么，因为他说的是乌尔都语，而我不明白那个动词在乌尔都语——或任何语言——里到底是什么意思。但那句话显然成了整场争斗的转折点。两人各自抓起砸断的椅子背、椅子腿，打作一团。外祖母哭着跑回了卧室，另外两个舅舅则从房间里冲出来，合力将两个闹事的家伙分别关进了不同的房间，总算结束了这场殊死搏斗。

一切又归于平静。我心惊胆战地站在原地等了十来分钟，确定战火不会重燃之后，这才蹑手蹑脚地从天台上爬了下来。

在最大的那间卧室里，母亲正若无其事地倚在床上看电视。外祖母躺在母亲身侧，用被子蒙住了脑袋。从来不参与这类争吵的伊菲舅舅正坐在一张小床上看报纸。我悄悄地从门外走过，走进祖比小姨的卧室里。她正独自一人躺在黑暗中。卧室里没有开灯，但透过每一扇窗外微光闪烁的彩灯，我能看到她正趴在床上，用枕头捂着脑袋。

我回到露台上坐下，打量着已经摔成碎片的椅子。我知道两个打架的舅舅已经被关到不同房间里冷静去了。又过了一会儿，帕米舅舅走了出来，招呼道："Chal moti（来，小胖妞），咱们去搞点吃的。"

我爬上帕米舅舅摩托车的后座,跟着他一同驶入夜色。街上依旧人来人往、车水马龙,拉合尔的夜生活热闹非凡,许多餐馆都会营业到凌晨。我侧坐在摩托车的后鞍上,因为帕米舅舅说那才是淑女搭车的正确方式。每过一个转弯,我都唯恐自己会被甩飞出去,因此只能拼命抱紧帕米舅舅,把头埋在他的背上,避开这一路险象环生的画面。

我们在一家敞开式的餐馆前停下,店铺门前的每一寸空地都见缝插针地挤满了摩托车和自行车。"敞开式",顾名思义,指的是餐馆与大街之间没有任何阻隔,所有烹饪环节都是在人行道上当着所有食客的面完成的。你可以坐在灶台后面的矮桌椅上,也可以在路边随便找一条长凳或倒翻的水桶坐下。

帕米舅舅点了点门口的招牌,问我:"看得懂吗?"

看不懂。

"Haji Sardar Ki Machli."他念了出来。原来是"哈吉·萨尔达炸鱼铺"。

灶上两大锅热油烧得滚烫,正噼里啪啦地冒着气泡。一个男人站在秤旁,随手称出一块块裹着面糊的鱼块,递给一旁的厨师现炸,再热气腾腾地交给顾客。负责炸鱼的厨师蹲在一块比油锅略高的平台上,真叫人担心他们会一不留神溜下去。但他们个个眼明手快、动作娴熟,只消看两眼油锅,就知道该在什么时候放入鱼块或作为配菜一同裹上面糊油炸的土豆片和茄子片,又在极其恰切的时机将炸好的东西一把捞出。

炸鱼铺的炸鱼是论千克卖的,块头都很大。我只在美国的食杂店里见过细细长长的鱼片,可这里的鱼块粗粗壮壮,简直像一截小圆木,真不敢想这条鱼原本该是怎样的庞然大物。

我坐在摩托车后座上,目送着帕米舅舅七拐八弯地钻进人群。十五分钟后,他拎着三个热气腾腾的塑料袋满载而归。我们一路飞驰回沙姆讷格尔,他将塑料袋中的食物倒在露台的餐桌上,五六个装着酸辣酱和萝卜泥的小袋子滚了出来,紧接着是几份用报纸卷起来的炸鱼、烤馕和土豆炸时蔬。

"Yaar, aajao sab, garam garam machli hai!(伙计们,都来吃,热辣辣的炸鱼来了!)"帕米舅舅冲每个房间都喊了一声,没有落下一个人。新鲜火辣的炸鱼要趁热才好吃。

尽管有人不情不愿,但大家还是一个接一个地从三个不同房间里走了出来,拉着椅子坐到了桌前。全家人只缺了祖比小姨;她几乎在家禁食了一整周,除了牛奶以外不吃任何东西。

两个刚刚打过架的舅舅分坐在桌子的两头,谁也没有提起一个小时前的不快。帕米舅舅给我装了满满一盘炸鱼和土豆,捏了捏我的脸,笑着说道:"多吃点,小胖妞。我们都喜欢你胖乎乎的样子。"

那就恭敬不如从命了,我想。我端起盘子,坐到露台的阶梯上。夜凉如水,酥脆香辣的鹰嘴豆粉裹着炸鱼,冒出袅袅热气。母亲在一旁提醒道:"小心'坎泰'(鱼骨),别卡了喉咙。"

我小心地拆开鱼肉,去掉针尖似的小刺,在炸鱼上浅浅地淋上一层棕红浓稠的罗望子酸辣酱,又抹上些许萝卜泥,然后用松软弹牙的烤馕铲起一小块炸鱼,塞进了嘴里。酥、软、弹、酸、甜、辣,每一口都齿颊生香、回味无穷。鱼肉紧实而脆嫩,每一块都足有牛排大小。母亲告诉我这是只在南亚河流中生长的野鲮，最大可以长到几英尺，怪不得连鱼块都如此巨大。

这是一顿极其简单的夜宵，却是我这辈子吃过的最难忘的美味，它也标志着我所见过的最可怕的一场争斗的和解。时间已近午夜，所有人都默不作声地吃着炸鱼，让食物的热气温暖身子，然后就准备早早睡下了。说"早"，是因为在我们家，他们总是通宵说笑、吃食、打架、聊天，不到四点不肯上床。

但今晚已经发生了太多的变故。周末，还有一场硬仗在等着我们。

五
万白丛中一点黑

每天清晨,我都会看到帕米舅舅在浴室门外的盥洗池上梳洗一番,擦干脸,然后回到主卧,从小抽屉里偷偷掏出一管粉色包装的乳霜。显然,这管乳霜是独属于他而绝不与别人分享的秘密。他会先挤出一角硬币大小的白色膏体,把乳霜塞回小抽屉,这才从容不迫地将乳霜均匀地涂到脸上,按摩吸收,然后转动着脑袋,把那张棕黑、饱满的面容从脸颊到下颌仔仔细细地检查一遍。

我从来没搞明白他到底想在自己的脸上看到什么,直到有一天,我逮到一个只剩我一人留在主卧的机会,小心翼翼地拉开了那个小抽屉,看清了乳霜上的文字:"白皙可爱"(Fair & Lovely)[①]。

我当然知道这是什么。我在巴基斯坦的电视广告和路边广告牌上成千上万次地见过这个名字,也见过商场里堆积如山的粉色纸

[①] 联合利华旗下的一款美白护肤产品,常年畅销于南亚地区。

箱。在电视广告里，总有一位年轻的女性因为肤色黝黑而无法实现梦想、追求爱情或取得事业成功，甚至得不到家人与同事最基本的尊重。然而，一旦用上这款乳霜，她立刻变得肤色闪亮、光彩照人，收获了无数的快乐与成功。如今，这位"白皙可爱"的女性终于有了被爱的价值，准备逐梦自己的事业。

怪不得帕米舅舅每天洗完脸后总是鬼鬼祟祟的，要是被人发现他在偷偷使用女性美白用品，肯定会被传作全家的笑柄。

我拧开乳霜盖子嗅了嗅，是甜美的花香。我迅速往手掌里不多不少地挤了少许，胡乱涂抹在脸上，又将它原样放回小抽屉。在婚礼开始前的每一天，我都要偷偷涂一些帕米舅舅的乳霜，祈祷它真的能够发挥广告中的神奇功效，毕竟我已经听到过太多亲戚议论我黝黑的肤色了。

刚到巴基斯坦不久，母亲有一次出门购物，将我和莉莉交给了一位姑姑照顾。这位姑姑虽然是父亲的亲姐姐，两人看上去却毫无相似之处。姑姑有一双蔚蓝的眼眸，皮肤就像牛奶一样晶莹润泽。她用那双温柔的美目紧紧地盯着我看了半晌，然后问我洗澡的时候用不用"衫晚"(jhanwan)①。我根本不知道那是什么东西。于是她领着我走进浴室，拿出一支像是用砖块削成的细长棒子，上面还连着把手。

"美国没有这个？你妈妈没教你用这个？"

我甚至看不明白这东西要怎么"用"。

见我一脸茫然，姑姑意识到我的母亲在养育孩子方面真的出

---

①即浮石，是一种多孔的火山碎屑岩，即使放在水里也能漂浮，粗糙的表面可用于去除皮肤角质。

了大问题，她不得不亲自承担起女性长辈的责任。她叫仆人烧来一桶热水，然后命令我和莉莉走进浴室，把除了内裤以外的衣服都脱掉。

我们轮流坐到浴室的凳子上，姑姑给我们全身打满泡沫，然后操起那根浮石棒子狠命地搓了起来。她一边拿浮石打着圈儿揉搓我们的手臂和小腿，一边不住喃喃道："怪不得长这么多毛。"随后，她又给我们来来回回地搓洗了脖子和后背。

我感觉自己的皮肤就像刚刚被火燎了一遍，但随之而来的是身体污垢一扫而光的轻盈。我从未感觉自己如此洁净。

姑姑撩起衣服，给我们看她的手臂和小腿。"你们看我有毛吗？"她问。

一根都没有。

"你们俩本来就够黑的了，汗毛只会让你们看起来比实际肤色还要黑。注意观察家里的其他女人。就说你们自己的妈妈和小姨吧，她们哪有像男人那样浑身是毛？"她又说道。

确实，家里毛茸茸的女孩子就只有我和莉莉。

从身上冒出第一根绒毛开始，女孩就应该学会用浮石来搓澡，要转着圈儿把绒毛和杂毛连根拔起。尽早处理每一根绒毛，才能保证一辈子不长汗毛。除此以外，用浮石搓澡还能去除死皮和污垢。身上藏着十几年的老皴，不黑得像咖啡才怪呢，姑姑最后总结道。

母亲怎么会忘掉女儿成长过程中如此重要的一步呢？当我们羡慕地赞叹她那"寸草不生"的光滑肌肤，或者举起自己咖啡色的手臂去对比她那牛奶色的皓腕时，她怎么能对这个石破天惊的大秘密缄口不言？怎么连外祖母和祖比小姨都没跟我们提过这事？

我们真是放养长大的，怪不得会长成一个个毛茸茸、黑乎乎的小野兽！

我们带着一支全新的浮石棒子回到家，向母亲展示我们的战利品。她点了点头说："好极了，我看你们也该开始用这个了。现在开始也不算太晚，你们还小呢，而且大伯说过，等到十六岁，你的皮肤又会变回刚出生时那种白白嫩嫩的模样。那场黄疸真是害你不浅啊。"说罢，她叹了一口气。

我曾经一度对"黄疸毁了我"的说法深信不疑，直到我在学校学习了有关 DNA 的知识。我仔细地观察了父亲的肤色，然后意识到我的肤色与黄疸没有半点关系。

无论造成我肤色黝黑的原因到底是什么，现在我有了一支神奇的浮石棒子，更重要的是，几个星期以来，我每天都怀着虔诚的心情偷抹帕米舅舅的白皙可爱乳霜，希望这样至少能让我的肤色变得稍微亮一些。可惜直到婚礼前，我的肤色也没有什么明显变化，尽管产品说明上确实写着要连用几个月才能看到效果。但是我还是很失望，我没能迎来梦想中的美丽蜕变，没能让宴会上的每个人都惊艳地转过脑袋，窃窃私语："这个美女是谁？"

指甲花之夜那天，我们在黄昏前打扮齐整，齐聚在举行庆典的房子里。缤纷的灯串照亮了屋子内外的每一面墙，每一扇门上都装饰着一簇簇鲜花和纸花，院子里支着三口足以塞进一个大活人的"德埃"大锅[①]，从下午开始就冒泡不停。指甲花之夜的菜单简单而传统：鸡肉咖喱、鹰嘴豆咖喱、沙拉，以及用酥油烤制后撒上坚果、椰片和葡萄干的小麦粉哈瓦点心。边桌上放着一溜儿

[①] 一种南亚传统锅具，深腹广口，似盂形。

热气腾腾的纸袋，里面裹着撒有芝麻的新鲜烤馕。今晚我们不吃米饭和红肉，那是接下来两天的正餐。

外祖母连着好几个小时都在熨烫三件套的纱丽克米兹正装，喇叭裤、连衣裙加两米七的披巾，这是为她自己、母亲、我和新娘准备的。十几个人在浴室、卧室和为数不多的几面镜子前忙碌穿梭，而祖比小姨也终于从自己的卧室里姗姗而出。她身着一件淡雅的蛋黄色棉布衫，头上盖着一条绣着金边的透明纱巾，恰好遮住她的面庞。她走到主卧的床边坐下，微微弓着身子，等着我们领着她参加客厅的宴会。

我坐到祖比小姨身边，忧心忡忡地看着她。为什么她不愿抬起头来？为什么她不跟我们说话？"祖比小姨，祖比小姨，祖比小姨！"我不停地逗她，可她始终一言不发。

帕米舅舅在一旁看不下去了。"你不知道新娘应当害羞，应当沉默，不应当发出声响，不应当与人搭话，不应当东张西望吗？虽然听起来很苛刻，可新娘在婚礼上必须这样。不然其他人都会认为这是一个轻浮的女子，迫不及待地要嫁人呢。"

我做了个鬼脸。我实在不明白新娘为什么不能在自己的婚礼上表现出快乐。直到许多年后我才明白，在新婚之夜，新娘不仅会失去至亲的家人，同时也是在与纯真的少女时代作别。她只能表现出那种羞涩的悲伤。只有放浪的女人才会对此欣喜若狂。

"小胖妞，我看得出你很想结婚，是不是？到时你该怎么装出娇羞的模样呢？"帕米舅舅笑着说。

我思忖片刻，回答道："我也可以像小姨一样安安静静地坐着。"

帕米舅舅俯下身来:"好吧,那你就试试。如果你能待在祖比身边安安静静地坐到宴会开始,我就给你一个奖励。"

我连忙用纱巾盖住脑袋,弓起身子,眼观鼻、鼻观心。我当然可以做到。

二十分钟后,该领祖比小姨出门见客了,我仍然低着脑袋,无限娇羞地坐在那里,脖子都要僵掉了。

帕米舅舅笑着把其他人拉进房间里参观我的模样。

"Kya baat hai!(多稀奇!)真了不起,小胖妞,你证明了自己能行!看来你已经做好准备当新娘子了。可真正的问题在于,谁愿意娶你呢?"

我跳了起来,怒气冲冲地瞪着他。

"无论哪个英雄打算娶你,都得动用吊车把你接回家。老天,向他致以崇高的敬意!"

帕米舅舅向这位八字还没一撇的外甥女婿滑稽地敬了一礼,逗得祖比小姨咯咯一笑。随后她站起身子,我们为她披上绣着金色花朵、坠着珠子的大红丝巾,领着她走进早已宾客如云的客厅。过去,指甲花之夜是只允许女性参加的庆祝活动,可随着时代的变迁,如今无论男女都可以加入。以前,男子被严禁参加活动,给了女宾们纵情狂欢的自由,后面这项传统便流传下来:直到今天,外间的男宾仍会花上好几个小时徘徊屋外,只为在门窗轻启、帘幕浮动之际一窥屋内衣香鬓影的绰约风姿。

祖比小姨坐在主位,即外祖母那张老沙发的正中央,我们则盘腿坐在她身前的地板上,围着一个会打"多尔吉"双面手鼓的朋友——这是指甲花之夜必不可少的节目。大家一首接一首地唱起了耳熟能详的婚礼歌曲,从宝莱坞金曲到旁遮普民谣,每个人都欢快地鼓着掌、打着拍子。在房间的各个角落,女孩们正忙着为自己和朋友进行指甲花彩绘。

两个女人分别为祖比小姨的双手双脚进行彩绘,从指间到手臂,从脚趾到大腿,这项工作要持续整整一夜。其他女宾的彩绘设计通常较为简洁,至多花费不到半个小时,可新娘艳丽繁复的彩绘却要花上好几个小时。有时,彩绘师会在新娘手臂上的纷华靡丽的漩涡、花朵和佩斯利花纹[①]中隐蔽地嵌入新郎的名字,等待他在新婚之夜的床帏之内找到这个秘密。

彩绘的下一步是要用油擦拭风干的图案,敷上指甲花膏,再在燃烧的丁香上熏烤。指甲花膏必须在画好的图案上敷一整夜,以确保在第二天一早刮掉它们时能留下红褐色的花纹。颜色的呈现至关重要,据说,彩绘的颜色越深,你的丈夫就越爱你。如果第二天的彩绘只浮现出一层浅浅的橘色,那可不是什么好兆头,而且看上去就像新娘一晚上都在偷吃"奇多"玉米条,沾了满手的碎屑。

我决定等宴会快结束时再去做彩绘。我可不愿意糊着一手的指甲花膏静坐在墙角等它慢慢风干,并因此错过宴会中的自由舞蹈环节。虽然我还小,我之前的所有时间都在为这一刻做准备。在二十世纪七八十年代的美国,要找到几部宝莱坞电影可真不容易。搬到宾夕法尼亚州后,父亲花了近四百美元购入了一台磁带录像

[①] 一种常见于南亚特色面料上的花纹图案,形似腰果、花瓣或泪珠,历史悠久,在不同文化、不同时期有不同的称呼,例如"波斯酸黄瓜纹"和"威尔士梨纹",在中国古代被称为"火腿纹",在伊朗与克什米尔被称为"巴旦姆纹"或"克什米尔纹",在日本则称为"曲玉纹",在非洲被称为"腰果纹样"。

机,以便我们能够经常租借印度电影、巴基斯坦电视剧和歌曲合集;有时他们也会租一些讲经课程,但那显然是没新鲜东西可看时的无奈之举。

我们一个月会去一趟远在马里兰州罗克维尔的巴基斯坦清真食品店,那家店经常上架一些时下流行的录像带,我们每次都会趁着采购食品的机会借上几盘。但有些电影或电视剧实在太过精彩、引人入胜,真让人不舍归还。

幸运的是,在我们那一群南亚朋友中,有个天才找到了用两台录像机复刻录像带的方法。于是不知不觉间,大家都有了自己的独家私藏。在我们家,最经典的收藏是两部印度电影。这么多年来,我们几乎每周都要重温一遍,它们是宝莱坞皇冠上的明珠,至今没有别的能够超越甚至触及它们在我们心中的地位。

这两部电影一部是《勒克瑙之花》,一部是《希尔希拉》,至今仍被誉为宝莱坞出品中最成功的巨作。而这两部电影的女主角都是当时刚崭露头角的新星瑞哈(Rekha)。

没有多余的修饰,她的名字就是简单的两个字:瑞哈。就像"麦当娜"一样。

瑞哈拥有无与伦比的美貌与才华。她有着黝黑的肤色、水灵的杏眼、饱满的柔唇和小巧的鼻子,一头乌黑深邃的卷发垂到腰际,仿佛古代印度神庙中栩栩如生的倾城舞女。

她的舞姿当真如梦似幻,没有人不陶醉在她那摇摆的翘臀与环佩叮当的扭腕中。她的表情极具辨识度——挑起一边眉毛,露出一抹浅笑,顾盼生辉的妙目仿佛能够透过镜头射入你的心里,像是邀你分享一个只有你们两人知道的甜美秘密——她能通过生动的表情传达歌词中的每一丝柔情蜜意,不愧是宝莱坞的传奇巨星。

简而言之,瑞哈是美艳动人的尤物,也是不世出的演艺奇才。在瑞哈面前,父亲可以放弃自己的一切宗教原则。瑞哈给那么多人带来了快乐,父亲曾经说过,即使不是穆斯林,她也理应上天堂。

在《勒克瑙之花》中,瑞哈饰演的年轻女孩乌穆娆·贾安遭人拐卖,被迫成为取悦达官贵人的卖艺舞女。在《希尔希拉》中,瑞哈的爱人被迫迎娶自己兄弟的遗孀,而瑞哈则不得不嫁给她并不喜欢的男人。悲剧的爱情深深地触动了我,而乌穆娆的遭遇更令我心有戚戚——她从小被忽视、被拐卖,并被以低于其他女孩的价格卖到娼馆,只因为她肤色黝黑。她的下颌中央有一颗独特的美人痣,后来,她也正是凭此才与母亲相认。

我曾在镜子里见过一个下颌有痣的黑姑娘,但直到看过这部电影,我才第一次发觉原来这个小黑点是如此迷人。既然乌穆娆能够从一文不名的黑孩子成长为勒克瑙之花,那么我也可以。每天夜里,我都会打开从电视上录下的电影歌曲,模仿着瑞哈的舞步,在自己的房间里翩翩起舞。我扭来扭去地挥动肩头的轻纱,想象自己就是《勒克瑙之花》中天真无邪的舞女或是《希尔希拉》中风情万种的妖姬。作为一个从未接受过舞蹈训练的胖妞,我以为自己跳得还算不赖。

因此,在小姨的指甲花之夜,当印度影史上最著名的婚礼舞会片段、《希尔希拉》中的名场面音乐响起时,我知道,露一手的机会来了。我熟悉这支舞蹈的每一个动作,这首乐曲的每一次变奏。我将纱巾系在腰上,独自一人走到房间中央。

我试着不去理会周围人的目光,而是专心致志地随着放肆舞动，但很快，我便听到了一阵阵轻笑和不怀好意的起哄。我意识到，尽管我想象中的自己正在与英俊的男主角婆娑起舞，可我根本不像瑞哈那样迷人。可来都来了，我也不能半途而废，只能硬着头皮接着往下跳。我跳啊、跳啊，脸因为尴尬而涨得通红。我的眼镜蒙上了一层热乎乎的雾气，而这首该死的曲子简直跳不到尽头。几分钟后，一些观众失去了兴致，站起来离开了房间。我心里恨不得一头撞死，但也只能左右摇摆着屁股，跳到一曲终了。

我收获了一阵稀稀拉拉的掌声，或许她们是在感谢我终于结束了对她们的折磨。然而祖比小姨却笑容满面地看着我。有人叫道："下回跳一支安茹曼的舞蹈，那才适合你！"这话引得大家窃笑起来。我后来才知道，安茹曼是一位身材魁梧的巴基斯坦旁遮普偶像。她比男主角还要高大，体重比他们还要重上几十磅。她最开始也不是人们现在所熟知的形象，可随着年龄渐长，体态越发臃肿，她依然不肯放弃自己的招牌动作——剧烈的跳跃和旋转，直到整个大荧幕都塞不下她健壮如牛的胸部、肚子和屁股。这是一个又可爱又可笑的角色。

我想我一辈子都忘不了那个夜晚，所有人都会记住我丢脸的丑态。可实际上，这件事并没有什么好担心的，因为接下来的婚礼一天比一天糟糕。

婚礼的流程本该是这样的：婚礼的举办地点设在一家军官俱乐部，这里本不对外开放，但得益于我们家里有足够的军人，才促成了这场特别的婚礼。新娘团应在下午三点前抵达会场，将新娘藏在一间私密的房间内，然后准备好一盘盘玫瑰花环和花瓣来迎接稍后抵达的新郎团。

在享受过这王子般尊贵的接待后，新郎将在司仪的引导下登上会场最深处的舞台，那里摆着一张沙发或王座似的椅子，周围则点缀着彩灯、鲜花、丝绦、帷幔等五光十色的装饰。新郎团将有充分的时间安顿好一切，然后准备举行"尼卡"，亦即签订婚姻契约的仪式。双方将连续三次分别宣布他们自愿缔结这门婚事：新郎当着众位宾客的面宣誓，新娘则在私密房间中当着见证人的面宣誓。其后，双方签署合法婚姻的文件，两人在正式见面之前结为夫妻。随后，女方家人会领着新娘走进大厅，坐到新郎的身边，以便摄影师为新婚夫妇及诸多亲朋好友合照留念。之后便是万众期待的环节：开饭。现场可能会安排一些音乐和舞蹈。庆典过后，女方一家便要挥泪告别万千宠爱的女儿，送她登上新郎的轿车，奔赴新的生活。

如前所述，婚礼的流程"本该"是这样的。可真实的情况是：

当天上午十一点，帕米舅舅就带着祖比小姨上美容美发店去了。店家会花上数个小时为祖比小姨画上日本艺伎似的妆容——蓬松的高髻、惨白的面容——这也是上世纪八十年代的典型新娘妆。随后你还需要充足的时间来整理所有首饰，脖颈和胸前如瀑布般垂下的叠戴黄金项链、套满小臂的手镯、垂到肩膀上的耳饰需要再三固定，此外还有一顶珠光宝气、灿烂夺目的新娘冠冕，以及一枚大而精致的纤细鼻环。最后，新娘还得披上重达数斤的绣花头纱，并用别针牢牢固定，以便确保它在接下来的十个小时里绝不会从新娘的头上滑落，直至新郎本人将它揭开。

四个小时的准备时间绰绰有余，帕米舅舅和祖比小姨可以从容赶在下午三点前返回婚礼大厅。

就这样三点过去了。四点的钟声敲响时,新郎的队伍浩浩荡荡地准时抵达会场,数百名亲朋好友从轿车与巴士中鱼贯涌出。新郎团预定了当地的警乐团演出,为业已安息的前副警司之小女儿的婚礼奏乐献礼。

新郎一行跟在奏乐的警乐团身后,在漫天飞舞的玫瑰花瓣中缓步走来,不断有人上前为他们献上一串串花环。到目前为止,一切都还顺利。

然而,当新郎端坐上舞台中央的沙发,帐篷里涌入了一拨又一拨客人后,我的家人开始慌了。新娘不知去哪儿了。但他们不敢向新郎一家声张。谁也不知道帕米舅舅和祖比小姨去的是哪家美容沙龙,因此也不知道打哪个电话联系他们。这场婚礼发生在手机问世之前,因此母亲和其他几个舅舅只能全程紧张地赔着笑脸,焦灼地原地等待。

五点过去了……六点过去了……

祖比小姨依旧不见踪影。这时宾客中已有人窃窃议论新娘私奔了,新郎团则不断有人来找母亲和舅舅,极其委婉地打听新娘的下落。外祖母一人躲在为新娘准备的私密房间中,以泪洗面,祷告不停。

一定是发生了什么可怕的事情,否则帕米舅舅不可能一个下午音信全无。要是新郎一家勃然大怒、拂袖而去该怎么办?一想到这件事可能给整个家族带来的耻辱,每个人都如芒在背。

母亲注意到双方都有一些客人正准备离去,便在七点时匆匆宣布晚宴开始——客人们多少会为了这顿大餐再驻留片刻。帐篷之外，十几名大厨早已在咕嘟冒泡的铁锅旁忙活了一个下午，明火烧烤的架子上码着许多肉串。在男女宾分列的用餐区域，长桌上摆满了锃亮的银色自助托盘，以及用来为滚烫喷香的烤肉串保温的塔瓦大铁锅。侍者从帐篷外面流水似的端来一盘盘烤肉倒在铁锅上，下一秒客人们就排起了长龙。

或许他们在排队，但我从没见过有人这样排队。托盘前人头涌动，里三层外三层围得水泄不通。每个人都想往前挤，但又不好意思表现得太贪婪，殊不知在外人看来，他们一个比一个更像饿死鬼投胎。无数餐盘在队伍间前后转手，我乖乖地排到了一群花枝招展、香气扑鼻的女士身后。隔老远，我就能看到浸泡在深棕色科尔马咖喱[①]酱汁里的大块山羊肉、大盘大盘的香饭、肥嫩多汁的土炉烤鸡腿、香浓馥郁的炖鹰嘴豆泥、酥油中载沉载浮的菠菜和土豆，还有一摞摞撒着芝麻的烤馕。

我等啊等，可始终轮不到我。把盘子装满后，客人们并没有回到座位上的意思，而是生了根似的杵在盛菜的托盘前，似乎打定主意要站在那里，直到把面前的餐点吃个一干二净。要想拿到吃的，我必须学着像其他人那样挤到最前面。等我终于挤到长桌前，我也坚决不肯挪窝了，就要站在那里吃个饱。

我可能是当晚唯一还有心思吃饭的新娘家人。我的弟妹跟着表亲们东奔西跑、四处玩闹，他们本来也不像我那样热衷美食。长辈们则依然咬着指甲，为祖比小姨的下落焦灼不安。我吃过晚饭，又吃了甜点，这才回到婚礼大厅，走进了为新娘准备的那个房间。而这时，失踪已久的新娘终于回来了。

[①]用酸奶或鲜奶油加香料来炖煮肉或蔬菜的菜肴，口味微酸，奶香浓郁。

祖比小姨正哭哭啼啼地坐在房间里，花掉的睫毛膏在她雪白的脸颊上留下几道脏污的泪痕。口红早已晕开，发髻歪歪斜斜，而她的众多亲人正在一旁大发雷霆。每个人都在责怪帕米舅舅和祖比小姨害他们在新郎一家和所有宾客面前丢了大脸，而帕米舅舅则不甘示弱地大声争辩。他特意从朋友那里借来接送祖比小姨的车子在一个繁忙的环形路口抛了锚，车上还载着一位"全副武装"的新娘。帕米舅舅找不到出租车，也不能让祖比小姨抛头露面去坐三轮人力车或马拉车；他不能把祖比小姨丢在车来车往的马路中央，自己去找汽修工，更不能带着她横穿马路，领受一路的尾气、风尘与泥泞。

来来往往的车辆从他们的身边呼啸而过，可谁也不愿意停下。最后，帕米舅舅还是想办法找来几个人帮他截住车流，至少拖着抛锚的轿车回到了安全的路边。在此过程中，祖比小姨只能安静地坐在车里，默默流泪。他们谁都没有军官俱乐部的电话，而他们认识的所有人都已经赶去了婚礼现场。帕米舅舅别无他法，只能尽快修好那辆车。路边的一位店主目睹了发生的一切，打电话叫来了一名熟识的汽修工，又修了两个多小时，车子才终于发动上了路。

两个人现在又饿又渴、精疲力竭，可他们身边的每个人都还在大声斥责："你们就非得跑到城里的高级沙龙做头发吗？""附近这么多美容院都配不上你？""你说自己不会化妆，现在可好，你这副鬼样子简直好看极了！"

听到房里的骚动，门外的一位亲戚跑了进来，发现所有人都只顾着指责迟到的小姨，根本没人帮她收拾残妆。她急急忙忙地掏出一条手绢，放进盛着清水的玻璃杯里蘸了蘸，仔细地擦去了小姨脸上的泪痕，可这样一来也擦去了大部分的妆容。紧接着，她们赶紧领着祖比小姨走到伊斯拉姨夫的身旁坐下，而伊斯拉姨夫也露出了几个小时以来的第一个笑容。谢天谢地，他的新娘没有逃跑。

这时，大部分的宾客都已散去，但两家的亲戚都还在。又过了一个小时左右，考虑到新郎一家今晚已经等得太久，开车回家又要好几个小时，我们决定是时候把新娘送出门了。

伊菲舅舅拿出一本包着精美天鹅绒刺绣书衣的《古兰经》，举过祖比小姨的头顶。祖比小姨勉力从座位上站起，在亲人们的簇拥下，走向那台车头、车尾和车顶都装饰着无数枝玫瑰的轿车。新娘将在真主的箴言与庇护下离开过去的家庭，踏入新的生活。

不过，为了安全起见，娘家通常还会派出一名女性亲属全程陪同。毕竟新娘是要嫁到一个完全陌生的家庭，她在婚前并不认识他们，甚至连她的家人也不认识他们。因此，我的母亲当仁不让地承担了陪亲的任务。她将全程陪伴小姨，确保一切流程合理合法，新娘的嫁妆安全送达，并为新娘提供些许精神上的慰藉。

在祖比小姨与我们最后道别时，母亲就紧挨着新娘的婆婆挤进了婚车的后排。这个时候，小姨所有的兄弟、表亲、叔叔阿姨、亲朋好友也都泪如雨下。外祖母哭倒在新女婿的胸前，嘶声哀鸣道："照顾好她，答应我一定要照顾好她！"姨夫则连声安慰，说他一定会好好珍惜小姨。婚车开走后，所有的舅舅都长舒了一口气。家里最小的妹妹终于结婚了，他们的任务也算完成了。外祖母的亲姐妹们仍然围着她百般劝慰，甚至给她吃了一片镇静剂。祖比小姨是外祖母的掌上明珠，外祖父年纪轻轻就去世了，这个小女儿堪称与她相依为命的小棉袄。她的几个儿子早已在全国乃至世界各地开枝散叶，现在，只剩下她孤零零地住在那间她精心打理了半个世纪的大房子里了。

我们回到了沙姆讷格尔，一关上黄色的大门，劳碌了一天的众人便倒头睡去。第二天一早还有最后一场典礼，即新郎家的迎亲宴"瓦利玛"在等着我们。

母亲把我们姐弟三人的衣服留在了外祖母家，却没有告诉我们她当天送走祖比小姨后不会再回来。所以我们只能尽可能地帮助彼此梳洗并穿戴整齐。露台的桌上已经摆满了传统的婚庆美食"哈瓦普利"——松软弹牙的油炸酥饼配鹰嘴豆泥、土豆咖喱和金黄甜蜜的粗面粉布丁。甜辣咸香在唇齿间完美地绽放融合，可惜这样的美味不是每天都有。哈瓦普利只适合慵懒悠闲的周末或某些特殊的节庆。那天一大早，小舅舅可汗·古尔预订了五十人份的哈瓦普利，给家里留了几份，然后骑着摩托车将这些早餐一路送到了祖比小姨的新家古吉兰瓦拉。

在婚礼的第二天为新婚夫妇和新郎一家送早餐是由来已久的习俗，外祖母不会因为新郎一家住得太远就轻易废弃我们的传统。

外祖母的两个姐妹在上午十一点左右来到家里，准备陪我们去参加迎亲宴。通常来说，参加迎亲宴的女方客人不会太多，以免给新郎家造成不必要的负担，所以我们将人数精简到了十来个。

这时，大家才意识到出了一个大纰漏。全家人前两天都忙得焦头烂额，没有一个人想到我们应该提前预订一辆面包车，以便在星期天的早晨送我们去迎亲宴。

家里唯一的一辆摩托车已经被小舅舅骑走了，而住在这里的其他人又不开车，所以沙姆讷格尔的房子里没有一辆车。虽然舅舅们并不介意搭乘连顶棚和车门都没有的人力三轮车，花上两个小时慢悠悠地晃到新郎家，但他们不可能让自己年迈的老母亲、两位阿姨和三个孩子这么寒碜。更重要的是，如果我们当真一大家子都搭着人力车去参加迎亲宴，母亲和祖比小姨一定会杀了我们的。

帕米舅舅和哈立德舅舅立刻出门去寻找面包车、迷你巴士、出租车等任何不失体面的交通工具，一个小时后，他们开着一辆厢型车和一辆小轿车回来了。轿车是从朋友那里借来的，几个大汉可以带两个孩子勉强挤进去，厢型车则是给外祖母和两位姨姥姥准备的。

我们不知所措地看着那辆厢型车。它没有窗户，甚至没有座位——没错，这不是客车，而是货车。驾驶舱里除了司机最多还能坐下一位女士，其余两人都必须坐在货厢里。这要怎么办？哈立德舅舅自有妙计。

他推开货厢的大门，露出一个黑幽幽的洞口，然后示意帕米舅舅和他一块儿去客厅。半晌，两人扛着外祖母的大沙发走了出来，放进了货厢。"好了。"他胸有成竹地说，"这下保管你们舒舒服服的了。"

哈立德舅舅扶着外祖母和小姨姥姥爬进了货厢，我也跟着跳了上去。在摇摇晃晃的车厢里坐大沙发，哪个十一岁的孩子能拒绝这样新奇的冒险？"我们每隔半个小时就会停车歇会儿，好让你们也透透气。"舅舅说，"我会尽量开慢些，如果有什么情况，就

137

拍拍车厢，我在前面能听到！"说罢，哈立德舅舅关上货厢的大门，留下我们三人挤挤挨挨地并排坐在伸手不见五指的黑暗中。

货车一出大门，我们就发现哈立德舅舅出了个多馊的主意。随着车辆的行进，沙发开始在货厢里忽左忽右、忽前忽后地滑动。外祖母和小姨姥姥紧张得又是叫又是笑，时而还间杂着几声咒骂。路上的每一次颠簸都能让我们短暂地腾空飞起，不一会儿，我们的屁股就都疼得受不了了。

我们的眼睛慢慢适应了黑暗，逐渐能够分辨出彼此的轮廓和空间距离。幸亏那是在凛冽的十二月，不然我们还得忍受在这密不透风的铁箱子里被酷暑烤熟的命运。时间在黑暗中失去了意义，谁也不知道我们究竟在货厢里闷了多久，车子又开出去了多远，直到哈立德舅舅终于把车靠边停下，打开厢门让我们透气。

我晕得想吐，外祖母则拒绝再次坐回货厢。哈立德舅舅让外祖母和她坐在副驾驶上的姐姐换了位置，于是这回我就夹在两个姨姥姥中间，听她们俩在货厢里骂舅舅骂了一路：他竟敢像运送货物一样打包这两位长辈去参加外甥女的迎亲宴！

车子终于停了下来，我们在一条大道的岔路口旁下了车，面前的小巷直通新郎的家。乘轿车的其他人已经先到了，正在拐角处等着我们一起进去，这样就不会显得稀稀落落。我们沿着小巷朝新郎家走去，谢天谢地，我们不必在大庭广众之下像牲口一样从货厢里钻出来。

伊斯拉姨夫的房子后方支起了绵延不绝的帐篷，我们正好赶上了用餐时间。尽管外祖母无比迫切地想要见一见刚出嫁的女儿（哪儿都没有她的踪影），可亲家还是一再邀请她先吃过饭再说。很可惜，他们没想到要搭建一个高台，好让新婚夫妇俩坐在台上接待宾客。因此，新郎只能独自一人在男宾间穿梭应酬，新娘则坐在自己的卧室里，由女宾们轮流前去探望。

等待许久才能看望女儿早已使外祖母怨气冲天，一看到祖比小姨的样子，她更是火冒三丈。祖比小姨披着一袭粉色礼服坐在床上，身边围着一群老少妇孺。她绣花面纱下的一头散发乱蓬蓬的，脸上的妆容则像是闭着眼睛瞎抹出来的。她晃晃悠悠地坐在床上，仿佛随时都可能倒下。我们把闲杂人等全都赶了出去，这才与祖比小姨一同在床上坐下。她说自指甲花之夜后，她就没阖上过眼睛，也没吃过一口饭，就连可汗·古尔送来早餐的当天上午也是如此。她实在是太害羞了，甚至无法在公婆面前正常吃饭。她就像第一次约会的女孩——只是这约会未免也太漫长了。

因为太害羞，所以没法吃饭？这是什么意思？我简直无法理解。

外祖母叫人送来一杯牛奶和一盘甜点，总算给祖比小姨补充了点能量。在我们离开之前，外祖母派一个舅舅去街角的小店里买了不少干果和饼干，悄悄地塞进了祖比小姨卧室的抽屉。知女莫如母，外祖母心里清楚，如果祖比小姨不能私下偷吃点零食，她说不定会把自己活活饿死。她还要再熬上几周，直到新婚丈夫带着她回到自己的驻地。

我们在一片愁云惨淡的气氛中启程回家，将我们最心爱的亲人留在了一个完全陌生的家庭里自生自灭。这时我才明白为什么祖比小姨丝毫不为自己的婚礼兴奋，而大家又是为什么在送亲宴的那个晚上哭得泣涕如雨。她不再属于我们这个大家庭，不再能够整日整夜地睡懒觉、逛大街或随心所欲地做任何事。现在，她多了一份妻子的责任，她要学会像爱她的血亲一样爱一个陌生的家庭。这似乎是个不可能完成的任务。

我不明白为什么每个人都在担心我嫁不嫁得出去。结婚似乎并不是一件值得高兴的事。

"吃东西的时候，要在嘴里嚼二十五次。多吃扁豆汤和水果有助于控制体重，多喝牛奶和酸奶有助于美白。别吃蛋糕和饼干——实在想吃甜食的时候，就含一小块棕榈糖。"

在祖比小姨的婚礼结束一个月后，我们离开巴基斯坦前，祖父最后对我说了这样一番话。看来，有关我的体重和肤色的流言已经传到了他的耳朵里。但他只是用最随和的口气对我说了这么几句，就好像他也经常向其他人做出同样的建议。

在与父亲阔别数月后再次落地美国，我发现父母对我体重的看法发生了明显的变化。最开始他们只当我是婴儿肥，或许心里有些着急，但总想着等我长大之后就好了。可现在，我的体重成了迫在眉睫的难题。母亲从双方亲戚的口中听到了太多的责难，他们责备她没有控制我的饮食，没有意识到我以后只会越来越胖，以至于找不到婆家。听起来有些可悲，但结婚是我们所有人生来必须完成的使命，要是没能在死前看到孩子们结婚，没有一个南亚父母能含笑九泉。

"Larki-zaat hai（女孩要细养）！她是个女孩！不是高矮胖瘦随心所欲的男孩儿！"这样的话灌满了母亲的耳朵，母亲又把它们原封不动地传给了父亲。

可对我体重的担忧并未阻止母亲在接下来的几个月里马不停蹄地制作一种名为"米泰"^①的巴基斯坦甜点,这是她在本次探亲之旅中突然觉醒的新嗜好。

"我恨米泰。"母亲曾如此宣称。她说,她的父亲就是太爱吃"嚼嚼糕"(一种用纯糖浆熬制出来的多汁牛奶小方)才丧命的。然而,自从生下萨阿德后,母亲再也克制不住自己噬甜的欲望了,那种曾让外祖父患上糖尿病的渴望同样攫住了她。

最让母亲欲罢不能的甜品是"拉度",一种用鹰嘴豆泥过筛后下油锅慢炸,最后淋上糖浆捏成的黄色小圆球。几个月来,她每个星期都会炸上好几锅,把厨房和客厅里的托盘以及家里的特百惠牌餐盒全都填得满满当当。每次喝茶或吃完饭后,她和父亲总会再吃上几个。家里终日弥漫着黏糊糊的豆蔻糖浆与酥炸鹰嘴豆粉的味道。

虽然我不是米泰的狂热爱好者,但对于摆在面前的食物,我一向来者不拒,无论我喜不喜欢,无论我饿不饿。这是一个非常糟糕的习惯,我多么希望当时的自己能够意识到这一点。每次路过厨房时,我也会十分顺手地拿起几个拉度塞进嘴里,而结果不出所料,我的体重有增无减。

我常常回想起那个叫我去跳安茹曼舞蹈的嘲弄声,而我在心里一遍遍地说:"不。"不,我不是安茹曼。我是瑞哈。或者再减几斤,我就可以变成瑞哈。毕竟,我的体重还有很大的进步空间。

我们家那排房子的背后有一片很大的空地,我开始在放学后

---

① mithai,一种传统甜食的通称,通常以面粉、糖、坚果、豆类、牛奶或浓奶浆加上小豆蔻、玫瑰水或番红花调味而成。

绕着空地跑步。我相信几个月的慢跑一定能解决家人对我的体重的担忧。我觉得慢跑很有意思，因为白人就是这样锻炼的。与此同时，母亲和父亲也对于我终于开始正视自己的体形一事深感欣慰。可我这辈子从没看到他们俩运动过，更别提慢跑了；他们连运动衫和运动鞋都没有。

"每天祷告五次，站起，鞠躬，这就是我一天所需的全部锻炼。"母亲对我说。可看着她那自打生下萨阿德多年后仍旧大腹便便的模样，这番话的可信度大打折扣。

和父母一样，我过去从未锻炼过，或者说从未刻意地锻炼过。最开始我只能跑两圈，还得跑一会儿、走一会儿。渐渐地，我能跑完两圈了。接下来我给自己加了一圈，又加了一圈。在升上初二时，我已经能够一口气跑上十圈了。

原本我开始跑步只是为了满足父母的期待，没想到我却渐渐领悟了运动的乐趣。我从未听说过跑步会让人兴奋，可我实实在在地感受到了这种激情，并开始期待每天都能独自跑上三四十分钟。我跟随着只有自己能听到的节拍，在心里默默地哼着小调，每一步都比上一步更坚定、更有力。

直到有一天，我拼尽全力地冲进家里，差点以为自己就要丧命于这场恐怖的追逐。那天我正和往常一样哼着歌儿跑在路上，突然听到背后传来一阵缥缈的呼唤，而且越来越清晰，越来越大声。"小心！小心！停下！停！转身！"

我转过身，看到一个女的正隔着半个足球场的距离对我嘶声尖叫，而她正在拼命追赶的那只大狗已经扑到了我的身后。那是一只棕黑色的杜宾犬，它正朝我狂奔而来，目露凶光地锁定了我这只毫无防备的猎物。一截挂在项圈上的犬绳跟在它的身后猎猎飞舞。

我愣了一下,然后尖叫着拔腿狂奔起来。这进一步激起了杜宾犬想要把我扑倒并撕成碎片的野性——至少当时的我是那样认为的。身后的女人还在疾声呼喊"快停下",可我压根儿没有意识到她不是在叫狗停下,而是在叫我停下。只要我停下来,狗就不会对我穷追不舍了。当然,在那种情况下,即便知道她是在喊我,我也不敢停下。

整个追逐过程总共不过一两分钟,可于我却像慢放的电影一样漫长。我三步并作两步跨进后院的门廊,将玻璃门猛地关上,正好将大狗关在了外面。它的主人终于赶了上来,站在我家的后门前直喘粗气。她挥舞着双手,不停地对我道歉:"对不起,实在对不起,它挣脱绳子跑了。"与此同时,黑色的大狗正在门廊上闲适地踱着步子,摇了摇尾巴。"不过,你真的不应该跑。你越跑它越追,你停下它反而不追了!"说着,她拾起犬绳,把大狗拖走了。

我站在门后瑟瑟发抖,感觉裤裆都湿了,羞愤至极。我希望没人看到这尴尬的一幕。但话又说回来,我不免有些骄傲地想,我竟然跑得比那只杜宾犬还快,可见锻炼还是有成效的。不过,如果运动意味着要成为那只大狗眼中的活零食,那还是算了吧。我刚刚起步的慢跑生涯就此宣告终结。

令人惊讶的是,我竟然有些怀念那些跑步的日子。那是我第一次尝到有意识地锻炼身体所带来的乐趣,它让我感到一种前所未有的愉悦。可跑步没有让我变得苗条起来,一点儿也没有。我的衣服穿起来的确宽松了一点点,可我的脸颊依旧肉嘟嘟的,胳膊依旧圆乎乎的。我害怕即将到来的初二，我不想回到那个没有朋友的学校里。我没能在短短一个暑假里变身为靓女辣妹，我的心愿又落空了。

然而我对学校的恐惧只持续了很短的一段时间，因为就在开学之后不久，我经历了人生中第一次真正意义上的失去。那天晚上，我们正聚在客厅看电视，突然接到了一通巴基斯坦打来的电话。在遇上节假日或有孩子出生时，你知道家里人会给你打电话；可没来由的电话从来不会带来好消息。祖父的心脏病突然发作了。在住院一天后，他亲自从医院给我们打来了电话，告诉我们他病了，但好歹挺了过来。

父亲告诉祖父他会立刻飞回巴基斯坦，他们父子已经八年没有见面了。祖父却一再安抚自己的小儿子说他的情况很稳定，没必要浪费这个钱。你的家人离不开你，别把他们扔在美国。祖父一直说自己很好，没事的。

祖父也和我说了几句话："我的孩子，好孩子，没事的，我好着呢。"我在电话这头哭得上气不接下气，一句话都说不利索。我想起在巴基斯坦时，我常常把他一个人留在家里，自己跑出去和其他孩子厮混，要么就是去外祖母家一住就是好几个星期。我感觉自己糟透了。

挂断电话后，父亲明确表示他不能抱有侥幸心理。他开始翻箱倒柜地找护照，一边打电话给朋友询问飞往巴基斯坦的机票价格和时间，一边打开家里的存折查看家里的账户余额。我躲进厨房，独自坐在一片黑暗中，哭个不停。

祖父的声音不断在我的耳旁回荡。每一口食物都要咀嚼二十五次。为什么我就做不到呢？我明明看到他自己每一顿饭都是如此细嚼慢咽。我也可以的。我会做到的。我会多喝牛奶，不吃油炸食品。我会用勺子直接舀起扁豆汤，不加黄油和米饭。我会在餐后吃几挟香菜梗。祖父那么疼爱我，从今天起我会听从他的每一句话，只求他能快点好起来。我在心中如此发誓。

我闭上双眼，想要止住滚滚而下的热泪。我努力地回想记忆中的那个老人，他颤抖但威严的声音、雪白的头发、失明的蓝眼睛、青筋毕露的双手，以及他摸着托盘吃饭的样子，他拖着脚步去沐浴又归来的样子，他躺在洒满阳光的庭院里，怡然自得地长长吸一口水烟的样子。

我害怕我会忘记这一切，而就在产生这个念头的刹那，我明白，我再也见不到我的祖父了。

我的预感是对的。

父亲马不停蹄地飞往巴基斯坦，想要赶在祖父的病情恶化前回到他的身边。可四天之后，等他终于抵达拉合尔时，祖父已经下葬了。

从巴基斯坦回来之后不久，父亲就接到了几个月前申请的工作调动的同意书。这样一来，我们就能搬到马里兰州的黑格斯敦，也就是我们之前每周五都会去的巴基斯坦小社区了。和往常一样，父亲从未在暑假接到过调令，农业部的调动总是发生在开学之后，这使得我们的每次搬家都格外手忙脚乱。

与钱伯斯堡相比，黑格斯敦可以称得上是一座大城市了。这里有一家大型购物中心和七八条商业街，一座气派的公共图书馆，还有不少小学、初中和高中。我们在城郊的中产社区里买了一栋像模像样的黄色错层住宅，后院足有一英亩宽，这也是我们家在美国购置的第一处房产。家里的每个人都有了独立的卧室，全家共用一个洗衣房、两个卫生间，此外楼上还有一间客厅楼下还有一间起居室。我们从未享用过这么宽敞的房子，真正属于我们自己的房子——我们终于实现了"美国梦"。

我最终进入了 E. 拉塞尔·希克斯中学，这所学校的规模至少比钱伯斯堡中学要大上三倍。学校生源充足，学生可以按不同学力水平分配到各个年级，而我一入学便被分到了初三。学校里不仅有白人学生、黑人学生，甚至还有南亚裔的学生。我们班上就有一位印度女生，这意味着我们天然得成为好朋友，至少我心里希望我们能成为好朋友。学校会组织各种各样的课外活动，例如合唱团、戏剧社以及参加校际比赛的运动队等，我仿佛一下子就穿越到了"甜蜜谷高中"系列小说中的场景（其实我从没读过它们）。

而在学校之外，我们一家也突然有了真正的社交生活。黑格斯敦还有另外五个巴基斯坦家庭，每一家的主业都是医生，他们的孩子全都就读于私立教会学校。兽医或许也称得上是体面的职业，可我们家的经济水平显然远不如另外几家。私立学校？我们想都不敢想。

每个星期五，我们都会风雨无阻地在社区中心与新朋友们会面。这是大家一起出钱租赁的场地，每家每户都会用玻璃锅、陶瓷碗和铝托盘盛着新鲜出炉的家庭美食前来聚餐。可除了嗜吃如命的某些人，大家其实醉翁之意不在酒。这些聚会的真正目的是开展每周一次的《古兰经》学习，大家围成一圈，由每一家的男主人轮流带领我们研读经文并进行讨论。没有谁是真正的《古兰经》学者，但为了让孩子们保持信仰，这是家长们所能想到的最好的办法。在经过漫长的一小时经文学习后，我们集体祷告，之后就可以开饭了。

每一家的女主人轮流负责不同的菜色：米饭、鸡肉菜肴、蔬菜菜肴、沙拉和馕饼，以及最后的甜品。每次轮到母亲做甜品时，她总是端上同一道菜：扎尔达甜饭。她私下告诉我们，因为扎尔达甜饭是最容易做的。在一锅印度香米里掺上一些藏红花、葡萄干和坚果蒸熟，最后拌些糖浆就成了。每到母亲负责甜品的日子，聚餐的第一道菜和最后一道菜都是米饭。

大家最喜欢的甜点师是城里最负盛名的医生的妻子，她总是打扮得花枝招展、珠光宝气的，我们姑且称她为T阿姨吧。为了吃到T阿姨做的樱桃芝士蛋糕、布朗尼和菠萝奶油奶酪蛋糕，我会毫无怨言地把我的弟弟妹妹卖给她。她让我们第一次尝到了"巴克拉瓦"果仁蜜饼[1]和"巴斯布萨"粗麦蛋糕[2]，这种香甜柔韧的阿拉伯粗麦蛋糕真让人欲罢不能。在我看来，T阿姨的甜点总是色香味俱全，令人食指大动，而母亲的作品嘛，只能说是非常……朴实无华。

但我当时并未意识到，在我眼中母亲再普通不过的厨艺早已成为圈子里热烈讨论的话题。在大伙看来，母亲才是所有主妇中当之无愧的烹饪大师。她会做香浓油润的"萨格"沙拉、像拳头

---

[1] baklava, 一种土耳其酥皮点心, 在层层酥皮内裹入碎坚果, 再淋上甜蜜的糖浆或蜂蜜, 口味浓郁甜腻。
[2] basbousa, 一种著名的阿拉伯蛋糕, 也是阿拉伯人节日婚庆必不可少的点心, 用熟面粉、牛奶、黄油和玫瑰花水制作而成。

一样大但入口鲜香嫩滑的"科夫塔"肉丸[①]、"西格"烤肉卷[②]、"沙米"烤肉饼、"哈利姆"炖粥[③]、"卡迪"肉汤[④]和山羊肉浓汤,每一道菜都火候精准、风味独特。她知道可以用哪些香料按怎样的配比复刻出不同餐馆的招牌菜式,而这正是其他人烹饪时遇到的一大难题——不管什么菜,她们做出来的都是同一种味道。

看到客人们吃得摇头晃脑、意犹未尽,母亲总会露出自得的笑容。然而,尽管被人称作"大厨"令她颇为受用,但她本人却并不喜欢做饭。在她看来,职业女性根本就不该围着炉灶打转,可在美国,除了亲力亲为,她还能怎么办呢?父亲一直身兼数职,即使他愿意下厨也有心无力;更何况,家里放着这么一个厨艺高超、手脚麻利的太太,他又何必多此一举?

母亲的烹饪只讲求效率,同时总对必须由自己下厨这事抱有一丝大材小用的怨气。谁说满怀爱意地准备餐点会让食物更美味?胡说八道。母亲的烹饪毫无快乐可言,她只会拉长了脸,务求尽快把饭菜端上桌。

在大部分情况下,我们都得自己解决早餐和午餐,早上出门前随手抓点什么吃;可每天晚上回到家,总有一桌热气腾腾的饭菜等着我们。晚餐通常是山羊肉浓汤、肉类或蔬菜抓饭(用重口味肉汤烹制的香米饭),还有各式各样的扁豆汤配白米饭、萨格沙拉、秋葵或科夫塔肉丸。此外,母亲还会准备拌好的沙拉及饭后水果,

---

[①] kofta,中东、北非、南亚和中亚美食中常见的肉丸或肉饼菜肴。
[②] seekh,南亚烤肉串的一种,用各式香料搭配羊肉碎、牛肉碎或鸡肉碎串起烤制。
[③] haleem,一种流行于中东、南亚和中亚的粥品,通常需要将小麦或大米浸在水中煮至软烂,然后加入肉类、扁豆和香料。
[④] kadhi,一种流行于南亚的肉汁或肉汤,通常搭配炸时蔬、米饭或烤饼食用。

例如切片的西瓜、哈密瓜或橙子。

这些家常便饭自然有别于招待客人的美味佳肴。做客的阿姨们总是撺掇母亲透露透露她做饭的"秘方",可惜母亲压根儿就没有什么秘方。母亲认为,食物是否美味只取决于厨师本人的临场发挥,而非一张照本宣科的食材清单。"秘方就是 Haath ki baath hai(熟能生巧)。"她告诉她们。大家也只好点点头。这句话当然没错。除了点头附和以外,她们还能说什么呢?

对于母亲来说,能这样敷衍过去也很好。这里的其他主妇几乎都是旁遮普人,她可没兴趣向她们传授精致的乌尔都菜。"旁遮普人也就配吃扁豆汤。"她不无嘲讽地评论道,"一群乡巴佬。他们就喜欢吃各种各样的扁豆和豆角,可别糟蹋山羊肉这么高级的食材。"可笑的是,在说出这一番话的同时,她正在往一锅咕嘟咕嘟冒泡的黄色扁豆汤里倒入刚刚用热油煎香的蒜片。

毕竟,她从小在旁遮普长大,嫁给了一个旁遮普男人,又养大了三个旁遮普孩子。每周至少有三天,我们这群吃不了细糠的乡巴佬便会兴高采烈地大啖用小扁豆、绿豆仁、鹰嘴豆和绿豆熬成的扁豆汤,再配上几罐油汪汪的芒果辣酱、青椒、柠檬和大蒜腌泡菜。有些扁豆汤稠得像豆粥,有些扁豆汤则以深色的番茄汤做底,或干脆熬至收汁,再满满地铺上一层姜片和薄如蝉翼的青椒。

我从未忘记祖父曾叮嘱我多吃扁豆和豆角,但他或许忘了告诉我是"只吃"扁豆和豆角,而不是把它们当作白米饭的浇汁。扁豆汤泡饭是我最钟爱的美食,就着扁豆汤,我一顿能吃两三大盘米饭。这些被我囫囵下肚的米饭在我某天洗澡时突然展现了它们的威力。当时我正靠在浴室的墙上,享受着温热的水流沿着肩膀落下,突然，我身后的墙塌了。我四脚朝天地栽进了那个直径两英尺的大洞里，瓷砖在墙里墙外碎了一地。我关掉水龙头，惊魂未定地呆愣了几分钟，然后忍不住哭了起来。我永远无法摆脱眼前的画面，我真有那么胖，我真的压塌了一堵墙——我再也不能自欺欺人了。可这怎么可能呢？我不可能有那么胖。我可能是有点儿肉嘟嘟的，可绝对不胖呀。

这也是我的父母最终改变态度的转折点。他们必须采取行动了。父亲单独把我叫到了客厅。"贝塔（孩子），"他温和地说，"你每减掉一磅，我就奖励你三美元。我知道你一定能做到的。减下二十磅，你就健健康康的了。"

我在脑子里快速地算了一笔账。对于一个既没有工作也没有零用钱的孩子来说，这真是一笔巨款了。可父亲怎么知道我需要减掉十斤？我甚至不知道自己的体重是多少。距离小学那次"艳压"全校同学的称重测试已经过去了好几年，但我感觉自己的体形似乎没有多大的变化。

可能我真的有点胖。但总不至于那么胖吧。

父亲特地买了一台体重计，以便大家一同监督我的减肥进度。我逃避了整整一个星期，最后终于受不了父亲的一再追问，只能万般无奈地将体重秤搬回了卧室。我站了上去，然后又赶紧退了下来。我第二次鼓起勇气站上去，微微弯腰，祈祷表盘上不断转动的指针赶紧停下。

我再次从秤台上退了下来，确认它的读数是否不准。指针立刻回到了零点，很准。

这回，我脱了个精光，深吸了一口气，这才第三次站上了秤台。

这回轻了一磅。

148磅。短短三年，我的体重增加了这么多。莉莉早前也称过体重，她说自己75磅。我的体重几乎是莉莉的两倍，而我非常清楚我的体重不该是妹妹的两倍。我不可能在不告诉父母体重的情况下接受父亲的提议，但我绝对不会把自己的体重告诉他们，他们会吓疯的。他们不会再让我吃饭了，他们一定会把我活活饿死。我只能干脆拒绝父亲的提议。

我站在镜子前，久久地凝视着镜中的人影。我搞不明白。体重计不会骗人，表盘上明晃晃的数字就是在宣告他们是对的：那些认为我太胖的人，他们是对的。可我真的看不出来。镜中映着一个矮墩墩的棕肤女孩，虽然没有半分少女的魅力，可也绝对谈不上胖。我一点儿也不觉得自己胖。

这是我的错觉吗？为什么我看到的自己和别人看到的我不太一样？我看起来像是一个将近70公斤的胖子吗？

这不可能。如果我看起来真的有那么胖，父母早用铁丝把我的嘴巴缝起来了。想必谁也看不出来我有148磅，我得找个人来验证一下我的猜想。第二天上学时，我看中了数学课坐在我前面的男生切特。切特有一双湛蓝的眼睛和一头卷曲的金发，还戴着一副牙套。他是学校乐队的成员，性格开朗可爱。我曾经暗恋过他至少两天，但这没什么，因为班上的每个男生我都暗恋过。在掰手腕比赛中，他和众多男生一样是我的手下败将。我本以为在掰手腕比赛中一举夺魁能够让男生们倾心于我，但事实并非如此，这可真奇怪。

"切特，切特，转过来。"切特转过脸来，露出像往常一样的开朗笑容。

"我想问你一件事。你觉得我有多重?"

"你是说,猜你的体重?"

"对,猜猜我的体重。"

切特靠了过来,歪着脑袋、眯着眼睛仔细地打量我几秒钟。

"148磅。"说完,他又转过身继续做自己的事去了。

我愣在原地,百思不得其解——谁告诉他的?

但没有人告诉他。这个世界上没有任何人知道我的体重,除了我自己。

那么……那么也就是说,我看起来就是148磅。

到了这个年纪,班上的其他女孩已经初露窈窕的曲线,腰越来越细,屁股越来越翘,但我的身体并未发生同样的变化。我对自己的定位是掰手腕比赛中的常胜女王,但这显然没有一点好处。而且就在最近,我开始变声了,只不过听上去更像是男生的变声。"你一张嘴,喉咙里就好像有四个人在说话。"对于我越发低沉的新音色,母亲如此评论道。我真的吓坏了。为什么我的声音会越来越低沉、越来越沙哑?为什么我没有变成宝莱坞女星那种娇滴滴的声音?我应该成为风韵绰约的成熟女人,而不是詹姆斯·厄尔·琼斯[①]。

这种变化自然没能逃过学校合唱团指导老师的耳朵。在每年例行的圣诞汇演开始前大约一个月,她做出了一个重大的决定。鉴于乐团里的男生谁都没办法像我一样以如此铿锵有力的方式咏

[①] 美国男演员和配音演员,其配音代表作有《星球大战》(达斯·维德)、《狮子王》(木法沙)。

唱《东方三博士之歌》①，而且合唱团里女生的数量已经是男生的两倍，老师便破天荒地将我从女声部调到了男声部。如果在表演时男女生都站在一块儿倒还好说，可我们的女声部和男声部分列舞台两侧，我根本没法蒙混过关。更何况为了让我那浑厚的声音盖过其他男生，老师特地将我安排在了男声部最高的台阶上。

我的心里非常矛盾。一方面，我对自己的歌声颇感自豪，毕竟我能作为合唱团最雄健的低音带动整个男声部；另一方面，我又深感屈辱，我的声音竟然比合唱团所有男生的声音都更低沉，而我还要在全校师生面前一展"雄风"！

每年寒假之前，学校都会在同一天举行两场圣诞音乐会。白天的一场，观众是全体学生和教职员工，晚上的一场，观众则是学生家长。对于合唱团的成员来说，那真是个令人兴奋的日子：一整天都不用上课，还可以打扮得漂漂亮亮，煞有介事地忙前忙后。每个人都穿着合唱团专属的制服，好叫人一眼就能认出自己是合唱团的成员，那感觉就像大明星似的。

女生要穿白上衣配黑短裙，系红腰带，男生则要穿白衬衫配黑长裤，系红领结。我软磨硬泡地求母亲给我买了一条新的黑裙子，这件事本身就够我开心的了；毕竟无论是短裙还是连衣裙，我一条也没有。我的衣橱里只有上学穿的一条牛仔裤、一条黑色长裤和一条卡其色长裤。

在圣诞会演前的一个星期，合唱团的指导老师又做出了一个重大决定。她发现我穿着裙子站在男生中非常突兀，两个声部的

---

① 一首著名的基督教圣诞颂歌，讲述了东方三博士（也称为东方三贤士或东方三王）朝拜耶稣基督的故事。

服装还是统一点好。于是，我不得不放弃短裙，完全按照男生的服装标准来穿着。幸运的是，红领结不用我买了，她可以借我。

　　于是我在学校里一整天都系着红领结，穿着白衬衫配黑长裤。看到我的同学都感到既困惑又好笑。老师们都很善良，假装没注意到我穿了一套男生的衣服，而我也只能假装没有看到其他女生美滋滋地穿着黑短裙，蹬着小皮鞋。等到终于站上舞台时，我意识到，其实没有一个观众会发现我其实是女孩。毕竟我站在合唱团的最后一排，头发剪得那么短，还有一副厚厚的塑料眼镜几乎遮住了我的整张脸。

　　也许这样更好。既然大家都认为我是男孩，我就要做全合唱团最棒的男低音，我绝不会辜负指导老师的期望。我站在台上，理了理鲜红的领结，深吸了一口气，释放出胸腔中最磅礴浑厚的低音。

六
骨鲠在喉

Jab se saalsolwanlaga,
Tera ang anghaijaaga
自从你走进我的生活，
我的每个细胞都为你心跳
——《哦，你让我如此渴望》(O Ballo Sooch Ke Mele Jana)
歌曲出自1965年宝莱坞电影《一家人》(*Khandaan*)

我仍怀有一线希望，憧憬着十六岁的奇迹。我会在一夜之间从臃肿矮胖的假小子变成轻盈窈窕的仙女，该瘦的地方瘦，该胖的地方胖，在"加瓦尼"——朝气蓬勃、肆意挥洒的青春热血——的作用下变得丰神异彩、容光焕发。一到十六岁，无数小男生就会不请自来，围着我团团打转，拜倒在我纯真无邪的少女魅力之下。

至少，无数宝莱坞的歌曲是这样告诉我的。

而真实情况是，除去脸上多长了一些绒毛（还不能用浮石棒子褪毛），我的身体没有发生任何变化。此外显而易见的是，我已经不再继续长高了。身高 1.68 米的母亲低头看了看面前显然比自己矮上五六厘米的两个女儿，心中无比失落。我们遗传了父亲的矮个头；他在最高的时候也只有 1.70 米，按照母亲的说法，其中还有至少五厘米是他那头令人称羡的浓密黑发撑起来的。

莉莉身材消瘦，以至于每个人都认为她比我更高，可这不过是视觉上的错觉，我比她高一丁点儿，只是我的体重比她超出太多，这一丁点儿的优势也因此荡然无存。

自我们数年前搬到黑格斯敦以来，这里的巴基斯坦社区日渐壮大，越来越多的医生和医生太太加入了这个大家庭。也许你会奇怪，为什么会有这么多巴基斯坦医生不谋而合地选择了马里兰州的郊区。说来也没什么特别，因为美国的农村乡镇专业医护人员严重不足，外籍医学生才有更多机会在这些地区找到实习和工作，而农村本地长大的孩子在考取医学院后几乎不会重返家乡，这便使得阿拉伯裔、南亚裔、亚裔和非裔的医生在这些地区大受欢迎。

因此，黑格斯敦这样一个看似不可能的地方，（沿着 40 号公路走不远就是三 K 党① 大本营弗雷德里克）却吸引了不少穆斯林家庭安家落户，并且人数还在逐年递增。

新来的医生太太们大多年轻貌美，她们刚刚移民美国，你可以在她们身上看到巴基斯坦国内最新款的纱丽克米兹、珠宝首饰和最时髦的发型。每个星期五，当我往餐盘里铲上一勺又一勺的米

---

① 一个美国白人至上主义组织，主张极端的种族主义和排外主义。

饭和烤鸡肉时，总能看到她们矜持地啃两口黄瓜，义正词严地拒绝美味的甜点。那时的巴基斯坦，注重身材的潮流非常流行，她们随时准备好穿最流行的款式，无论那是在腰间收束的飘逸长裙，或是直板的短上衣搭配帕蒂亚拉风格的纱丽[1]（那看上去很像 MC 阔腿裤[2]）。

这两种风格都不适合我，但这怪不到母亲头上。我们家辟出了一个专属于母亲的制衣间，那台胜家牌缝纫机终日奏响的嗡鸣构成了我家多年不变的背景音乐。那时人们还不能从网上订购巴基斯坦服装，也没有哪位老乡在自家车库开精品服装店。要想穿巴基斯坦的民族服饰，要么靠老家的亲戚寄（他们从来没寄过），要么就只能仰仗母亲的缝纫技巧。

除了光顾蒙哥马利县的几家高档韩国布料店以外，母亲也常常在本地的凯马特卖场[3]找到一些打折的棉布。只要有钱，她就东攒一点、西攒一点，制衣间的角落里总是堆满了零零散散的边角料，当然还有装着线轴、亮片或蕾丝花边、纽扣、针和松紧带的"皇家丹麦"曲奇罐。

母亲会把旧衣服逐一拆掉再与新布料拼搭在一起，参考当下的电影穿搭或从其他医生太太那里听来的流行趋势，对衣服进行加长或改短。拆开一条旧纱丽就能得到八米多长的布料，以便母亲照我和妹妹的身材重做一套新衣服。当然了，同一件衣服穿在我们俩身上的效果也完全不同。

---

[1] 相比一般的纱丽更加厚重，有更多的褶皱和装饰。
[2] 对宽松裤改进后的裤型，裤腰宽松，至脚踝处逐渐变细，专为嘻哈舞蹈设计；由于美国说唱歌手 MC Hammer 的带动而流行开来。
[3] 美国国内最大的打折零售商和全球最大的批发商之一。

"莉莉随便套一个垃圾袋都好看,可你嘛,要做一件合身的衣服太难了。"说着,母亲一边拉下衬衫的后摆试图遮住我的屁股,一边将我的手臂塞进显然不够宽的袖管里。"你真是遗传到了我和你爸最糟的地方。他个子矮,我胳膊粗。胳膊粗太吃亏了,它会让我们看上去比实际更胖。但要我说,胳膊粗还是比屁股大要好。那些腿粗屁股大的女人真可怜,兜着一屁股赘肉行动多不方便。"

或许是不太方便吧,但我宁愿要那样的身材,而不是现在这副上粗下细、膀大腰圆的模样。母亲的身材像极了橄榄球运动员,看来我的身材也注定如此了。我很清楚母亲口中"腿粗屁股大"的女人是谁,百分百指的是T阿姨。T阿姨是一副妩媚动人的梨形身材,我真希望自己也能长成那样。女人味就该是那样的。

无论如何,母亲总能想方设法让我们在一年中最重大的开斋节和宰牲节穿上新衣服。那一年最流行的花色是金丝缎,也不知道母亲从哪里翻出一整匹金丝缎,开始着手为我和莉莉缝制盛装。节日一大早,我穿上松紧合宜的金色上衣和闪闪发光的阔腿纱丽,感觉自己这辈子都没有这么漂亮过。母亲这回真是超水平发挥了。

我和莉莉侥幸逃过了母亲的化妆魔爪,赶在被她抓住前的最后一刻跑出了家门,去参加节日活动。母亲这辈子只用过三种化妆品:旁氏冷霜(南亚阿姨人手一瓶的殿堂级经典面霜)、露华浓液体粉底液(在我们的巴基斯坦老家,露华浓就是最大牌的)和一支红棕色的露华浓口红。她年复一年地购买同一个色号的口红,并只用这支口红为她自己和两个女儿的嘴唇、脸颊、鼻子和眼睑涂上一抹亮色。

母亲坚信这就是某些电影明星上镜时艳光四射的独门诀窍。至少,她在不知道什么地方读过这样的花边新闻,说某位明星只用一支口红给全脸化妆,从不用第二种化妆品。

大概从十岁开始,每次参加庆典前,母亲都要这样给我化妆。她会用粗壮的大拇指沾上一点口红膏体,在我们的苹果肌上用力地来回涂抹,直到我们的脸颊因为粗暴的摩擦而不是口红的作用而微微发红。她还会在我们的鼻梁上轻轻拍上一些红色,试图营造一种朝气蓬勃的红润感,因为无论是我还是莉莉,我们天然的肤色都与"红润"扯不上一点关系。我们终日面如土色,尤其是我,连嘴唇都是棕色的,简直像一块平淡无奇的栗色帆布。

每次母亲化妆后,我的脸上到处都是露华浓的口红,除了我的嘴唇。母亲认为涂口红只会让我原本就不出彩的唇色愈发暗沉,因此,在经过她长达三十秒的妙手施妆后,我的脸颊和鼻头都变得红彤彤的,只有嘴唇依旧维持着死气沉沉的棕色。

十六岁时,我终于被允许自行化妆了——只要我看起来像没化妆的样子就行。我终于拥有了属于自己的红褐色口红和一支黑色眼线笔,这令我兴奋不已。我可以用口红轻轻涂抹嘴唇和脸颊,只需注意颜色不要太浓,再用眼线笔沿着上眼睑细细描画一番。如果画眼线时不熟练、手发抖,就可能招致灾难性的后果:庆典还没开始,就成了个大花脸,而且一晚上都擦不干净。至少对我而言就是如此。我们家没有卸妆水,每晚练习描画眼线之后,我只能用纸巾沾上润肤露,一遍一遍地擦拭眼皮上的痕迹。在夜复一夜的刻苦练习之下,我慢慢学会了如何在睫毛的下方勾出一条细长、笔直、干净的眼线,眼尾微微上翘,好凸显出我那双杏仁大眼。总之,那一天,我对自己的装扮满意极了。

我们身着金光闪闪的节日盛装挤进车里,开往社区中心,与我们的族人一同欢庆祈祷,当然,还要享受一顿节日大餐。之后,我们还要驱车前往罗克维尔探望母亲的三弟伊菲舅舅。他几年前搬到罗克维尔并买了一栋房子,那里现在已经成为许多巴基斯坦的亲朋好友赴美后的第一处落脚地。

我们抵达时,社区中心早已人头攒动、热闹非凡。女士们相互打量夸赞着对方美丽的衣裙、手镯和指甲花彩绘。真正的节日庆典其实从前一天晚上的"新月之夜"就开始了。按照巴基斯坦的传统,妇女们会在新月之夜举行派对,大家聚在一起吃喝玩乐、唱歌跳舞、做指甲花彩绘。可惜在黑格斯敦还没有人发起这样的聚会,我们姑且只能自娱自乐了。

我们家的新月之夜庆祝活动每年都差不多。我和莉莉会把父亲从清真食杂店里买回的绿色指甲花粉掺水调成糊状,然后以各种天马行空的办法把它涂在手上。牙签、注射器、卷成裱花袋形状的三明治包装都成了我们趁手的工具。我们总有各种各样的新点子,可母亲从来不肯帮忙。她讨厌指甲花,讨厌指甲花的味道,也讨厌指甲花的颜色。我永远忘不了有一年我和莉莉请母亲帮我们设计彩绘图案,她却在我们的手上画了几只山羊。自那以后,我们再没找母亲帮忙画过彩绘。

我和莉莉会花上好几个小时摹下杂志或电影中出现的彩绘纹样,或者完全出自我们想象的各种线条、圆点、佩斯利花纹和花朵,然后再花上几个小时把指甲花汁完全晾干,直到两条手臂都变得冰冰凉凉——指甲花和桉树一样具有清凉解暑的功效,巴基斯坦人常常把指甲花汁涂在脚底降温。在指甲花汁完全晾干之前绝对不能睡觉，我们都曾有过一觉醒来满头满脸都是橙色污渍的恐怖经历。它的颜色会在皮肤上停留好几天。

显而易见，到了庆典当天，我和莉莉肯定会因为睡眠不足而精疲力竭，而我们的指甲花彩绘无论是造型还是颜色都糟糕至极。那一层浅浅的橘色似乎昭告着我和莉莉都找不到爱妻如命的如意郎君了。今年的庆典自然也不例外，我只能套上一大串手镯来略作遮掩，同时打从心里羡慕有些阿姨手上格外繁复美丽的深褐色彩绘。镇上新来了两位年轻太太，大概只比我年长六七岁，我不好叫她们阿姨，便称呼她们"巴吉"（姐姐）。她俩一个赛一个地肤白貌美，其中一个长着娃娃脸、绿眼睛，性格也像长相一样甜美，而另一个则有着模特似的苗条身材，五官棱角分明，性格大大咧咧。不幸的是，她的快言快语对所有人都一视同仁。她总是占据众人目光的焦点，口无遮拦地拿别人开玩笑，而我恰好是个绝佳的靶子。

当时我正在一旁倒饮料，A姐姐（姑且在接下来的故事里这样称呼她吧）便悠悠地踱到了我的面前。"节日快乐！"她以1.75米的个头居高临下地俯视着我，语气欢快地说道。我立刻做好了迎接一番冷嘲热讽的准备。就在几个月前的聚会上，母亲恭维A姐姐的一件新羊毛大衣真好看，并问她能不能给我试一试，"如果合适的话"，她也准备给我买一件。A姐姐闻言大笑，并当着所有人的面回绝了母亲："没门儿，我可不想把新衣服撑爆！"

"节日快乐。"我嘴里塞满了馕饼，嘟嘟囔囔地回答道。

"我想请教一下，"她说，"这件衣服是你母亲用烤箱锡纸给你做的吗？这得用多少卷啊？"

不远处一个与我年纪相仿的男生噗嗤一声笑了出来。他是某个医生的儿子。

"确实,穿在你身上跟锡纸裹肉似的。"

我没有答话,转身走开了。我憋着泪水,走过宽阔的宴会厅,走过长桌旁觥筹交错的叔叔阿姨,走过快乐地玩着跳房子和捉人游戏的小朋友,直奔卫生间而去。这里只有我一个人。我再也忍不住了,豆大的泪珠噼里啪啦地跌落在洗手池里。

这时,我听到一阵冲水的声音,B姐姐从隔间里走了出来。她正低头洗手,突然注意到我正在一旁慌忙抹去脸上的泪痕。"怎么了?"她凑了上来,一只手轻轻地抚上我的后背。站在我面前的是一个白璧无瑕的美人,唇红齿白、眉目如画,春葱般的玉手打理得一丝不苟,身材前凸后翘、秾纤得衷,一袭精心搭配的名牌衣饰与她耳畔指间闪耀的黄金彩钻可谓相得益彰。她称得上是真正的尤物:冰肌玉骨、肤如凝脂,甚至看不到一根汗毛。她的身上散发着天国的馨香,连脚趾头都绽放出梦幻般的淡粉色。真主啊,为什么?为什么?为什么我就不能像她一样?

我没有作声,我已经够狼狈的了。我从头到脚都裹着那条金灿灿的长裙,可不正像一卷锡纸裹肉吗?她们没有说错。

这时,另一位阿姨也走进了卫生间,径直向我走来。她同样打扮得光彩照人,自有一派落落大方的气度。因为她不是任何医生的太太,她自己就是医生,而且是巴基斯坦社区中唯一的女医生,因此远比其他女士更受敬重。

医生阿姨刚刚看到A姐姐对我说了些什么,又看到我仓皇逃离了现场,便已经猜到了是怎么一回事。她摩挲着我的手臂,望向镜子中的我,开口说道:"我不知道她对你说了什么,但我想告诉你，你是我们这群人中最漂亮的女孩子。谁也没有你这样精致的五官，看看你这双大眼睛，这张满月似的脸庞。你比她漂亮多了。"

我抽抽搭搭地望着镜中棕色皮肤的女孩和那双被橘色花汁染黄的手。

"阿姨说得没错！"B姐姐快活地说道，"下次见面时，我们一同分享一些美容小妙招吧！我知道每个姑娘都有自己的美容秘诀！"

医生阿姨在一旁点了点头。"那太好了。不过，你其实不需要什么美容小妙招，减掉几斤就很好啦。"

我的问题可不仅仅是减掉几斤体重，体重只是其中的一部分。我的额头太小、脖子太短、手掌太厚、手指太粗、关节太黑、膝盖和手肘太糙、脚太小、大脚趾太短、头发太直也太油。还有，我的肤色太黑、太黑、太黑了。

"可是，"母亲说，"你的耳朵长得很好呀。"

母亲的解决办法是尽量不要让其他人注意到我那些不甚美观的部位。不要戴项链，尤其是项圈，以免别人注意到我粗短的脖子。不要戴戒指，不要涂指甲油，以免别人注意到我那双毫不淑女的糙手。不要戴大耳环，那只会凸显我的大圆盘子脸。不要扎头发，那会露出我肩颈上堆积的赘肉。不要穿短袖，尽量遮住我黢黑的手肘和粗壮的大臂。不要穿凉鞋或露趾鞋，这样就没人看到我那明显比其他脚趾更短的大脚趾了。

母亲特别在意我每根手指关节处的色素沉淀，除了我，家里没有谁是这样的。我的弟妹没有，我的父母没有，我的舅舅小姨大伯姑姑也没有。它不仅不美观，更可能招致疼痛。在我每根手指的指尖处，指甲周围都裹着一圈略微隆起的肿块，一年总要肿胀脱皮几次，疼痛难忍。母亲曾在几年前的例行体检中问过医生这究竟是什么原因。那位医生是个上了年纪的白人，可能这辈子都没接诊过任何有色人种。他盯着我的手指端详了半晌，最后告诉母亲那可能是关节炎。

一个十二岁的小女孩会有关节炎？好像我受的罪还不够多似的。

医生告诉母亲他也没有什么好办法，只能让我尽其所能地保持皮肤滋润以避免脱皮。为此母亲特地给我买了一瓶超量装的凡士林，让我有事没事就往手指、手肘和膝盖上多抹抹，再用我从巴基斯坦背回来的浮石棒子搓一搓。

我日复一日地搓啊搓，直到膝盖和手肘上的皮肤因为过量的摩擦而纷纷脱落，留下斑驳的伤口，然而情况没有丝毫改善。至于手指呢，仍然很痛，仍然脱皮。我开始无端认定，无论我的手指到底有什么毛病，它最终肯定会要了我的小命。

"我恐怕活不过十九岁了。"我一次又一次郑重其事地告诉舒布纳姆。舒布纳姆对此万分惊讶、悲痛欲绝，却始终为我保守着这个沉重的秘密。一直到了十六岁，我们才双双意识到，手指脱皮这点小事根本要不了人的性命。

可直到那时，母亲依旧对大伯童话般的谶言深信不疑：等长到十六岁，我又会变回刚出生时那个白白嫩嫩的小姑娘。奇迹到底没能发生，母亲终于慌了。十六岁，巴基斯坦人已经开始留意这个年纪的姑娘并物色自家的新娘了。亡羊补牢是否为时已晚？母亲本人并不关注美容护肤，可她或许应该教我一两招，因为我似乎真的需要好好打理自己了。

一天，母亲把我拉进我和莉莉共用的一楼卫生间里，打开了一个特百惠盒子。"这个，"她说，"是鹰嘴豆粉和姜黄粉。我们小时候从来不用商店里买来的洗面奶或香皂洗脸，太多泡沫对皮肤不好。我们以前就用这个。鹰嘴豆粉可以用作磨砂膏，姜黄粉可以提亮肤色、预防长痘，是一种很好的抗菌剂。"

我看着她从塑料盒子里掏出一把黄色的粉末，在水龙头下接了几滴水。"加点水就成，别太多了，弄稠一点。把打湿的豆粉打圈涂抹在脸上，然后再用清水洗干净。打圈涂抹还可以去掉脸上的绒毛。"

不久之后，母亲开始分享她在巴基斯坦杂志的美容专栏上读到的种种内容，以及她从其他阿姨和姐妹那里道听途说的各类秘方。酸奶对头皮有好处，她告诉我，美国自来水里的化学物质有多么损伤发质，看看她自己越来越稀疏的头发就知道了。我的头发还算浓密，可总是油腻腻的，头皮却很干，这一切都遗传了我的父亲，她又说。我们都有头皮屑，但只要每周都用橄榄油按摩头皮，每次洗头时都把全脂酸奶当护发素涂抹，就可以保持头皮清洁，头发柔韧亮泽。

母亲向我亲自示范了如何进行头皮按摩：盛一小碗加热后的橄榄油，把橄榄油均匀涂抹在头皮上，然后双手用仿佛要在脑瓜子上擦出火星似的力气挤压按摩。她用十只强健有力的手指在我的头皮上又拉又扯，掌根打着圈儿按压我的脑壳，再用梳子一遍又一遍地刮擦我的发根，我真感觉等她做完这一套按摩，我应该满头是血了。当然，我并没有真的流血，那股火辣辣的痛感其实是血液循环加速造成的。通过经常促进血液循环,我就能拥有一头浓密的黑发,并永远摆脱头皮屑的困扰,好了,现在我已经出师了,以后就全靠自己了。

"把柠檬汁挤进牛奶中,"她大声读出一段乌尔都语美容专栏中的文字,"将结块的牛奶涂抹在脸上,自然风干。洗净后再用剩余的半个柠檬揉搓面部,最后洗净。此法有利于美白肌肤。每日一次。"

"虽然我不知道面膜是什么,"有一天,母亲对我说,"但美容专栏上说可以用蜂蜜、柠檬和玫瑰水充分混合后敷面膜,每周一次。你不妨试试。"

我和莉莉的卫生间简直成了食物储藏室,里面堆满了鹰嘴豆粉、酸奶、橄榄油、柠檬和蜂蜜。

另一方面,父亲仍然试图劝说我在体重上下功夫。他早就放弃了"贿赂"我按磅减重的策略,转而尝试以身作则。"瞧,现在我每一顿饭都先吃沙拉,主食只吃半张烤饼,不费吹灰之力就减掉了20磅。"

"每天摸脚尖一百次,"他告诉我,"这是最好的运动。站直身体,把双手高举过头顶,然后弯下腰来摸你的脚趾。这样做一百次,动作越快越好。一开始可能觉得很累,但这会让你的小腹变得平坦。"

"能跳绳就更好了,"母亲在一旁接口道,"我在你这个年纪的时候经常跳绳,我的腰只有一掌宽。"她给我买了一只呼啦圈,因为一位腰身纤细的女同事告诉她呼啦圈是减肚子的最佳方法。

最后,他们决定要从紧巴巴的家庭预算里挤出一点儿钱,投入我的减肥事业。他们替我在慧优体①报了名。母亲把车停在一条不起眼的商业街门口，递给我几张钞票，又指了指路旁的一家店面。店里人头涌动，有男有女，但大多是比我更胖、更老的女士。"去那里报名登记，把这周的费用交了。一个小时后我来接你。"

我磨磨蹭蹭地下了车，不情不愿地挪进店里，直到我身后的玻璃大门在母亲的注视下缓缓关闭。店里摆着几排折叠椅，约有三十个人零零散散地坐在那里。这里没有一个孩子，全都是成人。

"现在我也是个老阿姨了。"我心中哀叹。我把母亲交给我的二十美元递给接待处的女士，她给我做了登记，又递给我找零的两美元和一个装满材料的文件夹。我模模糊糊地记得当时放了一段幻灯片，然后是所有人轮流讨论他们这一周过得怎么样，主要谈的是他们的挫败、渴望和自我怀疑。

最后是称体重的环节。我愣住了，我没想到我还需要当众上秤。不过我很快意识到，虽然大家都要上秤，但他们不会像小学五年级的体测一样大声报出你的体重。相反，只有一位手捧活页夹的女士会看到你的体重，并把数字记录在她的黑皮笔记本上，像一本耻辱日记一样永远为你保存下来。

我脱鞋上秤，一看数字：159磅。

我不知道是该恐惧还是该激动。就在一个星期前，生物课上坐在我身旁的女孩突然从杂志上抬起头来，说了一句："比起胖，我宁愿死。真的，不如死了算了。"她指着杂志上的一篇励志故事，里面说的是一个曾经体重220磅的女孩如何通过节食和锻炼减掉了100磅。其他女孩闻言都纷纷凑了过来，我也凑了过去，希望

---

①美国一家健康减重专业咨询机构，成立于1963年。

自己看上去不会像"减肥前后对比图"里"减肥前"的模样。

"200磅！我的老天，你能想象体重200磅是什么概念吗？"有人笑着说道。

我像其他人一样摇了摇头，开口道："如果哪天我真到了180斤，拜托谁来把我枪毙吧。一枪爆头，永远解脱。"

大家都笑了，我也跟着笑了，心中却松了一口气：我是和她们一起嘲笑别人的那个，而不是被嘲笑的那个。与此同时，我也庆幸自己并没有那么胖，如果我真有那么胖，那么嘲笑那个"减肥前"也就等于是在嘲笑我自己了。

可话又说回来，如果我真的不胖，我的父母为什么会愿意每周斥资18美元巨款送我来参加这个慧优体呢？

我带着一沓资料回家，试图理解这套分数系统、日常记录和健康饮食的概念，结果发现这是一项劳心劳力的大工程。我无法想象这是一种什么样的生活：每次吃东西前都要先停下来查一查这种食物占多少分，算一算我到底能不能吃，如果能吃，还要把它记录下来，并且每天坚持如此。

我距离200磅还差40磅，而慧优体教室里的其他学员看上去都远不止这个数。我的父母犯了一个错误，我心想，我根本不需要参加慧优体。我根本没有"肥胖症"（这是我在这里学到的新词）。在接下来的两个月里，母亲依然每周载我去上课，但我再也没有走进过那家店，而是揣着富余的十八美元在商业街里闲逛一个小时，这比起枯坐在教室里，心头不知轻松了多少。

在如此浪费了数百美元之后，我的父母注意到我的身材压根儿没有变化。每隔几个星期，他们就会问我一次减肥进度，我就会告诉他们:"相当不错,又瘦了一磅。"尽管没有任何证据,但他们对此并无怀疑。

又过了两个月,他们告诉我不用再去慧优体了,因为我看上去比过去更胖了。或许慧优体就是这样挣钱的:让学员保持肥胖,就可以源源不断地吸引回头客,每周都赚得盆满钵满。

而我越来越胖的真正原因乃是现在我每周都有闲钱购买更多垃圾食品了。此外,我还在距离慧优体教室一个街区以外的7-11便利店里第一次尝到了小锅油炸的厚切薯片和浓厚醇香的牧场蘸酱。赶在母亲接我之前,我就往上衣口袋里塞满了金枪鱼罐头大小的蘸酱罐子、无数小袋薯片和超大号士力架——总计价值18美元的空热量食品[①]。我坐在车座上一动也不敢动,唯恐塑料包装的摩擦声出卖我。我就像一个心怀鬼胎的毒品走私贩,忠心耿耿地服务着唯一的买家:我自己。

夜深人静时,我就躺在床上一边读书,一边大啖薯片蘸酱。这种隐秘的快乐为我的夜宵更添一番禁忌的美味。我可以从容不迫地享受美食的乐趣,而不必像在餐桌上那样狼吞虎咽,企图掩盖我真正的饭量。

后来,父亲花六百美元给我买了辆二手破车,偷吃于我也就变得更加便捷、更加习以为常了。买车也是实现美国梦的重要一环。巴基斯坦的年轻人,尤其是女孩子,想要拥有自己的汽车简直是白日做梦。大多数巴基斯坦家庭能共用一辆汽车就算得上是生活滋润了,可在美国,几乎每家每户都会为年满十六岁的家庭成员配置一辆汽车。因此,父亲认定,作为一个美国年轻人,我必须

---

①热量很高,但仅含少量或缺乏基本维生素、矿物质和蛋白质的食品。

得有一辆车。

现在，我可以自由地驱车前往任何一家"得来速"[1]、快餐店或便利店采买"补给"，坐在自己的车里神不知鬼不觉地吃遍世上每一种垃圾食品。无人知晓，自然也无人阻拦。其他年轻人有了车就开始嗑药、酗酒、乱搞关系，而我只会开车去买肯德基和DQ冰淇淋。

我的车后座几乎总是堆满了空空荡荡的快餐包装袋，车座下塞着吃了一半的薯片，成堆的文件和书籍下还藏着好几盒"品食乐"[2]软曲奇。如今，我不仅有了车，还有了一笔小小的收入——父亲自己新开了一家兽医诊所，除了美国农业部的本职工作外，他每个工作日晚上和周末还要在自己的诊所里工作三十个小时，而我也获得了一份诊所的兼职。

父亲在我们家附近新开张的小商业广场上租了一个店面。我们花了两周的时间装好了预制的分隔墙面，将铺面分为两个部分，一边用作诊室，另一边则用作宠物商店，铺好地板、装好货架。我们用预制板隔出了更多的小房间，包括一个前台、一间体检室、一间手术室以及店铺最后面的一间美容室。我们购入了许多不锈钢笼子，用于暂时收容术后恢复和美容后等待主人接走的宠物。

我在店里负责给宠物洗澡和美容。虽然我没有接受过任何宠物美容训练，也没有任何从业经验，但我喜欢动物，父亲认为这就够了。他在墙上贴了一张大海报，上面各个品种的宠物狗应有

---

[1] 即汽车餐厅。顾客驾车进入购餐车道，无需下车就可以点餐、付款、取餐。
[2] Pillsbury，在2001年被收购之前，是世界上最大的蛋糕制造商以及谷物和其他食品生产商之一。

尽有，好让我照着海报上的造型给我的顾客们"理发"。

我发现给猫洗澡美容真是难如登天。它们害怕周围的一切，害怕流水的声响，害怕理发剪的嗡鸣，害怕将它们固定在不锈钢水槽内的系绳，害怕笼子里其他动物悄无声息的目光。每次给猫咪做美容，我总要先花费一半时间把这些惊慌失措的小动物从绳子里解救出来。在它们看来，套上系绳几乎等于套上绞索，它们扯着系绳不停地翻身打滚，结果却把自己越缠越紧。

相比之下，狗就可爱多了，哪怕是那些最神经过敏、最爱乱吠的小型犬也不例外。它们从不会在我给它们剃毛或修剪下颌的杂毛时扭来扭去，而且它们都很喜欢玩水。我甚至可以很轻松地给狗剪趾甲，可我绝对不敢碰猫的趾甲。

店里准备了专门的宠物洗发水、护发素和毛发清新剂，以及各式各样的小蝴蝶结，好把刚洗完澡的小宠物打扮得漂漂亮亮的。主人们一看到原本毛发虬结、邋里邋遢的"毛孩子"如今变得油光水滑、香气扑鼻，都会忍不住发出惊喜的赞叹。我每次都会认认真真地除掉宠物身上的跳蚤和蜱虫，仔仔细细地翻洗它们的眼睑和耳道，最后再怀着无比自豪的心情把它们吹得干干爽爽、蓬蓬松松。

慢慢地，我对宠物美容师的工作也愈发得心应手。我每周可以从这份兼职中赚到一百美元，这对高中生来说可是一笔不小的数目。一切都进展顺利，直到店里来了一只巨型贵宾犬。

这天，两个男人牵着一只及膝高的漂亮奶油色贵宾犬进了店。他们告诉我这是一只非常乖巧的赛级犬，他们想给它洗个澡，再剪一下毛。没问题，我自信满满地一口应承下来。我经手过几十只贵宾犬,我很清楚贵宾犬的标准造型。就把这孩子放心交给我吧。我把这只巨型贵宾犬牵到美容室,用理发剪将它身上和腿上的毛发修得短短的,再在它的脚踝、尾巴、头顶和耳朵上留下一簇簇毛团。接着,我掏出剪刀,将毛团修得圆滚滚的,又细细地将耳朵上的毛团边缘理了一遍。

我给它全身打满泡沫,再用温水冲洗干净,最后吹干时特地把它身上那几个毛团吹得更加蓬松可爱。在整个过程中,它一直开心地摇着尾巴,对我百依百顺。我在它的两个耳朵上各扎了一个粉色的蝴蝶结,喂它吃了几块零食,就把它送进了笼子里,等着它的主人来接它。

几个小时后,它的主人回来了,但这次只有一个人。我欣喜雀跃地领着焕然一新的巨型贵宾犬走了出来,却看到客人一脸目瞪口呆。

"等等……你……这是怎么回事?"

我看了看身边的贵宾犬,它明明很漂亮,也很高兴。瞧瞧这毛茸茸的尾巴、头顶、四肢和耳朵,多可爱啊。这个男人是什么意思?

"它是巨型贵宾犬,不是玩具贵宾犬,你怎么把它剪得像毛绒玩具一样?它身上不该有这么多可笑的毛球,其他部位还是秃的!"他大声咆哮起来,父亲闻声从一旁的检查室里跑了出来。

"怎么了,先生?发生什么事了?"

趁着客人对父亲大发抱怨之际,我悄悄溜进房间,对着那张狗狗海报仔细查找起来。贵宾犬、贵宾犬、贵宾犬。巨型贵宾犬,在这儿。我看看……啊,啊,老天啊。

海报里的巨型贵宾犬就像一头蓬松的小熊,全身都覆盖着厚厚的卷毛。是我把这只高贵、优雅的动物变成了一个四不像的小丑。

我羞愧难当地回到前厅,父亲正在向那位顾客再三道歉,告诉他本次服务免费,以后也一律不收那只巨型贵宾犬的美容费用。我感到眼眶一热,还没等反应过来,泪水就像决了堤似的流了出来。

看到我如此自责,那位顾客也不好再说什么了。他摇了摇头,从钱包里抽出三张二十美元的钞票递给收银台后的母亲。"唉,也不是什么大事,算了。"说罢,他牵起狗绳,带着我一手打造的可爱丑八怪迅速离开了。

母亲也摇了摇头,抽出二十美元递给我。

"又哭了?"她喃喃道,"振作一点,baat baat pay rona(动不动就哭鼻子)。"

我把钞票塞进口袋,走出诊所,带着一身狗狗沐浴露的香气,径直走进了隔壁的洛基比萨。我花 2.15 美元点了两块芝士比萨和一杯汽水,这是我每周至少四次雷打不动的加餐。

花 2.15 美元买几块比萨和一杯饮料当然很划算,但这仍比不上我从麦当劳占到的便宜。我的妹妹莉莉在这家我最爱的快餐连锁店里找到了她的第一份兼职。当年的麦当劳做出了一个不知从何而起的决定,他们在美国国内推出了一款让其他国家的套餐分量都相形见绌的大食量套餐。伴随着响彻大街小巷的新口号"Super Size Me!",大号超值套餐应运而生。这个套餐里的小食可以换成半磅薯条和不止一夸克的汽水。

我很快就发现,我能一口气吃掉两份大号套餐,而我年仅十二岁的弟弟也能一口气吃掉一份大号套餐。我们俩正在变成名副其实的"大号的我"。而莉莉呢,她的工作本可以让她肆无忌惮地吃掉所有卖剩的巨无霸汉堡和薯条,可在如此极端诱惑面前,她却丝毫不为所动。我想这还得归功于她在巴基斯坦长大时养成的良好饮食习惯。在第一个周末的工作结束后,莉莉告诉我们,餐厅经理会扔掉保温箱里放了太久的汉堡和薯条。我的心一下子提到了嗓子眼儿。真滑稽,浪费食物。而且他们浪费的可不是普通的食物,那是麦当劳啊,全世界最好吃的麦当劳啊。

我们家不怎么吃麦当劳。我的父母虽然尝试过许多快餐店,但他们打从心里觉得配得上他们辛苦挣来的血汗钱的快餐店只有一家:必胜客。必胜客就是他俩心中标准的比萨,父亲尤其喜欢他们家那种厚厚的酥饼皮,烤得焦黄、满嘴油香。他绝对不吃那种半生不熟的软饼子。在我们这个小小的南亚社区里,必胜客也很受欢迎。几乎每个医生的孩子每年都要在必胜客的派对包厢里过生日,当然,这是我家无法负担的奢侈。不过,必胜客的黄金岁月也是一去不复返了。那时的必胜客还设有沙拉吧,看上去颇为高档,在黑格斯敦这样的小地方也称得上是最体面的餐厅之一了。我们全家在必胜客吃一顿就要花将近40美元,可以说是难得的享受。

幸运的是,多年来我一直积极参与必胜客的阅读计划"BOOK IT!",每读完五本书就可以领取一份美味的铁锅比萨。反正无论有没有比萨奖励,读书总是一件乐事。我在本地图书馆常常一口气借上十本,每个月至少能赚到三份小号比萨。

莉莉的新兼职意味着她可以吃到我们往常吃不到的各类餐品,因为即使我的父母某天愿意屈尊光临麦当劳,他们也只会点麦香鱼汉堡。他们不喜欢吃麦当劳汉堡里索然无味的牛肉饼。

"你甚至可以吃出牛肉的味道。"父亲评论道,"谁想在肉饼里吃出牛肉的味道?你应该加多多的香料,好让顾客尝不出一点儿牛肉味。"

平庸、乏味、软塌塌的烤肉,这就是他们对快餐汉堡的评价。如果真想吃汉堡,他们可以在家自制,还比外边美味十倍。他们会先用十几种香料把碎牛肉腌入味,再上锅炸烤。好吧,或许这的确是烤肉,但只要拿两片撒了芝麻的圆面包一夹,就是一个很标准的汉堡了。在我看来,烤肉汉堡与麦当劳汉堡之争就像是炸鸡与印度烤鸡之争,萝卜青菜,各有所爱。

莉莉开始在这家神奇快餐店兼职的那年,他们还推出了一款让我欲罢不能的新品:墨西哥鸡肉卷。在那之前,我从未吃过正宗的"法吉塔"烤肉卷,因此这款新品直让我惊为天人。每个鸡肉卷售价仅 0.99 美元,只消不到 3 美元便能把我的辘辘饥肠填得满满的。

不过,多亏了莉莉的这份美差,我连这 3 美元也省下了。我们有一个分工明确的小团体。每个星期五晚上,也就是莉莉当班的时候,我就会开车载着萨阿德(他后来也长成了一个小胖子)沿着 40 号公路开到她兼职的那家麦当劳去。她知道我们会在她下班前一个小时左右出现,便提前等在那个出餐窗口,接待并没有下单的我们。

在缓缓驶入取餐区域之前,我会降下取餐一侧的前后车窗,方便莉莉往两个窗口里尽可能多地塞进麦当劳纸袋。莉莉早有准备,她塞进来的都是那些因为放置时间太长而快要被餐厅经理扔掉的汉堡、薯条、鸡肉卷和苹果派。在我看来,这可以算得上是一件利人利己的大善事:我们在饱餐一顿的同时也拯救了餐厅经理的灵魂,不然他肯定会因为浪费如此美味而被打入地狱。

随后,我会把车停到停车场的另一头,和萨阿德一起撕开棕色的纸袋,过圣诞似的大快朵颐起来。我们吃得直打饱嗝,歇一会儿,吃一会儿,就这样一直吃到莉莉下班。在收拾好所有"犯罪"证据,确保不会被父亲和母亲发现之后,我们仨再大摇大摆地踏上回家的旅途。

如果我们家的荣誉卫士兼道德楷模,也就是我的父亲,知道他的三个孩子干了什么勾当,很难保证他不会亲自报警把我们都抓起来。我记得有一次,我问他借一支笔,他从上衣口袋里掏出一支政府部门配发的黑色水笔,侧面印着几个白色字母"USDA"(即美国农业部)。他的汽车、公文包和口袋里总装着这样的水笔,少说也有几十支。

"这些笔,"父亲说,"虽然发到了我们手上,但仅限公务用途。政府只是将这些笔交给我们,以便我们处理公务,而不是将墨水用于未经准许的私人目的。"

这似乎有些小题大做了。我无法想象父亲会因为把笔借给自己的孩子写封信,就一封信,而身陷囹圄。我把这个想法如实告诉了父亲。

"我不是怕惹麻烦,这是原则问题。如果我把笔借给你,政府或许永远不会知道,也根本不会在乎。可真主会知道,而我在乎。"

父亲连一支笔都不肯借我,所以我也永远不能让他知道我们当汉堡小偷的事。

母亲在这方面不像父亲一样古板，但她也绝不会占便宜。我曾经许多次看到她在买完东西后重返商店，退回收银员多找的零钱。不过，跨国餐饮巨头因为几个小孩子而损失区区几美元这种事显然不会害得她夜不能寐。

即便如此，母亲还是要比她的娘家亲戚讲原则得多。她之前提交的移民申请一个接一个地获得了批准，也就是说，在美国无亲无故地漂泊多年之后，我们家终于每年都能迎来巴基斯坦的访客了。

伊菲舅舅已经在美国定居多年，并在这里成了家。尽管那段婚姻十分短暂，但他还是在马里兰州站稳了脚跟，成了马里兰大学的一名建筑师。他性格沉默寡言，可以说是五兄弟之中的"异类"。几年之后，黝黑魁梧、英俊帅气的可汗·古尔舅舅也揣着一张真假难辨的巴基斯坦法律文凭来到了美国。他永远有无穷的精力，说话口无遮拦，为人风风火火。帕米舅舅时不时会来拜访我们。他还是那副微微发福的老爹身材，还是像过去一样温柔体贴。他还没下定决心移民。他是一名飞行工程师，目前正在巴基斯坦国际航空公司干得有声有色，他还不打算放弃这份前途光明的工作跑到美国开出租——他过去的许多同事来到美国后都只能开出租车。下一个拿到绿卡的是祖比小姨。那时她已结婚好几年了，怀着身孕，掐着时间点在美国生下了一个自动获得美籍的宝宝。

其他舅舅都借住在伊菲舅舅家里，祖比小姨则和我们住在一起，直到生下女儿。几个月后，她才带着孩子回了家。

母亲和其他舅舅几乎每隔一周都要聚一次，每次聚会都少不了一顿美餐和一顿争吵。我很喜欢去伊菲舅舅家，尤其喜欢探索伊菲舅舅家里那些不为人知的隐秘角落,这几乎成了一种习惯。我特别喜欢翻找厨房的橱柜和冰箱,看看能不能找到什么好东西。

伊菲舅舅家里处处都有意外之喜。每次开车路过街边的废旧家具垃圾堆时,他总忍不住要停车搜刮一轮。他捡回来的宝物包括五花八门的电脑配件和显示器,但没一个能用的;破破烂烂、东拼西凑的家具;各种锅碗瓢盆;奇形怪状的雕塑;一盆盆假植物……只有你想不到的,没有他捡不到的。浪费最可耻,勤俭才持家。他会买已经开始腐坏但价格优惠的水果、蔬菜和面包,并从快餐店和 7-11 便利店里顺走成堆的调味包和餐巾纸。

一天,我在伊菲舅舅的厨房里找到了几罐婴儿配方奶粉。可伊菲舅舅家从来没有过孩子。他告诉我那是邻居家的新妈妈扔掉的,她打算母乳喂养,便把医院派发的赠品奶粉都处理掉了。可奶粉也是奶啊,伊菲舅舅心想。于是他把别人扔掉的奶粉都捡了回来,当作奶精加在茶里。他劝我们一定要试试茶兑奶精的喝法,结果当然是意料之中的难喝。

祖比小姨找准机会把那几罐配方奶粉都扔进了门外的垃圾箱,结果当天晚上伊菲舅舅就把它们全翻出来,又塞回了自家厨房。

还有一次去他家做客时,我打开冰箱,看到三大包叠得整整齐齐的冷冻鸡块。

帕米舅舅冲我狡黠一笑。

"是麦当劳的鸡块噢,小胖妞,来点儿?"

一座由数百块麦乐鸡堆成的鸡块矿山。你在哪儿买到的这么大包的麦乐鸡块?我问他。

这个问题问岔了。帕米舅舅告诉我,他的一个朋友在当地的麦当劳做到了餐厅经理，他总是热心地收留新来的巴基斯坦移民在他的餐厅里工作。只要不被其他美国员工发现，他对巴基斯坦员工偷偷顺走一两包薯条或鸡块的行为往往是睁一只眼闭一只眼。

帕米舅舅也开始在那家麦当劳打工了。自那以后，每次上伊菲舅舅家做客，帕米舅舅总会拿出麦乐鸡块和薯条招待我们。

我爱死了这群疯狂的亲戚。

接着，母亲最小的弟弟也来到了美国。可汗·古尔舅舅是巴基斯坦军队里的一名上尉，身材壮实得像一辆大卡车。他只计划在美国待一个月左右，他不可能从军队退役。他平时住在我们家，周末我们就一起上伊菲舅舅家。我喜欢和可汗·古尔舅舅一起玩，我喜欢他诙谐风趣、玩世不恭，也喜欢他和我一样永不餍足的胃口。

每天放学之后，我就飞奔回家，与可汗·古尔舅舅以及家里的两个新成员——一对胖胖的被遗弃在父亲诊所前的法国垂耳兔——厮混在一起。最开始的几个星期，父亲像对待食杂店里的小猫一样放养它们，同时也在家里的后院着手搭建兔圈。后来，父亲把它们接回家，由我负责每天清理兔圈、添粮换水。这两只兔子圆墩墩的，体形足有我们家那只灰色的胖猫"莫托"（Moto，得名于它的体形）的四倍。莫托有时会爬上兔圈的围栏，透过铁丝网向下张望，希望能捕捉到什么动静，但往往一无所获。两只兔子年纪大了，多数时候只是一起挤在某个角落，懒洋洋地晒着太阳，好像两只没有生气的懒人沙发。有时我会把脑袋枕在它们身上，而它们依旧纹丝不动。

这天下午，我像往常一样放学回家，把书包往房间里一甩，就穿过地下室的大门走进了后院。家里静悄悄的。平时这个时候，母亲已经下班回家了，今天却没见她的人影。可汗·古尔舅舅也不知所踪。我走上通往后院的小斜坡，目不转睛地盯着坡上的兔圈。兔圈是空的。我的呼吸都凝滞了，这个寂静的场景让我想起了邦妮和比尔。莫非我的兔子也被其他动物叼走了？

然而四周并没有追猎和屠杀的痕迹。莫托闲适地趴在兔圈的铁丝网上。难道它们逃跑了？可兔圈的门闩插得好好的。除非两只兔子跑出兔圈，回身还把门闩插上，不然这绝不可能。更何况我觉得它们俩都懒得逃跑。

或许父亲把它们带回诊所了？我思索道。可现在才四点整，父亲还要再过半个小时才能从农业部下班回家，然后在家里待上一个小时才去上诊所的晚班呢。全天在家的只有可汗·古尔舅舅一个人。我转身回到房子里，一边上楼一边大声呼唤母亲和可汗·古尔舅舅，可回答我的只有一片死寂。或许他们结伴购物去了？

我耸了耸肩，打开冰箱拿了些零食。冰箱里堆着整整三层满盆满钵的嫩红色鸡肉。今晚吃烧烤还是怎么的？如果就我们家这几口人，他们准备的鸡肉未免也太多了。我避开那几层鲜肉，拿了一瓶果汁，又给自己做了一份奶酪三明治。

我一边吃着三明治，一边坐在餐桌旁看书。这时，母亲一脸不安地推开大门走了进来。只有她一个人。

"可汗·古尔舅舅呢？"我问她。

"呃……他走了。我让他走了。"

"为什么？"我猜他们姐弟俩又闹掰了。按照父亲的说法，母亲那一家子，每天不干一架，吃饭都不香。

"我发现他干的那些破事之后，就立刻把他赶走了。你看到那些肉了吗?"

我不明所以地眨了眨眼,一下,两下。突然,我心中的某处本能警铃大作。

"冰箱里的鸡肉?"

"不,那些不是……鸡肉。"

可汗·古尔舅舅宰了我的兔子,剥了它们的皮,摘了它们的内脏,把它们剁成了适宜烧烤的小肉块。他想为星期五的聚会准备一份丰盛的烤兔肉大餐。

我又惊又怒地尖叫起来。

他杀了我的兔子**做烤肉**???谁他妈的**吃宠物兔子**????

母亲解释说,可汗·古尔舅舅毕竟是军人。为了在战场上活下来,他接受过宰杀和烹饪兔子、松鼠以及其他某些残酷行径的军事训练。

可他现在在美国,在我们家里,他不必靠杀兔子活下来!我们的冰箱里堆满了吃不完的鲜肉、水果和面包,为什么非得杀我的兔子??

因为,母亲吞吞吐吐道,他说兔肉才好吃。

我号啕大哭,发疯似的冲回自己的房间,连晚饭也没有吃。我真想徒手撕碎可汗·古尔舅舅。母亲一早就料到这事儿没法善了,便赶在其他人回家之前把他劝走了。

整整一宿,我都在想象那场屠杀的惨状。它们挣扎了吗?它们尖叫了吗?邻居们是否注意到这个大块头,这个他们从未见过的陌生人,在院子里宰杀兔子?他们是不是吓得立刻躲回了自己家里,瑟瑟发抖?兔子的其他部分到哪里去了?兔子皮呢?兔子头呢？

老天啊，兔子的头呢？？

第二天一早，我顶着哭得红肿的面颊和咕咕直叫的肚子下了楼。虽然我万般不想走进厨房，但一直饿着肚子似乎更加可怕。我决心直面我的恐惧。厨房里已经没有半点兔肉的踪迹，冰箱里没有腌好的兔肉，炉子上没有炖兔肉（我真害怕看到一锅炖兔肉），烤箱里没有烘兔肉，室外烧烤架上也没有烤兔肉。

父亲和母亲正满脸歉疚地坐在餐桌旁。

"我们把肉都扔了。"母亲开口道。

父亲缓缓地摇了摇头。"真不知道哪种野蛮人才会……"他顿了顿，瞥了母亲一眼，才语气凝重地继续说道，"我们可不会吃宠物。"

我们再没提过兔子的事。可汗·古尔舅舅也再没回来。

七
吃素的兔子

我的高三还有几个星期就要结束了。在过去的三个月里,同年级的所有学生都像已经毕业了似的放纵起来。他们开始逃课,甚至整日整日地逃学,但包括老师在内的所有人都对此毫不在意。这可能是因为我们都是成绩优异的好学生,班级排名稳若磐石,并且大多数人都已经拿到了大学的提前录取通知书。

我只申请了一所大学,或者说我只敢申请一所大学:马里兰大学巴尔的摩分校。这是距离黑格斯敦最近的一所州立大学,但又不至于近到每天往返。对我来说,能够脱离家庭,住进大学校园,就像做梦一样——而且真的差点变成了白日做梦。一听到这个消息,母亲就斩钉截铁地对我说:"不行,你不能住在外面。"我完全料到了她会有这样的反应。表面上看,母亲相当开明,从不过度干涉甚至从不干涉我们,但她仍然希望把孩子们都留在身边,时时刻刻地加以照顾监督。

虽然母亲不是那种事事包办的控制型家长，但这并不意味着我们有权享受隐私。在南亚家庭的字典里，"隐私"一词并不存在。父母那一辈从没听说过谁家的孩子有自己的房间，尽管我家目前的确如此。在他们成长的环境里，兄弟姐妹们总是共用一个房间，很多时候是和母亲睡在一起，直到孩子们长大成人。

母亲从不和我们睡在一起，但她会在任何时间突然闯进我们的房间，不分白天黑夜；当然，房间是不准锁门的。她的作息时间很奇怪，她会从晚上十点睡到凌晨三点，起床几个小时，天亮之后又睡上几个小时的回笼觉。在天亮之前的这段时间里，她会像幽灵一样游荡在漆黑的房子里，身着披巾，手持念珠，嘴里一遍又一遍地念着不同的祷文。一周里至少有三天，她会在凌晨四点左右闯进我们的卧室，借着走廊昏暗的灯光检查我们的梳妆台和壁橱，翻阅我们的书本和文件。

每次突击"访问"结束后，她都会俯身贴近床上酣睡的儿女，冲他们的脸上呼呼地吹出一股浸透了虔诚祈祷的温热气息。大功告成之后，在接下来的一周或至少一天时间里，邪祟就不会找上她的孩子。有时我们会从熟睡中惊醒，有时却浑然不觉，但无论睡着还是醒着，母亲都不在乎。

但父亲从来不会"入侵"我们的房间，一次也没有。他与儿女保持着明确的边界和礼节，并且虔诚地奉行传统的为父之道，疏离而不失关切地注视着我们的一举一动。父亲为人处世的态度十分务实，对我选择需要住校的大学亦是如此。他很清楚，除了社区大学，我们家附近根本没有学费便宜且驱车可达的其他选择。

如果我真的想学医，社区大学显然不是明智的选择。因此父亲告诉我，要上哪个大学是我自己的人生选择，当然，要学哪个专业就不是我能决定的了。没错，我得学医。

除此以外，我已经想办法弄到了学费。我鼓起勇气申请了足以支付大学前两年学费和住宿费的奖学金和贷款，并顺利获得了批准。之后的两年可以再想办法。所以，我只是希望得到父母真心的首肯，而不是非要他们准许或出钱。这大概可以算是我在近十八年的人生里第一次也是唯一一次对父母做出的小小叛逆。

长这么大，我从来没有参加过派对，没有去过演唱会，没有飞过叶子，没有喝过酒，没有在夜里偷溜出门，没有一个男朋友，甚至从没跟男孩子拉过手。于是我下定决心一定要在高中毕业之前小小疯狂一次，过一天真正放纵的生活。我决定逃一整天的学。这个想法让我既害怕又兴奋。那时，莉莉也有了自己的汽车，我们俩总是分别开车去学校，所以她也不会知道我去没去学校。

我只需要计划一下逃学那天该怎么安排即可。我没有什么可以一起逃学闲逛的朋友，我唯一的朋友还是远在特拉华州的舒布纳姆。本地的商场即使在星期六的晚上也总是死气沉沉的，可一到工作日的白天，就挤满了无所事事的退休老人。

我可以看一场电影，甚至可以连看好几场，可我从来没有去过电影院，因为……总之，我从来没有去过电影院。差不多十年前，我们还住在钱伯斯堡的时候，父亲曾带我们去露天汽车影院看了一场《小精灵》，那也是我唯一一次在电影院看电影。我甚至不知道现在影院里有些什么电影，几时上映，哪家影院有排片。

苦思冥想了好几天，我觉得去哪儿都不太安全。在这个左邻右舍抬头不见低头见的小镇上，随便一个叔叔阿姨都能认出我的车。我知道了，逃学的那天待在家里就是最安全的。我可以独占整栋房子，这是我从未享受过的极致奢侈：我可以连看好几部印度电影，敞开冰箱大吃大喝，躺在床上看看闲书，再把我的收音机开得震天响。

父亲通常在早上六点左右出门，我和莉莉大约七点半出门，母亲和萨阿德会在八点出门。莉莉走后，我告诉母亲，我的车子没油了，我今天要搭公交车去学校。母亲像往常一样，面朝大门跪坐在起居室的祈祷毯上。她点了点头，转动着念珠，一刻不停地低声念诵着祷词。

一切照计划进行。我要做的就是假装走去公交车站，实际上就在我家附近兜两个圈子，然后等所有人都出门之后再回到家里。我兴奋极了，同时也为自己真的要干一件"违法乱纪"的坏事而感到心惊胆战、愧疚难安。但我只是想要小小地放纵这么一次而已，这是我应得的。我前一天就在房间里囤好了一大堆薯片、饼干和汽水，今天注定是我享福的一天了。

我朝远处的几个街区走去，半小时后才晃晃悠悠地回到了我们家附近。等走近那栋熟悉的黄色小楼，我的呼吸凝滞了。母亲的车还停在原位。她怎么还在家？现在已经八点十五分了。或许她今天要晚些出门？那也没关系。我可以等。我知道有个藏身的好地方，我可以一直等到她出门。

我蹑手蹑脚地溜进了后院。莉莉房间的窗外有一个小棚屋，那是父亲存放锄草机、汽油罐和其他工具的地方。我知道棚屋里还有几把折叠椅，我可以在那里待到母亲出门。问题不大。

我悄悄打开棚屋的小门，闪身而入，又把门带上。棚屋里漆黑一片，漫天扬尘。时值五月底，屋子里还算暖和。没关系，我就在椅子上打个盹儿吧。一个小时过去了。我小心翼翼地推开一条门缝，伸出脑袋。透过厨房料理台上方的窗户，我能听到母亲正在大声和谁打电话。该死，她还没走。

我每小时都侦察一次。十一点过去了。十二点过去了。太阳越升越高，棚屋里也越来越热。我犹如藏身火炉之中，汗如雨下，几乎喘不过气来。这回我真是作茧自缚了。我不能假装提前回家，因为我压根儿没有开车出门，我要怎么解释我提前回来了？在接下来的几个小时里，我只能饿着肚子、渴得冒烟，在闷热的小屋里生生熬到下午三点半。我手头甚至没有一本书可看，因为我昨天还特地把它们全都收拾到床头，正等着今天读个痛快呢。

等终于熬到了可以假装放学回家的时间，我拖着沉重的身躯从棚屋里悄悄走了出来，绕回了正门。我打开门锁走进屋里，满脸通红、精疲力竭。母亲正站在厨房里，一边切着花椰菜，一边开着电话免提聊天。我冲她点了点头，径直走下楼去洗了把脸，然后爬上了床。过了一会儿，我听到她在叫我。

"波碧？波碧——"

我走上楼梯，没走几步就停住了。母亲正站在楼梯上，双手叉着腰。"学校打电话来了，说你今天没去上学，问我怎么回事。"她说。

我根本没想到还有这茬。我原本吃准了当时家里没人，自然不会有人接电话。我吞吞吐吐地回答道："哎，这可奇怪了。老师弄错了吧？可能当时我碰巧不在教室。我一整天都在学校，不然还能去哪儿呢？"

母亲半信半疑地盯着我瞧了一会儿，然后耸了耸肩。确实，我还能去哪儿呢？我今天甚至没有动过车子。

这天发生的每一件事都让我感觉糟透了。我不仅逃了学，还对母亲撒了谎——而母亲真的相信了我的谎言，只因为她无条件地信任我。

然而，母亲并不相信世界上的其他人。再过几个月，我就要搬到UMBC（即马里兰大学巴尔的摩分校）的宿舍里去了。她必须做好计划，以确保我在离开她温暖的庇护后，依然能够在这个险象环生的花花世界里生存下去。虽然她不能寸步不离地看着我，但她可以寻找一个代理人，因为她涉世未深的大女儿是如此天真无邪、少不更事，肯定无法独立生活。

随着新生报到日的临近，她的机会终于来了。新生报到活动持续一个周末，这也是我第一次真正离开家庭，离开我的穆斯林小圈子。周五下午，母亲、父亲和我驱车前往位于巴尔的摩郊区那所封闭的小校园。越是靠近新学校，我的心里就越忐忑。

在高中时，从没有人明目张胆地欺负过我，可我也从来没有引起过任何人的注意。我生性好强，总想参加一些能让我出风头的活动。为此，我加入了学校的报社，迅速地成为校报的编辑和首席摄影师，并在长达一年的时间里为报社撰写了几乎每一篇报道。报社编辑的身份让我能够轻而易举地混进所有学校活动，包括返校日活动和班级舞会，还有每一场橄榄球、足球、棒球比赛和校运会。我使尽浑身解数，挤进每一场活动的最前线，但我依旧是个可有可无的小人物。

我的身材矮矮胖胖，像个标准的立方体，自然不怎么受欢迎；而苗条美貌的莉莉则交游很广，追求者如云。所以，即便我的亲妹妹也不怎么和我一同出门。

但我不会怪她。换作是我，我也不愿意和这样的姐姐出门。我不会成为任何派对的焦点。如今，要离开生活多年的黑格斯敦了，我竟然找不到一个值得挂念的好朋友。哦不，严格来说，我曾经交到过一个，那就是身材瘦瘦高高的可爱男孩道格。母亲曾经一度对道格寄予厚望，希望他会把我娶走，所幸道格并未察觉母亲隐秘的希冀，否则他就得奇迹般地改变自己的性向来实现母亲的愿望了。不过我们在高三那年大吵了一架，算是彻底闹翻了。

我很兴奋能去读大学，但如果我在大学里也没交到朋友，那该怎么办？如果大家都对我避之不及、视若无睹，那么我接下来的四年只能重演高中时的经历，继续做一只独来独往的校园幽灵了吗？默默无闻比人人喊打更可怕。

也许，只是也许，我可以重新改造自己。没有人会知道我在上大学之前只是个无足轻重的小角色。

在新生报到的那个周末，数百名稚气未脱的年轻人和他们一脸倦容的父母都齐聚广场，一同参观了我们未来的学校。我时时刻刻不忘留意人群，寻找其中可能交好的和善面孔。我们拿到了好几份入学材料和周末留宿的房间钥匙，然后学校通知家长就地解散，好让我们这些新生能够尽情放松地参加当晚的破冰活动。

我陪着父母站在宿舍楼外的人行道上，准备与他们告别，可母亲却没有半点要走的意思。她急切地四下张望，不知道在找什么。突然，她一把抓住我，拖我来到路过的一家四口面前，他们的孩子一男一女，全家都是棕色皮肤。

如果说这届的1992级新生中还有谁比我更显得格格不入，那就是面前的这个女孩了。她梳着一条紧绷绷的法式麻花辫，穿着白色的棉布衬衫和格子长裙，脚下蹬着一双平底皮鞋。虽然穿着有些奇怪，但她太可爱了。她不但身材高挑，摩卡色的肌肤光洁无瑕，眼睛像头发一样黑得发亮，鼻子很小巧，还长着一对洋娃娃似的丰满樱唇。在母亲试图用乌尔都语和这一家人攀谈时，女孩正十分局促地盯着自己的脚尖，羞赧得令人心疼。

原来这一家人来自斯里兰卡，他们并不会说乌尔都语。不过，斯里兰卡人与巴基斯坦人素来友善，而这女孩看上去如此天真、羞涩，更别提踏足什么声色场所了，显然这正是母亲放心托付女儿的最佳人选。此外，母亲还兴奋地得知，他们一家才刚刚移民过来，这个女孩在斯里兰卡读的还是天主教修院学校。更让她激动的是，这女孩和我一样，或者说和所有南亚移民的孩子一样，大学攻读的是医学预科。最后，母亲得知他们一家就住在距离黑格斯敦不过数英里的弗雷德里克，她更加确信这一切都是真主的安排了。

十分钟后，我还没能和那个姑娘搭上一句话，双方的家长就已经自顾自地要求我俩向家里保证我们会在整个周末互相照顾、形影不离了。这之后，母亲才终于依依不舍地松开了大女儿的手，将她交给了另一个世界上最纯洁无瑕的女孩。

女孩名叫乌佩克夏，我本想叫她乌佩，但她坚持我应该叫全名。"乌佩克夏"是一个美丽的僧伽罗语①名字，她不允许我这么

---

① 斯里兰卡的主要官方语言，印欧语系的印度语族。

随随便便地亵渎它。^①我们整个周末都待在一起，新生报到结束后，我们也一直保持联系，期待在秋季学期重逢。我依然在父亲的诊所打工，乌佩克夏则在家里的墨西哥餐厅帮忙，我们都在努力为成年后的独立生活攒钱。

乌佩克夏十分羞涩内向，在她的衬托下，我倒成了活泼开朗的那个。不过，我们很快就因为共同的"社交恐惧症"、对阅读的热爱以及传统家庭出身聊到了一起。他们全家信佛，这是我人生中第一次结交佛教徒。和陌生人交朋友真是一件趣事，我对不同的信仰很感兴趣。每当我们举家拜访父母唯一的印度教朋友考什阿姨和拉梅什叔叔时，我常一头钻进他们儿子的房间，埋头阅读印度教的儿童绘本，尽可能记下印度教中众多神祇的名字和他们的传说。我为那些色彩艳丽、半人半兽、三头六臂的神明着迷，什么哈奴曼[②]和犍尼萨[③]、深蓝色皮肤的克里希纳[④]，以及令人望而生畏的迦梨女神[⑤]。

在舒布纳姆家，我会仔细地欣赏《最后的晚餐》，以及一幅神情悲悯、目视高天、双手作祷告状的耶稣画像。我会研究他们挂在墙上、裱装精美的《圣经》箴言，偷偷翻看《圣经》，并在认出一名熟悉的先知名字时暗喜不已。我其实不太理解崇拜一个有形象的神（你甚至可以画像）是什么感受，他们的神看上去不像高高在上的神，而像你我身边的普通人。我能在基督教和伊斯兰教

---

①乌佩克夏的英文是 Upeksha，源于梵语的 Upekṣā，是佛教四无量心"慈、悲、喜、舍"中的"舍心"。
②印度史诗《罗摩衍那》中的神猴，以其超凡的力量、智慧和忠诚而闻名。
③象头神，为印度神话中的智慧之神、破除障碍之神。
④字面义为"黑色的神"（黑天），通常被认为是毗湿奴神的第八个化身。
⑤印度教女神，是湿婆神的妻子帕尔瓦蒂的化身之一，代表毁灭、时间和死亡。

的故事里读到同一种耳熟能详的传说,例如大洪水的传说,顺流而下的圣婴躲避疯王追杀的传说,邪恶的生物妄图毁灭人类的传说——这一切在某些程度上都与我息息相关。

乌佩克夏不厌其烦地向我介绍了佛教的各个流派、佛陀的哲学、受苦的美德、现世的行为如何影响下一世的轮回,等等。与印度教或基督教不同的是,佛教的那套规则似乎渺无定式,这让我感到有些困惑。伊斯兰教的教义十分明确。一件事要么是对的,要么是错的;一样东西要么是清真的,要么是不清真的;你要一天祈祷五次,要好善乐施,要在斋月禁食,要去麦加朝圣。最后,你要么上天堂,要么下地狱。一切都非黑即白,简单明了。

相比之下,佛教只要求你终生秉承它最重要的原则,但对其他细枝末节的行为并没有太多具体的约束。我很欣赏他们这点。

在相识的第一个周末,我和乌佩克夏非常坦诚地交流了彼此对异性的看法:我们完全没有与男孩交往的经验,不受男孩欢迎,我们暗恋过哪些类型的男孩,以及我们心底的自卑。

"我觉得男孩子不喜欢我是因为我太像个男孩了。"我告诉乌佩克夏,"我妈总说我要是个男孩就好了,正好我的声音也很低沉——如果我是男孩,那就称得上是美男子了。"

莉莉曾经说过我像个印第安男人。这种话就是典型的说者无心、听者有意。她绝不会想到这句话会困扰我一辈子。她的说法甚至比母亲的更具体。她说我那张扁平的大脸和笔直的黑发看起来简直就像印第安部落的首领。

就不能是部落首领的女儿吗?我心想。

听到我抱怨自己不合时宜的"男子气概",乌佩克夏皱起了眉。

"我倒觉得,"她漫不经心地开口道(她同样不知道这句话将让我终生难忘),"你是我遇到过的最有女人味的女孩子呀。你身上的一切都很女性化。你那双眼睛、那对酒窝,饱满的脸蛋和又长又直的头发,就和庙里的雕像一模一样。你没见过这样的雕像吗?"

我确实没有见过,所以后来我就去查了一下。那些雕像的身材玲珑曼妙、曲线毕露,细腰只堪一握,丰腴的臀部却以各种性感的方式凸显出来。或许我可以学着像她们那样搔首弄姿,这样看起来就不会像个虎背熊腰的橄榄球后卫了。虽然现实并不如我所想,但当我从资料堆中抬起头来,我意识到乌佩克夏的话或许有些道理。如果我真的打算重新改造自己,那就应当不遗余力、勇往直前。

我决定要让"大学生波碧"变得更有女人味。在正式搬进学校的那一天,我套上暑假购入的UMBC运动衫,将装满了新买的化妆品、衣服和卷发夹的行李塞进了父亲的皮卡。一年级的新生不能挑选室友,所以我没能和乌佩克夏分到一间宿舍,而是与一个名叫娜基娅的女生分到了一起。

我和父亲齐心协力,一会儿就把所有行李都拖上了波托马克宿舍楼的四层。这是一栋当年刚刚投入使用的新宿舍,它的四楼是全校唯一的女生专属楼层。这是父母允许我住校的先决条件,老实说,我也如释重负。男生让我感到害怕。

来到宿舍门前,我拧开门锁,推开大门。房间的一边散发出已经有人在此长住了半个月的生活气息,但我知道所有学生都是今天才搬进宿舍的。娜基娅正坐在自己的床上,一边修指甲,一边盯着摆在柜子上的小彩电。她的毛巾挂在墙上,桌边摆着一排书，床头贴着几张海报，一整套的床单、枕头与被褥都铺好了。

我气喘吁吁地站在门口，运动衫里冒出大汗淋漓的酸臭，而娜基娅则套着简单的背心和短裤，优哉游哉地露出一对光溜溜的深褐色长腿。

噢老天，我心想，我爸这辈子都没见过露这么多的女孩。

父亲站在门外，不敢越雷池一步。他把我的行李扔进门，丢下一句"好了波碧，别忘了给你妈妈打电话，khuda haafiz（愿真主保佑你）"，就转身离开了。

我跟跟跄跄地接过父亲抛来的行李，嘴里含糊不清地和我的新室友打了个招呼。娜基娅目不转睛地盯着我，手里的指甲锉一刻不停地打磨着涂着指甲油的指甲。"你还好吧？"她问。

当时我还没有反应过来她这么问是什么意思，但事后想来，她显然有些担心自己的新室友是个笨手笨脚的糊涂虫。就在这时，摆在两张床铺中间窗台上的拨号盘式电话机突然响了起来。娜基娅接起电话。"找你的。"她说。

这……怎么会是找我的呢？噢，一定是乌佩克夏。我接过听筒，开开心心地叫道："嗨你好呀——乌佩克夏！"

可电话那头的是母亲。她开始当着我新室友的面盘问我有关她的情况，我只好尽量都用乌尔都语作答，但这或许只会让娜基娅更加确信我们正在谈论她。最后，母亲对我说："把电话给她，我和她说两句。"

我怯怯地站起身来，将听筒递给娜基娅："不好意思，我妈妈想和你说话。"

娜基娅接过听筒，不住地点头道："好……好……好，我知道了……好的。"她挂断电话，目光灼灼地盯着我，说道："你妈妈让我每天早上叫你起床做晨祷，我已经答应了。你的祈祷毯呢？"

我恨不得被身上这件臭烘烘的大号运动衫一口吞掉。但娜基娅神色如常，仿佛母亲只是要送她一盒爱心饼干。

"真对不起，你没必要听她的。是这样的，我们家是穆斯林——"我还没说完，娜基娅就打断了我。

"你瞧，我是个黑人。在这个国家里，每个黑人家庭里总有几个穆斯林。这没什么，我会记得提醒你祷告的。"

她咧着红唇向我露出一个大大的笑容，将目光转向小彩电，又继续修起了指甲。我开始收拾行李，计划接下来一周的穿着。

我从来没有认真打扮过自己，因为我早已认定这副臃肿的身躯会破坏任何一套漂亮的衣服。但明天将会是"大学生拉比亚"的涅槃之日，我必须认真对待。这包括今晚睡前用卷发夹卷好头发，以便在明天（哪怕是短暂地）拥有一头蓬松卷曲的秀发。我的头发实在太直了，一点儿都不卷。

我脸朝下地趴在床上，好在后脑勺上别满热乎乎的卷发夹。娜基娅酣睡了一整晚，而我一宿没合眼。

第二天早上七点，娜基娅推了推我，催我起来做晨祷。我拖着疲惫的身躯从床上爬起，做完祷告，然后拆下了卷发夹。我的头发一塌糊涂，完全不是我想象中的那种大波浪。我的脑袋看起来比平常还要大。我没吃早餐，气急败坏地想把头发梳好，结果却越弄越糟，最后只能囫囵洗了个头。九点，我顶着一头湿漉漉的头发去生物系101教室与乌佩克夏碰面。这门课大约有四百名学生。尽管我和乌佩克夏不能住在一起，我们还是尽可能地选择了同一门课。

乌佩克夏依然梳着法式麻花辫，穿着一条中规中矩的低调长裙，配上她的棉质斜挎包，自有一派讨人喜欢的嬉皮风格。但除了我俩，周围女生的发型都很精致，她们穿着露脐装和高跟靴，嘴唇涂得闪闪发亮。没有人邀请我们加入她们。一整个上午，我们都在几栋教学楼之间来回奔走，直到午休时分。

我符合购买学校全年餐食计划的条件，这意味着，我的一日三餐都可以在食堂里解决，再也不必为吃的发愁了。我曾听说有些大学生在学校吃不饱肚子。我们曾在新生报到的周末参观过食堂，但当时大部分的窗口都在休息，学校只给我们发了盒饭和比萨。然而，在作为正式学生踏进食堂的那个中午，我知道我完蛋了。

食堂有几个固定的窗口供应比萨、汉堡、薯条和中餐，还有一个"每日特色菜"窗口，一个沙拉台，一个汤品台，一个面包台，一个冰淇淋甜品站和一台自助饮料机。在这里，你可以想吃多少就吃多少，想取几次餐就取几次餐，想要几杯可乐就要几杯可乐，想往口袋和书包里塞多少吃的都随便，完全没有限制。这真是我的梦之地，当然，也是我的噩梦之地。

自律一直是我最大的障碍。我其实不太知道究竟应该在何时停止进食，因为饱腹是一种与饥饿相对的感受，可无论是饱腹还是饥饿，我都没有什么实感。我吃东西不是因为我饿了，而是因为食物就摆在我的面前。我会一直吃、一直吃，直到我的盘子空空如也，或整张餐桌空空如也。我见过有人压根儿不动盘子里的食物，见过有人把食物打包回家，见过有人留下一桌子残羹剩饭：这真是不可理喻，你们留着这些食物要做什么呢？

我和乌佩克夏端着餐盘，站在人来人往的食堂里四顾茫然。数百名叽叽喳喳的学生与我们擦肩而过，走向等候一旁的朋友与小团体。我们想找两个挨在一起的座位，可一连问了好几桌，得到的答复都是"对不起，有人了。"这时，我看到两名面对面坐着的南亚裔女生，她们身旁就空着两个位置。她们一言不发地吃着自己的午餐，这两个棕色皮肤的女孩似乎是整个嘈杂的食堂中最不具威胁性的两个人。我抬脚朝她们走去，乌佩克夏紧跟在我的身后。

我来到她们的餐桌旁，紧紧地攥着手里的餐盘，不太自信又有些紧张。两个女孩好奇地抬起了眼睛。"嗨，我们俩可以坐你们旁边吗？"我终于开口道。

其中一个女孩冲我翻了个白眼，又继续埋头吃饭。我有点害怕了。不过另一个女孩点了点头，说："好啊。"

我感觉我们好像打断了一场冷战，但眼下除了放下餐盘吃饭，我们别无选择。我记得我们互相做了自我介绍，但除此以外还聊了些什么，我就记不清了。但当时的我们都未意识到，从这一天起，我们四人就结成了一个密不可分的小团体，并在整个大学生活及其后的三十年中都保持了最亲密的友谊。

安努和维娜两家是世交，她们早在大学之前就认识了。她们来自马里兰州最时髦、最富裕、最多元化的蒙哥马利县。维娜，就是白眼翻上天的那个姑娘，身高 1.50 米左右，却有着与其娇小的身材不符的威严与压迫感。她留着一头乌黑迷人的卷发，一对锐利的明眸足以刺穿任何人的灵魂。然而，她的笑容却格外灿烂，让人为之目眩神迷。只是，想博得美人一笑绝不是一件容易的事。

安努留着一头时髦的挑染短发，穿着最新潮的衣服和鞋子，从头到脚都是名牌，身上永远散发着昂贵的香水味。她很爱笑，有点神经兮兮的，但为人体贴，是个讨人喜欢的姑娘。她很在意周围人的看法，这一点就与维娜大相径庭。

安努和维娜来自印度南部，她们都是泰米尔人①。我甚至没听说过泰米尔人。我不知道印度的北部和南部有什么区别，也不知道原来不是所有印度人都会说印地语。宝莱坞电影呢？我问。如果你们不会说印地语，你们怎么看得懂宝莱坞电影？谁看宝莱坞啊，安努说，我们泰莱坞②有的是天才演员、音乐家和歌手。

我感觉受到了极大的冲击。安努和维娜的语言、服饰、音乐甚至她们的电影都与我印象中的印度大不相同。所幸她们俩都是印度教徒，而我对于自己的印度教常识素养还是很有自信的，至少我对此并非一无所知。

然而这种虚妄的自信也在维娜初次邀请我到她宿舍品尝她妈妈送来的餐点时轰然倒塌。她在柜子上贴了一排印度神画像，还在搁板上摆了几个小雕像。我凑近柜子端详了半晌，尝试认出一两位神明好叫她大吃一惊，拜服在我那相当有限的印度教知识下，可我瞅了半天，没有认出任何一位。

维娜看到我正仔细打量一位骑着孔雀、六头十臂的神明画像，便出言解释道："这是穆如干③和他的不同化身。"

"穆如干？"我反问道。我还以为自己听错了。

"没错。"

---

①南亚民族之一，信仰印度教，种姓制度森严。
②位于印度海德拉巴的全球最大影城之一，其名称来源于印度的泰卢固语。
③别名塞犍陀，是湿婆神和帕尔瓦蒂的儿子，其信仰崇拜流行于南印度。

"哈哈,这名字真有趣,听上去就像乌尔都语里的'穆吉',意思是鸡。这是一位掌管鸡的神明吗?他和鸡有什么关系吗?"

维娜的目光顿时一冷。

"你说这话……很不尊重。不,他和鸡没有半点儿关系。"

我的脸一下子涨得通红,结结巴巴地解释道:"对不起,我只是以为像犍尼萨是半人半象的神,哈奴曼是……"

维娜转过身,不再理睬我:"不说了,先吃东西吧。"

她递给我一个密封保鲜袋,里面装着一种风车形的黄色小脆饼,上面撒满了诱人的香料。试试看,她说。小风车的味道酥脆可口,很像我们用鹰嘴豆粉或扁豆粉做的炸什锦,但我实在尝不出它究竟是用什么做的。

接着,维娜又打开了几个特百惠塑料盒,房间里立刻充满了微醺的香气、坚果和草药的香气。我自负鼻子像猎犬一样灵敏,能从十几米外分辨出不同香料的气味和好坏,可我从来没有闻到过这三个小盒子里飘出的味道。

维娜递给我一块直径数英寸的蓬松海绵状白色糕点,看起来像个小小的 UFO 飞碟。这是甜的还是咸的?我无从判断。"这个呢,"她说,"叫蒸米浆糕[①]。"她告诉我,制作这道糕点,要先将大米磨成糊糊,发酵之后再上锅蒸。我绞尽脑汁,却想不到有哪一道巴基斯坦菜是用蒸的。真有意思。

维娜又拿出两小盒蘸料让我蘸着吃。她告诉我,奶白色的那盒是椰子酱,另外一盒叫桑巴汤,是以罗望子为基底加上扁豆和

[①] 又名白米糕,是一种流行于南印度的食品,直径五六厘米,以扁豆和白米磨成糊,经隔夜发酵再蒸熟制成。

蔬菜熬成的浓汤。我过去从没尝过这样的味道,桑巴汤酸辣咸香,椰子酱醇厚清凉,而我说不清道不明的那股香味原来出自咖喱叶。我知道母亲做菜会放月桂叶,可咖喱叶?真是闻所未闻。

后来,我向安努提起维娜那天招待我的蒸米浆糕十分美味,安努告诉我,她最喜欢的吃法是用蒸糕蘸一点辣椒油,再撒上一撮名为"米拉盖坡蒂"(辣椒豆粉)的混合香料。见我无论如何都想尝一尝,安努干脆邀请我去她家做客,而我也尝到了安努妈妈亲手从蒸笼里盛出的新鲜蒸糕。

安努一家都是素食者,这也是我这辈子第一次和素食者打交道。虽然对素食主义早有耳闻,但我还是很难想象一顿饭里全是素菜该怎么下口。在我们家,蔬菜最多只能当配菜,而母亲对素菜的选择也极其有限。只有就着玉米面烤饼一起吃的芥末奶油绿叶菜(也就是萨格菜泥)可以算作一道正经菜,其他蔬菜她就只会做"帕拉克"(菠菜)、"宾迪"(秋葵)或"郭比"(花椰菜)——有时配上土豆,更多时候她还是会往里面加肉。"贝甘"(茄子)一年最多吃五六次,但它从不喧宾夺主,只能做一道肉类主食的配菜。

我完全无法想象日复一日地吃这五种蔬菜会是怎样一种折磨,也无法想象怎么会有人拿它们当主菜。然而事实证明,我对素食可以说是一无所知。安努和维娜至少会吃十几种我在家里从未见过的蔬菜,她们还用大豆和扁豆做出了几百种新花样。她们会用各种各样的馅料制作美味的"多萨"薄饼[①],烹煮米饭的方式也是千奇百怪、闻所未闻:柠檬饭、椰子饭、罗望子饭、番茄饭、米粥、"贝西贝拉巴斯"(扁豆热汤饭),还有上千种类似炸时蔬的炸小饺

[①] 南印度的一种薄饼,以发酵米混合扁豆面糊制成,通常搭配沙拉酱和桑巴汤食用。

子,既可以干吃,也可以蘸酱。他们甚至还会用蔬菜和印度奶酪制作美味的肉丸咖喱,即著名的"玛莱科夫塔"肉丸。

乌佩克夏不是素食者,但她为我推荐了一道至今仍然是我心头挚爱的素食餐:白米饭配椰蓉桑博(一种简单辛辣的椰子酱)。作为家里唯一的女儿,乌佩克夏每天都要为家人做饭,也因此锻炼出了一手好厨艺。我第一次吃斯里兰卡菜就是乌佩克夏为我准备的传统套餐:一份米饭,一份肉,一份扁豆汤,一份酥脆小食,再加一份桑博。

乌佩克夏摆出的每道菜都美味可口、辛辣开胃,但桑博真是这顿饭的点睛之笔。她将未经调味的椰蓉与切碎的洋葱、青辣椒、食盐和足量柠檬汁充分混合在一起,使其微微湿润但不黏糊。

"拌着米饭吃。"乌佩克夏指示道。

老实说,我们家从来不以椰子入菜,所以我压根儿不知道这碗拌饭会是什么味道。但我确实没有想到,椰子会有这样一种辛辣、咸香、浓郁的肉味。这份桑博把一碗平平无奇的白米饭变成了一道上得了台面的正餐。现在我总算理解了,即使是素食者,也可以享受丰富多彩的美味菜肴。但让我难以理解的是,为什么吃素的安努和维娜也会和我一样为了体重而发愁。

我原本以为食素的人肯定很苗条、很健康——不然食素是为了什么呢?然而,在我与安努就如何烹制蔬菜咖喱展开了一番激烈的争论后,这种误解很快烟消云散了。安努告诉我,她的母亲在做咖喱时从来不加水,只是用大量的油把洋葱和西红柿炖熟,就连土豆也不例外。这不可能,我反驳道,不加水怎么可能炖熟土豆和胡萝卜?不加水连绿叶菜都炖不熟。错了,安努说,加水味道就淡了。

好吧，我心想，如果他们餐餐都吃纯油炖蔬菜，怪不得会遇到和我一样的体重问题呢。

其实真正的原因并不在这里。吃家常的自制食物，即使是用纯油烹制的咖喱，我们也不至于胖到这个地步。真正让我们发胖的是比萨、意面、薯条、方便面和各种各样的甜点。大一时，安努带我们吃遍了这些美食，而且吃得还不少。安努是我们四人中唯一有车的人（我的那辆破车已经在暑假报废了）。她知道学校周边有哪些好吃的餐厅，有一张信用卡，又对我们这些穷朋友极尽慷慨。这附近有一家中餐自助，只需 9.99 美元，就可以尽情畅享咸香爽滑的面条和配菜，我们毫无顾忌地将一盘又一盘香喷喷的炒饭扒进嘴里。安努向我推荐了巴尔的摩市里著名的"孟买烧烤"（Bombay Tandoor）餐厅，我们一有机会就直奔那里，13.99 美元就能大吃一顿他们以素食为主的自助午餐，每餐之后都少不了再添上三四个家常玫瑰奶球，一种泡在藏红花和小豆蔻糖浆里的油炸奶丸子。一个月总有那么几次，我们登上巴尔的摩港口最高处的"美国咖啡厅"（American Cafe），享受那里最美味的素辣酱[①] 和无限量供应的酸面包，注意：关键是无限量供应。此外，没有什么地方比"橄榄园餐厅"（Olive Garden）的美味意面与面包条更能填满我们的辘辘饥肠了，何况正餐前那三碗淋满了酱汁和帕尔玛干酪的沙拉足以让我们自欺欺人地相信这绝对是营养均衡的选择。

安努还向我推荐了冷冻的芝士豆泥墨西哥卷饼和"塞莱斯特妈妈"牌冷冻比萨，这些都是物美价廉的饱腹之选。碰上安努没

[①] 通常由辣椒、番茄、腰豆等食材制成，不含任何肉类成分，口感浓郁，辣味十足。

空的时候,我也可以在本地的食杂店里买到这两样东西,用它们填满宿舍里的小冰箱。当然,夜深嘴馋的时候,我随时可以用电热水壶煮一包售价 25 美分的方便面,熨帖、饱腹,令人发胖。

事实证明,世界上真的有很多不健康的素食。在无限量的食堂供应与安努的慷慨招待下,大一结束时,其他人果不其然地胖了 15 磅[①],而我,竟然胖了整整 25 磅。

大学的第一个暑假,我的父母终于受不了了。在这一年里,他们眼睁睁地看着我周末回家时脸一次比一次圆,胯一次比一次宽,缓慢而坚定地走在越来越胖的路上。

母亲严肃地盯着我,语重心长地说道:"长了这么多肉,我看你都忘了自己原来长什么样了。你现在这张脸根本不是你真正的模样,你真正的模样都被脂肪遮住了。你真的不想知道这层脂肪下面自己原本长什么样子吗?"

虽然她看不到我"真正的模样",但却明明白白地看到了我在这一整年的放纵。如今我的体重达到了 79 公斤,要知道我的父亲只有 75 公斤。我快满十九岁了,在父母看来,这几年正是决定一个年轻姑娘前途成败的关键。到了这个年龄,应该有媒人踏破门槛、婚约纷至沓来,如果没有,那么我在转瞬之间就会变成三十岁的明日黄花,一辈子都嫁不出去了。

安努和维娜的父母也是一样的想法。他们当然希望自己的女儿品学兼优、事业有成,但如果她不结婚,一切都是扯淡。针对

[①]美国大学有一种说法叫"Freshman 15"(大一新生 15 磅),指代大学新生入学后的第一年因生活习惯改变、饮食不规律等造成体重增加,通常约为 15 磅(约 6.8 公斤)的现象。

我们三人的围猎行动开始了。

乌佩克夏的父母从没有这样的担忧。首先，他们就不搞包办婚姻。其次，就在我从略显臃肿的饺子进化成皮薄馅大的包子的这一年，乌佩克夏却从毫不起眼的路人女孩变成了"校园辣妹榜"上的常客。

老实说，我一点儿也不意外。乌佩克夏本就像模特般身材高挑苗条，现在又放弃了老气的麻花辫和百褶裙，只要她穿上简单的牛仔裤搭针织衫，披下那头瀑布般的乌黑卷发，就能轻而易举地吸引学校里每一个男生的目光——尽管她并不想这样。那些热切的目光令她如坐针毡，她还是像以前那样害羞。

每当感到害羞的时候，乌佩克夏就会在沙发的一角缩成一团。她会用一种看似不可能的方式把两只纤细的长腿一圈又一圈地绞在一起，最后用一只脚的脚尖牢牢地勾住另一只脚的脚踝。这番景象让我意识到我的肢体语言是多么匮乏。我永远不可能像她那样绞紧双腿，别说绞紧，我连跷二郎腿都做不到。

我下定决心要在大二学年开始之前减掉一些体重，至少要尽可能减掉大一多出来的那25磅。多亏了堪称奇迹的新时代互联网，我只要动动手指就能查到无数资讯。我花费了大量的时间搜索各类食谱和减肥计划。我了解到有一种指标叫作 BMI（身体质量指数），而我的 BMI 是 30。看到这个数字，我先是难以置信，接着忍不住哭了起来：30 属于肥胖。我学到了厌食症和暴食症的相关知识，并认真考虑这能否为我所用。厌食症需要我体验真正的饥饿，这我恐怕做不到。暴食症看上去有点希望。我可以想吃多少就吃多少，最后再把它们一股脑儿全吐出来。

我试过一次、两次、三次，想要在暴饮暴食之后把食物吐出来。我先是用手指捣喉咙，接着换成铅笔，最后又换成牙刷。我趴在马桶上一顿干呕加咳嗽，可就是吐不出来。我的身体拒绝交还已经咽下去的食物。好吧，那我还有别的办法。我试着服用蜡状巧克力泻药，可才过了一周，我看到它就反胃了。

我可以试试流行的饮食疗法，既追了流行又减了肥，简直一举两得。我试了卷心菜汤减肥法、一天六根香蕉减肥法和一天四个鸡蛋减肥法。乌佩克夏告诉我，她哥哥的女朋友就是一天三餐都吃水果，两个月内减了50磅。每种方法我都坚持了足足四天、五天、六天，每天都饿得半死，然后在某一天突然失去控制，暴饮暴食到几乎吐出来为止。

莉莉不止一次地告诉我："管住嘴就行了。减肥又不是造火箭，哪有那么难？"每当她想减掉5磅（她从不需要减掉超过5磅），连喝一个星期的汤就完事儿了。可我不行，我总是感到很饿，饿得要死，满脑子里只想着一样我不该去想的东西——吃的。我吃过"芬芬"①减肥药来抑制食欲，却发现服药之后心率加速，心脏怦怦跳，就像心脏病发作一样。

一周禁食两次，母亲说，这是先知的做法。如果你能像先知穆罕默德那样，每个星期一和星期四都坚持斋戒，那你是不可能胖的。早上起床先喝一杯热柠檬水。把香芹籽放进水里煮开，喝上一整天，脂肪就会随着尿液排出体外。只喝热水。热水可以溶

---

① fen-phen，由氟苯丙胺（Fenfluramine）和芬特明（Phentermine）组成的减肥药物，可以抑制食欲，曾在20世纪80年代风靡美国，后因存在心脏瓣膜损伤、肺脏高血压等严重副作用而被美国食品药物管理局禁用。

解内脏脂肪和皮下脂肪,让它们像烤架上的黄油般流下来。每天咀嚼生姜,减少饥饿感。每天早、中、晚各喝一勺苹果醋,保证促进新陈代谢。黑孜然包治百病、起死回生,想必也能治好我的痼疾。

——肥胖,我的痼疾。

各种各样的建议雪花般从四面八方涌来,我有生以来第一次意识到,我的家人们说的都是对的,只是我多年来始终视而不见。

我在大学校园里待了一整年,在成千上万的年轻人里,我没有吸引到任何异性的目光。直到这一刻之前,我仍然幻想着"我没有那么胖",可现在一切昭然若揭:我就是有那么胖。每个人都说过我胖,而我充耳不闻,现如今,那道自欺欺人的屏障突然消失了。

巴基斯坦的亲戚们说得对,没有人会娶我的。

我努力了整整一个暑假,终于在返校前甩掉了20磅。我重新蓄起及腰的长发,穿上了一年前买的漂亮衣服。但没人注意到我瘦了。

直到那天晚上,我和安努拉着整个星期都过得非常不顺的维娜出去散心。在那之前,我只"出去"玩过一次。那是一个星期五的晚上,我和一群朋友结伴去了夜店,但一踏进夜店的大门我就后悔了。我坐在夜店的角落里,看着人们在震耳欲聋的嘈杂音乐和刺眼夺目的狂乱灯光中喝得酩酊大醉、东倒西歪,我感觉这里就是地狱,或者至少是通往地狱的中转站。在两个小时车程以外的黑格斯敦,我的父母和弟妹正在参加每周一次的《古兰经》研习聚餐,而我却身陷酒池肉林的罪恶渊薮。

我良心上过意不去,也确实不喜欢那种喧闹的氛围,所以那天晚上我拒绝和安努、维娜她们去夜店，但同意陪她们去一家据说氛围比较轻松的清吧。我们在那里遇到了两个巴基斯坦年轻人，随意攀谈了几句，互留了电话号码。他们两个都是美利坚大学的研究生，并表示希望有时间能再一起出来玩。

我们说好啊，为什么不呢？几个星期之后，我们又在餐馆里遇到了他们。令我惊讶的是，两个男生都对我表现出了好感，可我只对那个小个子男生感兴趣。高个子男生长着一双碧绿的眼睛，看起来老实巴交的，未免有些古里古怪的书呆子气。他反反复复地告诉我，我的面容就像满月一样丰润美丽。我知道他有心奉承，但我想甩掉的正是这样一张满月似的大脸盘子，这可真是马屁拍到马腿上了。

小个子男生就不一样了。他口齿伶俐、快言快语、幽默风趣，笑的时候总是把头低到一边，嘴角微微勾起，仿佛在与你分享一个不为人知的小秘密。作为巴基斯坦人，他的皮肤可以说是白得发亮。他长着一对乌黑多情的下垂眼，不管走到哪里都是一副泰然自若、游刃有余的模样。总而言之，他身上的一切都让我怦然心动。

当晚，他们送我们回学校。夜凉如水，高个子男生解下身上的披巾替我围上，但我只是静静地脱下披巾后交还给他，眼睛一眨不眨地盯着他的朋友。我已经做出了明确的选择。一周后，小个子男生单独来找我了。

那是我人生中的第一次约会，但我拒绝承认那是一次约会。只是朋友间吃个饭罢了。那天晚上，他向我介绍了他的家人、他们一家在海湾地区的生意、他的环球旅行以及他的理想抱负。我几乎无法直视面前的男人。他不是 UMBC 里乳臭未干的男孩,他甚至已经不是男孩了。他今年二十四岁,已经是个真正的男人了。他留着胡茬,我闻到他身上喷了真正的古龙香水,而不是廉价的艾科牌香体喷雾。他穿着潇洒的西装,有自己的汽车,钱包里塞满了信用卡。我不知道他看上了我哪一点。

"你知道吗?你长得很像瑞哈。"他说。听到这话,我的心就像勒克瑙之花一样意荡神迷起来。"一样的黝黑皮肤,一样的大眼睛,一样的小嘴,只是你的嘴唇更圆润、更饱满。但总的来说,你真的很像瑞哈。"

这是我得到的所有异性奉承中最接近"漂亮"的一个评价。有那么一瞬间,我几乎相信或许我真是一个绝代美人。晚餐时,他也向我提出了无数问题:我家住在巴基斯坦的哪个地方?我在哪里长大?我的兄弟姐妹是什么样的人?我以后想做什么?我以前谈过几次恋爱?

我没谈过恋爱,我告诉他。

"没交过男朋友?一个也没有?"

"没有。"我说。

"好吧,如果不算男友的话,炮友呢?"

"我从来、没有过、炮友。"

他往椅背上一靠,目不转睛地盯着我,然后摸了摸后颈。

"你一定是这个国家唯一的处女了。"他最后说道。

我脸上一红,用叉子搅拌着盘子里的捞面,不置一词。

一周之后,我未来的前夫给我打来电话,问他是否能与我的父母聊上几句。他想要拜访父亲和母亲,正式提出求婚。他才见过我三次，就想和我结婚了。我简直不敢相信自己的耳朵。这个英俊潇洒、幽默风趣、前途无量的年轻人想要娶我为妻。我！这个没人要的女孩，这个全家都笃定嫁不出去的女孩。尽管我那么胖，肤色又比他黑不少，可他还是想要和我结婚。

我从来没听说过这样的事，世上不可能有这样的事。在南亚，肤色白皙的男人不会娶肤色黝黑的妻子，只有黝黑的男人才会娶黝黑的妻子，而且只要有机会，他们一定会找白皙的妻子。他们必须得为下一代着想。这是南亚种族主义传统下不成文的规定。

这会不会太快了？可每一部宝莱坞电影都是这样演的：男主角与女主角未曾有片刻的交谈，便在彼此照面的瞬间坠入爱河，为了反抗父母、社会、上天和一切爱情的阻隔，一对苦命鸳鸯远走高飞、浪迹天涯。

我迫不及待地想要把这个消息告诉母亲。早在我刚去上大学时，母亲就给我挖好了"陷阱"。她故作漫不经心地对我说，现在我自由了，可以去结识一些适婚的年轻男人了。如果找到了，一定要告诉她。可在这个男人出现之前，大学里没有任何男生表现出想要结识我的意愿。安努、维娜和我只能每天远远地凝望着我们暗恋的男生，幻想着甜甜的恋爱，一遍又一遍地播放着玛丽亚·凯莉的《梦中情人》(Dream Lover)，可实际却毫无进展。母亲一定会为我感到骄傲，因为我冲破了所有亲戚预言的艰难险阻，找到了自己的如意郎君。我迫不及待地想要把这个消息告诉莉莉和萨阿德，告诉他们，瞧，你们的大姐还是很受欢迎的！我迫不及待地想要把这个消息告诉父亲。在过去的十年里，他绞尽脑汁地敦促我减肥，不就是为了把我嫁出去吗？现在，他们再无后顾之忧了。

可父母的反应却与我的预期相去甚远。听到这个消息,他们都愣住了。我才十九岁,还在读大学二年级,我是疯了吗?这个男的又是谁?家里做什么的?他说什么我就信什么吗?

我的父母明明白白地拒绝了他的提议。他们的女儿还要继续攻读医学,绝不可能在十九岁的年龄抛下一切去结婚。如果他真的想娶我,他就必须等到我大学毕业、考上医学院,而且他的父母必须要从巴基斯坦赶到美国来,亲自向我们家求婚。

一年之后,他们真的来了。

八
肉食动物

不得不承认,一段萌芽中的恋情确实有助于激发健身的动力——当然,"健身"一词用在我身上或许不太严谨,甚至完全不准确。

就称这位我未来的前夫为 AK 吧。当时,在美国求学的并非他一人,他还有两个弟弟在这里上大学,此外他还有个亲戚也都住在这里。他第一次上门求婚碰钉子时,正是这位亲戚陪他一起来的。

我的父母并没有斩钉截铁地拒绝他。他们给了 AK 一个模棱两可的回答,暗自希望未来几年我会收到条件更好的婚约,或者我们两个感情破裂、直接分手,或者 AK 耐不住等待的寂寞,转而追求其他女孩。可他没有。他打定主意要与美国最后的处女结为秦晋。我们时不时私下幽会,他认为是时候把我介绍给他的弟弟了。

我从未想过这件事会给我带来这么大的压力:你不知道亲密

恋人的家人是否真的认可你。到目前为止，一切迹象都表明他们或许不会接纳我。在我家里，两个女儿的婚事形成了一种尴尬的局面。依照传统，在大女儿尚未出阁之前，不管是向小女儿求婚还是接受小女儿的提亲都是非常无礼的行为。也就是说，如果我不结婚，莉莉的婚事就卡住了。但现在的问题在于，所有人都在向母亲旁敲侧击地打探莉莉的消息，但没人来问我的情况。他们不敢直截了当地提出求婚，只能转弯抹角地表达自家对迎娶莉莉的兴趣。他们知道这家的大女儿还没结婚，只能暗自祈祷我的婚事已经有了着落。

没人问过我的情况，一个也没有。母亲说。

如果没有任何母亲、姐妹、堂表亲或姨妈希望她们的儿子、兄弟或侄子、外甥与我结婚，那么，贸然与 AK 的家人见面就很危险了。他们很可能拆散我们。我必须减肥了。

那时，我突然迷上了可口可乐，简直到了上瘾的地步。我的身体像一座从未被毒品与酒精玷污的圣堂，却对糖和咖啡因毫无抵抗。当时的我并不知道可乐上瘾和嗑药上瘾其实没什么区别。如果迫不得已，我可以不吃饭，但我不能不喝可乐。开始是一天几罐，紧接着变成一天一大瓶，最后是一天好几大瓶。无糖可乐不能满足我，要喝就喝"真家伙"。我并不是从小到大一直在喝汽水，除了聚会、节假日和斋月期间，我家里根本没有汽水。在这些特殊的日子里，我们会调制一种饮料——我本不想泄密，但又实在忍不住分享这种美味的配方：用可口可乐加鲜奶调成的可乐奶。

我知道很多人一听到这里就本能地开始皱眉，但还是请听我说完，毕竟雪顶可乐和可乐奶也差不了多少。可乐奶的配方很简单：

半杯可口可乐，半杯全脂牛奶，再加点砂糖调味，最后往杯子里填满冰块。后来我才知道，许多南亚家庭不用可乐而用七喜或雪碧，但毫无疑问可乐才是最棒的。可乐奶几乎是一种斋月特供的饮料，斋月一结束，大家便把它抛诸脑后了。因此，直到我进入大学，接触到食堂里无限供应的自助汽水机后，我才真正开始对可乐上瘾。

不过，谢天谢地，我心想，倘若诚如互联网上所说，体重的增减只取决于摄入卡路里的多少，那么只要确保存在卡路里缺口，那我就可以想喝多少就喝多少。一瓶2升装的汽水还不到800卡路里，也就是说，只要我少吃点别的，我一天最多还可以喝2瓶汽水。但这也正是计划最难执行之处，因为我不可能不去食堂。我总得吃饭吧。我总是在食堂里和朋友们见面，包括维娜、乌佩克夏、乌佩克夏的兄弟和朋友们，还有我的室友娜基娅，等等；因为我们的课程安排并不一致，除了吃饭的时候，我们很少有机会碰面。

可就在这一天，我误打误撞地找到了解决之道。当时我正在往我的比萨上撒盐（这也是娜基娅唯一传授给我的美食秘诀），盐罐的盖子突然松脱，盐粒小山般堆满了我盘子里的两块比萨。其实我不仅爱吃甜的，也很爱吃咸的，但比萨上的盐实在有点太多了。我懒得再回去排队，便拈起比萨，抖了抖上面的盐粒，试着把它放进嘴里。果不其然，比萨咸得发苦，难以下咽。

之前每天吃饭时，我都能看到乌佩克夏突然将餐盘一推，说自己吃饱了。我从不知道吃饱是什么感受。在那两块比萨之前，我也从未倒掉过任何食物。第二天，我故技重施，开始往食物里加盐。一下、两下，我没有停手，而是不断地晃动盐罐，直到盘中的食物变得一塌糊涂。我尝了一两口便停下刀叉，然后把整盘食物都倒掉了。就这样，从那天开始，我不是单纯地不吃东西，而是往食物里大量加盐。面前一大盘丰盛的食物满足了我的情感需求，我也就不再感到饥饿与匮乏了。至于每天所需的卡路里，我可以回宿舍多喝几瓶汽水。

此外，我还开始留意学校的健身房。其实我早就知道学校有健身房，因为我常常看到身材匀称健美的俊男靓女们穿着全套的运动行头，背着运动包在校园里穿梭。我常常怀着不知是嫉妒、沮丧还是欣赏的心情盯着那些女生出神。众目睽睽之下穿着超短裤、吊带和运动内衣，自信满满而又习以为常地展露自己完美的身材，那到底是一种什么样的体验呢？从初中开始，我就不再积极举手到黑板前解题了。我不想站起身子，让全班都看到我膀大腰圆的背影。上了高中之后，我的小肚子也凸了出来，所以我从来不穿需要塞进裤子里的衬衫或紧身的短衬衫。有时，一想到周围人的目光，我会突然感到很难为情。我会伸手把毛衣和针织衫扯松，用大一号的宽松上衣把自己遮得严严实实，不自在地拉拉上衣、拽拽裤腿。我多么希望自己也能拥有这样的从容，而不是老觉得全世界都在批评我的身材。

我从来没有去健身房锻炼过，我甚至不敢去。该怎么开始锻炼呢？其他人会盯着我瞧吗？我该穿什么衣服？我和维娜决定结伴去一探究竟。我选择了"班霸"牌楼梯机①作为我的刑具。我把楼梯机调到最轻松的设置，然后以最缓慢的速度漫步上楼。锻炼十五分钟对我来说就算功德圆满了，它多少会消耗一些卡路里。爬十五分钟的楼梯想必比我的新室友（一位十六岁的俄罗斯天才

---

① StairMaster，一家美国健身器材制造商，以生产模拟爬楼梯运动的健身器材而知名。

少女）的运动强度大多了。

艾琳娜是一名大一新生，身高 1.73 米，骨架粗壮、脸色阴沉，做事笨手笨脚，说话夹着浓重的俄罗斯口音。我猜她很快便会到某个地方去负责核裂变项目。我们不怎么说话，但这主要是因为我们不怎么见面，而且我也不知道该和她聊什么。或许我们在彼此眼里都是怪人。每天三餐，她都会从食堂顺一些水果和食物回来，小山一样堆在桌旁，每天晚上一边学习一边吃掉它们。她每天夜里九点上床睡觉，凌晨五点早早起床。她自己熨牛仔裤，手洗内衣裤，并将它们一一晾晒在房间里属于她的那一侧。她一大清早就会用房间里的公共电话跟人用俄语煲电话粥，我半开玩笑地对其他朋友说，我感觉她像个俄罗斯间谍。她每天收集梳子上掉落的头发，将它们揉进床头柜上一个越来越大的棕色发丝团里。在天寒地冻的日子里，她依旧不以为意地穿着系带平底凉鞋，最多加一双袜子。

一天，在艾琳娜出门上课后，一件上衣从她的衣橱里滑了出来。我打开她的衣橱，想帮她把上衣挂回去，却发现里面没有一件衣服是挂着的。她的所有衣服都揉成一团，胡乱堆在一起。但这不是最可怕的。衣橱向内的门板上挂着一个透明的塑料袋，里面装着……好像装着……嗯……的确是……用过的卫生巾。

直到今天，我还会突然想起那个场景。她到底打算怎么处理那团头发和用过的卫生巾？

春季学期开始时，艾琳娜也没能逃过"大一新生15磅"的魔咒。她决定开始锻炼。那天，正当我走出宿舍大楼，准备下台阶走到人行道上去时，我眼角的余光扫到一个缓慢移动的身影从大楼的右侧绕了过来。是艾琳娜。我惊讶地看着她以一种只能以电影慢动作来形容的速度缓缓向我靠近。

她没有看到站在台阶上的我,而是继续生硬地蹒跚前进——如果僵尸会慢跑,那一定就是这副样子。周围的学生惊讶地看着她,看着她大口喘着粗气,脸色因为疲乏而涨得通红。趁着她抬起一只脚艰难地挪到另一只脚前面时,我从她的背后径直走了出去。走出大约十步后,我觉得不打个招呼有点儿不太礼貌,于是我转过身寒暄道:"嗨,艾琳娜。我不知道你平常还会……慢跑呢。"

她冲我一笑,脚下似乎粘着我看不见的糨糊。"慢跑可以减屁股!"她回答我。

每天早上,艾琳娜都会坚持她的超慢跑,我对此是既惊奇又好笑。暑假结束之后我再见到她时,她已经靠着这套老年人慢跑法比原来瘦了一大圈。

我在健身房的锻炼强度可能比艾琳娜的慢跑大得多,但归根结底,艾琳娜是靠着坚持不懈的毅力才取得了如此喜人的成果。我只去过健身房五六次,就再也吃不消了——是我的身体真的吃不消了。连续几周只喝可口可乐的生活掏空了我的身体,我的手一天到晚都在发抖,还因为膝盖发软在楼梯机上摔倒过好几次。尽管我的减肥效果没有艾琳娜那样显著,我还是成功在一个月内减掉了19磅,终于能够大大方方地去见AK的弟弟了。我的体重达到了过去数年中的最低值,甚至不到160磅,73公斤。可那句老话说得对,瘦得快,胖得也快。

一旦我开始重新进食,我的体重就在几个月内完全反弹,甚至比原来还重了5磅。可我不得不吃东西。光靠喝汽水,我连学校的课程都快跟不上了。但那时，我已经见过了 AK 的弟弟，他们对我很友善。虽然真正的试炼——见 AK 的妈妈和姐妹——还在后头。

在大三快要结束的时候，AK 的父母带着他的妹妹离开了巴基斯坦，并立刻开始为他们的宝贝儿子求娶梦中情人，也就是我。AK 从未给他们寄过我的照片，但我猜想他们认定这个将 AK 迷得神魂颠倒的女孩应该符合巴基斯坦的美女标准：高挑、纤细、肤色白皙。我曾经看过 AK 一家的照片，并为此做好了最坏的打算。他们一家虽是旁遮普人，祖上却来自克什米尔——每个巴基斯坦人都明白这句话的言下之意，他们的肤色特别白，比白种人还要白。

当时，父亲已经关掉诊所，和母亲一同搬到了巴尔的摩。莉莉和我一样入读了 UMBC，住学校宿舍。既然两个女儿都在巴尔的摩，父母认为他们也没必要大老远地住在黑格斯敦。在物色新居期间，他们租了一间公寓暂住。某个周末，AK 的父母带着一盒糖果和一枚金戒指敲响了我家公寓的大门。

我坐在卧室里，听着起居室里传来的喁喁私语。一个小时后，母亲带着 AK 的母亲走进了我的卧室。我面色僵硬地坐在床上。AK 那位矮矮胖胖、肤色如同奶油般白皙的母亲走到我身旁坐下。我垂头盯着地面，而 AK 的母亲则以我这辈子从未感受过的专注一寸一寸地端详我的全身。我偷偷瞥过她几眼，每一次，她的目光都落在我不同的身体部位上。我在披巾下攥紧了手指，用力蜷起脚趾，希望她看不到我的脚趾有多难看。

终于，她缓缓开口道："你的大脚趾比二脚趾要短，这意味着你固执己见，想要骑在丈夫头上。你有两个酒窝，这意味着你在结婚后容易克死公公和婆婆。"

这可不是什么好兆头。

但她只是长叹了一口气,将一个样式简单的金戒指套在了我右手的无名指上。就这样,我订婚了。

AK 的父母坚持要我们在那年夏天完婚,因为他们马上就要回巴基斯坦了。然而,此时距离我大学毕业还有一年,我的父母坚决要求我先读完书。最终他们还是没能顶住 AK 一家的软磨硬泡。AK 的家人反复打电话来,反复登门拜访,告诉我的父母他们无法从巴基斯坦赶回来参加第二年的婚礼(可事实证明,他们压根儿没打算走)。

两家人敲定了婚礼的日期。可即便到了这时,母亲依然强烈反对这门亲事。她斩钉截铁地告诉我,这桩婚姻绝不会有好下场。

"乌尔都人说,儿媳是戴在头顶的皇冠。人人尊敬她、捧着她。新婚之后的几个月,婆家不会让她进厨房,也不会让她干家务,或者至少得等到指甲花汁的彩绘完全褪去。旁遮普人说,儿媳是踩在脚下的鞋底,要让她认清自己的卑下,让她天天受磋磨。等着吧,新婚第二天,他们就会把你送进厨房。"

我翻了个白眼。巴基斯坦电视剧和宝莱坞电影里那些鸡飞狗跳的婆媳闹剧显然都是夸大其词。此外,AK 曾对我说过,他的母亲在家经常受到丈夫的殴打和婆婆的虐待。自己吃过这种苦头的女人想必不会骑在儿媳的头上作威作福。

婚礼照例大办了三天,星期五是指甲花之夜,星期六是新娘送亲宴,星期天是新郎迎亲宴。我很难在婚礼上表现得有多快乐,因为我的母亲就愁眉苦脸地坐在一旁,几乎婉拒了一切庆祝活动。可事实证明,母亲早在当时就预见了我没能预见的后果,她知晓太多我尚未知晓的辛酸。我从没料到我们两家之间的文化差异如此之大,以及这种差异将如何影响我日后的生活。首先,我的公婆不仅无意返回巴基斯坦,并且提出希望我们以"大家庭"的方式住在一起。

我知道这种几代同堂的"大家庭"模式,但我从未在美国见过。这是行不通的。我们这些从小接受美式教育长大的孩子注重隐私,根本不能适应这种生活,我也从未想过我会进入这样的家庭。我跟着新婚丈夫搬进了一套三居室的公寓,和他的父母、两个弟弟和一个妹妹住在一起。对于接下来可能会发生的事,我并非毫无心理准备。

新婚第二天,我果然被叫到了厨房。厨房的地板上铺着一大块不合时宜的东方风格地毯。我的婆婆正站在料理台前切菜,她抬起头来,上下打量了我一番,说道:"你的手镯呢?首饰呢?你刚结婚,至少第一年得打扮得像个新媳妇。去把首饰都戴好。"

我回到卧室,戴上他们送我的八只22K金手镯和几个金戒指,又戴上一套小巧的金项链和金耳环,重新回到厨房。

"嗯哼,这还差不多。说说吧,你都会做什么饭?"

方便面,我心想,但还是老实回答道:"我不做饭。要么是我母亲在家做,要么我就在学校的食堂里吃。"

"你母亲就没教你做过一两道菜吗?"

没有,从来没有。我的母亲致力于把两个女儿培养成受过教育的专业人士,而不是家庭女佣。按照她的逻辑,如果我和妹妹学会了做饭,我们的丈夫和公婆就会理所当然地把这件事推给我们。他们就是打算让我们做饭,母亲心知肚明。

"好吧,"婆婆说,"那我们就从烤饼学起。首先做一个面团。"他们一家已在美国盘桓数月,早就吃腻了食杂店里一袋二十个的流水线产品。既然新媳妇进了门,他们就能吃上自制的家常烤饼了。婆婆把几杯全麦面粉倒进一个大盆里,指导我一边多次按量加水,一边用手搅拌面糊。

我的公公踱进厨房里,满意地点了点头。"你婆婆三十年来任劳任怨地为我们一家六口做饭洗碗,现在该轮到你来帮她减轻负担了。"他说。

我想到了他们自己的亲生女儿。此时她正坐在客厅里边看电影边喝茶吃薯片,和她的几个兄弟笑作一团。儿媳是踩在脚下的鞋底,母亲的话在我耳边回荡着。

"揉好面之后叫我,我告诉你怎么继续做烤饼,然后你还得煎几个蛋。"婆婆说。接着,他们就丢下我一个人,走到外间去了。我的眼泪悄无声息地落下,揉进了我做好的第一个面团。

在婚后的最初几周,亲朋好友会轮番招待新婚夫妇上门做客,参加庆祝晚宴"达瓦特"——然而,在我们家,"新婚夫妇"就等于新郎全家。于是每隔几天,我们就要盛装打扮,举家拜访这些亲友,参加那些令人尴尬的晚宴。我不得不沉默地坐在一众女宾中间,任由她们评头论足地检视我、盘问我:我身上这些珠宝是哪里来的?娘家送的还是婆家送的?我穿的这套衣服是娘家的嫁妆还是婆家的聘礼?我今年多大了?家里几个兄弟姐妹?原本住在巴基斯坦的哪个地方?

这些对话中绝对少不了的就是调侃我的外貌。长得挺有意思的，她们议论道。我不像旁遮普人，但也不像说乌尔都语的巴基斯坦人。旁遮普人白皙、高挑、健壮。说乌尔都语的巴基斯坦人肤色黝黑，但身材娇小。可我呢？结合了这两种人最糟糕的特质，矮小、黝黑，还胖。

我确实有一头漂亮的长发，五官也很端正，她们都同意这一点。"是啊，"我婆婆在一旁说道，"她长得挺像那个印度女演员的，艾西瓦娅·雷①，就是黑了点儿，胖了点儿。"不用担心，在场的女士们对如何解决这个迫在眉睫的重大问题自有妙计。她们列举了一长串多年来我早已听得耳朵长茧的美白秘方，不过其中也有一些新鲜的办法。你听说过珍珠霜吗？她们问。那是中国传来的好东西，在巴基斯坦正流行呢。美容沙龙用珍珠霜混上漂白剂，为女士们提供美白护理，让你整个人容光焕发。

你在婚礼前去做美白护理了吗？

当然没有。

如果没有，你的脸上怎么连一根汗毛也看不见呢？

对于这一点，AK 的母亲有一套神奇的理论。我的脸上没有汗毛，主要有两个原因。其一，它们被脂肪盖住了。我的婆婆坚信脂肪会在毛囊周边聚积，并最终淹没毛发，所以其他人就看不见汗毛了。

其二，因为我肤色黝黑，汗毛本就不明显。像他们那种天生白皙的人，汗毛无论长在哪里都很显眼。脸颊、脖子、胸口、四

---

① 印度女模特、女演员，第 44 届世界小姐选美比赛冠军，曾翻拍过瑞哈的经典影片《勒克瑙之花》。

肢、小腹和后背,他们不得不每月两次给全身做蜜蜡脱毛。可我呢?反正黑乎乎的,别人也看不到我脸上或身上的汗毛。

我心里反驳道,不,这是因为我从小就用姑姑给我的砖红色浮石棒子脱毛,而且我们一家本来就比其他南亚人种汗毛更稀疏。我的父亲几乎没有胸毛,母亲则全身全脸都不见汗毛。这些人的谈吐像是这辈子都没听说过基因遗传这件事。

我恨极了这些晚宴。

我的娘家婚后第一次招待我们上门时——注意,此处的"我们"依然是指 AK 一家七口人——母亲走到我身边,开口说道:"你婆婆问你怎么样了。"

"什么意思?什么叫'怎么样了'?"

"意思是——你有消息了吗?"

"什么消息?"

"你怀上了吗?"

我和 AK 结婚还不到一个月,我的大学还没读完。我请求真主保佑我没怀上。

"就是说吧,她有点担心你怀不上孩子,因为你太胖了。太胖的姑娘不容易受孕。如果你怀不上,他们肯定认为都是你的问题。"

其他人晚餐过后就回家去了,我和 AK 则留在父母家里过夜。婚后不久我就开始服用避孕药,但在那天晚上的谈话之后,我就把避孕药全都扔掉了。

第二天,我和 AK 带着父母送给我们的礼物回到了那个大家庭里。我打算像之前一样把这些礼物都放进卧室的衣橱里。我的新婚礼物大多堆放在那儿,准备留着未来我们自己搬家后用。搬家是迟早的事,我们不可能一直和这一大家子人住在一起。

可衣橱里空空如也,装着礼物的盒子和袋子都不见了。我以为家里遭了贼,惊慌失措地跑出去告诉他们。AK 的母亲嗑着牙花子,一言不发地细细打量了我一番,然后转身离开了房间。没有一个人理睬我。突然间我明白了,就是他们拿走了我的东西。

这只是接下来一连串事件的开端,而我也后知后觉那些巴基斯坦电视剧和宝莱坞电影并非空穴来风。我看到婆婆和小姑偷穿我衣服的照片,还听说她们曾经躺在父母送我的婚床上睡大觉。那套床具是婚礼前数周送到 AK 家里来的。在吃过几次哑巴亏后,我终于知道为什么我做饭时放在料理台上的金饰(在被烫伤之前,我都不知道原来黄金的导热性那么好)会不翼而飞了。

婚后的第三个月,我成功证明了婆婆的想法是错的。我怀孕了。然而,就在我怀孕之后不久,AK 第一次动手打了我。

他们一家都听到了我们卧室里传出的动静,但没有一个人过问。第二天一早,我走出卧室,一边翻找止痛药一边讨水喝。我的婆婆却在一旁冷嘲热讽:"要我说,你每天都该打。"

现在,我只能全靠自己了。我无法开口向亲人和朋友诉苦,也不能搬出去。刚结婚没几个月就挨了打,挺着个大肚子跑回娘家,我无法忍受这种耻辱。父亲从没对母亲动过粗,我从没目睹过真正的家庭暴力,我一直以为,如果一个男人动手打了我,我就一定会和他断绝关系。

可我没有。我忍辱负重地留了下来,因为我知道我现在唯一的机会就是完成本科学业,考上研究生,只有这样才能养活自己和即将到来的小宝宝。我必须熬过去。

大四的最后一个学期，我每天都有差不多十二个小时不在家。我要赶在宝宝出生前修满 21 个学分。每天一大清早，我就要从弗吉尼亚州开车赶往 UMBC，拖着日渐隆起的肚子和愈发笨重的身子在校园里奔波。这种情况下，我显然不可能再考医学院了。我的绩点不够高，化学也一塌糊涂。

我感觉自己的人生完蛋了，因为除了考上医学院，我从没有过其他计划。可现在想来，当时的我应该已经意识到我不适合学医了。过去还在父亲的诊所帮忙时，父亲常常让我违规进入手术室给他搭把手。他请不起兽医助理，所以需要我帮他迅速地将患兽的四肢固定在手术台上，以便推注麻醉剂。有的时候，他需要我帮他撑开切口，方便他寻找猫狗的输卵管。鲜血的铁锈味和无影灯的闷热常让我头晕目眩，胃里翻江倒海。我会跌跌撞撞地夺门而出，生怕下一秒就晕倒在手术室里，只留下父亲一人在我身后失望地摇摇头。

我并不是唯一一个毕业在即却不知何去何从的人，我的好友舒布纳姆遭遇了同样的困境。她也发现自己不适合学医。我们接下来该怎么办呢？舒布纳姆告诉我她决定考个 LSAT（即法学院入学考试）碰碰运气，看看能不能去读法学院。走投无路之下，我也硬着头皮报了名。

毕业典礼之后不到两周，我生下了一个女儿。待产的那几个星期，我一直住在父母家里。我知道孩子随时可能出生，分娩的时候，我需要自己的家人而不是 AK 一家陪在我身边。

当 AK 从弗吉尼亚州赶到医院时，我已经拼尽全力把女儿生了下来。我打定主意不让孩子的父亲参与这段独特的经历。当天晚上,我凝视着怀中粉嘟嘟的小天使,找回了第一次坠入爱河的感觉。我绝不会亏待这个孩子。

AK 的家人第二天才到医院来探望。几个星期不见,婆婆开口的第一句话就是:"哎呀,你怎么又胖了。"

孕晚期的我终于还是跨过了 200 磅的大关。她说得没错,我确实又胖了。

两周之后,我参加了 LSAT 考试。我在考场里一坐就是几个小时,溢出的母乳润透了我的内衣,沿着衬衫往下流。这是我第一次离开孩子这么久。我的成绩在所有考生中排到前 8%,我没有投递任何申请,就收到了两家法学院的录取通知书。

最终,不是我选择了法律,而是法律选择了我。

法学院的学习使我焦头烂额,我每天严格遵守时间表才勉强坚持下来。只要能把家务料理清楚,我的公婆并不反对我继续深造。这些家务包括每天为每个人准备午餐和晚餐。我每天清晨出门前就要做好午餐的咖喱,然后赶去本地的一家律所做兼职。紧接着,下午下班之后到晚上上课之前的两个小时里,我得给家里做好晚餐。晚上九点下课到家之后,我还要抽出一些时间陪陪女儿、陪陪家人,最后在所有人上床睡觉之后再继续学习并完成作业。我终于享受到了"大家庭"模式下的一点点好处,那就是家里的每个人都会帮忙照顾孩子。多亏了这一大家子亲戚,我在上班或上课时从来不必担心女儿。

在经历了整整一年的痛苦挫败后,我终于成功掌握了如何又快又好地做出公婆爱吃的饭菜的诀窍。问题并不在于我的做饭技巧。我知道母亲做的每一道菜是什么滋味,并能八九不离十地还原出来;即使遇到什么困难,我也可以直接打电话向母亲问个明白。真正的问题在于,我婆婆烹饪所有肉类的方式都与母亲大相径庭。AK的母亲总用同一种油腻浓稠的肉汁来炖肉,而我们家用的一直都是浓汤。我总是按照母亲的方法,用馥郁芳香的浓汤来做"科夫塔"肉丸和秋葵炖肉。我们从小就是吃浓汤,尤其是山羊肉浓汤长大的。

"先知穆罕默德最喜欢的肉就是山羊肉。"母亲从小就对三个孩子说,"山羊肉是世界上最健康、最美味的肉。"我不清楚先知穆罕默德是否真的喜欢吃山羊肉,但我母亲是真的喜欢。炉灶上,冰箱里,我们家总少不了一锅姜蒜味扑鼻、漂着香菜碎的山羊肉浓汤。母亲就像外婆一样,几乎每天都要喝上一碗。她总是连皮带骨地炖汤,按照她的说法,只有这样做,才能炖出山羊骨髓里最鲜美的滋味。

母亲总能吃到带着骨髓的骨头,而且喜欢得不得了。我们三姐弟一面感到恶心,一面又情不自禁地盯着她,看着她如何对准羊腿骨的一端用力一吸,就吮出一大串黏黏糊糊的胶质,心满意足地一口咽下。行吧,她想吃什么都行。骨髓、羊蹄、羊脑、下水,没人会和她抢这些东西。

但是这样炖出来的山羊肉浓汤,我们是一碗接一碗地往嘴里灌。

虽然母亲没有在婚前教过我如何做饭,可事实证明,我就像她一样,幸运地继承了这家女人的聪明能干。我可以轻松分辨出一道菜肴中用到的调料和香草,并八九不离十地复刻出来。只需要尝一两口，我就知道一道菜里缺了什么味道，也知道应该如何补救。

我可以像母亲一样做一手好菜，可我的公公和小叔只会舀起一勺浓汤，淅淅沥沥地浇回盘子里，然后嘲笑道：怎么，你连咖喱汁都不会做吗？

"咖喱汁"，我们用这个词来称呼非南亚裔外国人吃的"假咖喱"。我第一次听到这个词还是在高中，一位老师问我平常在家里都吃什么咖喱汁。AK一家不承认我做的是咖喱，认为那连"咖喱汁"都算不上。这不就是汤吗，他们笑着说。

放屁，乡巴佬，我心说，这叫浓汤。

终于，我不再像母亲那样精心烹饪菜肴，而是学着AK的母亲糊弄过关。我往菜里加入更多的油、更多的香料、更多的番茄以及更少的水，无论鸡肉、牛肉还是山羊肉，全都一股脑儿熬成糊糊。他们不会欣赏母亲传给我的手艺，吃不出酸奶科尔马炖菜、茄汁干锅和浓汤炖肉的区别，他们就喜欢吃一锅糊糊，那我管他们做什么呢？

短短一两年，我就成了那种完全不看菜谱、不用量杯，还能同时做三道菜的能干主妇。我必须手脚麻利，才能完成所有工作。婆婆对我的厨艺非常满意。我有能力而且也确实招待过五十人、一百人乃至一百五十人的来客。我可以在几个小时内包出数百个咖喱角，腌制并串好几大盘西格烤肉卷。她干起活来就像灯神[①]一样奇妙，婆婆说。

没错，我比以往任何时候都要努力，但这也意味着我根本没

---

①阿拉伯和伊斯兰教神话中的神怪或神灵，其形象通常为上半身为人形、下半身为蓝色雾气。最著名的是《一千零一夜》中阿拉丁神灯的故事。

有时间照顾好自己。我很少吃自己做好的饭菜,因为我根本没时间坐下来好好吃一顿。只有在从家里开车去律所、从律所开车回家、从家里开车去学校、从学校开车回家的路上,我才有空在车里胡乱吃两口。我成了本地得来速快餐店的常客。我每天开车到店取走我的早餐、中餐和晚餐,一边开车,一边不假思索地将食物塞进嘴里。早餐的吉士蛋麦满分已经吃不饱了,我现在吃他们的吉士蛋肉排贝果,还要加两份脆薯饼和大杯橙汁。午餐吃肯德基和赛百味。晚餐通常是塔可贝尔①,如果有时间,我就去本地的五兄弟(Five Guys)汉堡店,那是我吃过最美味的汉堡薯条。我每一顿饭都少不了一杯汽水或撒满大块奥利奥饼干碎的奶昔,没有大量的糖分,我简直一节课都坚持不了。有时,在晚上最后一堂法律课结束后,我会驱车前往学校附近的拉维烤肉屋(Ravi Kabob House)点一份夜宵,犒劳我似乎永不餍足的肠胃。

我会坐在一片漆黑的停车场中,用新鲜出炉的热馕裹住烤肉,一顿狼吞虎咽。有时我吃得太快,连自己都惊讶怎么这么多东西眨眼就不见了。我火急火燎地把所有食物都塞进嘴里,仿佛下一秒食物就会长出双腿从我身边溜走。几分钟后,我就吃得肚皮滚圆,心里却升起一股空虚与羞愧,随之而来的便是无穷无尽的自我厌恶。可这不过是无数个自我疗愈的时刻之一,在那之后,我不得不回到那个我永远无法融入的家庭。我不愿意坐下来和他们一起吃饭。

在体重迈过少女时期的"宁愿被人一枪爆头"的200磅门槛后,我只能寄希望于分娩后体重能有所减轻。听说哺乳会燃烧数千

---

①美国百胜餐饮集团旗下公司之一,目前全球最大的墨西哥风味连锁餐饮品牌。

卡路里。在最初的四个月里，我尽心尽力地尝试亲喂。我在每天清晨、晚上以及半夜给女儿哺乳，并在白天出门前泵好乳汁，留给家里的孩子。也许哺乳确实能够消耗卡路里，但哺乳也让我倍感饥饿。那些因为白天出门而吃不了的零食全都被我留到了晚上。在所有人都睡下后，我就在薯片、汽水和饼干的陪伴下继续学习。我的婆婆对此百思不得其解。她从来没见过我吃东西，怎么我的体重却有增无减？

没有人知道我躲在无人的角落里大吃特吃，而就在那时，我突然明白了一件事。我终于知道母亲为什么总是在半夜游荡了。在我小的时候，母亲很少和我们同桌吃饭，这让父亲很是不满。他无比希望一家人齐齐整整地围坐桌旁，边吃边聊，但我们鲜少有这样齐聚一堂的时刻。母亲会负责做饭，但她很少和我们一起吃。吃饭时，她要么忙着清扫厨房，要么自己一个人去看电视，要么干脆回房休息。我们会将剩下的饭菜放进冰箱，可第二天一早，所有的饭菜都会不翼而飞。现在我知道了，是母亲在夜深人静的时候吃掉了那些饭菜。

我一直认为母亲的这种行为有点离群索居的倾向，要么就是故意找父亲的茬。直到我也开始独自一人吃饭，我意识到，母亲或许也对自己的胃口感到羞愧。

AK 的大姐是一名医生，她怀疑是我的甲状腺出了问题。一年前，她与丈夫、儿子一同从巴基斯坦来到美国，并打定主意要留在这里。她是那种精明强干、意志坚定的女人，一旦下定决心要做什么，就一定会做到。她到美国时就已决意要通过执业医师资格考试，然后留在美国做医生。

"你知道吗？"一天，这位大姑子对我说，"你们结婚时，AK 把婚礼的照片寄到了巴基斯坦，可我没敢给任何亲戚朋友看。"

我不知道她想说什么，但我猜得出来。

"太丢人了，我不想让别人看到我弟弟娶了个什么样的新娘。他们肯定会很惊讶，AK 怎么选了个又黑又胖的姑娘。你知道巴基斯坦有多少漂亮姑娘吗？他本可以挑一个高挑纤细，皮肤白得发光的美人儿。可是……他却选了你。我只好告诉大家，照片在寄来的路上弄坏了。"

是，我是不知道巴基斯坦有多少漂亮姑娘等着他挑。自祖比小姨的婚礼以来，我已经有足足十三年没有回去过了。但我很快就会弄清楚巴基斯坦还有多少好姑娘——我离开故乡已经太久太久，也该回去了。

我在 2000 年的秋天修完了法学院的所有学分，但还要再过五个月才能毕业或参加律师资格考试。在经过这么多年连轴转的学习和工作后，我终于有时间重返巴基斯坦，并且，我也终于有机会第一次摆脱 AK 那日益壮大的"大家庭"了。我们的婚姻在某种意义上总算尘埃落定，至少 AK 不再打我了。或者说，自我开始还手之后，AK 便不再敢动手。但这并不意味着我们和好如初，相反，我们的关系已经不可挽回地破裂了，然而我们仍旧咬紧牙关，装作一切如常。AK 的一个弟弟最近也已结婚生子，现在家里总共住了十口人。好在我们终于搬进了一幢三层的小楼，空间还算宽敞。

对于这次探亲，我感到有些紧张。我从小就听惯了那些亲戚对我的体重的议论，而这回，我不仅要见这些亲戚，还要去见 AK

的亲戚。"丑话说在前头，"婆婆对我说，"如果有人叫你胖妞，你可别生气；我看你很容易生气。我们管秃头的男人叫秃子，都是一回事。胖妞就是胖妞，别人实话实说，你可别上赶着生气啊。"

行吧，你说是什么就是什么吧。

我带着三岁的女儿，在十二月清冷的夜晚落地拉合尔。接机的是帕米舅舅和可汗·古尔舅舅。自从可汗·古尔舅舅杀了我们的兔子并"畏罪潜逃"之后，我就再也没有见过他；但帕米舅舅仍是我们家的常客，甚至还来参加了我的婚礼。我提醒他，当我还是个小姑娘的时候，他就说过要向未来娶我的男人敬礼，现在是时候了。实际上，我比帕米舅舅结婚还要早，我不会轻易放过这个把柄的。

在新郎迎亲宴的当天，帕米舅舅走上台来，站在我和 AK 端坐的沙发背后与我们合影。然后他俯下身子，在我耳旁轻声说道："小胖妞，知不知羞了？嘴角都咧到耳朵根了。我知道你心里高兴，终于把自己嫁出去了，可谁不是呢？我们都没想到你会结婚。但还是矜持一点吧，新娘可不该乐成这样。"

确实，几年之后，面对这场一地鸡毛的婚姻，我开始半点儿也乐不出来。

外祖母的老房子依旧伫立在沙姆讷格尔，但周边早已物是人非。居民区迅速扩张，路上开了几十家新店，周围的几间大房子都分租给了从村里进城打工的家庭，人口也暴涨了三倍有余。

外祖母家的小房子原本与她娘家的房子"拉尔科提"（意为红房子）相通，两家共用一个庭院，可现在这两栋房子已经完全被围墙隔开了。我依稀记得上次探亲时来过这里。夹在几栋四层小楼之间的庭院终年幽暗凉爽,是夏日避暑的好去处。印巴分治期间,我的曾外祖父和兄弟们与一名锡克富商谈定,用德里的房产换取这座拉合尔的红房子。当时,这幢隐藏在黄色大门后的红房子还是本地最宏伟的宅邸。这些年来,长辈们先后离世,孩子们也都相继成家,自立门户。最终,越来越空的红房子也零敲碎打地卖了出去,直到它不再属于我们。

我抬起头来,依然可以看到围墙那头高耸的红砖小楼,而外祖母的房子仍是我记忆中的模样,一草一木都恍如昨日。

两个舅舅早在几十年前就搬出去了,但他们也像其他亲戚朋友一样,时不时轮流到外祖母家里来瞧瞧,看望一下她。然而,在确定外祖母年事已高,独居不再安全之后,他们就强行将她接回了他们自己家里。她有时住在卡拉奇的儿子家,有时住在拉瓦尔品第的儿子家,每几个月就换个地方。

外祖母一点儿也不喜欢这样。她想回到自己的小房子里,那是她结婚时曾外祖父专门为她修建的新房。我的来访终于给了她故地重游的机会,两个舅舅也特地请了假陪我们住回了拉合尔。

回到一个从来都不能算是家但却胜似家的地方,很难描述这是一种怎样的感受。一踏进老房子的家门,那里的空气,那里的声音,那里的味道,那里的人,一切都是那么自在,那么熟悉,那么抚慰人心。如果非要形容,那种感觉就像我的一部分一直留在这里,从未离开。

我和女儿花了好几天的时间才倒过时差。至少在回国的第一周,我们总是在白天呼呼大睡,夜里精神抖擞。我们常常在黄昏时分起床,每到深夜,已经加入胖子大军的帕米舅舅和可汗·古尔舅舅就会出门买回一大袋塞满了香辣土豆泥馅儿的帕拉塔煎饼。卖煎饼的小贩每天傍晚出摊，炉子上摇摇欲坠地搭着一个足有卫星信号接收器那么大的铁锅。他卖的煎饼直径将近两英尺，饼皮上的酥油闪闪发光。等肚子里填满热乎乎的碳水，我们也终于困了。然而，每当沉重的眼皮即将落下，街上就会传来一阵洪亮刺耳的广播声，把我吓个激灵。

那个声音来自附近清真寺的一辆卡车。每到凌晨三点，它就准时出发，打开喇叭，鞭策沿街的罪人们快别他妈睡了，起来祷告吧。司机每隔50英尺就会停下卡车，通过老旧的扩音器和广播系统敦促周围的居民快快起床，以敬爱的先知穆罕穆德之名回应真主的召唤，用冰冷的清水洁净我们有罪的身体，然后开始祷告。

晨间祷告明明要到早上五点才开始，可它偏要提前两个小时来扰人清梦。这种行为足以让最虔诚的信徒变成渎神的异端。然而，可汗·古尔舅舅和帕米舅舅完全不受其扰，依旧鼾声如雷。看来，从小的折磨早已使他们练就了对此充耳不闻的神功，附近的居民似乎大多如此。他们是怎么克制住自己不动手做掉这个卡车司机的呢？我不得而知。

在我们三人都醒着的时候，我们会围绕接下来吃什么计划一天的安排。帕米舅舅从小就在与肥胖做斗争，多年来一直通过饥一顿饱一顿的进食方法来避免过度肥胖。可汗·古尔舅舅直到这两年才加入这场大战，结果很快便缴械投降。他是个不折不扣的大块头。他的大部分职业生涯都是在军营里度过的，但几年前，他不幸遭遇了一场惨烈的车祸。他乘坐的军用吉普车翻下了山崖，司机当场死亡，可汗·古尔舅舅也只是勉强捡回了半条命。他摔断了肋骨和两条腿，一只眼球完全脱落。为了接受康复治疗，他在病床上躺了足有一年多，体重也随之水涨船高。与此同时，因为意识到自己的军旅生涯已经走到了尽头，他干脆破罐破摔，开始暴饮暴食。

现如今，可汗·古尔舅舅身高1.88米，体重则达到了350磅，159公斤。那只完好无损的浅褐色眼睛依旧明亮迷人，另一只眼睛却黯淡无光，斜视一旁。事故发生后，他还是想尽办法结了婚。他的妻子是一名牙医，不怎么吃饭也不怎么做饭，始终保持着苗条纤细的超小码身材。但这无所谓，反正可汗·古尔舅舅更喜欢在外面下馆子。外面的餐食更合他的胃口，何况他在提前退伍后成了一名终日在街上徜徉的安保人员，外食也更加方便。

我们三个吃货决定扫遍全城的所有美食。两个舅舅知道这些美味都藏在哪些不为人知的犄角旮旯，他们告诉我，高档餐厅里绝对吃不到这样的好东西。我们在街头巷尾的小摊旁或墙洞里坐下，摊主往往用驴车拉着他的全套家当。

"有些摊子吧，看着不太干净，"帕米舅舅说，"实际上也不太干净。可是，如果'哈利姆'炖粥里没几滴臭汗，厨师切菜前不挠挠裤裆，酸辣酱里不落点烟灰，就总缺了点味道。"

我百分之百会因为贪吃路边摊而食物中毒或患上水源性疾病，可我的两个舅舅再三表示，为了吃上口好的，剧烈腹泻和呕吐一两天根本算不了什么。他们说得没错。我绝不能错过拉合尔的任何美食。每天上午，帕米舅舅或可汗·古尔舅舅都会到本地的烤面包店里买回一套新鲜出炉、松松软软，嚼上去柔韧弹牙的黄油芝麻"库尔查"发面饼。我们把发面饼撕成小块，浸在外祖母细细熬制了一个多小时的香浓奶茶里大快朵颐。午餐时我们并不走远，只是蜻蜓点水地品尝周边美食。每天中午的探险都要从附近的一个小摊开始，他们家的"大喜巴拉"（酸奶泡豆饼）真让我惊为天人。

和恰特沙拉一样，酸奶泡豆饼也属于那种即便是热爱南亚美食的老饕也可能从未尝试过的菜品。从本质上来说，酸奶泡豆饼属于包馅饺子的一种，即在用鹰嘴豆粉或扁豆粉做成的炸时蔬上淋一层辛辣香浓的酸奶酱，再加以各式点缀。我不得不承认，对于从小吃甜味酸奶长大的人来说，尝试这道菜需要一些勇气。上大学以前，我从来没有尝试过美国超市里的草莓酸奶、香蕉酸奶等甜味酸奶，因为我们从来都只吃咸味的酸奶：要么是原味，要么加些咖喱汁丰富口味，要么加上切碎的黄瓜、西葫芦或"布迪"小脆球[①]做成"莱塔"酸奶酱[②]，要么就是酸奶泡豆饼。

每天下午两点左右，卖酸奶泡豆饼的小贩就会在街角支起小车，车上摆满小碗和碟子，一应俱全。他的动作麻利得像一道闪电，先数出几个饺子扔进透明食品袋中，淋上一大勺调味酸奶酱，撒上一把煮好的土豆泥和鹰嘴豆泥、两种酸辣酱、切碎的洋葱和香菜，最后再豪放地添上一大把恰特马萨拉。售价仅25美分的酸奶泡豆饼是绝佳的开胃小菜，我们常常先买上一份，然后边吃边逛，看看还有什么其他想吃的。一天，帕米舅舅问我想不想吃西格烤肉卷。我想起上次探亲时吃到的那种细细长长的美味肉卷。当然想，就吃这个。这回帕米舅舅没有开摩托车，我跟着他在迷宫似的大街小巷中穿来穿去，来到一家敞着大门的烤肉店前。店门口

[①] boondi，一种由油炸鹰嘴豆粉制成的印度小吃，有甜、咸两种口味。

[②] raita，用酸奶、蔬果、新鲜香草和香料制成的调味品。

的烤架上摆着一溜足有四英尺长的烤串,在炭火的烘烤下滋滋冒油,看得我垂涎欲滴。

座位就设在烧烤师傅身后。我们俩走进店里,挑了个位置坐下。我看到新鲜串好的生肉卷从后厨一盘盘流水般送到店门口的烤架上。

就在这时,我看到了后厨拌肉的人。他正坐在一张高脚凳上,面前放着一个装满了碎牛肉的大塑料盆。我看到他往生肉里加入洋葱、青椒、香菜和大把调料,在碎牛肉上铺得满满当当。然后他卷起裤腿,抬起两只脚,开始搅拌盆里的生肉。

用脚,搅拌。

帕米舅舅注意到我脸色一变。

"胖妞,怎么了?噢,用脚拌肉啊,没事的,他洗干净了。"

黏黏糊糊的生牛肉附着在男人的脚趾和脚踝上,紧紧地粘着他的腿毛。

"不行,不行不行不行——我不要在这吃了,我们走吧。"

帕米舅舅不悦地皱起了眉,说道:"真不该让你看到这个。这里的烤肉最好吃,等下用炭火一烤,什么细菌都死绝了嘛。火焰消毒一切!"

我不以为然。

"有什么关系,欧洲佬不也用脚来酿葡萄酒嘛?"

我想起《我爱露西》[①]里有一集,露西和一个意大利女郎在葡萄酒槽里蹦蹦跳跳的场景。帕米舅舅说得不无道理,但是不行就是不行。我确实想吃最地道的拉合尔美食,但我还是有底线的。

---

① 20 世纪 60 年代风靡美国的一部热播电视剧,美国电视史上最受欢迎的喜剧剧集。

自上次离开巴基斯坦后，拉合尔显然已经屈服于西方食品与跨国公司的势力与诱惑。十多年来，这里发生了翻天覆地的变化。不仅拉合尔，甚至整个巴基斯坦，到处都是麦当劳和肯德基，甚至还有必胜客。

一提到必胜客，我的女儿立刻来了精神。她已经好几个星期没吃过比萨了。于是这天晚上，我们一家挤上人力车，带着通常对我们的美食探险不屑一顾的外祖母，直奔拉合尔城里的高档街区古尔贝格。乘着狭窄廉价的人力车驶入高楼林立、名牌云集的街区似乎不太体面，但老实说，我和女儿都爱极了这种交通方式。乘坐人力车就像一场简单但刺激的冒险，车厢往往四面漏风，三个轮子蹬得飞快，坐在上面少不了有些磕碰，可在驾轻就熟的车夫手里，它又是那么的轻盈，足以灵巧地避开往来的车流、暗涌的水沟、流浪的狗群以及这座城市里随时可能出现的一切障碍。你身上的每一根骨头都能清晰地感受到路上的每一处颠簸、每一块碎石、每一个凹坑。实在是太酷了。

我们五个人像变魔术一样从小小的车厢里鱼贯而下，门童（没错，必胜客在拉合尔可是高档餐厅）冲我们翻了个白眼，拉开了大门。直到这时我才意识到，我确实有些想念"美国老家"的味道了。铁盘比萨的飘香让我食指大动。

尽管这些美国品牌远销海外，可每到一个国家，他们还是会针对本地口味进行一些改良，必胜客也不例外。我们点了大份的芝士比萨和大份的咖喱鸡比萨，令我惊讶的是，这回外祖母也吃得津津有味。自二十年前去过一次美国之后，她就再也没有去过；但这些年来她在巴基斯坦吃了不少次比萨，终于也爱上了这种美味。

我很少看到外祖母对某种食物表现出偏爱。随着年纪增长，她"缩水"得越来越厉害，变得比我还要瘦小。大多数时候都是舅舅们求着她多吃一点，而她总是浅尝两口便放下了。

"别再逼我吃东西了，我又不饿！"我不止一次听到她不耐烦地大叫。"我哪像你们三个那么能吃呢？大象有大象的胃口，小鸟有小鸟的胃口。"

我们面面相觑，闭上了嘴巴。她说得没错。

但我们还是说服她在我动身前往阿伯塔巴德探望祖比小姨前再跟我们一起吃顿饭。

"穿漂亮一点，小胖妞，"可汗·古尔舅舅对我说，"今晚带你们去一个真正的高档餐厅。妈，你也一起去，不许说不去！"他又冲外祖母大声道。

我穿上了在寒冷的冬夜里也暖暖和和的纱丽克米兹，两个舅舅换上了正式的排扣衬衫和西装裤，扎了皮带。外祖母则裹上了一条华丽的黑色手工刺绣羊毛披肩，又在嘴唇上薄薄地涂了一层粉色口红。我从来没见过她涂口红，今晚的外祖母光彩照人。

我们没坐人力车，而是租了一辆汽车。

帕米舅舅把一个大包递给外祖母，但外祖母没接。她的小挎包里只放了一面镜子和一支口红，空间绰绰有余。

"妈妈，samjha karo（理解一下嘛）。"他坚持道。

外祖母叹了一口气，妥协了。她似乎理解了舅舅的暗示，但我还蒙在鼓里。

三十分钟后，我们又来到了古尔贝格区，走进了一间环境优美的高档中餐厅。这里的服务员和厨师都是中国人。由于两国之间共同的边界、蓬勃发展的贸易交流以及中国在巴基斯坦投资兴建的诸多基础设施项目,现在有数以万计的中国人定居于此。我们挑了一张铺了桌布的圆桌坐下,几个身穿锦缎背心的服务员围了上来,问我们喝点什么。这里没有菜单,因为这是一家提供二十五道菜肴的豪华自助餐厅。他们提供四种汤品、炸春卷、饺子、葱油饼、几道川式和粤式的主菜,以及炒面、炒饭和各类甜点。

"别着急,"帕米舅舅说,"时间还多着呢。"

这个自助餐厅的收费是每位客人 300 卢比,我知道舅舅绝不会花冤枉钱。

我们给外祖母端来一碗汤和几道开胃菜,又盛了一道主菜,然后就开始给自己拿吃的了。

"多装点菜回来,越多越好。"可汗·古尔舅舅压低声音说道。

"不要,为什么?想吃还可以拿嘛。"我说。

"照我说的做就行了,记得多拿油炸大虾和棒棒鸡腿,多多益善。"

我按照舅舅的指示做了。我往盘子里堆满大虾,又加上六个棒棒鸡腿。棒棒鸡腿其实就是把鸡腿肉沿着腿骨切断后向上卷到一头,包入馅料后捶打成球形再上浆油炸,最后的成品看上去就像一根大棒棒糖。自助餐台旁的服务员惊讶地瞥了我一眼,我立刻尴尬地转身走回自己的座位上。我一个人可吃不完这么多鸡腿,或许舅舅的意思是让我多拿一些回来和大家分一分。我环视四周,却发现他们的盘子里也堆满了鸡腿。

帕米舅舅俯身冲外祖母低声说着什么。她摇了摇头。舅舅又凑到她耳旁,急切地催促了两句。外祖母坐在我的左手边,她的大包就放在我们座位中间的地板上。我看到她弯下腰,从大包里取出一个特百惠盒子,遮遮掩掩地塞进了披巾下面。

老天啊,不会吧。我的脸腾地红了起来。在自助餐厅偷窃食物,我肯定会被警察抓起来,驱逐出境,再也拿不到回巴基斯坦的签证了。就为了这几百卢比。

"别,外祖母,千万别这么做。今晚我请吧!"我低声哀求道。

可是开弓没有回头箭。在接下来的十五分钟里,两个舅舅慢慢地,甚至是非常自然地,将自己盘子里的大虾和鸡腿转移到了外祖母的盘子里,再由她悄悄塞进夹在膝盖间的盒子,放进大包。接着,他们又把我还没动过的食物都拨进了外祖母的盘子里,二人分工明确、密切合作,时刻留意着四周目光如炬、如鹰隼般逡巡的服务员。

我感到他们灼热的目光早已察觉到了这一桌客人的异动,所以才一直围着我们打转——但这也可能只是我的负罪感作祟。每过半个小时左右,舅舅们又会端着小山一样的盘子回来,还没吃上几口,盘子里又空了。就这样,外祖母大包里的四个盒子都塞得满满当当。这场罪恶的走私足足持续了两个多小时。

我非常确信我们会在踏出大门的那一刻被服务员拦下。仅仅为了满足两个舅舅的口腹之欲,我那干枯瘦小的外祖母会被戴上手铐,承受无尽的羞辱。然而,我们顺顺利利地买完了单,一切平安无事。两个舅舅扬扬得意地走出了餐厅,仿佛刚刚成功实施了一桩轰动世界的世纪大劫案,而我和外祖母却暗自怒火中烧。

"我再也不和你们去吃自助餐了。"外祖母钻进车里,愤愤地说。

舅舅们闻声大笑起来。帕米舅舅从前座上转过身子,对我说道:"这是公不公平的问题。他们收客人那么多钱,我们才吃一盘就走,这太不公平了。依我看,那才叫犯罪呢。我们多拿一点,才算公平买卖。你不是要当律师嘛,你最应该计较公平!"

而我只想快点离开这里。我气得把头扭到一边,懒得搭理他。

然而,几个小时后的午夜,我就加入了舅舅们的露台大餐。他们穿着舒服的汗衫和睡裤,我套着一条棉质的长睡裙,我们一同嗦着大虾浓郁的酱汁,嚼着紧致弹牙的鸡腿肉,直到所有"赃物"一干二净。

阿伯塔巴德的自然风光令人心旷神怡。这座山间小城坐落在巴基斯坦的北部,是殖民时代的英国军官亲眷躲避炎炎夏日的著名胜地之一。实际上,这座小城正是以殖民地军官詹姆斯·阿伯特将军的名字命名的。这位阿伯特将军是该地区的第一任行政长官,他宣称自己第一眼就爱上了这里。

巴基斯坦宣布独立两个月后,政府便在阿伯塔巴德的加古尔建立了巴基斯坦军事学院,那就是我此行的目的地。祖比小姨现任中校的丈夫就在那里训练士官。一辆私人面包车载着我和女儿从首都伊斯兰堡出发,沿着蜿蜒的山道一路前行,穿过风景如画的峡口,绕过高耸陡峭的悬崖,一直驶入阿伯塔巴德市中心的巴士站。一身挺括军装的姨丈已经在此等候多时。他和我们寒暄了两句,就带着我们坐上了一辆配有军队司机的汽车。军事学院宏伟的大门令我肃然起敬,而看到路边的每一个人都向姨丈立正行礼则让我倍感自豪。

姨丈把我们送到一幢漂亮的白色小洋房前，几只孔雀正在院子里散步。我终于又见到了阔别十余年的祖比小姨。他们现在有了三个女儿，小女儿只有六岁，大女儿就是祖比小姨赴美探亲时生下的孩子，如今已经十二岁了。

祖比小姨一如我记忆中那样美丽动人，但她已不再是多年前外祖母家那个文静的幺妹、羞赧的新娘了。如今，她成了一位八面玲珑的军官太太，终日与其他将军太太们交际周旋，并对巴基斯坦军队提供的种种从军便利习以为常。他们有自己的司机、园丁和清洁工，最重要的是每一名军官还配备一名专门照顾其起居的勤务兵。勤务兵是英占时期留下来的传统，他们要负责确保长官的制服干净整洁、皮鞋明光锃亮，还要随时侍奉长官左右，包括上战场。

然而，在大多数情况下，勤务兵都会沦为长官家里的仆佣（这其实是违规行为）。他们要负责为长官一家做饭、洗碗、给孩子打包午餐、熨烫衣物以及完成各类杂役。由于勤务兵通常就住在长官家单独的仆佣房里，所以他们几乎是二十四小时随叫随到、听候差遣。

祖比小姨已经习惯了这种养尊处优的军官太太生活，并有更多闲暇时间去享受丰富的社交娱乐，包括成为军事学院的餐饮助理，负责拟定每一场学院社交宴会的菜色并监理执行。作为军事学院里以厨艺闻名的交际花，这个职位最合她心意不过了。

当然，最快活的一点在于，她从来不必亲自备菜、烹饪或清理。她要做的就是指导和监督数十名厨师与帮佣，向他们口述自己的烹饪技巧与食谱，再笑纳食客们对这顿美餐的慷慨褒奖。无论是欧陆菜、中国菜、意大利菜还是巴基斯坦菜，她样样精通，有口皆碑。

我这辈子都没享受过仆人的伺候，眼前的一切令人惊叹不已——多么显赫的特权生活！但祖比小姨却不这么认为。

"你知道让这些仆人乖乖干活有多难吗？老天在上，如果你一不小心口出恶言，他们就会背后捅你一刀：往锅里撒上一大把盐、一大把辣椒或任何足以毁掉整道菜的东西，进而毁掉整场晚宴。客人们会怪谁呢？只会怪我。除此以外，我还要向他们传授我的烹饪秘方，他们出师之后就可以在其他家庭或餐馆里一显身手，借着我的秘方大出风头。"

我理解她的不满，但我觉得这也不失为一种等价交换。

"而且呀，"她凑到我身边，低声说道，"之前有过勤务兵趁长官一家熟睡时灭人满门的，可见他们平时积累了多少怨恨和愤怒。对待勤务兵一定要格外小心。"

我望向厨房里那个和蔼可亲的中年男人，他日复一日地站在炉灶旁，不辞劳苦地为我们端来新鲜的烤饼，而我们则像位高权重的贵族般只管大吃大喝。不难想象他会在某天突然崩溃。他来自某个偏远的村庄，年纪轻轻就抛下了故乡的家人、长辈和妻儿入伍，本以为自己能够报效祖国，成为一名光荣的军人。他或许从未想过自己会被当成佣人使唤，但他还是坚决地服从了命令。老实说，他的手艺很不错。

"他可是我的亲传弟子，手艺当然不错。"祖比小姨表示。现在，她也准备向我传授一些秘方。她将我领进厨房隔壁的储藏室，里面堆满了二十斤重的大袋子。我看了一眼,里面白晃晃的,似乎是某种精制面粉。

"这是玉米淀粉。"她狡黠一笑。

她要这么多玉米淀粉做什么?我问。

她正在做一项副业,那就是把这些大包装的玉米淀粉分装成小袋,贴上自己的标签,再转卖给学院内外的商贩。

可为什么是玉米淀粉呢?我又问。

经过数年的研究,祖比小姨发现了在烹饪中使用玉米淀粉的神奇效用。在为酱料和肉汁勾芡或在制作肉丸和"查普利"炸肉饼[①]时,只要加上几匙玉米淀粉,就再也不用费劲烘焙鹰嘴豆粉或小麦粉了。在炸制肉片或沙米烤肉串时,只要让它们在干淀粉里打个滚儿,不用浸泡蛋液也能炸出最酥脆的外壳。要喝中式鸡汤?几勺高汤、几块隔夜剩鸡肉、几个鸡蛋加上玉米淀粉,一个小时就能端上桌。只要少许玉米淀粉,就能让哈利姆炖粥更加顺口丝滑,"尼哈里"炖菜[②]更加柔嫩甘美。

看来,祖比小姨是真的很喜欢玉米淀粉。可是,我开口问道,除非你告诉别人怎么用玉米淀粉做菜,不然谁会买呢?

祖比小姨承认这确实是一个大问题。玉米淀粉并不像她想象中的那样畅销。不过,她宁愿让这批淀粉折在手里,也不愿意向其他人透露她得以在众多军官太太间出类拔萃的烹饪诀窍。

光是要与家里的勤务兵分享这些诀窍——尤其是分享她的秘

[①] chappli kabab,一种流形于巴基斯坦和阿富汗,通常由牛肉碎、羊肉碎或鸡肉碎加上各种香料制成肉饼形状。
[②] nihari,一种用牛肉、羔羊肉、羊肉或山羊的小腿肉以及鸡肉和骨髓慢炖而成的菜肴,常与馕饼搭配食用。

制马萨拉配方——就令她心如刀割。她信誓旦旦地告诉我,调入这种马萨拉可以缩短三分之一的烹饪时间,并使每一种酱汁都风味超绝。她让我发誓保守秘密,然后在料理台上摆出各式各样的新鲜作料、香料和药材,向我说明了各种用料的详细配比,然后打开了搅拌机。在把所有材料搅拌均匀后,她揭开搅拌机的盖子,递到我的面前。我深深地吸了一口气,异香扑鼻。

"有了这个,你再也不用现煎洋葱来做咖喱酱汁了。"祖比小姨告诉我。无论荤素,只要加几勺她的秘制马萨拉,就能化腐朽为神奇。她向我现场演示了几道菜,确实正如她所言,加了秘制马萨拉的菜肴比我吃过的任何一种都更具风味。这是属于祖比小姨的魔法。

"你真该把这种马萨拉装瓶售卖,太神奇了。"我说。"得了吧!"小姨说。她从来没有对外出售过自己的秘制马萨拉。如今二十年过去了,每当我动手调配她的魔法马萨拉时,依旧感慨不已:"真该拿出去卖呀。"

我一直以为祖比小姨不肯将秘方外传的原因是她不希望其他女人在厨艺方面胜过她,但她后来告诉我,事实并非如此。她的秘制马萨拉的确十分美味,也不失为一种家常调味的捷径,但正如乌尔都谚语所言,haath ki baath——厨艺只在双手之间。她的厨艺正是如此磨炼出来的,一如她自己的母亲以及我的母亲。她的三个女儿年纪虽小,但总有一天也将做出只属于自己的秘方。她坚信我和妹妹也是如此,我们一家的血脉便如此延续传承。

毫无疑问,祖比小姨不仅有高超的厨艺,更有进取的精神。她经常开发一些出人意料的创新菜。她为我做过一道坚果汤,不是传统的奶油坚果汤,而是她专为某个将军的家宴独创的带有整颗烤坚果的汤羹。她还为我做过烤馕炸时蔬。她充分利用隔夜的硬馕,裹上一层厚厚的鹰嘴豆面糊,再抹上各种香料和洋葱碎、香菜碎,最后油炸。我第一次尝到炸薯条配恰特沙拉酱就是在她家。鸡肉丸子炖菠菜?有何不可。我做客的每一天,她都会变着法子给我做一些我从没吃过的东西。我只好求她不要再给我做好吃的了,我不能吃那么多了。闻言,祖比小姨冷哼了一声。

"谁说你胖了?"她说,"你只是圆润丰满一点。大家都差不多。"

不,她说的不是真的。我自己的丈夫就不止一次地告诉我不要自欺欺人,我告诉祖比小姨,我的丈夫说过我胖得叫人恶心,除了他根本没人会娶我。

听罢 AK 和婆家对我的评价,祖比小姨气得发疯。"**赶紧离婚!**"她咆哮道,"这一家子乡巴佬还敢嫌弃你?怎么不说他自己又矮又秃,鼻子塌得像坨炸时蔬!别听他们的屁话,你多漂亮啊!成百上千的男人排着队想要和你结婚呢!在你离开巴基斯坦前,我肯定能给你找到个好男人!你最好在怀上二胎之前快点离婚!"

我不敢相信祖比小姨的这番话,毕竟前半生的经验告诉我她所说的并非事实。然而,这番话确实在我心里播下了一颗种子。在接下来的几个星期里,我对自己有了全然不同的看法。白天,我们在冬日的暖阳下悠然漫步,品尝新鲜的水果,有时也会去逛一逛阿伯塔巴德迷人的小集市,或开车沿着风景如画的蜿蜒山路兜兜风。夜里,吃过晚餐之后,我会沿着军事学院里宽敞的大道溜达几个小时,遥望四周漆黑的山峦间村民家的灯火闪烁明灭。

某个雨天,祖比小姨带着丈夫和女儿,我带着我的女儿,几个人一同挤进小汽车里，沿着崎岖的山路驾车前往附近著名的伊利亚西清真寺。我们将音乐开得震天响，快活地涉过积水的小路。这座历史悠久的清真寺以白色与金色为主色调，杳远的剪影在雨幕中熠熠生辉。它建在一条自高山奔流而下的冰川溪水之上，据说那清冽甘甜的溪水能治百病。不过我们此行既不是为了治病，也不是为了祈祷——和众多此时正在寒风中瑟瑟发抖的游客一样，我们来这里是为了一尝清真寺旁远近闻名的炸时蔬。冰冷的雨水点燃了我对炸时蔬的渴望，小姨告诉我这家清真寺的炸时蔬有一种独特的美味，因为它们的面糊是用冰川水和成的。

像折叠泳池一样大的铁锅里咕嘟咕嘟地冒着油泡，店家将数百个，不，足有数千个炸时蔬和裹满面糊的薯角倒入锅中，然后捞起两种不同口味的炸物，灌进新鲜热乎的馕饼里，撒上洋葱丝，淋上酸辣酱，再用报纸麻利地一卷，递给一旁早已垂涎欲滴的顾客。

我从没吃过馕饼卷烤时蔬，甚至这种吃法听都没听过。蓬松的碳水卷着油炸的碳水，减肥者的噩梦。可这样一大群人挤在小小的车厢里，听着最经典的宝莱坞歌曲，一任窗外大雨倾盆，车内欢声笑语，孩子似的将沾着酸辣酱的碎屑洒得满身都是，真是梦一般的幸福体验。在那之后我们又买了克什米尔奶茶[①]，在开车回家的路上，我们每个人都小心翼翼地用冰冷的双手护着这一大杯咸咸甜甜、撒满了开心果碎的粉色奶茶。

在祖比小姨家的几周是我一生中最轻松的日子。我每天无所

[①] 又叫粉红茶，由绿茶、牛奶、盐和小苏打制成。通常在特殊场合如婚礼和寒冷的冬季供应，并常常点缀以切碎的杏仁和开心果。

事事，内心从未如此平静过。我想吃什么就吃什么，想吃多少就吃多少，体重却轻了 15 磅。

到了返程的日子，我怀着万般不舍与小姨一家道别。

九
一袋大米

我带着女儿在阿伯塔巴德广场搭上一辆小型巴士，准备南下前往拉瓦尔品第。可汗·古尔舅舅会在那里接应我们，把我们送回拉合尔。两个月之前，我们从拉合尔搭乘最新的"大宇快运"豪华跨国巴士前往阿伯塔巴德时，曾途经过拉瓦尔品第。我从未搭乘过这样的巴士，飞机上该有的服务大宇快运都有，你可以免费观看电影和电视，还有统一着装的年轻乘务员笑容可掬地送上零食、饮料和午餐盒饭。

南下拉瓦尔品第的小巴之旅同样让我大开眼界。车厢外装饰着一百种不同颜色的挂画和书法，其间还点缀着金箔，披挂着印花织物。这辆巴士就像一只开屏的孔雀，挡风玻璃上尖尖的彩绘饰品就是孔雀头顶的冠羽。车顶上捆着几笼鸡，车厢内壁刷着橙色、红色和黄色的油漆，天花板上叮叮当当地垂着无数令人眼花缭乱的小玩意儿和编织品。

我让女儿坐在我的腿上。我的座位夹在车窗与另外两位女士之间,她们的头巾裹得严严实实,只露出一双眼睛。车上的乘客挤得满满当当,车厢里散发出一股泡菜坛子混合着孜然与汗水的馊味。车子嘎吱嘎吱地启程下山,我们在上山时看到的陡峭崖壁此时更显得近在咫尺。

就这样行进几个小时后,其他乘客纷纷打开了自带的零食和晚餐。我感到有点晕车,但还是掏出了祖比小姨特地为我准备的烤馕炸时蔬。如果说巴基斯坦教会了我什么,那就是鹰嘴豆粉面糊可以炸一切。

祖比小姨将油滋滋的烤馕炸时蔬切成了小三角形,抹上绿色的酸辣酱,再用锡纸一个个包好。同排的两位女士拿出了帕拉塔蛋卷、咖喱角和热奶茶。我们交换了各自的食物,又用纸杯分享了热气腾腾的奶茶。每当巴士颠簸或急转弯时,我们都忍不住咕哝一句"真主保佑"。

等我们抵达拉瓦尔品第时,天色已经半晚,巴士总站一片混乱。来自数十条不同线路的上百辆巴士、面包车、出租车全都堵在这里,搅起烟尘滚滚。可汗·古尔舅舅费尽九牛二虎之力终于找到了我们。我们把行李箱捆在车顶,钻进了他的小车。拉合尔距离这里还有四个小时的车程,现在出发实在太晚了。所以我们决定在可汗·古尔舅舅家里留宿一晚,第二天一早再走。但舅舅觉得,他不能就这样把我们接回家。他要带我们去尝一尝这座繁忙小城中最著名的一家饭店,"香喷喷美食"(Savour Foods)。

我浑身又累又脏,只想快点回家洗个澡睡觉。可舅舅不听我的。

"听着,小胖妞。我老婆自己太过苗条,她压根儿想不到我们这些正常人的饭量有多大。她会在家做晚餐,可我每次都要先吃饱才回家。反正你也没吃过这个,今晚你一定要尝尝这家的香喷喷抓饭。"

一听到"抓饭"两个字,我就挪不开步子了。在我们家,抓饭一直是最受欢迎的食物,可美国的巴基斯坦餐厅或印度餐厅里都没有这么一道菜。菜单上唯一的米饭就是香饭——黄白相间的印度香米上盖一层辛辣的肉类。

父亲憎恨香饭已经到了一听到这两个字就勃然大怒的地步。"你以为香饭是什么好东西?"父亲不止一次地诘问道,然后又自己抢答,"不过是白米饭上铺一层剩菜,滴两滴食用色素,就能端给那些自以为是的美食鉴赏家了。"

抓饭就不同了。抓饭需要真正的技术。抓饭中的香米必须用辛香浓郁的骨汤蒸熟,汤太多容易熬成粥,汤太少米就会夹生。只有火候恰到好处,才会得到一盘松软细嫩的金黄色肉汁抓饭,每一粒米都吸满了汤汁,不粘不连,表皮闪烁着酥油诱人的光泽。

我同意父亲的观点,抓饭就是要比香饭好吃。如果那家香喷喷抓饭真那么有名,我们必须得去尝一尝。可汗·古尔舅舅开车载着我们穿过寒雾迷蒙的冬日街道,来到一家灯火通明、足有几层楼高的敞亮餐馆前。我们径直走到楼上的家庭用餐区,这是许多巴基斯坦餐厅的共同特色:一楼挤满了三五成群的糙汉,舒适宽敞的二楼则留给带孩子的家庭或不愿混迹于市井的女士。起初,我对巴基斯坦的这种性别隔离措施相当不满,但我逐渐意识到,女性在机场、电影院、巴士和类似的公共场所有自己的队列和空间显然更为便捷，也更加安全。这简直是皇室待遇。

这家餐厅没有菜单，因为他们只提供一种菜品，那就是鸡肉抓饭配沙米烤肉饼。不到三分钟，我们点的餐就上齐了。盘子里堆着焦糖色的抓饭，上面盖了几块鸡肉，还配了两个沙米烤肉饼。服务员又随手扔下一盘沙拉、一碗莱塔酸奶酱和一壶水让我们随意取用。我们立刻埋头大吃起来。

这可以说是我吃过最美味的抓饭。松松散散的米粒每一颗都十分饱满，浸润了豆蔻、丁香和肉桂的异香，混合着浓郁的番茄与青椒酱汁，经过肥美肉汁的炖煮，泛着诱人的油光。米饭是这盘抓饭里当之无愧的主角，连鲜嫩的鸡肉和烤肉饼都黯然失色。

我和可汗·古尔舅舅像没吃过饱饭似的，风卷残云般刨完了面前的两大盘抓饭。舅舅又叫了两盘，同样被我们一扫而光。吃饱喝足之后，舅舅松了松皮带，而我则暗自庆幸今天穿了松紧带式的纱丽。

舅母在家里为我们准备了一桌好菜，但还在打着抓饭味儿饱嗝的我只能谢绝她的盛情，径直回了卧室，心中祈祷我的肠胃能快快消化掉今晚这两大盘米饭。第二天清晨，可汗·古尔舅舅低声叮嘱我别吃早餐了，在出发去拉合尔之前，他还要带我去一个地方。我又一次辜负了舅母的好意，除了喝奶茶时啃了一块小饼干，桌上的煎蛋和帕拉塔煎饼我碰都没碰。

一个小时后，舅舅带着我和女儿来到了一座神殿前。这座神殿比我之前见过的都要华美壮丽。这里供奉着沙阿·阿卜杜勒·拉蒂夫·卡齐米，十七世纪的伊斯兰堡守护圣徒，也被人们尊称为巴里伊玛目。可汗·古尔舅舅掏出一块手帕系在头上以示尊敬。我们在路边的小贩那里买了几袋玫瑰花瓣,与数十名朝圣者与乞丐一同点燃了蜡烛,默诵着祷告,将殷红的花瓣洒落在圣徒的陵墓上。

我从不知道可汗·古尔舅舅竟然如此崇尚性灵,如此虔诚,甚至还是个苏菲派教徒。他一大清早驱车带我们前来参拜的举动真让我又是惊讶,又是感动——直到他在仪式结束后利索地解下头上的手帕,把我领到了神殿庭院角落的一栋小石楼前。屋里的几个男人正围着一口铝制大锅忙活着什么。可汗·古尔舅舅把身子探进屋子里,说了几句话。几分钟后,一个男人端着几个盘子走了出来。

"等等,这是什么?"我问。

"发给信徒的免费餐。"

我环顾四周,看到屋旁还排着一列长龙。队伍里既有衣不蔽体的孩童,也有骨瘦如柴的长者,每个人看上去都穷困潦倒。此时他们正望着我们,等待领取自己的那一份食物。

"这……这是给穷人的救济餐吧?等等,我们插队了?队伍这么长呢!"

可汗·古尔舅舅凑到我身边,压低声音说道:"你就吃吧,小胖妞,我刚捐了不少钱呢。他们一看我们的打扮就知道我们是不会去排队的。"

可汗·古尔舅舅西装革履,打着领带,而我则拎着名牌包包,蹬着精心搭配的高跟鞋,头上矫揉造作地别着墨镜。我的女儿穿着牛仔裤和闪闪发光的运动鞋在一旁蹦蹦跳跳,可爱的上衣一看就是进口货。我盯着手中的餐盘,半盘是羊肉抓饭,半盘是撒着坚果和葡萄干的扎尔达藏红花甜饭,享受特权的内疚感烧得我脸颊通红。可汗·古尔舅舅早已把手指拢成勺状,大口大口地往嘴里扒着米饭，脸上露出扬扬得意的笑容。

　　眼前的景象令我的大脑陷入了羞愧的恶性循环。一方面，两个衣着光鲜、养尊处优的胖子正对着小山般的食物大快朵颐，这些食物原本是用来救济穷人的，可等待救济的穷人却只能眼巴巴看着我们大吃大嚼；另一方面，此情此景之下，我仍在担心手里这个盘子的卫生问题，它铁定从来不知洗洁精为何物，这种挥之不去的担忧加重了我自诩"上等人"的道德焦虑。

　　屋子里的厨师见我端着米饭一动不动，又拿着勺子跑了出来。啊，你可能不习惯直接用手吃，他心领神会地一笑，递给我一副足以让我在厕所或医院里上吐下泻好几天的餐具。

　　可汗·古尔舅舅受够了我这美国佬的惺惺作态。

　　"吃啊。"他咆哮道。

　　我吃了，但吃得不对。

　　"把抓饭和甜饭混在一起吃。"可汗·古尔舅舅指示我。

　　"这不是把两样东西都毁了嘛。"我心想，但我还是按他说的做了。

　　我本以为肉饭和甜饭混在一起尝起来会很恶心，可出乎意料的是，这是我有生以来吃过最难忘的美食。两种米饭本就十分美味，混在一起更是妙趣横生。在甜蜜咸香的米饭、鲜嫩可口的羊肉和风味饱满的葡萄干的味蕾冲击下，刚刚的愧疚感早被我抛到了九霄云外。不过几分钟，盘中的米饭一扫而光。我矜持地抹了抹嘴角的油光，背对着仍在苦苦等候救济餐的人群，将吃完的餐盘放在屋外一张脱了漆的木凳上，昂首挺胸地离开了小楼。

　　遗憾的是，还有三天，我就要回美国了。几个月来，我在巴基斯坦酣畅淋漓地吃喝玩乐、旅行购物,甚至绝大多数时间只是无所事事、游手好闲,这极大地抚慰了我的心灵。我在巴基斯坦逗留的时间远远超出了我原本的计划,我不仅错过了法学院的毕业典礼,也错过了律师资格考试。但是无所谓,我的毕业证书会邮寄到家,律师资格考试每半年举行一次,可这样快意的旅行再也不会有了。

在这最后的几天里,我一刻也不能休息。我们要与拉合尔的所有亲戚逐一道别,把填满了半个储藏室的购物战利品塞进四个航空行李箱,再到各个店铺里取回之前预订的商品。

两个月前,我在伊格拉集市的商铺里订购了十来套衣服。在巴基斯坦,找裁缝做衣服很常见,每个街区都有自己的"达尔齐氏"——通常是手艺高超但一脸倦容的男裁缝,套着满身的卷尺和针线在自家的开放式小店里忙前忙后。不过,最近市场上也开始流行成衣,一般人也可以在服装店里买到整套的纱丽克米兹。

可惜我不是一般人。至少有三次,在我信手拿起成衣店里的上衣或套装时,店员就会跳出来制止我。"这件衣服你可穿不下!你得穿加大码。我们店里没有你的尺寸,姐妹。"

每一次我都会尴尬地顶回去:"我不是自己要买,我是要送人的!"然后怒气冲冲地夺门而出。

我这个身材,只能去找裁缝定做衣服了。

在城里的高档集市里被宰了几回之后,一位表亲实在看不下去了,坚持要带我去伊格拉集市。那些狡诈的商贩看准了我不是本地人,兜里肯定有美元或者英镑。真奇怪,这是怎么看出来的呢?每次出门购物,我都尽可能换上最朴素的衣服,再用最老气的披肩把自己裹得严严实实。

"是你走路的方式,还有你跟人搭话时看人的目光。他们一眼就看出来了。另外,你的手包和鞋子一看就是外国货。"这位表亲告诉我。

能省一点是一点,我决定上伊格拉集市逛逛。这是一个古老、狭小、拥挤的集市,街边鳞次栉比地开着各色服装店与珠宝店。大多数商品的质量都不怎么样,但有几家店还值得一看。

在我订好衣服之后,那位表亲又替我上门问了几次,可每次得到的答案都是还没做好。到了航班起飞的当天,可汗·古尔舅舅和帕米舅舅对我说:"好,咱们这回一起去取你的衣服。"

伊格拉集市的街巷很窄,没法开车,于是我们一路步行深入。两个舅舅跟在我的身后,来到了那家截留了我大部分衣服的大店门前。店铺里设有一排顾客等候专座和一张齐胸高的台面,留着大胡子、身材胖墩墩的店主正懒洋洋地瘫在台上的一堆靠枕中间。他的身旁是几个顶到天花板的货架,上面堆满了刺绣华美的雪纺、丝绸和棉布。看到我们三人鱼贯走进店里,他一骨碌直起身子,换上了一副严肃的表情。他示意我们坐下,又招呼旁边的年轻人给我们上奶茶和瓶装可乐。

帕米舅舅笑着凑上前去:"兄弟,我们来了好几趟了,她的衣服怎么一直没做好啊?你知道她是谁吗?"

店主看了我一眼,点了点头。"哈,我知道这位姐妹几个星期前下了订单,可衣服还没做好呢。你知道的,现在是婚礼旺季嘛。别着急,衣服一做好,我们亲自送到贵邸!"

瘦小的店员端来一个托盘,上面放着各色饮料和咖喱角。我拿起一瓶冰冻汽水，插上吸管抿了起来。可汗·古尔舅舅拈起一个咖喱角。

"不对，"帕米舅舅说，"她不是几个星期前，而是两个月前下的订单。当时你说一个月就能做好，她给你预付了好几万卢比。现在我再问你一次，你知不知道她是谁？"

店主的脸上依旧挂着笑容，但语气已不复刚刚的友善。他双手一抱，满不在乎地答道："不知道，是谁都没用。反正衣服没做好。"

我的两个舅舅仿佛早密谋好似的同时跳上了台面。

"她可是**佩尔韦兹·穆沙拉夫将军的亲侄女！**"帕米舅舅大吼道。

扯什么淡，我心想。

佩尔韦兹·穆沙拉夫不仅是巴基斯坦军方的最高将领，还在最近一次成功的政变中推翻了政府。几个星期前，小姨一家带我参观了巴基斯坦军事学院一年一度的毕业典礼，穆沙拉夫将军和许多高官将领都出席了那场典礼。

我原本以为，之前在招待酒会上有幸与穆沙拉夫将军攀谈的那几分钟是我在巴基斯坦最超现实的体验，可我错了，此时此刻才是最超现实的场景——我惊恐地愣在原地，看着我的两个舅舅在这个可怜人的店铺里大肆打砸，口中咆哮着："你竟敢怠慢穆沙拉夫将军的侄女！"

在这里必须澄清：我当然不是穆沙拉夫将军的侄女。

帕米舅舅一把揪住店主的领子，给了他两个耳光。正在整理货架的店员们四下逃窜，但舅舅追上去把他们都打了一顿，而我只能在一边徒劳地大喊住手。

小店门口聚起的围观群众里三层外三层，直到一名年轻的巡警分开人群冲进店里，爬上了高台。我的两个舅舅转过身来，他们的块头比巡警都大。可汗·古尔舅舅大喝一声："你是哪个派出所的？我是雷汉·阿里·可汗上校,这位女士的贴身保镖。少管闲事，小朋友，回去给你的长官打声招呼，他知道我们是谁。"

小个子巡警冲可汗·古尔舅舅敬了个礼，哆哆嗦嗦地转身离开了。

两个舅舅一左一右地在我身旁坐下，帕米舅舅气势汹汹地质问道："好了，现在你知道她是谁了吗？"

我火冒三丈，无论是他们对待店主的方式还是这个蹩脚的谎言都让我倍感羞辱。尊贵如穆沙拉夫将军的侄女，又怎么会来伊格拉集市这种鬼地方买东西？

店主取出一个铁盒，开始数钱。店里的现金不够，他又派了一名学徒去街坊邻居那里借了一些。与此同时，我的两个舅舅就在一旁优哉游哉地抿着奶茶，吃着在刚刚的打斗中幸存的咖喱角。店主毕恭毕敬地将欠我的款子双手奉上，两个舅舅这才起身，然后问我："另一家店在哪儿？"

另一家裁缝铺就在距离这里不远的几个街区外，店主早已听到了这场骚乱的风声。我们走在街上，人群心照不宣地让出一条道来，等着看接下来的好戏。但什么也没有发生。第二家店主早早用信封装好了全部退款，我们一露面，他就乖乖地把信封递给了帕米舅舅。我们三人随即离开了伊格拉集市，只留下身后面面相觑的人群。

等我们回到车里，两个舅舅相互击掌一笑，像是庆祝干成了一件大事。而我气得脸色铁青，懒得跟他们说一个字。

可汗·古尔舅舅转过身来对我说："怎么啦，小胖妞，板着一张臭脸？我们帮你讨回了六万卢比，今晚必须请我们吃顿好的！"

我请了。在敞开大吃了一顿炸鱼和西格烤肉卷后，我登上了巴基斯坦国际航空的飞机，回到了我深深憎恶的美国生活之中。

六个月之后，我与丈夫分道扬镳。

婚姻不是在一瞬间破裂的，而是在无数的争吵与沉默、伤心与怨怼、失望与心碎中垮塌的。我们甚至从未建立起亲密的关系，更别提决裂了。在我嫁到AK家之后没几个星期，AK就动手打了我，同时也摧毁了我们之间的任何可能。你不能在满目疮痍的废墟上重建高楼，在过去的五年里，为了我们的女儿，我竭力维系着这个家庭。可最终，提出分手的不是我，而是AK。

母亲告诉我，她很清楚AK为什么想要离婚。就是因为我太胖了。在美国的大街上，公司里，银幕上，AK看到的都是高挑纤细、火辣迷人的女性；性感美女无处不在。母亲现在180斤，在过去的三十年里，虽然她未再怀孕，但始终挺着个大肚子。看来母亲的危机已经过去了，我心里暗想。

但她说得并不全错。在这段婚姻生活中，AK和他的家人总是不遗余力地拿我的体重嘲笑我、打压我。你或许觉得AK做得最过分的是动手打我，但事实并非如此。他所做过的最可恨的事，同时也是长久以来深埋在我内心的痛楚，是在他某次家暴后我威胁他要离婚，他却对我说："走？你能走到哪里去？你去站街都养不活自己，十块钱都没人要。"

他厌恶的东西也成了我厌恶的东西，那就是这具身体。可我的身体并未因为厌恶而枯萎，反而愈发茁壮。他的厌恶如同肥料般滋养着这具身体，它越来越重，因痛苦而臃肿，因自我厌恶与羞辱而不断膨胀。从巴基斯坦返美之后六个月，我的体重又达到了新的峰值：210磅。我搬回了巴尔的摩的娘家，没能带回我的女儿。她暂时留在了 AK 家，但我准备争夺她的抚养权。这么多年以来，我第一次有了无限宽裕的时间，简直有些无所适从。我现在全职工作，还要准备律师资格考试，但我不再需要做饭和打扫，不再需要照顾孩子。每天晚上，我都有完全空闲的几个小时可供支配。

我决定去健身房。在登记缴费的那一天，健身房经理问我："你的目标是什么？"

"我想减肥，至少减个 50 磅吧。生了孩子之后我胖了太多。"

他笑着点了点头，说道："确实，生孩子就是这样。你的孩子多大了？"

"呃，她差不多四——"

"四个月？那你来得正是时候。"

"不，"我说，"她差不多四岁了。"说完这句话，我才意识到，事到如今，我到底虚掷了多少光阴。

接下来的一年，我和 AK 一直在打离婚和抚养权的官司。我每周去看一次女儿，剩下的六天晚上都泡在健身房里，重温小时候在钱伯斯堡绕圈慢跑的乐趣。决意离开 AK 家的那天晚上，我就一口气甩掉了 160 磅的包袱和遗憾，而伴随着彭戈拉①、R&B 和苏菲

---

①源于南亚旁遮普地区锡克教徒的舞蹈，在传统意义上是一种民间舞蹈，而不是一种音乐形式。此处疑作者笔误。

民乐在跑步机上度过的每一周都让我又甩掉好几磅。

最开始是三十分钟，然后是一个小时，再然后是两个小时。我听着有声书，从一台器械换到另一台器械，在桑拿室里休息，与每天晚上遇到的熟面孔交朋友，时间很快便过去了。这种感觉不像受苦受累，而像真正的自由。我的身体越来越健康，精神也越来越振作。八个月后，我赢得了女儿的抚养权，也减掉了25磅。我仿佛一下子年轻了十岁。

我不愿意再和父母住在一起了，原因无他，只是每次邻里街坊的阿姨们问起我怎么住在娘家时，母亲都坚称那是因为我如今在巴尔的摩工作。她一意孤行地维系着我没有离婚的谎言，可我总是坦白地告诉别人我已经离婚了，这让她的努力愈发徒劳。

我不敢说我是本社区在离婚方面的先行者，在我之前肯定还有其他人。可纵观我当时的整个人际网络，我确实只认识一个离过婚的女人。我无从得知离婚会带来怎样的耻辱，因为我从未实际遭遇过。

"别再到处嚷嚷你离婚了，"母亲恳求我，"非要把父母的老脸都丢光才算完吗？"

与此相反，听闻我重返单身，祖比小姨兴奋不已。

"谢天谢地，你总算跟那个又矮又秃的臭男人离婚了。我早说过他根本配不上你。我们这里有那么多又高又帅的年轻小伙儿，军校生、军官、军官的儿子们，随便你挑！只是……只是别跟他们提起你有个女儿。还有，你要对外宣称自己今年二十三岁，而不是二十八岁。"

祖比小姨开始为我物色新的夫婿，可我从没考虑过再婚。我才刚刚尝到单身的甜头，我还没享受够呢。我做出了一个重大决定，一个不亚于我当初离家上学的重大决定——我要带着年幼的女儿从家里搬出去。我要远离巴尔的摩那群搬唇弄舌的阿姨，她们要么坚信我还没有离婚，要么因为我离过婚而替我深感颜面扫地。我想念弗吉尼亚了，于是我搬回了州界的另一头。

最开始报读法学院时，我原打算专攻公司法。取得舒适稳定的经济收入是我的第一要务。可正所谓计划赶不上变化，紧接着发生的两件事永远地改变了我的职业生涯。其一，巴尔的摩一位名为阿德南·赛义德的年轻男子以谋杀罪被捕入狱；其二，十九名恐怖分子劫持了四架民航客机撞向了世贸中心和五角大楼。

1999年被捕时，阿德南·赛义德只有十七岁。他是我弟弟萨阿德的挚友，我们在他十二岁时就认识了。我记得当时的报纸上铺天盖地都是有关女高中生李海敏失踪案的报道，却没想到这件事和阿德南有关系。直到有一天，我在电视直播上看到阿德南因涉嫌谋杀李海敏而被捕。

这不可能，我心想。在我所认识的巴尔的摩穆斯林社区的所有男孩子里，阿德南绝对是最温和、最有礼、最正派的孩子。我还曾告诫我的弟弟不要把阿德南带坏了，因为他是个难得一见的好孩子。对案件一无所知的我当即认定阿德南是无辜的，而随着我对案件细节的进一步深入了解，我愈发确信自己的判断没有错。

阿德南被捕时，我还在法学院读书，也还没跟AK离婚。自这场冤案开始之初，我就竭尽全力地为阿德南和他的家人提供一切支持，帮助他们应对审判、定罪以及后续的上诉。我在法庭上目睹的一切让我失去了对刑法的信任，并彻底心灰意冷。可我依旧坚持为阿德南争取无罪判决。那时，谁也没有料到这会是一场如此旷日持久、延续几十年的战斗。

2001年的夏天，就在"9·11"事件发生前的几个月，我第一次参加了律师资格考试，以3个百分点的差距名落孙山。没关系，我安慰自己，其实我考得不错。毕竟我的大多数竞争者都不用养孩子，可以请假复习考试，还交得起三千美元去参加备考课，可我只能靠律师事务所的兼职工资勉强度日，银行账户里拢共也没几百块钱。

我又等了一年，攒到一些钱之后，又花了不少周末时间来备考，才再次参加了考试。与此同时，美国还未从有史以来最严重的本土恐怖袭击中缓过神来。新成立的国土安全局开始围捕数以万计的穆斯林，我们的社区亟须律师的帮助。我们必须找到同胞们被扣留在哪里，确认他们是否会被驱逐出境，有时，还得帮助那些被无故关押了数月的同胞离开美国。

"公司法以后再说吧，"我心想，"眼下这可是燃眉之急。"在准备"二战"的那一年，我一边复习考试，一边提供低薪乃至无偿的公益移民援助。

我的第二次律师资格考试以2个百分点的差距落榜。我必须再等六个月才能参加第三次考试。在那之前，我只能做一些零星的合同诉讼辅助工作来养活自己和女儿。这并不容易。我要孤零零地坐在一间海军仓库里，用贝茨印章机①给上万份文件盖章，每周工作五天，每天工作十小时，薪水却少得可怜。

---

①一种可以自动变换编码的盖章装置。例如，在一页文件上盖下"0001"后，下一页会自动盖下"0002"，常用于多页文件的编码。

幸运的是,所谓"事不过三",我顺利地通过了第三次律师资格考试,并在一家由两名阿根廷律师经营的小型移民公司里谋到了一份差事。直到这时,我仍未打算将移民法作为未来的职业方向,只不过他们恰好能提供一份时间适宜的工作,而我恰好拥有他们所需的经验,以外,我还可能为公司带来他们原本无法触及的穆斯林与南亚客户资源。

作为一名单亲职业女性,我既要抚养孩子,又要准备考试,这大大地挤占了我花在自己身上的时间。我不再有空去健身房,也很少有空做一顿健康美味的家常饭菜。我又走上了以快餐和塞莱斯特妈妈牌冷冻比萨为生的老路。等到我终于能在姓名之后加上"律师"[①]二字时,我的身材又大了好几码。但老实说,我已经不那么在乎了。生存是我的第一要务,只要能活下来,吃什么都行,这当然包括一盒又一盒便宜管饱的卡夫牌奶酪通心粉、方便面以及每周几顿麦当劳。

然而,从踏进新公司大门的第一天起,过去一年里吃下的垃圾食品就让我如鲠在喉了。公司的前台端坐着一位阿根廷女士,不,一位阿根廷女神。她的身材如同沙漏般玲珑有致,穿着打扮则尽显这份得天独厚的优势。我这辈子从未见过身材如此火辣的女人。

这就是我们的秘书杰西卡·拉比特小姐。每天上班时,我总是穿一件方格西装外套配褶裥裤,拖着沉重的平底鞋,灰头土脸地从她身前走过。我早就放弃化妆了。每天清晨,我都要一边准备早餐和午餐,一边催促家里的一年级小学生快点起床,然后急匆匆地把她送到课前托管班,哪还有空化妆呢?一年之前,我开始

[①]在名字后加 Esquire 表示其为具备律师资格的专业人士。

佩戴穆斯林头巾,希望自己看起来像格蕾丝·凯莉①一样时髦,可实际上身效果和一位俄罗斯老奶奶差不多。

与我不同,杰西卡的棕色波浪长发从来一丝不乱,脸上扑着完美的粉底和腮红,一对美丽的红唇闪烁着永恒的迷人光泽。她总是穿着完美贴身的连衣裙,蹬着一双四英寸的高跟鞋,日复一日,每天如此。有时,我们会在员工小厨房里不期而遇。我拉开可乐拉环,一边等着微波炉热好我的塞莱斯特妈妈牌冷冻比萨,一边盯着她那不可思议的小蛮腰怔怔出神。这副纤细的身体是怎么塞得下五脏六腑的呢?

杰西卡每天都吃同样的午餐,那是她在厨房里新鲜现做的:一个大番茄切成薄片,淋上香醋,再撒点盐和胡椒。接着,她就踩着高跟鞋噔噔噔地回到自己的办公桌前,用刀叉将番茄切成小块,津津有味地吃起来;仿佛她面前摆着的不是番茄,而是一块上好的牛排。此情此景真让我倍感羞愧,但也备受鼓舞。我应该向她一样坚持健康的饮食习惯。我开始自带"慧优体"的冷冻主食和低热量酸奶作为午餐。最开始时,我得吃两份主食加两份酸奶才勉强果腹,晚餐则依旧百无禁忌。

就这样,我的体重轻了几斤,但依然稳定在16码身材②。BMI计算器冷冰冰地告诉我,这属于"肥胖"。这天,我终于鼓起勇气去问杰西卡她的早餐和晚餐都吃什么,平常锻不锻炼。

"早餐喝黑咖啡,晚餐吃蒸蔬菜加蛋白质——蛋白质可以是

---

①美国电影演员,奥斯卡影后,1956年成为摩纳哥王妃。
②欧码尺寸,相当于标准尺码的XL。根据欧码女装尺寸,4—6码、8—10码、12—14码、16—18码、20码分别对应我们常说的S、M、L、XL、XXL。

金枪鱼、煮鸡蛋或豆腐，或者手头有什么就做什么，简单方便就行。"她告诉我。杰西卡很满意自己的身材曲线并希望继续保持下去，所以她从不跑步。不过，她每周交替进行几次抗阻训练和瑜伽，以便继续保持当前的身材。

煮鸡蛋？没问题。豆腐？从没做过。金枪鱼我倒是吃过几顿，可就像所有其他原本健康的食材一样，我的家人总能发明出一些极其不健康的吃法。伊菲舅舅就是做金枪鱼的大师。他的冰箱里总是囤着大量金枪鱼，毕竟这是一种物美价廉的蛋白质。他会把金枪鱼和洋葱片、青椒、孜然、辣椒粉、生姜和大蒜一同煎香，铺在当周促销的临期面包片上，做成南亚风味的金枪鱼三明治，最后再盖上生菜，淋上"是拉差"辣椒酱[①]和一大勺蛋黄酱。这一点儿也不健康。

在伊菲舅舅手里，最创新的吃法莫过于"金枪鱼香饭"。他的办公桌上总是摆着几个金枪鱼罐头、印度香米和香饭调料。只要觉得肚子饿了，他就把这些东西加水混合调匀，放进微波炉里加热二十分钟，一份金枪鱼香饭就做好了。考虑到那东西的气味，我真不明白为什么马里兰大学建筑系的其他人没有剥夺他的厨房使用权。

我记下了杰西卡的健康饮食建议，但从未付诸实践，直到我陷入一段新的恋情（并不令人意外）。

最开始时，他叫我"巴吉"，即姐姐的敬称。伊尔凡比我小五

[①] sriracha，也被称为红公鸡辣椒酱，一种源自泰国的调味品，以其酸辣咸甜的独特风味著称，是美国餐馆和家庭厨房中常见的调味品。

岁,我们的初次见面是在一次穆斯林聚会上。当时我正捧着一沓阿德南案件的传单和募捐箱四处游荡,传单上印着我的邮箱地址。伊尔凡拿到了其中一张传单,并在几个星期后给我发来了邮件。

他来自多伦多,但老家在巴基斯坦的卡拉奇。他们一家不是旁遮普人,而是说乌尔都语的穆哈吉尔人。可总的来说,他还是更像土生土长的加拿大人。我们先是发电子邮件,接着变成了发即时消息。我们聊阿德南的案子,聊音乐,聊宗教,聊食物,也聊减肥。如果说哪个话题让我们最终结缘,那就是减肥了。和我一样,伊尔凡终生都在与自己的体重做斗争,最胖的时候,他一度达到了300磅。他向我推荐了许多大多伦多地区的传奇美食,而我也与他分享了我当时正在尝试的减肥方法和饮食方案。在得知我是一位离异单身母亲之后,他对我展开了追求。

我想他一定是疯了。他今年才二十三岁,从未结过婚,刚刚从学校毕业成为一名教士,没有其他工作。光是考虑娶一个离异带娃的老女人就足以让他的父母与他断绝关系了,更何况我仍沉浸在单身的自由中乐不思蜀,对再婚完全没兴趣。

尽管我说的都是事实,可我不得不承认,得知他想追我,我的确感到受宠若惊。渐渐地,我也再一次开始关注自己的外貌。

我和女儿最近搬进了公司附近的高层公寓。这是一套高档公寓,地下还有一个健身房。我限制自己每天摄入1500卡路里,每晚都去健身房坚持锻炼。我又一次登上了跑步机,先是慢跑和步行交替运动三十分钟,然后在接下来的几个星期里逐步增加慢跑的时间,减少步行的时间。等我能够连续慢跑三十分钟后,我又给自己加了五分钟。之后又是五分钟。六个月后,我已经能够一口气跑五英里了。

我减掉了 10 磅、15 磅，紧接着遇到了平台期。每天 1500 卡路里的摄入加上慢跑五英里的运动不再有效，于是我又加上了爬楼梯的训练。每天晚上跑完步后，我还要爬 21 楼的台阶，一直到我的家门口。开始时我爬得很慢，几个星期后，我变得健步如飞。又过了几个星期，我可以连续爬两趟楼梯了。

我又减了 5 磅，可体重秤的指针再次卡住了。

于是我加上了跳绳。在慢跑五公里、快步上完两趟楼梯回到家里后，我还要拖着精疲力竭、满头大汗的身子跳绳五百下，这才去休息。

我又轻了 5 磅。

在经过一整年限制卡路里加每天锻炼两小时的痛苦磨难后，我的体重来到了 170 磅，77 公斤。我依然比妹妹重得多，科学图表依然显示我的体重比标准体重高出了 40 磅，但我的衣服从 16 码变成了 12 码——自初三以来，我再也没穿过这么小的码数了。

这天晚上，我实在太需要一顿欺骗餐[①]了，于是我带着女儿来到五兄弟汉堡店，准备排队买个汉堡。排在我前面的两个小伙子正在聊天，其中一人不经意地转过身来看到了我。我听到他凑近同伴，悄悄耳语道："后面有个美女。"另一个小伙子闻言转过头来，我也好奇地转过头去，可我身后空无一人。

意识到他们说的其实是我，我感到自己的心都要化了。一名陌生的异性夸我是美女。如今回忆起来，那一刻的场景依旧历历在

[①] 指在减肥期间偶尔吃一顿高热量、高脂肪、高碳水化合物的食物，主要目的是满足心理和生理上的需求，同时避免因长期严格节食而导致代谢下降、肌肉流失等不良影响。

目,对我来说这体验太珍贵、太惊奇了。这件事给了我自信,让我终于能够直面我逃避已久的问题——去见伊尔凡的家人。

此时距离我上一次失败的婚姻已经过去了好几年,我也准备好重新安定下来了。那时还没有智能手机和约会 App,我也没有什么恋爱经验,所以我一直没有尝试结交新的男友。然而令我惊讶的是,两年过去了,与我相距数百英里之遥的伊尔凡对我的追求热烈如故。我一心认为,只要他把我的情况告诉家人,他的家人一定会敲醒这个傻小子。所以在他摆平家人之前,我不会投入太多感情。

"只要我们双方的家人都同意,我就可以嫁给你。"我告诉伊尔凡。

事实证明我的担心是多余的,伊尔凡的家人同意了。他们希望联系我的父母,安排双方见面。这意味着我不得不把伊尔凡的事情告诉母亲。

"一个比你小的男人?从来没结过婚?"母亲很困惑。

"你为什么又要嫁给一个终究会离开你的男人?年轻男人可没定性,花花世界太精彩了。"

母亲这一辈子经历过太多大风大浪,她坚信我又踩了一个大坑。我向她保证,现在八字还没一撇呢,如果双方见面之后,她和父亲对伊尔凡和他们家不满意,我一定会拒绝他的求婚。

到了见面的日子,伊尔凡一家十几口人分乘两辆面包车浩浩荡荡地来了,而我在家里饿得要死。我已经好几天没吃饭了,不是因为紧张——我从不会因为紧张而吃不下饭——而是因为我希望在伊尔凡家人见到我之前再尽量减掉几磅(我认定他们一定会很嫌弃我)。我一整夜都处于过度呼吸①的状态,不止一次地躲进地下室里号啕大哭。尽管双方家长与孩子的会面通常是一种表示庄重与尊敬的仪式,可某些时候还是会让我感觉自己像是市场上的牲口,等待买主的检验。

我几乎笃定自己是卖不出去了。可到了当晚会面结束的时候,所有长辈看上去都喜气洋洋的。母亲与伊尔凡那群说乌尔都语的家人打得尤其火热。他们多和善、多有礼貌!母亲悄悄对我说。她的脸上洋溢着笑容,她的女儿找到了一个好买家。

大家事先都已经知道,如果双方家长不反对这门婚事,我们就可以订婚了。为防万一,他们已经提前买好了戒指。伊尔凡的姐姐给我戴上了戒指,父亲也给伊尔凡戴上了戒指。这样一来,我们就算订婚了。现在,我需要把自己的身量尺寸告诉婆家,方便他们按照传统为我定做结婚礼服。

在接下来的几个月里,他们多次打听我的尺码,可我总是一拖再拖,实在不想让伊尔凡的母亲和姐妹知道我的腰围和臀围。最后我干脆告诉他们,按照标准中码订制上衣就行了。我知道自己根本穿不上中码,我的衣服基本都是大码。我会在婚礼前几天才收到做好的婚纱,而且没有时间再改制——我希望这能鞭策我再减掉 10 磅。

婚礼的场地定在了加拿大,我与亲朋好友结伴乘车而去。我不关心婚礼的种种细节,这对结过一次婚的我来说已经不稀奇了。

---

①过度呼吸症候群,又称过度换气症候群,是由急性焦虑引起的生理和心理反应,发作时患者会感到心跳加速、心悸、出汗,由于呼吸过快而导致二氧化碳过量排出,引起次发性的呼吸性碱中毒等症状。

伊尔凡和他的家人可以随便安排。

婚礼前夜,伊尔凡的母亲将婚纱送到了我们下榻的酒店。他们一走,我就打开了包装。这是一套深栗底带金色刺绣的"拉格"①及踝长裙,配有短上衣和披巾,每一件都是标准的中码。

自订婚以来,我确实又轻了几斤,但身材比例并不如人意。我的腰腹依然浑圆。我可以穿10码的牛仔裤,裤管空荡荡的,腰部却勒得很紧。我的手臂完全遗传了母亲的缺点,呈现出一种与其他部位不符的粗壮。很多时候,我没法把胳膊塞进明明很合身的上衣袖口里,一使劲就会把腋下的布料撑开条缝。

我把乌佩克夏叫进来帮忙试穿婚纱。半身裙的拉链勉强可以扣上,但有裂开的风险。至于上衣,它不适合我粗壮的手臂,也不适合我生养过孩子的胸围。我把自己硬塞进狭窄的布料里,夹紧手臂,可拉链还是拉不上。

"收腹憋气。"乌佩克夏说。

我把双手撑在墙上,深深地吸了一口气。乌佩克夏趁机拉上了一半的拉链。我甚至连自己的婚纱都穿不上了。这完全是我自己的错。错就错在我没有告诉婆家正确的尺寸,错就错在我没能甩掉足够的脂肪来避免这种羞辱。我气得直掉眼泪,但最后我们还是想到了一个补救的办法。拉链是开在上衣背后的,把披巾放下来遮一遮就没人看到了。

第二天一早,我穿着一件背后拉链大敞的上衣参加了自己的婚礼。这是世界上除了我自己、乌佩克夏还有婚礼当天给我化妆的那位女士外,没有第四个人知晓的秘密。婚礼结束之后,一回到

---

①南亚传统服饰,由短上衣和半身长裙组成,露出腰腹。

我和伊尔凡的套房，我就立刻脱掉了礼服，所以连新郎都蒙在鼓里。

接下来的几个星期，我和伊尔凡打点好行李，一同搬到了康涅狄格州，以便伊尔凡入读哈特福德神学院。为了能够衣冠齐楚地结这个婚，我们俩都在婚礼前加倍努力地锻炼身体、节制饮食。撇开婚纱的小插曲不谈，结婚当日，我的体重降到了165磅，这也是我自大学以来体重最轻的一次；伊尔凡的体重降到了205磅，配上他高大的身材也显得器宇轩昂。我感谢婚礼当天的留影，这些照片足以证明，至少彼时彼刻，我们还是一双俊美登对的璧人。

可梦幻的一刻过去得太快了。苦修般的自律和禁欲一年之后，摆在两只馋猫面前的路只有一条。说句良心话，科学研究表明，新婚夫妇往往会一同变胖，最初的几个月里平均每个人都会增重4磅，所以我和伊尔凡的体重反弹并不算什么大事。问题在于，我们反弹得实在太多了。同居三个月之后，我胖了25磅，伊尔凡胖了40磅。

多种因素共同造就了这场狂风骤雨般的体重反弹。婚礼之前，我们每天至少锻炼两个小时，婚礼之后，一切戛然而止。我们再也不锻炼了。我们揣着微不足道的储蓄搬到了康涅狄格州，两个人都处于待业状态，也就是说，我们近乎破产了。我们急需赶在沦落街头之前找到经济来源，一贫如洗的两个人只能将就吃些便宜的食物，而便宜的食物就意味着高碳水、高油、高盐、高糖。

我们发现了一家名为"大实惠"（Price Rite）的折扣食杂店，仅需一美元就能买到量大管饱的流水线加工食品。每周采购时，我们的购物车里总是塞满了各式各样的速冻波兰饺子①、比萨和意面,还有大量的饼干、干酪粉零食、浓缩果汁和汽水。新鲜的水果蔬菜,还有鱼肉和羊肉等昂贵的蛋白质基本不在我们的预算之内。最重要的是,经过十几个月的严格饮食和锻炼,我们的意志力早已消磨殆尽。有些人会在某一顿饭暴饮暴食,而我和伊尔凡会暴饮暴食好几个星期。

我们肆无忌惮地敞开肚皮,胡吃海喝。反正婚礼已经结束,我们又搬到了远离亲友的地方,再也没人管得着我们了。互相给对方喂吃的,共同制定一些新奇的用餐仪式,都是我们相亲相爱的小情趣。我原本不怎么爱吃甜食,可伊尔凡一点儿都离不开糖精;于是,我也吃起了厨房里总是常备的点心、蛋糕、饼干、冰淇淋和各种甜滋滋的冷饮与热饮。

过去我没有喝奶茶或喝咖啡的习惯,但自从与伊尔凡结婚后,奶茶也成了我的心头好。我深信加拿大人的血管里流的都是咖啡,因为伊尔凡每时每刻都少不了来一杯。幸好我们的结婚礼物里就有一台咖啡机,他可以在家里随时满足自己对 Tims 咖啡的狂热嗜好。但他还有一个雷打不动的习惯,那就是每天晚餐之后就不再喝咖啡而改喝奶茶。早在几十年前,微波炉就把我的父母变成了两个懒蛋。从小到大,我喝的奶茶都是用微波炉快速加热的。在自己做奶茶时,我也总是打开微波炉,把茶包丢进杯子里,高火两分钟,再加一勺奶、一勺糖,就算做好了。

看到我这样做奶茶,伊尔凡总是在一旁欲言又止。他的母亲通

---

① 东欧传统美食,一种形似饺子的半月形馅饼,馅料包括土豆、奶酪、水果、泡菜和肉类等,通常用洋葱和黄油煎制,或蘸酸奶油和培根碎食用。

常会在起床晨祷时就将一壶牛奶放到炉子上煮沸,文火慢炖三十到四十分钟,直到牛奶中的水分大量蒸发,结出一层厚厚的奶皮。她会用这样的牛奶给全家人做早上的奶茶,杯子上浮着一层得来不易的油脂。和母亲一样,伊尔凡制作奶茶的工序也十分繁琐,简直可以称之为一种宗教仪式。他用小火细细地煨着奶锅,在只掺了一点点水的全脂牛奶中调入白糖、小豆蔻和碎茶叶。我打趣说,他做的是给孩子喝的香香甜甜的饮料。我更喜欢喝色泽浓郁的卡拉克奶茶[①],制作时间最好控制在几分钟内。有伊尔凡煮两杯奶茶的功夫,我能做一顿三道菜的正餐了。

然而几个月之后,我还是沦陷了。每天晚饭之后,伊尔凡都会递给我一大杯奶茶,再把一盘撒着杏仁、开心果和孜然粒的饼干与南亚糕点放在我们中间。我们把饼干浸在奶茶里泡得松松软软,再咕嘟咕嘟地咽下湿漉漉、热乎乎的奶味面团,不觉醺然自乐。夜深人静,等到女儿睡着之后,我们就舀出两大碗冰淇淋,依偎在租来的小阁楼里吱吱作响的破床上,一边看电影,一边你一口、我一口地把冰淇淋喂进爱人的嘴里。

没有钱度蜜月,口腹之欲的放纵就成了我们难得负担得起的快乐。放纵很快变成了习惯,在相当一段时间里,我们过得像脱轨的列车一样疯狂。就这样过了一年,家里的经济状况逐渐好转,我们两人都找到了工作,也终于买得起本土文化和我的祖父(如果他还活着)都会认可的"真正的"食物了——新鲜的食品,而不

[①]一种源于南亚的风味奶茶,制作时除了红茶、奶、糖外还会添加姜粉、豆蔻、丁香、藏红花、肉桂等香料。"卡拉克"(karak)在印地语中有浓郁之意,"卡拉克奶茶"直译就是"浓奶茶"。

是冷冻、加工或腌制后的东西。不过到了那时，我们也确实疯够了。

我们在康涅狄格州交到了新的朋友，有了新的社交圈，也开始像我小时候在黑格斯敦一样每周聚餐。成年之后，我第一次学会了在朋友圈里组织晚宴、闺蜜下午茶和烧烤聚会。和母亲一样，我也成了大家口中那个厨艺精湛、天赋异禀的女主人。和母亲一样，我也十分享受大家对出自我手的科夫塔炖肉丸、山羊肉汤、咖喱鹰嘴豆、鸡肉抓饭和烤肉的赞美。和母亲不同的是，我其实很喜欢做饭。

AK从来不允许我做自己，不允许我感觉良好，甚至不允许我满意自己的身体。我的身材、我的体重，它们盖过了我的一切，盖过了我们的生活。但伊尔凡与AK截然不同。这或许是因为伊尔凡与我同病相怜，又或许伊尔凡爱我的方式是AK一辈子都学不会的。我和伊尔凡都默许自己与对方在面对困难时选择屈服而不是抗争，我们任由身体不受限制地舒展生长，顺其自然。

在结婚的头一年，我们沉溺于垃圾食品的诱惑中不可自拔，体重攀升也在情理之中。可事实上，即使后来我们恢复了相对健康的三餐饮食，我们的体重也仍在缓慢上升。

为什么有些人不费吹灰之力就能保持苗条的身材，有些人无须刻意节食或锻炼就能维持健康的体重？我们没有这样的魔法。如果我们不积极控制体重、锻炼身体、限制摄入，我们就会今天一斤、明天两斤，日积月累地胖下去。要想阻止体重秤的指针继续向右滑动，我们只能主动采取措施。

但我们都厌倦了主动采取措施。我们就想顺其自然地活着，不用每吃一口都要斤斤计较卡路里。我们互相安慰说我们已经与自己天生的身材抗争了太久太久。我们打小就胖,小时候胖,长大了也胖,减肥对我们来说是一场永远打不赢的战斗。我已经厌倦了战斗。难道只要胖着,就不可能快乐?全世界都说是的,我的家人也说,是的。有时,我感到大腿根磨得生疼,胸口憋闷喘不上气来,腰间的赘肉颤巍巍晃动,它们都告诉我:是的。

可我不服气。

我是胖了点,但没那么胖。

这是我几年前对自己说过的话。那时,我的衣服比现在还小六个码。结婚几年之后,我的体重停在了 200 磅。

家里始终只有我们三个人,没有新的"消息"。这也算意料之中。伊尔凡在二十出头时患上过霍奇金淋巴瘤,当时他就被告知化疗与放疗可能对生育能力产生长期的不良影响。而我的耳旁则时时回荡着母亲十多年前的话:胖女人不好怀孕。何况我已年过三十,据说到了这个年纪,我的卵子已经开始逐步凋零。

然而奇迹发生了,我怀孕了。我是在最胖的时候怀上的,这有力地驳斥了那些一见到我就大摇其头的阿姨。贝拉克·侯赛因·奥巴马宣誓就职的那一天,我的怀里多了一个女婴,她比我的大女儿小十一岁。

和头胎一样,分娩之后,我的体重还在稳步增加。伊尔凡的母亲来与我们同住了几个星期,她坚持要我多吃一点混有坚果、酥油和奶油的粗麦米布丁,以及"基切德利",一种用印度香米和扁豆拌着黄油熬出的稠粥——这对控制体重自然没有任何帮助。

我必须多吃一点来恢复体力,多下点奶喂给孩子,婆婆说。

无论这话是真是假,我都乐得从命。我想,既然还在哺乳期,我就应该吃够两个人的份。我的 18 码衣服变得越来越紧,而从怀孕开始,我的身体也愈发走形。我惊恐地发现我的腰胯间多出了一圈松垮垮的肥肉。虽然母亲也胖,她和父亲都有小肚子,但没有谁像我这样突出一大圈。我们家里没有人是这样的。我上网一查,原来这就是"肚腩"。网上还说,想要甩掉肚腩?只能祝你好运了。

在孩子一岁之前,我都没有上过秤。我允许自己至少在一年之内不用担心体重问题。我忘了在什么地方读到过,十月怀胎增长的体重至少也需要十个月的时间来恢复原状。然而我一拖再拖,因为我真的不想知道自己有多重。我极其抵触自己的体重,以至于我逃掉了所有的产后检查。一想到护士要一次次地记录我的体重,每一次都比上一次重一点、更重一点,还要留下一份档案以供后人参考,我打从心里就受不了。

终于,我鼓足勇气给自己购买了一台新的电子体重秤。在接下来的几天里,我努力健康饮食,直到感觉自己轻了一些之后,才终于站了上去。215 磅,97.5 公斤,新的纪录诞生了。我的喉头涌出一股巨大的恐慌,而我只能不停地安慰自己,我生了个孩子,我应该对自己好一点。

"拉比亚,你对自己还不够好吗?"我扪心自问,"过去四年里,你光顾着吃吃喝喝,一次也没去过健身房啊。"

我的丈夫伊尔凡身高 1.78 米,身材魁梧得像个橄榄球后卫,也才 235 磅。我几乎和他一样重了。

我先前听说有一种叫作 CrossFit^①的新型健身项目,据说能够达到跑步机上无法达到的锻炼效果。我在附近找到了一家 CrossFit 健身房并报名了早上五点的课程。我想,如果早上起床第一件事就是锻炼,那我就能在一整天里不断消耗更多的卡路里。

上课的第一天,我睡眼惺忪地来到了健身房。看着面前正对着工业区停车场的一整间灯火通明的大仓库,我突然心生怯意。这与我见过的任何健身房都不太一样。女人们穿着时髦的运动套装、运动背心、打底裤和短上衣,身材健美的男人们拎着大大的水瓶和健身包,络绎不绝地涌进了健身房。每个人看上去都有备而来、自信十足。他们都是白人,年轻而矫健。

而我看上去像一个乡下来的老阿姨,身穿一套臃肿的运动裤和运动衫,还土气地用头巾扎了个马尾。我真想一直躲在自己的车里不出来。我的眼中噙满了泪水,我吓坏了。在这一刻,我痛恨自己身上的一切。我鄙视自己垂到大腿上的松垮肚腩,我诅咒自己贴在椅背上的层层赘肉。不知道第几次,我恨死了自己重重叠叠的下巴,正如母亲所说,我已经忘记了自己的真实样貌。

我擤了一把鼻涕,抓起运动毛巾走进了健身房。在接下来的四十分钟里,我做了许多前所未闻的锻炼,我甚至不知道某些部位原来是有肌肉的。深蹲、弓步、短跑、高抬腿、俯卧撑,以及人类运动史上最邪恶的发明:波比跳。在做到第三次和第四次波比跳之间的伏地挺身动作时,我感到胃里一阵翻江倒海。我立刻强忍着恶心跑进洗手间,把昨晚还没消化完的晚餐一股脑儿全

---

①起源于美国的健身训练体系,不以身体外形为主,不强调孤立的肌肉训练,而是旨在获得特定的运动能力。

吐了出来。

我满头虚汗、臭气熏天地拖着疲惫的身躯去找教练,本以为他一定会允许我今天暂时休息。结果他只是拍拍我的背,说:"哎呀,刚开始锻炼是这样的。去喝点水,坚持一下,不算什么大事。"然后指示我重新回到地狱之中。

在接下来的四个月里,我风雨无阻地参加锻炼。每天早晨四点半出门,五点开始上课,六点回到家。我变得更加强壮,精力更加充沛,自我感觉也好多了。我没那么讨厌自己了。但是几个月下来,我只减了5磅。在复查时,教练给我量了各项尺寸,赞许地点了点头,告诉我这里减了几英寸,那里减了几英寸。可同样令他困惑的是,我的体重没有太大变化。

"等等,你平常都吃什么?你有没有改变自己的饮食习惯?"

我当然没有。我不理解为什么需要改变饮食习惯。按道理来说,只要控制变量,多锻炼应该是有用的。

"不是这样的。如果你的目标就是减肥,那要记住:八分靠吃,两分靠练。"

我在心里把教练臭骂了一顿。为什么他不早点告诉我?如果减肥是"八分靠吃",我何必天不亮就起床锻炼,吐得死去活来?我根本没必要巴巴儿地上赶着受这个罪。

我谢过他,然后干脆地取消了锻炼课程。谢天谢地,我再也不用做波比跳了。

十

比糖更甜蜜

我站在一锅热气腾腾的奶茶旁,一边滤茶一边搅拌。身后,是一幅完全超现实的场景。世界知名的健身大师熊 T 正坐在我身后的餐桌上大啖玫瑰奶球,而他的伴侣斯科特·布洛克正带着我的十几个朋友在小小的家庭活动室里进行即兴舞健身。

屋子里挤满了人,大家刚刚吃完我花了一天时间精心准备的巴基斯坦家常菜,酒足饭饱之余逸兴大发。斯科特和几个朋友一直招呼我加入他们的锻炼,但我最不愿意的就是在大庭广众之下晃起我水桶腰间的"游泳圈",被人拍下后发上 Instagram。

我拢了拢身上的羊毛开衫,笑着摇了摇头。最近这段时间,生活一塌糊涂的我爱上了这种宽松的羊毛衫。在过去的一年里,阿德南·赛义德的冤案震惊了全世界,也彻底改变了我的生活。从 1999 年开始,我一直在为帮助他脱罪而四处奔走,但直到新闻播客《谜案追踪》横空出世,我才终于看到了一线曙光。① 伴随着一线曙光而来的是数亿人的听众、数万封的信件和邮件,以及数千家媒体的采访邀约。

在《谜案追踪》播出的三个月里,我不分昼夜地写博客、写专栏、发推特讨论阿德南的案子。在压力、睡眠不足与贪吃零食的共同作用下,我的体重一下增加了25磅。我在这漫长的拉锯中感到身心俱疲,但现实要求我不得不表现得比过去任何时候都更积极、更活跃、更开放。

我不厌其烦地接受各家媒体的采访,发表文章,进行公开演讲,做客播客和真实案件访谈,并与成千上万的热情粉丝及支持者合影留念。我尽可能地参与各种各样的宣传活动,增加案子的曝光度,因为我很清楚机不可失,时不再来。我主动联系了熊T这类支持阿德南的社会名流,邀请他们到家中来会见阿德南的律师以及日益壮大的支持者团队,同时也请他们尝一尝我的巴基斯坦手艺。

我常常在社交媒体上带着"#释放阿德南"(#FreeAdnan)的tag分享案子的进展,一周里总有十几次,我会在这个tag里看到自己的丑照。我这辈子都在躲镜头。高中时,虽然我担任了学校

---

① 阿德南·赛义德案是美国广为人知的刑事案件,由于其复杂性和法律程序的多次反转而备受关注。17岁的赛义德在1999年被控谋杀其韩裔前女友李海敏(Hae Min Lee),并在2000年被判有罪,处终身监禁外加30年不得假释。此案因2014年的罪案调查类播客《谜案追踪》(Serial)而闻名,该播客对案件的细节提出了疑问,吸引了全球数百万听众的关注。2022年9月,马里兰州的一名法官推翻了对赛义德的定罪,理由是在审判过程中未披露对辩护有利的证据以及发现了新的证据;随后检察官撤销了所有指控,赛义德被释放。

然而,在2023年3月,马里兰州的一个上诉法院因程序问题重新确立了赛义德的谋杀罪定罪。法院认为,受害者家属没有得到充分的通知参加释放赛义德的听证会,这侵犯了他们的权利。

2023年8月,马里兰州最高法院维持了上诉法院的判定,但赛义德可以暂时保持自由状态,直到新的听证会再次考虑是否应撤销他的定罪。

的官方摄影师,可除了最后一年的毕业照,我没让自己出现在任何一本年度相册里。在我的妹妹、表亲和朋友们对着镜头大摆姿势、抢着拍照的时候,我总是借故躲得远远的。

我在照片上的真实形象令我无地自容。我有两层甚至三层下巴,身上的每一处赘肉都纤毫毕现,披巾系得东倒西歪,五官上堆满了扭曲的脂肪。人们会在我演说时拍照,或在活动结束后来找我合影。他们兴致勃勃地将这些照片发到网上,希望我能转发一下。但我从不转发。

《人物》杂志给我派来了专业的化妆师和摄影师,《华盛顿人》为我准备了专业的摄影棚和拍摄姿势,《巴尔的摩太阳报》为我做了一篇专访,我的大脸占据了整个版面。每一张照片都让我如芒在背。就在这时,我发现宽松的长款羊毛衫可以遮住不少赘肉,或至少能遮住那些不太雅观的轮廓。这些羊毛衫还给我带来了一种莫名的安全感。在我不得不硬着头皮出席某些公开活动,知道自己会被数百个相机捕捉入镜时,我就裹紧身上的羊毛衫,仿佛将自己藏匿在安全的蚕茧中。我一口气买了十几件。

"这是最好的时代,也是最坏的时代。"——过去我不理解这句话,现在它却成了我生活的真实写照。《谜案追踪》节目播出后的巡回演讲最终变成了我在两年之后为阿德南案撰写的新书的宣传之旅。那本书还没正式出版,就有人买走了影视版权。这股热潮持续了足有三年之久,我每个月都要拖着疲惫的身躯多次飞往全国各地,吃着高油高碳的飞机餐,不分时段地往嘴里塞东西。正常的作息表已经不复存在。如果我在午夜时分抵达酒店,那么我就在那个时候吃晚餐。如果活动主办者提供餐食,我就一口气吃上三人份。我的旅行包最外侧口袋里总是塞着几包薯片和 M&M's 巧克力豆，以免我在某个荒郊野岭的深夜饿肚子。我如饥似渴地灌下一瓶又一瓶可口可乐，仿佛这个牌子明天就会宣布停产。

我的脑海里（或是胃里）有一个小而疯狂的声音在悄悄对我说，出差时吃的这些垃圾食品都"不算数"。另一个声音则信誓旦旦地向我保证，我正在为一桩里程碑式的正义事业不懈斗争，若此时还在斤斤计较自己的身材，未免也太不知轻重缓急了。如果撑爆 18 码的牛仔裤就能换来阿德南的自由，我应当毫不犹豫地付出这点小小的代价。

直到有一天，我像往常一样在飞机座位上坐下（我敢发誓现在的飞机座位真是越来越小了），拉出安全带准备扣上，可拉到一半，安全带突然在我腿上卡住了。我低下头，越过凸起的肚腩，发现安全带已经拉到头了。这不可能，我为之一震。我不可能胖到连飞机安全带都扣不上。我不可能是那种需要加长安全带的乘客，那种人们会在网上发帖争论是不是应该买两张票的乘客。他们会偷偷拍下那些系不上安全带的乘客，发到网上大肆嘲讽。我不可能胖到了那种地步。

我看到空姐正沿着过道逐一检查乘客的安全带，脸皮顿时涨得通红。那时，常常有人在飞机、火车和机场里认出我来。如果被她发现我需要加长安全带，她就不得不在周围好几排乘客的注视下，越过我身旁的两名乘客将延带递给我。肯定会有人认出我，甚至脱口而出："嘿，那不是《谜案追踪》里那个律师吗？"

我把座椅两侧的安全带尽可能拉直，装作已经牢牢扣住的样子塞进了羊毛衫的下面。然后我转头靠在舷窗上，双眼一闭，摆出一副对谁都爱答不理的模样。等空姐走过之后,我用披巾悄悄遮住脸,任由眼泪无声地流淌;这已经不是第一次了。

我的体重又破了新纪录:234磅,106公斤。这就是那些"不算数"的垃圾食品带给我的代价。我的丈夫一直对我说,我还是那么漂亮迷人,就像我们当初结婚时那样,但这是个显而易见的谎言。为什么他不肯对我说真话?为什么没人对我说真话?

好吧,说真话的人也不是没有。有人从来不被我的成就与光环所迷惑,那就是我的母亲。在《谜案追踪》热播之前的几年,我们就搬回了马里兰州,因此经常与我的父母见面。每次见面,母亲总会把我从头到脚细细打量一番,然后发表一些看法。"现在有一种手术,你知道吧?"这天,我站在母亲家门口,她突然对我说道,"可以让医生切掉你的胃,直接切掉。"

我不知道她在说什么,但是手术——不管是哪种手术,为了减肥而去做手术——未免有点太夸张了。我当然不必走这种极端。我只要弄清楚该怎么减重,然后放手去减就是了。低脂肪、低碳水、低卡路里、轻断食、全谷物、生机饮食①,我该采取哪一种?面对令人眼花缭乱的减肥方法,我反而犹豫不决,感觉自己一直在原地打转,却找不到出口。

一位朋友向我吐露了她的秘密:自成年以来,她每天上班必穿一件贴身的塑身衣(例如斯潘克斯牌塑身衣),对于特别重大的场合,她还会特意穿小一号。她信誓旦旦地告诉我,穿塑身衣能

---

①一种注重健康和自然的饮食方式,强调"生食"与"有机",推崇食用新鲜、天然、无污染的食材,尽量减少食物的加工程序。

把腰身收小好几英寸，遮住所有的赘肉。难道你参加活动时从来不穿塑身衣保持体型吗？

对，我从来没有穿过。

她带我去了商场，陪我选购了几件塑身背心和收腹内衣。一回到家，我就迫不及待地把塑身衣套上，然后立刻意识到我不可能一整天都穿着这些东西。我本来就容易燥热发汗，再套上塑身衣，我简直要喘不上气了。我怎么可能穿着这样的东西出门？穿着它行坐如常、穿着它吃饭？穿着它与成百上千的人微笑寒暄、合影留念，心里却恨不得把我的皮肤和贴身的尼龙布料一同撕下来？

那位朋友坚称多穿两天就习惯了，于是我勉为其难地答应先穿一天试试。第二天出门前，我套上了一身紧绷绷的塑身背心和塑身裤。我打量着镜中的自己，发现我的赘肉并没有被抚平，只是转移到了其他地方。腰间的赘肉从背心的下缘挤了出来，横亘在内裤的裤腰上，多余的皮肤和脂肪争先恐后地涌向没有束缚的各个角落。背上也是一样：背心的上方多出了一团被勒得挪了位置的赘肉。

我套上最舒适的衣服，开始了当天的工作，祈祷我能奇迹般地适应穿塑身衣的生活。最初的几个小时堪称煎熬。我几乎无法集中精力工作，脸上因为紧缚和燥热而冒出了一层亮晶晶的细汗。我刚决定在午餐时脱掉这副刑具，突然之间，我感到呼吸顺畅了许多。我靠在椅子上，心想："哇哦，她说得没错。多穿一会儿确实会习惯的。"

接下来就轻松多了，我得以继续工作，并为自己渡过了塑身衣的难关而暗自雀跃。然而直到晚上回家脱下上衣后，我才明白了个中缘由。塑身背心的下摆已经整条卷到了内衣下面，我的肚子度过了一个无拘无束的下午。这下我确信了，塑身衣是困不住肚腩的。我再也没有穿过它们。可我仍需要其他减肥计划。

我想起熊 T 在我家津津有味地吃掉两个圆滚滚的玫瑰奶球的场景，在那之后他甚至又吃了两个。他拥有我在现实生活中见到过的最完美的身材：希腊雕塑一般的线条，没有一丝脂肪是多余的。我看过他的很多健身视频，我很清楚衣料之下包裹着怎样健美的胴体。他是如何做到这样大吃大喝还不胖的？

而且他不仅钟情于玫瑰奶球。过去从未尝过巴基斯坦菜的他，那天晚上吃得十分尽兴。我会注意到这一点，一则是因为我好奇这位健身大师的饮食，二则作为主人，我总是忍不住观察客人是否喜欢我的手艺。他吃得高兴极了。他没有往盘子里盛沙拉，也没有特意避开米饭或馕饼。我最讨厌吃沙拉了，他一边舔着勺子上的玫瑰奶球糖浆一边告诉我。

"这就是所谓二八法则。我保证一天 80% 的摄入是清淡低脂的，剩下的 20%，我想吃什么就吃什么。沙拉？免了吧。虽然我不知道这道甜品叫什么，但我估计天天吃都不会腻。"熊 T 笑着对我说。

我不知道他是怎么看我的，也不知道是否应该向他寻求一些减肥建议，但我决定还是别问了。我不想让他觉得我招待他是别有用心。他为人十分体贴，除非我主动发问，否则他绝不会多嘴，最多只是告诉我他自己是如何保持身材的。我猜他常年游历世界各地，早就看惯了我们这种圆滚滚的"大饺子"，也练就了一身咬紧牙关、少管闲事的本领。

从过去的减肥经历来看，我相信熊 T 的"二八法则"对我并不适用。我每次尝试减肥时，都需要极其严苛地控制饮食，决不能有一顿欺骗餐或休息日，否则体重秤上的指针就会停滞不前。此外，我还要进行一系列近乎折磨的锻炼。老实说，我已经四十一岁了，我不知道自己是否还能坚持下去。

我厌倦了被困在仓鼠轮上，在减肥与增重之间循环往复。每次我减掉一点重量，它们总会在一段时间后卷土重来，甚至反弹得愈演愈烈。所有研究都证实了这几乎是绝大多数超重人士无法摆脱的宿命。约九成的人会输掉这场战斗，他们屡败屡战，但屡战屡败。因为从青少年时期开始在你体内生长的脂肪细胞永远不会消失，它们这辈子跟定你了。脂肪细胞固然可以变大或变小，但数量是恒定不变的。这意味着如果你从小就是个胖子，长大之后变得纤细苗条的概率微乎其微。

我与这些同病相怜的朋友一样。人到中年，正是一生中最"沉重"的时刻。每个人都经历过减掉又反弹数百斤的折磨，可举目遥望，这条路仍然没有尽头。真正减轻体重并保持身材？真是越想越没有盼头。倘若真是如此，或许……或许手术并不是最坏的选择？

我把这个念头告诉了身边的朋友，想看看他们有何反应。起初，他们对此很不以为然，我完全能够理解他们的想法。早在十年之前，那时的我比现在还要瘦得多，我的妹妹就问过我为什么不去做胃旁路手术①。"我哪有那么胖？只有那种比我胖得多得多的人才会做那种手术呢！"我咆哮道。那句刺耳的话让我久久不能释怀。她就是故意嘲讽我有那么胖，她就是故意要气我，我心想。又或者，

---

① 一种通过改变肠道结构、关闭大部分胃功能以达到减肥目的的手术。

其实是我被人说中了心事,恼羞成怒。

无论如何,我现在比过去重多了,也终于达到了接受胃旁路手术的要求,这真叫人啼笑皆非。我还了解到现在出现了一种新的缩胃手术,叫作袖状胃切除术[①]。这种手术没胃旁路手术那么极端,并发症也少得多,而且在门诊即可完成。好,我主意已定,我要去做缩胃手术。我要彻底打破这环形过山车、仓鼠轮、永动机的无限减肥轮回。我不干了。我再也不打必败的仗了。我认输了。

此时,我在阿德南案中认识的另一位女士刚好也接受了缩胃手术。看着她在 Facebook 上发布的照片一天天瘦下去,我不由得感慨,太神奇了。不用节食,不用锻炼,她就这样轻轻松松地瘦了。

我设法说服了几个朋友,让她们相信缩胃手术就是未来的减肥方向,我们决定一起试一试。

我的保险可以支付手术费用,前提是在接受手术前我得先尝试为期四个月的医疗监督减肥计划。我可不愿再花四个月和数千美元去参加任何减肥计划了,因为我很清楚,无论当时减掉多少,最终都会反弹回来。保险公司的前置条件真有一种何不食肉糜的幽默:我们这些想要、需要乃至不得不接受减肥手术的人,在走上这最后一条路之前,谁不是把减肥方法试过无数次?谁不想靠自己解决问题?手术我决定在不走保险的情况下自掏腰包做。在夜以继日地筛查了无数诊所的缩胃手术信息后,我选定了一家价格合适的诊所。他们配有一个康复中心,方便我术后几天好好休养。

然而,缩胃手术遭到了伊尔凡的强烈反对。首先,他表示,我

[①] 又名腹腔镜缩胃手术,利用腹腔镜把胃的大弯垂直切割出来,使胃部形成一个可容纳约 4—5 盎司食物的小胃囊。它的好处在于无须在体内置入外来物,且减肥成效显著。

根本不需要去做什么手术。我依旧美丽动人。

我表示反对无效：我已经连飞机安全带都系不上了。

你可以靠自己减肥啊，伊尔凡坚持道。你过去成功过很多次，我也成功过。我们可以一起减！别放弃，他说。

可我并不觉得接受缩胃手术就是放弃，相反，这是我的最佳方案。在充分调研了减肥的各项事实和数据，经历了这么多年的艰辛努力之后，我终于明白了，只要放下可笑的自尊，科学就会为我提供完美的解决方案。

这让我想起两次生孩子时，好心的母亲们总是劝我自然分娩，不要用药，不要上无痛。一些人甚至试图搬出宗教，告诉我先知曾经说过，在分娩的阵痛中，母亲的每一次祈祷都有求必应。

然而我相信，即使不必经历分娩的每一次阵痛，真主也会回应我的祈祷；我同样相信，是真主庇佑科学家开发出这些神奇的药物来减少我们的痛苦的。我不希望经历每一次阵痛，我欢迎医生给我上无痛。减肥也是一样。我不想再体会这种无法控制自己身体的精神折磨，也不想再忍受膝盖和腰背上传来的实实在在的疼痛了。我的体重压得我透不过气来。

我在网上交了手术订金，两周之后，我便独自一人横跨整个国度飞到了预定的诊所。除了伊尔凡和几个密友，我没把这件事告诉任何人。我没有告诉两个女儿，没有告诉父母，没有告诉弟弟妹妹，也没有像往常一样在社交媒体上公布我的行程。我知道许多人的反应会和伊尔凡一样，认为我接受缩胃手术就是自暴自弃。我不想听到这些，因为我心里明白，恰恰相反，只有接受手术才能让我重新掌控自己的身体。

手术当天一大早，诊所派来的小巴就把我和另外三名缩胃手术患者从酒店里接走了。术前十二小时的禁水禁食令人饥肠辘辘，但我们仍旧十分兴奋和紧张，毕竟今天是个改变我们后半生的大日子。考虑到术后的几个星期只能进流食，在手术前的几天里，我把每一顿饭都当作是断头饭，着实放开肚皮大吃了十几顿。这当然有悖术前清淡少食的医嘱，可手术之后，有的是清淡少食的日子。

我办完住院手续、称好体重，看着麻醉师给我打了一针，再醒来时已经是几个小时之后了。朦朦胧胧中，我听到护士柔声呼唤我的名字。

"乔德里女士，乔德里女士，现在感觉怎么样？坐起身来试试，站得起来吗？"

我摇摇晃晃地下了地，脑子里浑浑噩噩的，但到底还活着。哈利路亚。我在护士的搀扶下走了一小段路，然后回到了我的病房。护士给我倒了一杯水。

"慢慢地抿一小口，就一小口。"

我口干舌燥，恨不得牛饮一通。然而，刚刚咽下第一口水，我立刻感到清凉的液体漫出了我的胃袋，一直涌上喉头。

"太多了，别喝那么大口。"护士在一旁提醒道。

我的胃已经变得这么小了？喝一口水就饱了？我以后再也不能大口喝水了？我惊慌失措地想。

两天之后，我回到了家里。术后几个星期，我的心情始终在"有点后悔"和"十分后悔"中摇摆。事实证明我的胃确实变成了喝两口水就饱的小鸟胃。几口奶昔就撑满了我的肚子，可我的心里仍旧饥渴难耐。饥饿原来是这样的体验，我猜不幸截肢的患者也有同样的感受：它明明不在那里，却似乎还在那里，永远空虚，永不满足。

我曾经阅读过相关文章，里面说接受缩胃手术的患者常常会因为缺乏饱腹感而产生情绪性的饥饿，这种感受实在难以用文字形容。即使我明知道肚子已经塞不下了，饥饿感依旧如影随形。即使手边摆满了食物，正在挨饿的我却一口都不能碰，因为这副刚刚改造完的肠胃还不能消化固体食物。一天晚上，我正在清理晚餐的餐盘，却对着一盘吃剩的沙米烤肉饼陷入了漫长的沉思。金黄多汁的烤肉静静地躺在盘子里，散发着洋葱、香菜和孜然的香味。

我的大脑告诫我绝对不能去碰那盘烤肉，我的胃没法消化这种东西。可就在鬼迷心窍的那一刻，所有的理智离我而去，我一把抓起烤肉，整块塞进了嘴里。我脸红心跳、气喘如牛，飞快地咀嚼着嘴里的肉片，生怕有人把我抓个现行。我三两口就将烤肉囫囵咽下，甚至没来得及好好品尝我挂念了好几周的味道。

我立刻感到肚子上挨了重重的一拳。疼痛来得又快又猛，嚼碎的烤肉无处可去。眨眼的工夫，我又把烤肉呕了出来，就像咽下去时一样快。这是我在缩胃手术后第一次呕吐，随后还会有几十次、几百次。每当我吃得太多或太快，我总会呕出来。

一天之中，我的情绪总是大起大落。一会儿因为没法吃东西而气得号啕大哭，一会儿因为膝盖的疼痛明显减轻而如释重负，一会儿又因为坚信自己接受了一个无法挽回的错误手术而痛苦欲绝。我耗费了极大的精力来学会控制自己不要狼吞虎咽而是细嚼慢咽。在接受手术前，医生告诫我以后不要同时进食和饮水，我也在众多留言板上读到过类似的建议，因为我的胃袋如今只容得下一样东西。我并没有太当一回事,因为我没有想到胃还需要空间来储水。水又不需要消化,它应该直接通过胃部,对吧?

不对,大错特错。我从没想过不能同时进食和饮水会给我带来多大的痛苦。我喜欢喝冰水,喜欢嚼冰块,我也喜欢喝汽水和果汁。我的每一顿饭都要配饮料。难道说,我再也不能享受吃完薯条之后畅饮一口冰可乐的乐趣了?我决心反抗这条规则,我偏要边吃边喝,虽然我只敢吃一小口、喝一小口。我不是一个人在战斗。

手术之后不久,我在电影院里遇到了一个朋友,她比我早一周接受了缩胃手术。我们打那之后就没见过面,如今两个人都瘦了 10 磅以上。我们都还处在不建议吃固体食物的恢复阶段。

但我们还是不管不顾地买了汽水、爆米花和糖果。我们小口小口地啄食着禁忌的美味,祈祷刚刚缝合的肚子不会穿孔;然而,这种风险并未阻止我们偷偷放纵。那一刻的我正是术后一整年的我的真实写照。我的体重一点点减轻,每周都有新的突破,但我并未改变我的饮食习惯。没错,我吃的是比以前少多了,但我仍然钟情垃圾食品。

我骗自己说,既然只能吃一小口,不妨就吃点不健康的东西,反正体重总会下降的。我想,反正只能吃那么一丁点儿,吃什么根本不重要。奇怪的是,我发现健康食品比垃圾食品更加难以下咽。米饭和面包等淀粉类食品,甚至家庭自制的烤饼,都会团成黏稠的面坨卡在我的胸口。肉类完全无法消化,水果和蔬菜则必须打成蔬果泥才能吞下。

奇妙的是,薯片和饼干就从来没有这样的问题。我从来没有吐出过薯片和饼干,尽管这些东西我一开始就不该吃。一段时间过后，我彻底放弃了健康食品，转而吃起了我的新肠胃最喜欢的空热量垃圾。

每天夜里，正如我上大学时那样，正如我挑灯夜读法学院时那样，正如我这一生中的绝大多数日子那样，饥饿总在晚上十点准时来袭，就连缩胃手术也没能改变这一规律。我可以一整天不吃任何东西，但在晚上十点到凌晨两点的这段时间里，我会像孤魂野鬼般在储藏室里徘徊，围着厨房一圈圈地打转，弓着身子钻进冰箱，翻找任何可以果腹的东西。

我原本能够通过缩胃手术减掉70到80磅，这是医生在手术前预计我可以减掉的重量。可一年过去了，我只减掉了32磅，也就是预期减肥量的一半。我想这得归咎于我完全没有遵从医生建议的饮食方案。

完全没有。

或许我本可以减掉更多，但就在这时，这副四十二岁的身体给我送上了一个突如其来的"惊喜"。

我怀孕了。

我在二十二岁时生了第一个孩子，三十三岁时生了第二个孩子，四十三岁时又迎来了第三个孩子。我不想撒谎说这是个令人振奋的好消息。在怀孕的头五个月，我没有把这件事告诉除了我丈夫以外的任何人，也严禁他对外散播。我的医生为我介绍了一名产科医生，一名专门接诊高龄产妇——也就是三十五岁以上产妇——的产科医生。考虑到很多女性都是在三十五岁后才生育，"高龄产妇"这个词不仅荒唐，而且明显在性别歧视。但我无法否认，就连我自己也觉得这个年纪生孩子有点太老了。

我哭了，因为我实在没有精力再养大一个孩子了，也因为自成年以来，我没有一天不是在孩子和工作之间两头奔忙，自顾不暇。我本以为到了四十岁，我终于有了时间也有了自由，可以和朋友们随时说走就走，去洗泡泡浴，去远足，可以把自己的健康和身体放在第一顺位，也可以赖在床上优哉游哉地读一整天书。

此外，我也感到非常尴尬。我的大女儿今年十九岁了，我们都盼着她快快结婚，好让我当上年轻的外祖母；可没想到，我却要重新经历这一系列怀孕、生产、换尿布、奶孩子等累死累活的过程。我要怎么告诉这个大姑娘，她马上要有一个比她小二十岁的弟弟或者妹妹了？不过说句公道话，自我和她爸离婚后，他又连着结了三次婚，新娘一次比一次年轻。他都快五十岁的人了，还一直在生孩子。要论尴尬，她爸恐怕比我更胜一筹。

我整宿整宿地躺在床上，回想起喂养二女儿时身体与心理上经历的种种折磨，以及她因肠绞痛而闹得人睡不着觉的漫漫长夜。对了，我们还要为小宝宝准备成吨的物资（家里的东西早就送人了）：儿童椅、婴儿床、婴儿背带、各种尺寸的婴儿背带、汽车安全座椅、便盆训练椅、围兜，还有数不清的尿片。

我仔细一算，到了五十岁时，我还要辅导小孩做小学作业。

幸运的是，在怀孕的大部分时间里，我几乎无暇细想这些。我们正准备买一栋新房子，我仍在就那本关于阿德南案的新书进行全国巡回演讲，与此同时，我还在为一家智库开展项目，需要频繁到巴基斯坦和斯里兰卡出差。在刚刚进入孕中期的时候，我回过一次巴基斯坦。那几年我经常回巴基斯坦，但在接受缩胃手术后还一次都没有回去过。我在祖父的老宅里待了差不多一周,和大伯的儿子拉赫曼一家住在一起。拉赫曼的双胞胎儿子早已结婚生子,遵从真主的指示与巴基斯坦的传统与父母住在一个屋檐下。拉赫曼堂哥还有两个女儿,大女儿已经出嫁搬到婆家去了。

这家人仍像过去一样热情好客,尽管我再三恳求他们不必大费周章,但每天吃饭时,等待我的仍是一桌丰盛的好菜。我没有告诉他们我吃不下饭,一来是因为做了缩胃手术,二来是因为我的严重孕吐还没有过去。

"吃啊!怎么不吃呢?"看到我拣起一小块烤饼,蜻蜓点水地蘸了蘸盘子里堆成小山的羊肉、鸡肉咖喱、炸鱼和酸辣酱,堂嫂的目光紧紧地锁在我的身上。我想吃。我真的很想吃。她做的菜都太好吃了。我饿得要死。但我的肚子吃不下。"好吧,是东西不合胃口。你喜欢吃什么。我什么都可以做。我看你身材保持得很好,你是不是一直在减肥?所以你才不肯多吃一口吗?"她当众如此说道。一家人都满怀热切而忧心忡忡地看着我。

"不,不,绝对不是。东西都很好吃,就是实在太多了,真没必要每天都张罗这么多菜。"我恳求道,"我发誓我真的什么都吃,我没有特意减肥。我就是今天肚子不太舒服。"

"嗯,不过你现在的状态真的很不错,不要轻易放弃减肥!再减个二十公斤就完美了!"

我默默地点了点头,没有告诉他们至少在接下来的六个月里我都不会考虑减肥了。我还没有准备好把怀孕的事公之于众。

五个月的时候,我得知这回怀的是个男孩,这让我倍感焦虑。养女孩我是熟门熟路了,何况我的两个女儿在一岁过后都变得非常可爱，乖巧听话。可一想到男孩，我就心里发怵。我那些生了男孩的朋友，无论年纪大小，永远都是一副焦头烂额的样子。只要男孩们厮混在一起，到处都是狼藉。他们摔跤、比剑，在家里上蹿下跳。而我的两个乖女儿呢，只会和另外几个小女孩在一旁安安静静地玩耍，我甚至常常忘记还有一群孩子在身边。

再说，我也不喜欢男孩，因为我有很多男性亲戚对家里人都很不好。女孩长大后会照顾家人，回馈家庭，而我身边太多男性只会索取，贪得无厌地索取。在我看来，世界上的所有暴行都与男人有关。出轨、家暴、强奸、战争，每一宗都是男人的罪孽。我要如何才能培养出一个亲切、善良、温柔，知道如何去爱的儿子？

除了这种实质性的恐惧之外，我还感到了一种非常真切的挫败感：为了减肥，我都已经走到了缩胃手术这一步，可我的计划仍旧被突如其来的妊娠破坏了。我已经看到了这条漫长隧道终点的曙光，却忽然有一辆蒸汽列车迎头而来，从我身上碾了过去。我对上天摇了摇手指。这一点都不酷，老天，这一点都不酷。

等到了第六个月，开始显怀，我便将这件事告诉了周围的人。妹妹欣喜若狂，父亲诧异不已，两个女儿则难以置信。但其中最令我震惊的还是母亲的反应，完全意料之外，但一想到那是母亲，又在情理之中。

"很好啊，"母亲点了点头说，"有个儿子也好给你送终嘛。"

我还没想过这么远的事呢，多谢提醒了，妈。

随着肚子一天天变大，我的生活也愈发忙乱起来。HBO正在根据我的新书拍摄一部系列纪录片，各项工作正紧锣密鼓地展开。

本片的导演乃是大名鼎鼎的奥斯卡提名导演艾米·博格[①]，她曾经拍摄过著名的西孟菲斯三人冤案纪录片。她的团队不时会到我家拍摄素材，这比我在社交媒体上流传的所有照片都更令我惶惑不安。

平常拍摄时身后跟着一整支摄影团队已经够让人崩溃的了，可艾米还要多拍一些花絮镜头，包括让我长时间地凝视窗外或在镜子前仔细地整理披巾，或者从车里钻出，走进房子。每一组镜头都要拍三四次才能达到她想要的效果。

我知道这只是正常的拍摄工作，可我总改不了殷勤好客的阿姨本色。每次拍摄前，我都会煮好一大壶奶茶，在桌上摆满各式各样的饼干、坚果和伴茶小食。他们爱死我的奶茶了。剧组的每一名摄像师和音效师都喝过，艾米更是一进家门就忙着找自己的杯子。就连我煮奶茶、送奶茶的画面他们都录了好几遍。

然而，我煮奶茶不仅仅是为了待客，更是为了帮助自己平复情绪。说实话，摄制组每次上门，我都会无比畏惧和痛苦。我要不停地深呼吸，告诉自己这一切都是为了帮助阿德南洗脱冤名。我试着抛开那些令人不安的念头，不去想我这副尊容通过当今最大的首播网络出现在全国各地的高清屏幕上会是怎样的形象，然而这无济于事，因为网上早有喷子到处传播我最丑陋的照片，以我的长相取乐了。任何一名女性公众人物都会面临这样的困境：如果网友不喜欢你的观点，他们就会攻击你的外貌，这轻而易举就能造成大规模杀伤。

[①]美国电影导演，2006 年拍摄的有关罗马天主教堂性虐案的纪录片获得第 79 届奥斯卡金像奖最佳纪录长片提名。

步入孕晚期,我的肚子是真的藏不住了。我发现人们口耳相传的某些规律确有其可取之处。首先,我总听到人说,怀女孩的母亲容易长胖,肚子又低又圆,而怀男孩的母亲体重增长不多,肚子又高又尖。在我怀前两个女儿时,肚子大得像怀了一对双胞胎,可见我的体重又增加了多少。可这一次的肚子就是又高又尖,体重也只增加了20磅。更令我惊讶的是第二条规律:女儿爱吃酸,儿子爱吃甜。

我绝对算不上烘焙高手。一来我没那么爱吃西式糕点,二来它们做起来实在太麻烦了。做饭是很简单的:一撮这个、一勺那个,还可以按照口味随意调整用量。可西式糕点,尤其是烘焙类的糕点,却需要精确的测量、配比和原料温度。做饭是艺术,烘焙是科学。但凡与食谱稍有差池,做出来的成品就会大打折扣:蛋糕太碎、布朗尼太硬、芝士蛋糕软成一摊泥。

而巴基斯坦的糕点做起来太过繁琐,我甚至懒得一试。你要花好几个小时搅拌浓稠的奶浆或焦糖化的布丁,单独烹煮调味的糖浆,家常奶酪要自行制作并悬置过夜,还要炸面糊和面团。我不是不会做,我只是没有馋到非做不可的地步。

可到了怀孕的最后几个月,我那颗嗜甜的馋牙不知从哪儿突然冒了出来,我整日整夜地想吃甜食。不是普通的甜食,不是糖果或饼干,甚至不是馅饼或蛋糕。我想吃巴基斯坦的甜食。

我想吃玫瑰奶球,想吃奶糕,想吃油炸糖耳朵,想吃基尔米布丁①，想吃胡萝卜牛奶布丁，想吃法卢达，想吃奶豆腐汤圆②。我还想吃米泰，母亲总说就是这种东西把我的外祖父早早送进了坟墓的。我真想把这些甜食一股脑儿用注射器打进血管里。我根本吃不够。

在辗转反侧的漫漫长夜里，我常常馋法卢达馋得睡不着觉。我很难向没吃过这种甜点的人说明这到底是什么东西，因为它听上去实在是太怪了。法卢达既是饮料也是甜点，通常装在高高的圣代玻璃杯里。它由一层又一层的库尔菲冰淇淋③、粉丝、罗勒籽、果冻和"卢阿法扎"（一种用水果、鲜花和草药制成的糖浆）混合而成。如果你还没有用吸管咕噜咕噜地啜饮过甜粉丝，那你永远不懂我有多心痒难耐。

我不仅养成了每周都要吃一次法卢达的习惯，我还爱上了"巴菲"，一种香甜醇厚的牛奶方糕。我一次就能吃掉一整磅，每时每刻，每天都吃。我永远忘不了小时候把巴菲当成午餐带去学校的惨痛教训。当我掏出那块有些融化的白色方糕，告诉同学们这叫"巴菲"时，没人能理解那到底是什么玩意儿。

"巴菲！哕，听着都要吐了！④"

我早该料到会变成这样。

我的孕期渐渐接近尾声，我也一块接一块地消灭了许多油脂

---

① kheer，一种流行于南亚的米糊，通常由牛奶、糖或粗糖和大米煮沸而成，并加入干果、坚果、小豆蔻和藏红花调味。
② ras gulla，一种流行于南亚的传统点心，通常以水牛奶豆腐和面粉混合，然后加入糖浆烹煮。
③ kulfi，一种传统的南亚冰淇淋，用慢火煨煮的全脂牛奶制成，以开心果、玫瑰水和藏红花，调味比普通的冰淇淋更浓稠、奶味更足。
④ barfi，与英文 barf（呕吐）一词谐音。

丰富、奶味香浓的巴菲。伊尔凡每周都尽职尽责地给我带回各式各样的杏仁巴菲、腰果巴菲、开心果巴菲。我仍然对健康食品毫无兴趣,也吃不下太多东西,可以说在怀孕的最后几个月里,我儿子成长所需的能量至少有 90% 来自巴菲。

这个意外到来的宝宝终于在 2017 年 3 月呱呱坠地。他早产了几周,个头比足月儿要小,可生他的时间却比生他两个姐姐的时间加起来还要长。我一使劲,他的胎心就唰唰往下掉,我又不得不停下来。如此断断续续地生了将近两天,我和他才终于从这场噩梦般的拉锯中解脱出来。

他真是个纯洁无瑕的小天使,我又一次头昏脑涨地坠入了爱河。他是家里唯一长得像我的孩子,我的两个女儿都长得像她们的父亲。但是这个小家伙,这个小男孩,瞧瞧这耳朵、这鼻子、这眼睛,就连头型都像我的翻版!而我从小就像父亲的翻版,所以这孩子的中间名干脆就用了我父亲的名字,我希望他能像我的父亲一样,成为一个善良可靠的好男人。

怀孕期间,我对所有鼓吹母亲和儿子之间特殊纽带的说法不屑一顾,我真恨透了旁遮普文化(或者说全世界遍地开花的)根深蒂固的男本位文化。然而,孩子出生之后几个星期,我就完全变成了典型的旁遮普母亲,每天抱着他轻轻唱个不停:Raaj dulara, jaan say pyara, maa sadqay, meda chotu gabbru jawaan(我的小王子,比命更珍贵,我愿牺牲一切,宝宝快长大)。

挺肉麻的,我知道。

在美国和加拿大,孩子的祖父母和外祖父母订购了好几百份拉度甜球分送给亲朋好友,祝贺我这个高龄产妇喜添贵子。公公送来一箱又一箱的拉度甜球，不禁让我想起母亲在三十年前也是如此凤兴夜寐地制作一盘又一盘甜球，钱伯斯堡的小楼里终日弥漫着豆蔻糖浆的甜味，经久不散。这么多年过去了，我终于体会到了母亲当初不讲道理的痴迷。

生下孩子后不久，我的体重就恢复到了产前水平。考虑到最后几个月里我摄入了大量糖分，这算是一件小小的幸事。我的体重达到了198磅，并在接下来的一年里没有发生任何变化。我缩小的胃带撑不住了，不干了。体重秤的指针再也没有动过。

我在网上关注了一位几乎和我同一时间接受缩胃手术的女士，不时浏览她在Facebook和Instagram上发布的日常照片。照片上的她总是泡在健身房里，扎着头巾，穿着紧身裤，看上去强壮而干练。我不禁发消息联系她，询问她是如何减下来的。这很简单嘛。她每天都去锻炼，坚持医生推荐的高蛋白、低碳水饮食。在缩胃手术的辅助下，她已经减掉了100磅。

我原以为只要做了缩胃手术，就不必再刻意减肥了。如果做完手术之后还要费劲巴拉地控制饮食、加强锻炼，那我做这个见鬼的手术是为了什么？对方很有耐心地指出，缩胃手术只是辅助减肥的工具，而不是让脂肪凭空消失的魔法。如果我不多加控制，缩掉的胃袋就会重新长起来，连同之前那减掉的30磅一同还给我。

"多喝水，每餐先吃蛋白质和沙拉。学会骗自己，说吃完蛋白质和沙拉之后就可以吃意面或米饭。不过，在吃完蛋白质和沙拉之后，你就会因为肚子太饱而吃不下任何碳水了。"

或许吧，我心想。可我总有肚子吃甜点。不管我吃得有多饱，我好像总能继续吃甜点。人们不是常说，"甜点装在第二个胃里"

吗？我感觉第二个胃真的存在。

和我一起做手术的朋友也遇到了类似的平台期，可她们甩掉的体重已经比我多一倍了，尽管她们的体重基数也比我要大一些。我怀疑我的缩胃手术已经失效了。或许我已经把它撑大了，或许医生当初给我缩得就不够小。

让胃袋自己缩回去，这是我在网上查到的答案。只要保持三天的流质饮食，就能让胃袋缩回到刚做完手术的大小，然后又可以继续减肥了。然而，我只坚持了一天就全线溃败。我已经好多年没有进行过任何节食计划，负责自律的肌肉已经坏死了。此刻，我的自我厌恶又达到了新的高峰。我原以为我可以通过手术重新夺回身体的控制权。我接受了一台不可逆的手术，它永远地改变了我的饮食方式，可我又一次败下阵来。不是手术辜负了我，而是我辜负了手术。我要做的只是遵医嘱进食，但我连这都做不到。两年过去了，我距离自己的目标体重还有整整50磅，而那只是我这具1.62米的身材"勉强"称得上是健康的体重。

那是2018年的秋天，家里多了一个活蹦乱跳、生气勃勃的小家伙每天围着我打转，HBO系列剧集也在经过两年的精心打磨后确定于2019年春季推出。剧集在洛杉矶、纽约和伦敦多地举行首映式，包括各种各样的媒体活动、我必须到场的采访以及制片人心心念念的现场拍摄。两年之前，我们推翻了阿德南案的判决，马里兰州政府向上级法院提出了上诉。二次上诉的结果支持推翻原判的决定，然而州政府再次提出了上诉。如今，我们正在等待马里兰州最高法院的裁决。

如果一切顺利，我们能拿到最理想的结果，那么HBO的系列剧集将在阿德南最终获释的同一时间播出。那将是多么值得庆祝的一刻！我也想加入到这喜气洋洋的氛围中。

也就是在这时，我在一幢摇摇欲坠的瑞士古堡中举行的某次会议上结识了喜剧演员莫娜·阿伯米珊。如果说我从那次会议中学到了什么，那就是全世界的任何一场会议，无论其住宿环境多么舒适典雅，它的餐品都是食之无味的碳水垃圾。这天晚上，莫娜在表演中分享了自己如何减掉 150 磅的故事。她在台上穿着一身紧绷绷的真丝连体衣裤，通常情况下，这种连体衣裤会放大你身上每一寸多余的皮肤或脂肪，可她通体光洁，不见一丝赘肉。她看起来像那种一辈子都没有胖过的人。

找教练，她告诉我。她找了一名私人教练，这彻底改变了她的生活。我从来没有找过私教，因为我知道私教的价格并不低，我也看不出花钱找人来教我做一件我已经知道该怎么做的事——也就是锻炼——到底有什么意义。不过，看看莫娜这个活生生的例子，走投无路的我决定死马也当活马医了。我在附近四处打听，终于找到了一家私人健身房 Compel Fitness。他们在我家附近租有一个带托儿中心的健身场所，这使我下定了决心。在报名接受评估的几天后，我来到了现场。一想到要称体重、量身材，我就抗拒极了。

一位身材极其健美的女士接待了我，她和蔼地笑着问我为什么想要来锻炼。

"我……我是一名纪录片制作人，六个月后要参加很多重要的首映活动，我希望在那之前至少减掉 40 磅。"我决定略过自己长达四十年的减肥血泪史，以免把这次普通的寒暄变成一场心理创伤治疗。

"好的,完全没问题。"她说,"我们先来看看你的数据。"

她拿出一个卷尺和一个测体脂的小玩意。我叹了一口气,站起身子,任由她用卷尺绕过我的大腿、手臂、脖子、腰腹和臀部,而我只是呆呆地盯着面前的空气出神。我手持体脂测量仪("是人体成分监测仪",她纠正我)放在一臂远的地方,机器显示我的脂肪率为39%——接近40%,离50%也差不了多少。意思是我的半个身体都是脂肪。

我脱掉鞋子,称了体重。谢天谢地,这和我早上出门前称的体重一模一样。那位女士将我的各项数据录入电脑,然后问我:"过去运动过吗?"

我告诉她我断断续续地运动过一段时间,但从未坚持下来过。我参加过几个月的CrossFit,我说,但是作用不大。很久很久以前,我倒是有过每天跑五英里的习惯。

"跑步的效果怎么样呢?"她问。

"呃,我跑得挺开心的,但效果不怎么样。那段时间我吃得很健康,还跑步、爬楼梯、跳绳,但体重减得太慢、太难坚持,后来就没再继续了。"

她从座位上稍稍前倾,对我说道:"别再跑步了,也别再爬楼梯或跳绳了。我们不会在有氧运动上花太多时间。但如果你坚持按照教练的话去做,这40磅会减得比你想象的还要快。"

她打印出一张纸递给我,上面的饮食建议看上去……还挺合理。我可以吃碳水,但必须是复合碳水,不过下午三点之后不能再吃碳水。我必须多喝水,多吃蛋白质和纤维。我可以吃奶酪、坚果和水果,但不能吃加工食品。每周可以吃一次欺骗餐。

"这上面是一些指导性的建议，你可以根据自己的喜好搭配食材。我保证你不会因为吃这些而感到肚子饿或吃不饱。"随后，她领着我走过拐角，来到一间装着镜子的教室。两个身材如希腊雕塑般完美的年轻人正对着地板上一群大汗淋漓、满面通红的可怜家伙大喊"保持姿势"。这一群人围坐在地板上，双腿离地，双臂伸直，全身弓成了 V 字形。显然，我们打断了一场中世纪的酷刑。

地板上的学员一个接一个地败下阵来，坚持到最后的胜利者出现了。我敢打赌她是这群人中年纪最大的一个，看上去少说也有六十岁，可她的肌肉紧实得像一名二十岁的短跑运动员。接待处的女士将我介绍给了两位男教练达瑞斯和埃里克，并简单说明了我的减肥目标。

"你的梦想身材是什么样的？如果让你拥有某个人的身材，你希望拥有谁的？"达瑞斯问我。

我思索片刻，冲口而出："碧昂丝。"

埃里克噗的一声笑了。达瑞斯温和地看着我，露出一个皮笑肉不笑的表情，我感觉接下来不会有什么好消息。

"很好，我们会尽力帮助你实现目标，前提是你也要全力以赴。我们要求你一周训练六天。"

好啊，我点了点头。会的，我会的。

"好极了，明天见。"

平日里我已忙得不可开交，如今唯一可行的办法就是围绕我的训练课程安排一天的工作。幸好他们提供了一款应用程序来帮助我安排时间。我每星期有三节私教课和三节团体课，我会在每个星期天预定好下个星期的课程，然后根据训练时间来安排其他事项。

刚开始训练时，我的肌肉就像一摊软趴趴的再制奶酪。可没过多久，仅仅几个星期之后，我就可以连做好多个过去想也不敢想的俯卧撑、深蹲和箭步蹲了。每个星期，我的平板支撑都比过去坚持得更久一些。噩梦般的波比跳又回来了，但这次我学会了关闭大脑回路，把自己当作一台无知无觉的机器，教练让做什么就做什么。事实上，我就是靠着这种办法熬过了大部分的训练——关闭大脑，收听播客，不再有任何"我不想锻炼"的受苦想法，也不再允许偷懒的借口继续滋生。或许是高昂的私教费用鞭策了我，或许是半途而废的缩胃手术激励了我，总之，我每天都准时出现在健身房里，玩了命地锻炼，没有一句怨言。这可一点都不像我。

到了第一个月结束时，我开始对每天的运动充满了期待。我期待飙升的肾上腺素给我带来愉悦的兴奋，也期待锻炼结束后可以在桑拿房里酣畅淋漓地汗蒸十五分钟。尽管大多数日子里我都要带着两个年幼的孩子一起去健身房，把他们寄放在托儿中心里自己玩耍，但我仍然感觉锻炼是只属于我的私享时间。在一整天中，只有此时此刻，我是为自己而活。我已经长久没有享受过这样的奢侈了，最近一次闲暇还得追溯到我还是单亲妈妈的时候，大女儿会在周末到前夫家去，留给我的单独休息时间就像一份珍贵的礼物。

没有人会把我放在第一位，我终于明白了这个道理。我必须把自己放在第一位。没有人会花自己的时间去关心别人的健康，我必须自己关心自己。即使没有我，其他人也能照顾好自己。

一家人的晚餐早吃一些还是晚吃一些，根本无关紧要。如果因为我每周想要在按摩浴缸里泡泡澡，孩子们得自己玩上三十分钟，这也不算什么大事——那个按摩浴缸我早就装好了，可这么多年来一次也没用过。如果我在健身房的桑拿室里多待了十分钟，孩子们也可以和其他孩子再多玩十分钟。

每个星期，父亲都会来看我——好吧，其实是来看我的宝宝，和他同名的小外孙，小一号的我。他亲眼见证了我的蜕变。"孩子，你每天都在健身房里做什么运动？我可以去看看吗？"

父亲跟着我去了几次健身房。他坐在教室角落的椅子上，看着各个年龄段的学员在教室里奔跑跳跃，累得气喘吁吁但又不亦乐乎。父亲以前从来没有去过健身房，当然也没有报名参加过任何健身项目。可现在，七十七岁高龄的他突然跃跃欲试。

父亲告诉我，他有一些年纪挺大的朋友也坚持去健身房，下次他会让他们带着他一块儿去。几个星期后，我路过父母家，看到父亲正穿着西裤、衬衫、西装马甲和运动鞋从健身房里出来。他告诉我他现在也一周去几次健身房，做一些简单的划船和举重锻炼。他感觉自己的身体变好了。我上下打量了他一番，问他都穿什么衣服锻炼。

"就穿我身上这套啊。有什么问题吗？我穿着运动鞋呢。"我早该料到了，毕竟他以前就是这么穿着衬衫和西裤修剪草坪、粉刷露台和砌石板墙的。第二天，我便给父亲买来了几条慢跑裤和几件长袖T恤。他一件T恤都没有，无论是长袖还是短袖。他这辈子就没穿过任何一件T恤。

我很高兴自己的运动习惯反过来鼓舞了父亲。回想几十年前，父亲也曾教过我试着每天用手指摸脚趾。如今我们角色互换，学生倒成了老师，我心中暗笑。实际上，我和父亲都对我们到了这个年纪的身体仍能发挥出如此巨大的潜力而惊讶不已。身体越强壮，我就感觉越好；感觉越好，我就吃得越健康；吃得越健康，我就感觉越好。在与减肥抗争的这么些年，我第一次把关注的目标转移到了强身健体上。我想要尝试健身房里其他人做的运动，那些我原本视为不可能的运动。

某个周末，埃里克告诉我现在可以试试了。"首先，"他说，"试试跳箱子和翻轮胎吧。"

噢不，这不可能，我心想。无论哪个我都做不到。如果跳上他指给我看的箱子，我肯定会摔断膝盖和脚踝的。至于翻轮胎，我听过那些肌肉发达的猛男在翻动轮胎时发出的痛苦呻吟。

埃里克叠起两个箱子，高度平齐我的大腿根部。我的大腿确实比六个星期前结实了许多，但它们显然跳不了那么高。

"我做不到的，埃里克。我的身体我自己清楚。我膝盖不好，脚踝也很容易扭伤。"

"有医生告诉过你不能跳高？"

"啊，那倒没有，但是……"

"那就给我过来，老老实实地跳。"

埃里克转过身，招呼附近正在锻炼的几位女士围过来。

"女士们，拉比亚说她跳不上这箱子。但我知道她能做到，因为她已经在我这里练了好几个星期了。我知道她的身体比她想象的更强壮。现在就让我们一同见证奇迹，见证拉比亚完成她自认为不可能的任务吧。"

我真想给埃里克一拳。

几位女士都围了上来,大声地给我鼓劲。埃里克朝我伸出手。"试试看,握住我的手,拉比亚。集中注意力,想好你一会儿要落脚的地方。双脚分开,与肩同宽。深蹲蓄力,像弹簧一样跳起来。"

我肯定要丢大脸了。我会当着这么多人的面把脸磕在箱子上,甚至磕掉两颗牙齿。那时埃里克就满意了。

我握住埃里克的手,盯着箱子的上方,然后蹲下身子,预备——我站了起来。我又蹲下身子,预备——我又站了起来。

"好了好了,这回一定跳。一定。"我稳住下盘,蹲下身子,用尽吃奶的力气蹦了起来。只听咚的一声,我的两只脚稳稳地落在了箱子上,膝盖依然保持着微曲的姿势。干净利落的一跳。

我直起身子,惊讶地回过头。埃里克和大家都在鼓掌。

"看到了?我说过你没问题的。"埃里克大笑道。

在那之后,埃里克告诉我,只要运用双腿的支撑,我也能翻起136千克的轮胎。这回我对他的话深信不疑,果真也翻过了轮胎。埃里克再接再厉,逼我举起更重的杠铃,提起更重的壶铃,跳得更高,做更长时间的平板支撑。我意识到,原来这就是私教的价值所在。我感到自己很幸运,能够负担得起请一名私教的费用。

很快,即便在单独锻炼时,我也会提高对自己的训练要求。只有真正尝试过,你才知道自己身上还有多少潜力。我要求自己多做几遍规定动作,追加一组训练,选用更粗的阻力带,就这样少量多次地提高运动强度,我的体格以前所未有的速度变得越来越健美。当然,我也严格控制了饮食。回想几年之前,我在限制卡路里摄入的同时还要每天跑五英里、爬四十二层楼还加上跳绳,减肥塑形的效果也远不及每天四十五分钟的阻力训练。这种健身方式的诀窍就在于通过循环间歇的高强度运动锻炼肌肉。锻炼肌肉就会燃烧脂肪和卡路里,好让你快速瘦下来。

我每周稳定地减掉一两斤,一个月平均能减掉10磅。到第四个月底时,我就已经减掉了将近40磅。

我简直不敢相信。我从来没有一次性减过这么多重量。不需要痛苦地节食,也不需要每天跑几英里,甚至连缩胃手术也可做可不做。我的一切努力(是的,这毕竟还是需要努力)都显得举重若轻。配合锻炼培养新的饮食习惯比我想象中的更轻松。我想在健身房里大显身手,于是我专挑那些对锻炼身体有益的健康食物,例如蛋白质奶昔、坚果、鸡蛋以及大量的蔬果沙拉。嘴馋的时候,我也会吃点糖果和薯片,挖几勺冰淇淋或掰一块馕,所以我并不感到物质上缺了什么。

我还在生活中发现了一些我曾经被剥夺的小乐趣。某个周末,我正和朋友在一条开满了精品服装店与珠宝店的商业街上闲逛,她们不时停下脚步,指指点点地品评着橱窗里陈列的商品,我的一只手不由自主地抚上了脖子。我想要一条项链。

成年之后,除了婚礼那几天,我从来没有戴过项链。母亲曾经对我说过,不要暴露你的缺点,这句话深深地扎进了我的心里。我坚决不肯在任何臃肿的部位上佩戴夺目的饰品。少女时代的我曾戴过一次,但母亲告诉我那条颈链显得我脖子很粗。那是我最后一次在脖子上戴饰品。我呆呆地站在大街上,意识到我甚至从未允许自己享受过哪怕一条项链带来的简单快乐。

我决定挑选一条款式简单的金链子,我要一直戴着,提醒自己我有权利、有资格穿戴任何我喜欢的漂亮首饰。伊尔凡送了我一条纤细精美的金项链，从那以后，它再也没有离开过我柔软的脖子。

几星期过去后，我在网上发布了我的最新照片。看着我的身材一天天在改变，网友们和我同样惊奇。不过，我从来没有公开透露过我接受了缩胃手术。尽管我感觉这么做似乎有点说一套做一套，但我还没调整好心态来公布这件事。何况除了少数几个密友和我的丈夫，我甚至还没把这件事告诉家人。此外，我认为我减掉的这40磅并非全部归功于缩胃手术。我每个星期锻炼六天，培养起健康的饮食习惯，这才有了今天的成果。这一经历扭转了我多年以来的偏见——我本以为到了一定年纪，我的身体就不会变好，我不可能在四十五岁的"高龄"拖着三个孩子变得更强壮；我本以为我缺乏自律，注定无法完成严苛的锻炼；我本以为健身是一种折磨，而不是我送给自己的最好礼物。

然而，母亲并不相信发生在我身上的变化是我一己之力造就的成果。她坚信我的身体出了大问题，而我一直瞒着她。在最初的几个月里，每次见面，她都会叫住我，从头到脚细细打量一番。"你是不是得了癌症？"她极其严肃地问道。

她第一次这么问我时，我还以为自己听错了。直到她一连问了五六次，我才意识到自己没有听错。

每次听到她这样问我，我都要深吸一口气，再次重申："不，我没有得癌症。之前我就说了，我报名了一个私教健身，几乎每天都去锻炼。我终于瘦了下来，终于变成了你日思夜想的样子。"

"那就别去了，这样就够了。别再减肥了，你看起来都有点病态了,还病得不轻。"

大多数人都对我的变化表示欢迎和支持,可社交媒体上却出现了一些反对意见,我大吃一惊。反对者分为两派,但总的来说都指向一点——我为什么要宣传减肥?其中较为温和的一派大体是说:"你说自己感觉良好,我为你高兴。可你本来就已经很好了,没有必要减肥。每个人都应该自我感觉良好,爱自己本来的样子。"

好吧。或许每个人都"应该"如此,可他们实际并非如此。对我来说,今天教育我要对自己感觉良好的人和过去总替我感觉"不好"的人其实没什么两样,都是在慷他人之慨罢了。请不要因为我没办法对某件事感觉良好而批评我,这反而会让我感到挫败。每个人都有权决定自己是否对某件事感觉良好。

另一派网友就没那么客气了,他们说:"你为什么要破坏身体自爱运动①,故意让其他人自惭形秽?作为公众人物,你应该倡导以积极的目光看待大码身材,而不是妖魔化'胖子'的形象。你是在内化对肥胖的仇恨。"

这种评论确实把我唬住了。作为一个胖了几十年的人,贬损超重人群自然不是我的本意,可是,在社交媒体上分享我的减肥进展这件事本身就是在"妖魔化"那些没能成功减肥的人吗?虽然我并不这么认为,但正所谓没有调查就没有发言权,我对大码身材倡导运动和身体自爱运动研究了一番,结果给我留下了极其深刻的印象。这些印象来自那些像我一样重新找回了生活满足感的人,他们甚至说这种变化就像"涅槃新生"。

---

①身体自爱(Body Positivity)运动是鼓励人们接纳并爱护自己身体的社会运动,它倡导不论体形、外观如何,每个人都应该欣赏自己的身体;与"身体羞耻"(body shame)相对。

FATTY FAT BOOM BOOM

我胖？看吧！

无糖可乐与低脂薯片我
重唱情歌的"草泥马"

里冈盖尔所不能的肴康

A Memoir of Food, Fat, and Family
《拜亨图咖啡：美美奢中华楚威汉楚诗》

我问了我的朋友，也问了我的心理治疗师，我的行为是否会内化对肥胖的仇恨？毫无疑问，在我生命中的许多时刻，在我那些苦苦挣扎减肥的朋友们心里，自我厌恶是真实存在的。然而，随着我的进一步探究，我发现这种厌恶与其说是对自身外貌的不满，不如说是一种失控与无助的绝望。

无论体重秤上的数字是多少，重获对身体的掌控才是最终实现自我满足的关键。事实上，我远未达到任何一种"瘦子"的标准。我的体重始终在160磅左右徘徊，比BMI计算器计算出的标准体重还要高出30磅。根据BMI量表，我仍然属于"超重"人群，但我已经能够轻松地穿上小码、中码的上衣以及8码的裤子了。也就是在这时，我意识到BMI计算器可以滚蛋了。它不会计算你的肌肉重量、骨密度、基因和身体素质，甚至不会考虑你的整体健康状况。BMI计算器是个彻头彻尾的谎言、彻头彻尾的垃圾。

从许多意义上来说，体重秤也是半斤八两的玩意儿。你可以打开Google，搜索任意体重人群的图片。你会发现就算身高体重的数值一模一样，不同人的身材也各不相同。没错，数字可以说明一些问题，但不能说明一切。

随着纪录片的发布日期一天天临近，首映活动终于开始了。第一场首映将在纽约举行。我穿上一条紧身连衣裙，配上休闲外套、打底裤和高筒靴，心想，瞧，我完全可以穿这套出镜了。我已经做好了面对媒体的准备，但还没做好在电影院里与一大群陌生人共同观看第一集的准备。

我很熟悉剧情，因为这也是我数十年一路走来的故事。然而，在电影院里实实在在地观看这部剧集简直就跟生剥我的皮肉一样。重温这段惨痛的故事是一种创伤，在十英尺高的屏幕上看到比现在还要重 50 磅的自己也是一种创伤。观看这部剧集让我情绪失控，以至于后来它在 HBO 上正式播出时，我心里甚至有些抵触。

然而，就在纪录片正式播出前两天，我们遭到了一次迎头痛击。马里兰州最高法院通过了州政府提出的上诉，恢复了对阿德南的定罪裁决。七名大法官中的四人做出了不利于我们的裁决。阿德南没有得到重新审判的机会，今年是释放无望了。

这一打击不可谓不沉重。我知道我们必须重整旗鼓，制定下一步要采取的行动策略，提出新的上诉。这可能要耗费好几年甚至更长的时间。但我知道最重要的是我必须善待自己，我终于明白了这一点。我知道，如果我需要休息，需要暂时从繁忙的事务中抽身，那也没有关系。把目光放得长远一些，不放弃就意味着胜利。我不会放弃阿德南，也不会放弃我自己。

在接到判决之后的几天，我提不起劲去锻炼，也无法控制自己一杯接一杯地吃巴菲。但这也没关系。我再也不会像对待陀螺一样狠命抽打自己。四十而不惑，我终于明白自己身体的每一个反应意味着什么，明白自己的身体究竟需要什么了。它需要我的时间、我的关心和爱护。

我请求我的身体原谅我，原谅我这么多年来的视而不见。

在接下来的几个星期天的晚上，我和我的家人——包括那个和我一个模子里印出来的大胖小子——一同观看了纪录片全三集。在休息之前，我给自己煮了一杯热气腾腾的奶茶，打开社交媒体查看观众对这部剧集的实时反应。有人怒斥马里兰州政府的不公，有人痛骂检察官，有人对剧集中揭示的新证据感到惊讶，有人对团队自拍中出现的小宝宝兴趣斐然，有人对阿德南的不屈深表敬佩，也有人为我和整支法律团队加油鼓劲，并保证他们会持续追踪案件进展，直到阿德南重获自由。

不过，在看到我站在炉灶前煮奶茶的那一幕后，大家最关注的问题（几十个人给我留言）变成了：奶茶怎么煮最好喝？

尾声：目标体重

现在由身穿"法加"①的本人为您带来现场报道。我穿上"法加"已经一个多月了，接下来还要再熬几个月。如果你不知道什么是"法加"，我衷心祈祷你永远不需要知道。几个哥伦比亚人围着一件传统塑身衣苦思冥想：怎样才能让人穿得更难受呢？"法加"由此诞生了。

法加是一种高压缩型塑身衣，一些人穿法加是为了身材更有型，而另一些人，比如我，则是为了减轻整形手术后的炎症。做完手术后，我双手抵着墙，两个护士使尽了吃奶的力气才把我摁进了这件衣服里。

在 Compel Fitness 接受埃里克和达瑞斯的训练大约一年之后，我遇到了一个棘手的难题，一个"甩不掉"的难题，那就是我的肚腩。几十年来被我养得白白胖胖的肚腩，如今……瘪了。我比

---

①也被称为哥伦比亚束身衣，其设计主旨在于修饰腰部、收腹提臀并聚拢胸部。

自己最重时减掉了 70 磅还多，可现在我的骨盆上却挂着一个松松垮垮的皮囊。

在攀岩训练时，它就挂在我的肚皮和大腿间左摇右晃；在跳箱子时，它会发出一声令人尴尬的啪嗒巨响。总而言之，在我这具如今已经十分健美匀称的身体上，那个空荡荡的肚腩就像个格格不入的寄生物。

"埃里克，这个东西该怎么办啊？"我愁眉苦脸地捏着那层软趴趴的肚皮问道。

埃里克爱莫能助地看了我一眼。

"从大基数减下来的，很难再恢复皮肤的弹性了。更何况，你也……这个年纪了。"

我点了点头，我知道自己早已青春不再。

"你没办法通过锻炼让皮肤'瘦'下去。实在不行，去做个腹部拉皮手术吧。"他耸了耸肩。

不，这绝不是唯一的办法，我心想。然而我问了达瑞斯，他给了我同样的答复。我又去问了那位当初给我推荐私教的喜剧演员莫娜。她告诉我，大基数减重后当然要做拉皮手术。

我又花了六个月的时间仔细考虑这件事，不死心地做了无数次卷腹，然后不得不承认，他们是对的。我没法通过锻炼让肚皮缩回去。我拜访了三家整容医院，进一步坚定了自己要去做手术的决心。第一家医院的医生提起我的肚皮，然后松开手。啪嗒。肚皮重重地拍打在我的耻骨上。然后他又对我的乳房做了同样的事。

"听着，我在二十年里奶大了三个孩子，别对我的胸部评头论足。"我对这个医生说。他告诉我，他可以让我的肚皮和胸部恢复到二十岁时的样子。我可不想恢复到二十岁,我心想。这个医生还试图劝说我填充下巴。这不是我要的医生。

第二家医院的医生建议我接受腹部拉皮和缩胸手术。"理想情况下,胸部最好和香槟杯一样大,"他说。不,这个医生也不行。

第三家医院的医生问我想做什么手术,我说腹部拉皮。"那就做。"他很爽快地答复道。这就是我需要的医生。

为确保我不会临阵退缩,我把这个决定告诉了几个好友。其中一个朋友问我:"可你的小腹会永远留下一道伤疤,这样也没关系吗?"

"小腹?你是说那个因为吊着一层皮褶子,阳光永远照不到,也永远没人能看到的地方?嗨,当然没关系。"我回答她。

接受腹部拉皮手术的感觉就像一辆大卡车把你迎面撞倒,倒车,然后又从你身上碾过第二遍,以确保你能感受到最极致的疼痛和酸胀。那种感觉也像被人放倒在地,再找一群愤怒的驴子过来猛踢你的肚皮。你会感觉自己被活生生地撕成了两半。手术结束后,医生给我看了刚刚切下来的肚皮的照片。将近 9 磅重的一摊肚皮孤零零地躺在手术托盘里。想到我们曾一同度过了几十年的岁月,我甚至有些依依不舍。

在那些年里,为了达到理想体重,我采取了一些我以为自己绝不会采取的行动。有的时候,尤其是面前摆着一大桌令人垂涎三尺的美食的时候,我仍会为自己接受过缩胃手术而懊恼不已。在进食方面,我还是"眼大肚子小"。尽管在我看来伊尔凡已是个十足完美的丈夫,但他仍在孜孜不倦地与自己的体重做斗争。在亲眼见证了我所遭受的这一系列磨难后,他愈发坚定自己决不能重蹈我的覆辙。这根本不值得。

  他固执地认为我本可以靠自律和运动慢慢减下来。或许吧，但我怎么知道我究竟能不能在不接受缩胃手术的情况下，单靠私教取得这样的成果？再说了，"这样的成果"究竟是哪样的成果呢？我依旧不喜欢自己的身体，依旧对它不甚满意。绝大多数人都不会完全满意自己的身体。无论高矮胖瘦，我身边没有一个朋友对自己的身体是真正满意的，无论男女。每个人都希望自己吃得更健康一些，平时多锻炼一点，闲暇时能出去散散步，再减掉几英寸的腰围，控制血糖，提升体力。在我看来，这没什么可批判的，就像你永远希望在工作中更上一层楼，或在生活的各个方面不断取得进步和成果。（当然，我说的并不是进食障碍和躯体变形障碍[①]。我希望大家都能明白，这些是需要医疗干预的疾病，而不是为了提高生活质量而做出的生活方式选择。）

  所以，不爱自己的身体是正常的，不恨自己的身体也是健康的；而对我来说，学会不去厌恶自己的身体是一种莫大的解脱。我花了几十年的光阴，包括数年的治疗和自我反省，才终于摆脱了这种被自己的身体打败的感觉；我不再将身体视为我的敌人。过去，总有人告诉我身体就是我的敌人，是它阻碍了我实现梦想、奔赴前途、享受幸福，是它像一件丑陋肥大的斗篷，阻止了真正的我在大千世界里发热发光。

  可事实上，自成年之后，体重问题带给我的并不是外貌上的痛苦，而是让我深感无助的精神折磨。我在忍饥挨饿与暴饮暴食的

---

①指身体外表并不存在缺陷或仅仅是轻微缺陷，而患者想象自己有缺陷，或是将轻微的缺陷放大，并由此产生心理痛苦的心理病症。

极端境地间左右摇摆，无论哪一种都让我饱受煎熬。我就是控制不了自己，这种感觉让我无比崩溃。我可以掌控自己人生中的大部分局面，只要有心，我总是能够做到。凭着这股毅力，我做出了许多我做梦都想不到的成绩，可偏偏在体重问题上，我屡战屡败。

而现在，我终于摆脱了这种感觉。

原来，我的身体从来不是我的敌人。它只是静静等待着我学会以耐心、关怀、友善的态度来对待它。它等待着我慢慢学会如何去滋养它、成就它。如今我们已经化敌为友，我知道它需要什么，也知道它想要什么。

有时，它只是想要一盘羊肉抓饭和一杯冰可乐。它当然有权享受它们。

我永远不会剥夺自己享受美食的乐趣，尤其是健康美味的巴基斯坦家常菜。我精通巴基斯坦菜的每一种食材，我做出的每一道菜都满怀我对遥远的故土与永诀的至亲的眷恋。我每天都要喝很多水（我又可以大口大口喝水了），也不再像过去那样酷爱果汁或汽水，可我绝不会戒掉每天一杯全脂加糖的奶茶享受。一杯奶茶，加上一块酥脆可口、甜中带咸、撒着莳萝子的小茴香饼干，这是我每天送给自己的小礼物。

在过去的一年里，我又胖了近 10 磅。母亲不再怀疑我得了癌症，但也不再催促我减肥，这或许意味着我终于达到了她心目中的理想身材。现如今，她最担心的是我日渐稀疏的头发，她一口咬定这是更年期提前到来的征兆。在锻炼了几个月后，父亲也不再去健身房了。他认为，到了这个年纪，锻炼到这个份上也就差不多了。

我认为自己的努力也该告一段落了。我不再渴望暴饮暴食，也不再感到忍饥挨饿。我在相当长的一段时间里毫无节制，又在另外数年间连碰也不敢碰米饭和面包。眼下，我将熊 T 的"二八法则"牢记于心，因为我终于明白了什么叫作过犹不及，更因为我打从心里认定，我有资格充分享受食物的乐趣，而不是用食物来伤害自己。

我决定在脱下法加塑身衣后恢复健身的习惯。我怀念那种大汗淋漓、气喘吁吁、充满力量的感觉。在过去的三十年里，我的心里始终有一个遥不可及的"目标体重"。我总认为，只有达到那个体重，我才能获得快乐、获得圆满、获得成功、获得接纳。如今，我已经将那个数字从我的心头抹去了。我现在的目标是照顾好自己，为自己投入更多的时间、精力与关爱，无论结果究竟如何。按照很多人的标准来看，或许我仍然是一个胖子，并将继续当一个胖子。

但那又怎么样呢？毕竟，我是胖，但也没那么胖。

食 谱

写在食谱前面 / 325

酥　油 / 328

经典洋葱炸时蔬 / 330

帕拉塔煎饼 / 333

拉合尔炸鱼 / 337

家常扁豆汤 / 340

西格烤肉卷 / 345

萨格芥菜泥 / 351

咖喱酱汁鸡 / 355

鸡肉汁抓饭 / 359

沙西特科雷 / 364

奶　茶 / 367

写在食谱前面

在本书中,我讲述的是巴基斯坦美食的故事,而不是印度美食的故事。诚然,印度菜与巴基斯坦菜有许多重合之处,但也有许多不同。你不会在巴基斯坦餐厅里找到多萨薄饼和蒸米浆糕,也不会在印度餐厅里找到"尼哈里"炖菜、羯茶羊和"哈利姆"炖粥。巴基斯坦人很清楚本国菜肴的名气远远比不上印度菜,而我希望通过这本书改变这一现状。

免责声明:为了尽可能具体地写下烹饪的步骤,也为了避免冒犯任何人,此处提供的巴基斯坦食谱仅仅是我本人从小吃到大、现在也常见的做法。考虑到不同地区与不同家庭之间的差异,食谱中的做法可能与其他巴基斯坦人的习惯不同。我烹饪的方式习自家里的长辈或亲身试错的经验,它们当然不是某道菜唯一的做法,甚至算不上最好的做法。这里记录的只是我个人习惯且喜欢的做法。我可不想看到读者们蜂拥给我留言,说自己奶奶炸时蔬的方法和书里的全然不同。真主保佑所有人的奶奶,我相信每个奶奶的炸时蔬都是最美味的。

所以,为什么要在这本通篇与减肥做斗争的书里加入食谱,甚至是一些不太"健康"的食谱呢?首先,因为人人都要吃饭,即使胖子也不例外。正如我在书中所讲述的,我与家人的许多美好回忆都与食物有关。因为我作为一个孩子,正是通过食物感受到了亲人的关爱,而我的父母和我一样,正是通过食物真正认识了美国。

不过最重要的是,在成年之后,我终于学会在享受健康可口的巴基斯坦家常菜的同时做到了真正的饮食平衡。人们对南亚的食物抱有一种普遍的误解,即这类菜肴不太健康。然而,这一来是因为开在美国的南亚餐厅都已针对美国人的口味进行了"改良",二来人们在餐厅里吃的往往都是"大餐"。这类大餐通常口味浓郁、重油重奶,根本不能每天都吃。而在家里,我们往往采用新鲜天然的食材,减少油的用量,选择优质脂肪,来做一些较为简单但花样繁多的家常菜,例如你绝不会在餐厅菜单上找到的各种扁豆、豆子汤与蔬菜。

不过说来说去,巴基斯坦的美食也并不总是那么健康;但是管它呢,我写的本来就不是健康食谱,更不是减肥秘籍。

别一看到食谱里洋洋洒洒的众多香料就打退堂鼓。只要去一趟当地的巴基斯坦食杂店或印度食杂店,花上二十美元,你就能买到所有调料,足以用上好几个月。我为你准备了一份购物清单,必要时别忘了寻求店员的协助(老手建议:我通常只买 National 牌或 Shaan 牌的盒装调料粉和小包装调料):

葛拉姆马萨拉粉
红辣椒粉
克什米尔辣椒粉
孜然粒
豆蔻籽
茴香籽
香旱芹籽(藏茴香籽)
小豆蔻
香豆蔻
姜蒜酱
咖喱叶(通常新鲜装袋出售,可冷冻保存)

在南亚食杂店里,你还可以顺便购入一些其他食材,例如鹰嘴豆粉、印度香米(我最常买的是 Tilda 牌)、全麦"洽巴提"(粗粒小麦粉)和酥油(我列了制作酥油的食谱,但你也可以买现成的)。

如果你还是觉得太难上手,那么我建议你在附近找一家巴基斯坦餐厅,尝尝那些你在印度餐厅里尝不到的东西。

酥　油

Ghee shakkar tere muun main
愿你常享酥油与饴糖的甜蜜

——南亚传统祝福语

黄油虽然美味，但酥油更胜一筹——这可不是随便说说而已。吠陀崇拜离不开酥油。酥油既可用于供奉祭品，也可用于点燃圣火、祈唤神明。在印度教的传说中，酥油曾用来创造半神，而它在阿育吠陀医经中的药用功效也已在数千年的经验中得到了证实。信不信由你，这种飨神的美食也对你的身体大有裨益。

虽然我不是印度教徒，但我几百年前居住在南亚次大陆上的先祖很可能信仰印度教。然而，无论信仰哪一种宗教，你都不难理解酥油为什么会被看作神的食物。所有软糯可口的美味甜点都离不开烤坚果和掺了酥油的面粉。表层没有漂浮一层碎金酥油的扁豆汤不配叫扁豆汤，用植物油而不是酥油煎制的帕拉塔煎饼也不配叫帕拉塔煎饼。需要严正声明的是，酥油不等于澄清的黄油。酥油比澄清的黄油更珍贵，它是长时间烹饪后去芜存菁的黄油精华，这赋予了它独一无二的绝妙风味。它提炼出黄油中最柔和、最馥郁、最富坚果与焦糖芳香且最细腻的口感，层次丰富、千回百转——它不是黄油，而是渡进嘴里的一口仙气。

如果这还不足以说动你,那就来看看酥油的其他优点:酥油的烟点[1]极高,无须冷藏便可保存数月,做起来又十分简单。你完全没有任何理由,不自己动手做酥油。别被那些"健康美味""古法手作"的酥油贩子给骗了。信不信由你,看一集电视剧的功夫,一份简单可口的家常酥油就做好了。

我的酥油食谱:

取两磅优质无盐有机黄油在奶锅中用小火慢慢融化,你会看到黄油表面浮起些许泡沫,那是黄油中的水分正在与牛奶固形物分离。我们需要蒸发掉黄油中的所有水分。牛奶固形物会慢慢沉底并微微焦黄。不要过度搅拌以免固形物翻浮,但也要注意不能煳底。继续熬煮约20分钟,直到大部分泡沫消失,透过黄油表面的琥珀色酥油液体可以看到锅底结成了一块焦糖色的牛奶固形物。将酥油过滤后盛入密封容器,放在灶边,下次煎鸡蛋时不妨试试用酥油。

---

[1] 又称发烟点、冒烟点,指油在加热后开始产生烟的最低温度。一般来说,烟点越高的油,在高温下越稳定,也越不容易变质和变黑。

经典洋葱炸时蔬

Ramzaan kya pakoray bina?
没有炸时蔬,怎么过斋月?

——我爸的经典名言

炸时蔬是一种介于炸豆丸子[①]、天妇罗和炸菜饼之间的美食。和炸豆丸子一样,炸时蔬的底料是鹰嘴豆。和天妇罗一样,炸时蔬可以用上各种各样的蔬菜。和炸菜饼一样,炸时蔬是用勺子舀起一勺勺混合着蔬菜的面糊倒入热油中,制成酥脆可口的小团子,蘸辣椒酱或酸辣酱食用。我的父母会向不明所以的邻居解释说炸时蔬就像"咸味甜甜圈",这种说法当然并不准确,甚至会让人望而却步,但这已经是他们能想到的最贴切的描述了。

炸时蔬是一种简单便捷、廉价美味的快手美食,它适合作为孩子们放学后解馋的零食,作为下午茶时的点心(拉合尔的下午茶传统源远流长),作为招待不速之客的小吃,作为雨天不出门的正餐。

我也不知道为什么,总之一遇到下雨的天气,巴基斯坦人就会特别想吃炸时蔬。

---

①又名中东蔬菜球、油炸鹰嘴豆饼,是流行于中东的菜肴,用鹰嘴豆泥或蚕豆泥加上调味料制成。

母亲的情绪从不因下雨而波动，她在一年之中只有一个时候会做炸时蔬，那就是在斋月期间，日复一日，从不间断。成家之后，我也保留了这一传统，直到我近来发觉，随着年岁渐长，消化和代谢这些油腻可口的小东西已经变得愈发力不从心。现在，我已经很少在家做炸时蔬了；可在母亲与妹妹家里，炸时蔬依然是斋月里每天必备的菜色。

我做炸时蔬的方法主要有三种。当然，一千个主妇有一千种做法，但总体而言都可以归纳为这三种类型：第一种，以蓬松的面糊为主，少量的蔬菜为辅；第二种与第一种相反，以少量的面糊粘连大量的蔬菜丝或蔬菜片（这种做法有时也被称为"拔吉"炸时蔬）；第三种做法则类似天妇罗，将单独的块状蔬菜浸入面糊后一个个油炸。

炸时蔬用到的蔬菜种类繁多，每家有各自的习惯与偏好。在我儿时的记忆中，母亲最喜欢炸松软大片的茄子、整朵的蘑菇（传统做法里完全不会用到蘑菇），或是把切碎沥干的冷冻菠菜拌进面糊里，一勺一勺地抠进油锅中。我的孩子和丈夫最喜欢吃"阿鲁"炸时蔬，即挂糊油炸的土豆薄片，蘸着番茄酱甚是美味。我不喜欢天妇罗式的炸法，我最钟爱的仍然是经典的洋葱炸时蔬：把洋葱和青椒切成薄片挂糊，下锅炸至外酥里嫩，再撒上一把喷香的孜然和香菜籽。

我的经典洋葱炸时蔬食谱：

2 个大的白洋葱，切薄片

4 个青椒，切碎

1 杯鹰嘴豆粉（印度/巴基斯坦/孟加拉食杂店均有出售）

半茶匙小苏打

1 茶匙半孜然粒

1 茶匙香菜籽

1 茶匙香旱芹籽（藏茴香籽）

1 茶匙石榴粉

半把香菜

少许新鲜或冷冻咖喱叶（新鲜咖喱叶冷冻后保存时间更长）

将洋葱片、青椒碎、香菜、咖喱叶和所有香料与调味料放入碗中，静置10分钟，然后加入鹰嘴豆粉和小苏打，用手搅拌均匀。添加1/4杯清水，继续用手搅拌，直至所有材料混合均匀。此时有两种做法。其一，直接将黏稠状的面糊下锅油炸，即可得到一盘香脆弹牙、形状不规则的炸时蔬。其二，向碗中再加半杯清水，搅拌至类似布朗尼蛋糕面糊状，下锅油炸，即可得到一盘蓬松酥软的炸时蔬。两种做法都十分美味，我建议每种各做一半，可同时享受双重美味。

在第二次混合搅拌后得出的面浆不会太过黏稠，非常适合将切片的土豆、茄子、整朵蘑菇或花椰菜挂糊后以天妇罗的方式进行油炸。

无论你打算采取哪种做法，都要先将面糊静置一段时间。此时可以将油锅烧热，向锅中注入约7.5厘米深的底油（我习惯使用菜籽油或植物油），以中高火加热，滴入面糊后有油花溅起为佳。此时可调至中火，一勺一勺地加入混合好的面糊。真正的大厨也会直接用手捞起面糊下入锅中。下入的面糊数量不限。下锅后，面糊应迅速浮起，并在小苏打的作用下略微膨胀。数分钟后，将底部炸成深金黄色的面糊翻面，另一面再炸两分钟。用漏勺将炸好的面糊捞出，铺好吸油纸后装盘。趁热撒上少许食盐和恰特马萨拉，略微放凉后蘸上酸辣酱，一顿大餐就这么做好了。

帕拉塔煎饼

在某些人家，早餐的帕拉塔煎饼吃法十分简单：用手撕成小片，泡进奶茶中食用。而在另一些人家，父母会在帕拉塔煎饼上涂满黄油和果酱，或撒上一把白糖，卷起来塞给急匆匆出门上学的孩子。父亲来探望我时，我会做上一盘撒着青椒、洋葱和香菜的香辣煎蛋饼，再配一张刚烙好的帕拉塔煎饼。我自己最喜欢的吃法则是在慵懒的周末清晨，煎一个溏心蛋，再配一碟蔬菜或什锦蔬菜"布吉亚"[①]，用小火煎得金黄的洋葱和香料慢慢炖出焦糖的甜香。卷起一小块帕拉塔煎饼，挖一勺布吉亚，再蘸上澄黄油亮的溏心蛋黄，世上没有比这更馋人的美味了。

完美的帕拉塔煎饼应当柔韧易折叠，可以卷起来当勺子用，同时又不失酥脆的口感和金黄的焦香。最好刚出锅的时候趁热吃。

我花了很长的时间才最终掌握了帕拉塔煎饼的正确做法，可我终其一生都没能学会母亲在擀制烤饼和帕拉塔煎饼时那一手出神入化的绝技。母亲一辈子都没用过擀面杖，而我没有擀面杖根本一张烤饼、一张帕拉塔煎饼或一张烤馕都做不出来。母亲将这归咎于我遗传自父亲的小手掌。她说，如果我也有她那样一双蒲扇似的大手，一定能做得更好。

我在 YouTube 上看过无数视频，里面众多南亚美食大厨揉面的手法

[①] bhujiya，香脆细面条的一种，与西弗脆面条的区别是后者用纯鹰嘴豆粉制作，而布吉亚则用混合面粉制作。

都与母亲如出一辙——将面团放在双手间来回拍打，直到柔韧的面团在那双灵动的大手间越搓越扁、越搓越大，最终变成一张浑圆的饼子。我试着模仿他们和母亲的手法，可永远达不到那种惊人的速度和力道：面团有气无力地从我的一只手掌飞向另一只手掌，形状和大小从来没有变过，更谈不上摊成圆形的饼子了。

即使借助擀面杖，我也摊不出母亲那么完美的圆饼，只能马马虎虎算了。

好消息是，没有人规定帕拉塔煎饼必须得是圆的。人们发明了无数种方法来确保帕拉塔煎饼的多层酥脆、松软可口，因此，你可以把帕拉塔煎饼做成任何形状。比如，你可以将面团揉至最终成品的一半大小，然后涂上油、酥油或黄油，将面饼对折、涂油，再对折第二次，就能得到一张三角形的帕拉塔煎饼。像我的婆婆就几乎只做三角形的。

你还可以将面饼折成正方形。要做螺旋状的帕拉塔煎饼也很简单：就用我先前提到过的方法通过刷油让面饼分层，再把面饼卷成雪茄状盘起来；你也可以先做出大小不同的面饼圈，涂油后嵌套在一起。总之，你可以在网上找到一百种让酥饼分层的方法。

这一步的关键在于，无论你选择使用哪一种油，都要在每一层面饼上涂得满满当当，并在保持其完整性的情况下尽量把面饼擀大、擀薄。不要扑太多干粉，否则做出来后煎饼就会又厚又硬。

每次做帕拉塔煎饼时，第一张饼总是一塌糊涂，这是谁都逃不开的铁律。直到今天，我每次做帕拉塔煎饼时，总会把第一张饼拿去喂鸟。不过无妨，鸟儿也有享用煎饼的权利。之所以会出现这种情况，是因为我们每次揉面时，总会存在一些环境变量，比如室温，比如这次使用的油与上次不同（这取决于我当天的喜好或家里的库存）。所以，第一张帕拉塔煎饼只是试试水，好让我们熟悉一下当天的手感，在做第二张饼时进行一些细微的调整——多抹一点油、多加一点面、调高或调低炉子的温度。有时，第二张饼也可能不尽如人意，但没关系，我们可以接着做，一直做到满意为止。这可能会花一些时间，但每一分钟都不会浪费。

我的帕拉塔煎饼食谱：
2 杯"洽巴提"全麦面粉
1 茶匙食盐
1 又 1/3 杯清水，室温
酥油（也可以使用植物油或黄油，但帕拉塔煎饼还是用酥油做最香）

在碗中加入面粉、食盐和 1 汤匙酥油，用手略微搅拌。在面粉中央挖一个洞，倒入一半的清水。用手把面粉和水抓匀，少量多次加入剩余的清水，直到揉出一个光滑、偏硬、不沾手的面团。将面团静置 10 分钟，再揉 5 分钟，再静置 10 分钟。

一些人会使用新鲜面团制作帕拉塔煎饼，但我个人认为冷藏后的面团更容易擀开，所以我通常会提前一晚把面团做好，或将揉好的面团放入冰箱冷藏至少一小时。如果选择用冰箱冷藏面团，应在保鲜膜上薄薄地涂一层油，然后裹住整个面团，以防止面团外层变硬；如果不使用冰箱冷藏，也应在隔夜静置时用温热的湿毛巾将面团盖住。

完成上述步骤后，用中火加热平底锅或塔瓦铁锅。将面团平均分成 8 份，揉成光滑的小面团。在案板上撒一层面粉，用擀面杖将小面团旋转擀开。若面团开始粘手，就再撒一层面粉。将面团擀成直径约 12.7 厘米的面饼后，在面饼上涂一层酥油。将面饼像雪茄一样卷起，让酥油层一圈圈裹进面饼中。随后，将长条的面饼螺旋状盘起，尾端塞进螺旋面饼下。

在螺旋面饼的两面拍上面粉，在不撕裂面饼的情况下尽可能轻柔地将其擀开（可以旋转或翻面）。确保整张面饼的厚度均匀一致。擀好面饼后，一只手提起面饼，平铺在干燥的平底锅或塔瓦铁锅中。30 秒后，将煎饼翻面，滴上几滴酥油，并用茶匙在煎饼边缘涂上少许酥油。别放太多油！一张煎饼约 1 茶匙油足矣。

用锅铲轻压一下煎饼，确保两面熟透。必要时再将煎饼翻面，确保两面都用酥油煎至金黄。在煎制这张帕拉塔煎饼的同时，就可以开始擀面并准备下一张煎饼了。

为保持帕拉塔煎饼的温热松软，将煎好的面饼叠放在铺着茶巾的有盖容器中，例如放在大号的特百惠盒子、薄饼保温盒和带盖子的玻璃碗中。重点在于，煎饼一出锅，就应将其叠放入容器，盖好茶巾和盖子。

至于帕拉塔煎饼的吃法——百无禁忌，想怎么吃就怎么吃！

拉合尔炸鱼

Jinnay Lahore ni vaikya, oh jamiya ney
生平不到拉合尔,等于白活一辈子

——旁遮普俗语

我承认我确实偏爱拉合尔的美食,但说句公道话,拉合尔的炸鱼之所以远近闻名,确实有它的道理。巴基斯坦最大的沿海城市卡拉奇也有自己的炸鱼做法,他们通常会将整条鱼腌制后直接油炸,不裹任何面糊或面包屑。虽然卡拉奇炸鱼听上去更健康,可你都吃炸鱼了,还是别纠结什么健不健康的了。

在此我必须事先声明:我拿手的海鲜十分有限。我只会做一道咖喱鱼、一道土炉风味三文鱼,再有就是拉合尔炸鱼了。如果要做鱼,十次里有九次我会选择做拉合尔炸鱼。

你可能会想,得去哪里才能买到南亚溪流中生长的巨大野鲮?别担心,这个问题你根本不用担心。一些南亚食杂店可能会出售这种鱼,可我从来不会特地买来做炸鱼。就像红肉和鸡肉一样,许多人宣称把鱼连皮带骨地烤比去骨的烤鱼片更美味。我不打算反驳这个观点,可作为一个好吃懒做的美国佬,我可不耐烦在吃鱼时还得费劲巴拉地挑鱼刺。我只想大口大口地吃鱼。

所以，你大可选择你喜欢的任何鱼类来做这道菜。我个人偏爱使用鳕鱼片、比目鱼片和鲶鱼片。

当然，拉合尔炸鱼不必等到寒冷的冬季才享受，不过冬日的炸鱼总是格外美味。

我的拉合尔炸鱼食谱：

1斤鱼，切成鱼块，尺寸随意

1个柠檬

1茶匙姜蒜酱

1茶匙孜然粒

1茶匙香菜籽

1茶匙香旱芹籽（又叫藏茴香籽、香芹籽）

1茶匙红辣椒片

1茶匙干胡芦巴

1/2茶匙姜黄粉

1/2茶匙红辣椒粉

1又1/2茶匙食盐

6汤匙鹰嘴豆粉（革兰氏面粉）

1/2茶匙橙色食用色素（按口味添加）

煎炸用油

将切好的鱼块洗净，用厨房纸拍干表面水分，放入碗中。揉碾整个柠檬至变软，对半切开，将柠檬汁挤在鱼块上，去掉所有柠檬籽。将姜蒜酱倒在鱼肉上，使其充分包裹鱼肉表面。用手指碾碎干胡芦巴，撒在鱼肉上。将孜然粒和香菜籽烘干，用研钵大致研磨，或用纸巾包好后用擀面杖碾碎。另取一碗，将孜然粒、香菜籽、旱芹籽、红辣椒片、辣椒粉、姜黄粉、食盐和一半的鹰嘴豆粉混合，然后用手将混合物均匀涂抹在鱼肉表面，按摩入味。如果鹰嘴豆粉太干，可以加几滴水。涂抹香料后的鱼肉表面摸起来应该是厚重、干燥的。将鱼肉包好后放入冰箱冷藏一小时，也可以冷藏过夜。

准备油炸时，向平底锅(或电炸锅)中加入5厘米深的油，中高火加热。其间，将剩下的鹰嘴豆粉、食用色素和3汤匙水充分混合，即可得到一份较为稀薄的面糊。将面糊淋在鱼肉表面，用手充分抹匀。将少许面糊滴入油锅中，面糊冒泡上浮即代表油温合适。调至中小火，将鱼块贴近油面小心依次下锅。一次不要下得太多，鱼块与鱼块之间应间隔至少2.5厘米。

炸制5分钟后，翻面再炸5分钟。如果选用了比目鱼这类比较薄的鱼块，每面炸3分钟即可。炸后的鱼块应呈深金黄色；如果使用了食用色素，则应呈类似土炉烤鸡的橙黄色。将炸好的鱼块捞出，用纸巾沥干多余油分后装盘。配酸辣酱，淋醋与食盐的胡萝卜泥或胡萝卜丝、红洋葱和去籽黄瓜食用。

家常扁豆汤

我在 Twitter 上回答过一个问题:"有什么食物是你天天吃都吃不腻的?"我不假思索地给出了答案:"扁豆汤配米饭。"每次出远门回到家我做的第一件事,就是给自己做一锅扁豆汤配一盆印度香米饭。心情沮丧的时候,我不想吃巧克力,只想来一碗扁豆汤。

世界上没有任何东西比"塔卡"(用热油爆香大蒜、洋葱、各种香料、干辣椒、葱花或咖喱叶)的声音更能将我带回急不可耐地等着母亲将晚饭摆上餐桌的童年了。热油与水交汇的滋啦一声就是最美妙的天籁。当母亲将平底锅里的东西倒进扁豆汤,锅里忽地冒出一大股蒸汽,就像女巫的坩埚里飞出一片魔雾,而母亲就是最神通广大的女巫。我满怀敬畏地注视着这位厨房里的炼金术师,看着她弹指一挥间就将干瘪乏味的豆子炼成了一大锅奶味浓郁、滋滋冒油、孜然与蒜香扑鼻的无上美味。

扁豆汤还勾起了我小时给母亲帮厨的珍贵回忆,毕竟在大多数情况下,母亲并不喜欢让其他人进厨房。但她会允许孩子们帮忙做几件事:切沙拉、从花园里摘来香菜并择叶,还有就是洗扁豆。大多数南亚孩子在厨房里学会的第一件事就是清洗扁豆,并从黑色的干豆粒中拣出"鱼目混珠"的小黑石子。愿上帝保佑不会有人因为咬到扁豆里的石子而崩坏了牙。不过这种情况在美国鲜有发生,因为进口到美国的扁豆大都已经过挑选,进口商知道美国佬可没耐心一遍遍搓洗扁豆。

出于种种原因,"扁豆汤"一词可能产生歧义。"扁豆汤"的英文 daal 真正的含义是干豆瓣,以及用干豆瓣做成的菜肴。许多人搞不清干豆瓣、豆角、豆子、扁豆和豆类的区别,但情有可原。简单来说,"豆类"是所有扁豆、豆子和豆荚植物的总称。豆类的干燥种子就是豆子。而分成两瓣的干豆子,例如鹰嘴豆、扁豆或绿豆仁,就叫作"干豆瓣"。

还有,干豆瓣又分为三种:带皮豆瓣、去皮豆瓣,以及,根本没有分成两瓣的整颗豆子。所以,踏入南亚商店时,摆在你面前的选择可以说是让人眼花缭乱。我家里总是常备着至少六种不同的豆瓣,包括不同种类的整颗豆子、去皮豆瓣和带皮豆瓣。即便如此,每次到本地的南亚食杂店采购时,我总能发现另外五六种我从没尝试过的豆瓣品种。

所以我得出了最终结论:这世上有多少种豆瓣,就有多少种做扁豆汤的方法;而每种豆瓣又可以做出许多不同的花样。这完全取决于你家乡的饮食习惯,或者老实说,完全取决于你的心情。

在旁遮普,最常用的豆瓣有以下几种。首先是能在大多数食杂店里买到的黑扁豆,通常以重油重奶烹饪。这种扁豆晒干剖开后,就变成了"小扁豆"。小扁豆个头较小,呈橘黄色,通常会做成较稀的豆汤。其次是用黑鹰嘴豆做成的黑鹰嘴豆瓣,通常与红肉一起烹饪,或作为番茄肉汁汤底的材料。最后就是绿豆仁了。绿豆仁也被称为"干豆仁",仿佛为了故意刁难人似的,也有人将它称作"绿豆瓣",总而言之是晒干后剖开的绿豆。我喜欢用奶油汤底来煮绿豆仁,因为它就像秋葵一样,天然具有黏性。不过,最流行的绿豆仁烹饪方法还是"干炖",即在加了香料的洋葱番茄汤底中直接炖熟。这样做出的扁豆汤没有太多汁水,粒粒分明、颇有嚼劲的绿豆仁裹着香辣爽口的马萨拉,最适合配着帕拉塔煎饼一同食用。

扁豆汤有千万种吃法,搭配烤饼、帕拉塔煎饼、馕或米饭都是极好的。可在米饭的选择上,我只推荐一种:蒸印度香米饭。千万不要用扁豆汤去搭配香饭或任何调过味的米饭。扁豆汤配米饭中的米饭应充当一张海绵似的画布,负责吸收扁豆汤中的所有美味。正宗的扁豆汤配米饭还应准备一些配菜。首先，应有一份用黄瓜、洋葱、去籽番茄和香菜淋上柠檬汁做成的清新爽口的卡春布尔沙拉。其次，是一份用柠檬、芒果、辣椒、胡萝卜、蒜瓣或上述任意食材排列组合，加上芥末油和大量香料一同制成的辛香咸辣的阿查尔腌菜。你可以在任何一家南亚食杂店里找到五六种不同搭配的阿查尔腌菜，只要舀一茶匙放在盘子上，就能享受一勺米饭、一口腌菜的绝妙风味了。最后，别忘了来一份酥脆小食。在高档南亚餐厅中常作为开胃菜送上的"帕佩德"炸脆片也是扁豆汤配米饭里的常见配菜。但老实说，往盘子里撒一把薯片也足以敷衍我的丈夫了。

这样一道菜里，香、辣、鲜、脆、软、热风味俱全，足以给你带来最简单却最快乐的享受。

还有一种方法能够丰富你的感官体验，让这种快乐更上一层楼——那就是用手抓着吃。手抓饭是南亚次大陆源远流长的阿育吠陀习俗，也是备受推崇的穆斯林传统用餐方式。人们相信，我们（洁净）的手指上含有某些助消化的有益酶，无论这种说法是真是假，手抓饭的确可以提升你的用餐体验。从盘子的各个角落里扒出不同的配菜，将它们撮成一口的量送进嘴里，这需要非凡的耐心。手抓饭在减缓进食速度的同时也延长了享受美味的时间。冷如坚冰利刃的消毒餐具永远无法复刻用赤裸的手指将食物送进口中的感受。细细体会手指传来的食物质地，舔掉皮肤上残留的美味咖喱和马萨拉，一顿普普通通的餐食也能变成前所未有的顶级享受。

也许有人觉得手抓饭的吃相不雅，可如果你真的会吃，就绝不会搞得一团糟。真正的高手在吃饭时只会用到拇指和三根手指的前两个关节，绝不会弄脏小拇指和手掌。在美美吃完一顿饭后，舔净手指上残留的酱汁，绝不浪费一丁点消化酶，然后就可以用香皂和清水净手了。

要是哪天我开了一家餐厅，我决心不提供任何餐具。

互联网上制作扁豆汤的方法五花八门，可我还是建议你遵循……直说吧，遵循地道的专家建议。我在网上见过无数千奇百怪的扁豆汤食谱，无论是制作方法还是原料都一点儿不南亚。或许这种扁豆汤的味道也不错,但绝谈不上正宗。我在这里分享的扁豆汤食谱是我最常做的一种,也是在受够了好几天会议用餐的非人折磨后,我躺在飞机上做梦都想吃到的那种美味。这种扁豆汤用到了我最喜欢的两种豆子(是的,你也可以把不同豆子混在一起煮!),无论我做多少次(好吧,一个月至少三次),我的家人都会舔着手指大呼过瘾。

我的家常扁豆汤食谱:

1 杯绿豆瓣

1 杯小扁豆(橙黄色小豆瓣)

1 茶匙红辣椒粉

1 茶匙克什米尔辣椒粉(或无熏制辣椒粉)

1 茶匙孜然粒

2 茶匙葛拉姆马萨拉

2 茶匙食盐

2 个青椒

1 汤匙姜蒜酱

1 大颗香豆蔻(按口味添加)

2 汤匙黄油

底油配料:

3 汤匙酥油(如有必要也可使用植物油,但酥油肯定是最优选)

3 瓣大蒜

1 茶匙芥菜籽(按口味添加)

1 茶匙孜然粒(按口味添加)

6-8 片咖喱叶(干货或新鲜咖喱叶,按口味添加)

2 个干红辣椒(按口味添加)

将两种豆瓣倒入碗中混合,加入清水轻轻搅拌一下,倾斜碗口将水倒出。无须使用滤网，也不用将水倒得一滴不剩，只要倒出大部分水即可。重复如上步骤三次，直至水变得清澈。

在烹煮过程中，豆类会膨胀，所以务必确保选择的锅大小合适。向盛有豆瓣的锅中加入 6 杯清水煮沸。水开后，撇去表面的白色泡沫，然后将火调小。向锅中加入所有香料和食盐、整只青椒、姜蒜酱和香豆蔻，部分加盖后小火炖煮 20 分钟或将其煮至均匀浓稠的糊状。加入黄油，盖好盖子，关火焖煮。此时开始准备底油。

说实话，我不能接受缺少油爆香料"塔卡"风味的扁豆汤，那吃起来实在乏味，缺少层次感。母亲在制作扁豆汤时，最常用到的就是油爆蒜片（但如果做的是黑鹰嘴豆瓣汤，她会用油爆洋葱）。这是我的家常扁豆汤食谱中最基本也最不可少的一味塔卡，你也可以根据自己的口味加入其他香料，丰富扁豆汤的风味与口感。

制作塔卡时，先向小锅中加入酥油，然后加入其他可选配料（如上食谱）以最小火慢慢煎香。要让酥油充分吸收所有香料的风味，注意，不要把香料煎煳。在将蒜片煎至深金黄色后，快速将塔卡香油倒入扁豆汤；记住保持约一臂长的安全距离。

最后撒上新鲜的香菜碎，与蒸熟的印度香米饭一同食用。

西格烤肉卷

父亲常说,"烤肉是万食之王"。在他看来,任何一场典礼、活动,甚至只是请朋友到家里做客,如果没有烤肉,那就是对客人的莫大羞辱。

顾名思义,烤肉烤肉,烤的一定是肉;如果一道"烤肉"里没有肉,那你就是被骗了。烤肉可以是烧烤的肉、煎炸的肉或用土炉烹制的肉;可以是碎肉,也可以是整块肉;但它必须单独作为一道菜,不加任何酱汁或肉汁。当然,如果你在网上搜索"素食烤肉",你确实可以搜到成千上万的印度素食食谱。但在任何普通的巴基斯坦家庭或巴基斯坦餐厅中,烤肉必须有肉。

尽管烤肉并非源自旁遮普地区,但早在近千年前,南亚次大陆的居民就欣然接受了波斯与阿富汗的穆斯林后裔带来的这道美食。根据14世纪的著名摩洛哥环球旅行家伊本·巴图塔[①]的记载,早在莫卧儿的征服者抵达印度前的几百年,当地人就已经吃上了这种做法简单却丰盛厚实的美味。在莫卧儿统治时期,人们学会了将烤肉做得更加鲜嫩,添加了更多的香料与调味品,使它逐渐演变成一道在南亚广受欢迎的辛香主食:先将生肉用大蒜、生姜、辣椒与孜然腌制入味,烤熟后再撒上薄荷、香菜和梅子酸辣酱。这就是为什么当我的父母第一次尝到美国汉堡时会

[①] 旅行家、探险家,其口述旅行经历后被整理为《伊本·巴图塔游记》。

长叹一口气:没有经过腌制的肉饼味同嚼蜡,即便最后抹上了一层厚厚的"秘制酱料",肉饼的滋味依然平淡得令人匪夷所思。

我记得第一次给一位波斯裔美国朋友做烤肉时,对方的评价是:噢,烤肉肠。这让我非常不快,但我也从中了解到,在某些文化中,只有整块的烤肉会被称作烤肉,而在巴基斯坦,烤肉通常就是用碎肉做成的。我们把整块的烤肉叫作提卡……当然,你同样可以叫它"烤肉"。

没错,烤肉也是一种美味可口但指代混乱的大类。巴基斯坦的烤肉名目繁多,其中也包括许多你在印度餐厅里吃不到的独特菜品。

我最喜欢的一种烤肉是源自巴基斯坦北部和阿富汗地区的查普利烤肉饼。"查普利"的本意是拖鞋,这个词用在烤肉上似乎有些奇怪,但这种长条扁平的肉饼看上去确实与拖鞋底一模一样。查普利烤肉饼的通常做法是油炸,浓郁的香料与额外添加的鹰嘴豆粉赋予了它外酥里嫩的独特风味和丰富口感。

比哈尔烤肉串是卡拉奇最受欢迎的一道烤肉,它由薄切的鲜牛肉片在炭火上炙烤而成。在印巴分治时期,比哈尔邦的移民将这道菜从印度带到了巴基斯坦,并在本地广为流传;这也是它被称作比哈尔烤肉串的原因。比哈尔烤肉串的牛肉首先要用木瓜酱腌透,加入大量香料调味,再将牛肉以 S 形铺平串在肉扦上,以炭火熏烤。大师烹制的比哈尔烤肉串真的入口即化。

拉什米烤肉也是一道广受欢迎的美食,这回用到的是鸡肉。"拉什米"的本意是丝滑,因为这种烤肉中用到的碎鸡肉会提前用奶油和凝乳腌制得十分细嫩,即使经过炙烤也能保持其油润丝滑的口感。以奶油腌制和烹饪食物是莫卧儿宫廷美食的特点,也是只有王公贵族才能享受的极致奢侈。

至于沙米烤肉饼,有些人会说那根本不是烤肉饼,而是炸肉排。可争论这个毫无意义,因为我们就是这么叫它的。沙米烤肉饼的制作方法是将煮熟的牛肉或羊肉剁碎后与黑鹰嘴豆瓣泥充分混合,加入切碎或切成薄片的洋葱、香菜、青椒和调料,最后将混合物拍成饼状,蘸上打散的蛋液煎制片刻。传说这是一道叙利亚的宫廷菜，因此得名沙米，这是阿拉伯人对黎凡特地区[①]的旧称。某次在家里做沙米烤肉饼时，我和家里的叙利亚籍保姆聊起了这件事，可她压根儿不信这是叙利亚菜。她说叙利亚的厨师不会做这么辣的烤肉，而且她在叙利亚也从未吃过任何类似的。沙米烤肉饼的口感细滑香嫩，完全得益于它那劳心劳神的复杂工序，以满足宫廷贵族的挑剔口味；可对于我们这样的平民家庭，母亲会一气儿做上几十个烤肉饼冷冻起来，以便在招待突然登门的客人时随取随用。

吞迪烤肉饼也是一道口感细嫩的烤肉，这个名字源于发明这道菜的大厨。然而，大厨并不叫吞迪，而叫哈吉·穆拉德·阿里。不幸的是他有一只手残疾，于是他和他的这道烤肉都被冠上了一个难听的绰号——"吞迪"，意为残废。传说一位牙齿掉光的老贵族举行了一场美食大赛，要求参赛者做出无须咀嚼就能下咽的多汁烤肉，同时味道也不能马虎。哈吉·阿里将细细捣碎的肉末与一百六十种香料充分混合，再以木瓜酱将肉末腌至嫩滑，最后再混入鹰嘴豆粉。随后，他用炭火将肉烤熟，拍成肉饼后再油炸，这样做出的肉饼质地鲜嫩、松软可口，数百年间经久不衰。毫无疑问，哈吉·阿里赢得了美食大赛的冠军。

达伽烤肉中的"达伽"意为细线，顾名思义，这种烤肉的最外层捆着一根细线，因为如果不缠上线，过于鲜嫩的肉末随时可能在烤制的过程中解体。达伽烤肉也是一道卡拉奇特色菜，在旁遮普极其少见，至少我本人从没见过。在炭火上炙熟后，要将烤肉从肉扦上褪下，分解成一小堆软乎乎的肉泥。抽出细线，辛香细嫩的熏烤肉末即可搭配另一道卡拉奇美食普利帕拉塔煎饼一同食用。这种帕拉塔煎饼油炸之后会像气球一样膨胀起来，酥香而不失嚼劲。这个搭配最适合那些牙口不好的食客。

然而，鉴于我仍然牙坚齿固，我还是更偏爱有点嚼头的烤肉。第一次让我坠入爱河的烤肉是在某个深夜，帕米舅舅带我在拉合尔莫德尔镇

[①] Levant，源于拉丁语 Levare（升起），指日出之地，在阿拉伯语中，这片地区被称为"沙姆"（Sham）。

的高级住宅小区里吃到的。那天晚上,帕米舅舅招呼我跳上他的摩托车。他告诉我,什么也别问,跟着走就是了。我依言照做了。半个小时后,帕米舅舅把车停在街边的一家餐厅前,几个大厨正在露天的烧烤架上用金属扦子烤肉。这就是著名的"大哥烤肉店"(Bhaiya Kabab)。帕米舅舅告诉我,这可是1970年开张的老店,你不会在巴基斯坦找到比这更正宗的烤肉店了。

帕米舅舅点了三手西格牛肉卷,我原本以为他点多了,直到上菜的那一刻——这家店的烤肉卷做得又薄又小,只有几英寸长,看上去像一根根焦糖色的肉手指。烤肉卷上没撒任何香菜或洋葱,甚至连香料都看不到。然而一口下去,熏香扑鼻的咸辣味烤肉卷丰润多汁而又富有嚼劲,店家还贴心地送上了新鲜出炉的馕饼、沙拉和好几种酸辣酱。但我甚至等不及加其他配菜,就一气儿干掉了十几串滋滋冒油的迷你烤肉卷。

那是我有生以来吃过最美味的烤肉。幸运的是,那家老店如今仍在营业。

随着年岁渐长,我越发偏爱口感更丰富的西格烤肉卷,其中必不可少的就是切成薄片的洋葱和大量新鲜的香菜。我自行摸索出的烤肉食谱也在亲朋好友间广受好评,这样做出的烤肉简单、美味,甚至都不需要烤。

我的西格烤肉卷食谱:
1磅碎牛肉或碎鸡肉(如果你想要标新立异,也可以用碎羊肉)
1个中等大小的白洋葱
1汤匙切碎的新鲜生姜
1汤匙切碎的新鲜大蒜
1汤匙切碎的新鲜青椒
1把香菜,切碎
1汤匙孜然粒
1汤匙香菜籽

1 茶匙香菜粉

1 茶匙孜然粉

1 汤匙新鲜黑胡椒碎

1 茶匙红辣椒片

1/2 茶匙红辣椒粉

1 茶匙粗研荜澄茄碎（又叫尾胡椒或木姜子）（按口味添加）

2 茶匙食盐

1/2 杯融化酥油

  将碎肉放入绞肉机中搅打一分钟变成更细腻的肉泥，以便在不使用鸡蛋或淀粉的情况下增加其黏性。将洋葱切得越细越好，打散，撒上些许食盐。等洋葱丝变软出水后，挤干水分，加入肉泥中搅拌均匀静置。

  用手掌将香菜籽轻轻碾碎，与孜然粒一同放入干锅，以中火烘烤数分钟，直至烤出香味。将烤好的香菜籽和孜然粒与其他香料、洋葱、香菜碎、大蒜碎和生姜碎均匀混合。

  将上述香料加入肉泥加盖腌制，少则冷藏一小时，多则可以过夜。将肉泥均匀分成八份。

  制作烤肉的方法有三种：烤、烘、炸。

  烤（用炭火、电烤架或燃气烤架）：将肉泥串在扁平的扦子上，一份肉泥对应一根扦子。立即烤制，或放入冰箱冷藏至烤前。室温状态下放置时间过长可能会导致肉泥从扦子上脱落。将肉串置于烤架上方，但不要直接接触金属烤架，否则烤肉可能粘在烤架上且难以清洁。可在扦子两端各垫一块砖头，让烤肉悬空于炭火上方。给烤肉刷上酥油并频繁翻动，炙烤 6 至 8 分钟，直至烤肉所有表面呈均匀的深金黄色。

  烘（用烤箱）：烤箱预热 400 度。串好烤肉，再将扦子取出，以便在形似雪茄的长条肉卷中留下一条贯穿上下的孔洞。将烤肉放在铺好厚锡纸的烤盘中，表面淋上酥油，不加盖烘烤 8 分钟，翻面再烤 3 分钟。

  炸：串好烤肉，再将扦子取出，以便在长条肉卷中留下一条贯穿上下的孔洞。将酥油倒入大口径的平底锅中，中火加热，依次下入烤肉。每面煎数分钟。随后将火调小，盖上锅盖煎5分钟，打开锅盖翻面，盖上锅盖再煎5分钟。

西格烤肉卷可搭配馕、烤饼或米饭，配青色酸辣酱以及用食盐和柠檬汁调味的洋葱丝食用。

萨格芥菜泥

在你决定完全跳过这节之前，我得进行一些补充说明。你可能会想，真有人喜欢吃绿叶菜吗？但要我说，萨格芥菜泥可不是普通的绿叶菜。只要制作得当，每隔几个星期，你都会忍不住想来上一盘。咸香辛辣、油润粗犷，还带一点儿爽口的清苦，这就是一盘萨格菜泥该有的味道。近来我已经很少对某种食物上瘾了，可萨格菜泥依然让我欲罢不能。如果冰箱里存有一盘萨格菜泥，我就会早也吃、晚也吃，直到将一整盘都打扫干净。

需要澄清的一点是，并非所有用绿叶菜做成的南亚菜都叫萨格菜泥。每当看到人们把咖喱中的绿叶菜或炖绿叶菜叫成萨格菜泥时，我都难受得要命。这可能是因为作为一道典型的旁遮普菜肴，我对萨格菜泥倾注了太多的感情，也可能是因为它们的的确确就是两码事：就像奶油炖菠菜和清炒菠菜一样天差地别。

你可以将"萨格"看作一种绿叶菜的烹饪方法，其主要特色是重奶重油、口感醇厚。它是最平民的食物，吃进嘴里却有一种贵族般的奢华感受。你可以使用不同种类的绿叶菜烹制，但最正宗的旁遮普萨格菜泥通常使用"萨尔森"，也就是芥菜。一到冬季，你就会在旁遮普家家户户的餐桌上看到这道淋满塔卡（调和酥油）、浓香馥郁的芥菜泥。

旁遮普人爱吃芥菜并不奇怪，因为旁遮普本地就盛产芥菜，那里有金色汪洋般的大片芥菜田。这种绿叶蔬菜以其质地坚硬、辛香刺鼻以及独特的苦味而著称。因此，人们往往会在芥菜泥中添加一些芜菁叶乃至芜菁、小萝卜、胡芦巴叶或菠菜来中和这种苦味。

要做一道萨格芥菜泥并不容易，尤其是在使用新鲜蔬菜的情况下。首先，所有绿叶菜都会缩水，也就是说，为了做一盘芥菜泥，你得准备好几倍于此的新鲜蔬菜。你必须仔细地去掉老硬的菜梗，反复分批清洗菜叶以确保清除掉任何污垢、碎屑或小虫。其后，无论使用新鲜蔬菜还是冷冻蔬菜，你都必须将菜叶切得细碎，这样才更易于烹饪并保持均衡细腻的口感。

这还不算完：要做一道正宗的芥菜泥还得花点功夫。在烹饪的过程中，你需要用木铲反复捣碎菜叶。当然，如今大多数人只是将菜叶一股脑儿塞进搅拌机里完事，可正宗的芥菜泥并不完全是一盘菜糊糊，而是保留了一些纤维的嚼劲，这是搅拌机所做不到的。

此外，正宗的芥菜泥应使用传统的汉蒂陶锅架在柴火或炭火上烹饪，不然就少了点味道。如今，你很难在巴基斯坦的大城市或海外巴基斯坦移民的家里找到这种陶锅，可在巴基斯坦的村镇里，这种炊具依然随处可见。当然，你也可能会在某些极其时髦的复古巴基斯坦餐厅中找到这种陶锅。

据说使用汉蒂陶锅烹饪食物有诸多好处，例如陶土中富含的钙、磷、铁、镁、硫各自具有阿育吠陀的养生功效，而天然的陶土还能为锅中的菜肴额外增添一种日常的不锈钢锅具无法复刻的独特风味：泥土的气息。妙不可言。不过，在你下手购买之前，务必注意不要购买上釉或抛光的陶土锅，因为釉面可能含有铅或汞等有毒物质。请购买纯陶土制作、不含釉面的锅具，以确保烹制的食物健康安全；对于入口的食物，还是小心为上。

萨格芥菜泥通常搭配玉米面烤饼食用，即使不是旁遮普人也该知道蔬菜与玉米面是绝配。不过，做玉米面烤饼可比做玉米面包费劲多了。

两种面食我都做过，听我的没错。和一般面团不同，玉米面的面团十分容易干裂，我特别佩服那些揉玉米面团不会开裂的大厨。如果你想试试亲手做玉米面烤饼，网上有无数食谱可供选择，但你也可以学学祖比小姨偷懒的办法——去商店里买现成的玉米面饼，也就是墨西哥玉米饼。把玉米面饼烘烤之后涂上黄油，那味道也大差不差。

母亲一家没有吃萨格菜泥的习惯，但嫁给一个旁遮普男人就意味着她必须学会这道菜。最后她不仅学会了，甚至青出于蓝胜于蓝，成了亲戚们交口称赞的个中好手。母亲做的萨格菜泥奶味浓郁、咸香扑鼻，芥菜的苦味也恰到好处。多年来她研制了一套自己的独门食谱，直到十多年前才传给了我。在那之前，虽然我每个月都要吃上好几次，却从没尝出过她往里面加入了一种意想不到的食材。如今我传承了她的秘籍，萨格菜泥也成了我最拿手的美食之一。我又对母亲的食谱做了一些简化的改动，这样一来，在兼顾全职工作的同时，你也可以轻松快速地做出一道美味的萨格菜泥了。

我的萨格芥菜泥食谱：

4 杯切碎的芥菜

4 杯切碎的菠菜

4 杯切碎的西兰花（意想不到的绝密食材！）*

2 个大墨西哥辣椒，去蒂

2 汤匙烤孜然粒

2 汤匙食盐

1 汤匙红辣椒粉

1 汤匙磨碎的新鲜生姜

---

* 我知道有些人坚称萨格菜泥只能使用新鲜蔬菜，否则便是旁门左道、十恶不赦，但我并不这么认为。这道菜泥我分别用新鲜蔬菜和冷冻蔬菜做过，甚至把两种菜混在一起用，两者都很美味。或许新鲜蔬菜更好吃一点，但也极其有限；在任何情况下，冷冻蔬菜都不失为一种可靠便捷的选择。——作者原注

8 瓣去皮大蒜

4 汤匙玉米面或鹰嘴豆粉

4 汤匙黄油

3 个干红辣椒（按口味添加）

1 汤匙克什米尔红辣椒粉或无熏制辣椒粉（按口味添加）

4 汤匙酥油

1 把新鲜香菜

在一口大锅中加入芥菜、菠菜、西兰花、墨西哥辣椒、姜、一瓣大蒜和所有调味料，再加入 6 杯水，盖上锅盖，中小火慢炖。

每隔 15 分钟查看一下锅里的情况，稍作搅拌，直到水分几乎完全蒸发（但不要烧干），菜叶完全煮烂。将火调小，加入玉米面或鹰嘴豆粉再煮 5 至 7 分钟，持续搅拌，直到淀粉完全溶解，锅中不能有结块。加入黄油，用压铲、木杵或大汤勺的背面反复碾压锅中的食材。这一步主要取决于个人喜好，有些人喜欢吃细腻顺滑的菜泥，有些人喜欢保留一些嚼劲。我认为完美的颗粒度是用电动搅拌机搅打一半，再与用手捣碎的另一半充分混合。你也可以使用手动搅拌机搅打至满意的程度。

我不喜欢把菜泥做得太稀，它应该呈现为能够被面饼舀起食用的稠度。菜泥的表面不应有多余的菜汤，如果有，就开中小火继续烹煮，每过几分钟搅拌一下，直到菜泥噼啪冒泡，完美的状态就达成了。

尝一尝菜泥的味道，必要时调入食盐。将剩下的 4 瓣大蒜切成薄片，另取一锅开小火加热酥油。用酥油将蒜片小火煎香至浅金黄色，加入干红辣椒；将蒜片继续煎至深金黄色后，关火，加入克什米尔红辣椒粉搅拌。

将调好味的酥油加入萨格菜泥中搅拌均匀，撒上香菜，并在每一份菜泥上再放一小块黄油。搭配黄油烤馕、烤饼、玉米面烤饼或玉米饼食用。

咖喱酱汁鸡

Ghar ki murghi daal barabar
金鸡银鸡不如自家的土鸡

——乌尔都俗语

有一件事让我困扰已久,那就是在巴基斯坦餐厅或印度餐厅,你很难找到真正家常的咖喱酱汁鸡。你可以找到各种各样的鸡肉,例如羯荼鸡、科尔马咖喱鸡、奶油炖鸡或鹰嘴豆炖鸡,可我从未在巴基斯坦餐厅的菜单上见到过那种最最基础、最最简单的,用浓郁的咖喱肉汤炖煮的鸡肉。

在继续说明之前,我需要澄清一点:"肉汤"的意思就是汤,而"酱汁"可以指代任何你认为可以称为咖喱的东西。不是所有的肉汤都是酱汁,也不是所有的酱汁都是肉汤。本篇食谱中提到的东西其实是"肉汤酱汁",由于汤底中加入了煎香的洋葱和番茄,这种酱汁通常会呈现出一种深红褐色。

我不知道为什么餐厅不供应咖喱酱汁鸡,但母亲认为,这是因为那些人不知道如何(或懒得花时间)在炖出鸡骨鲜味的同时去掉鸡肉本身的生腥。这种做法与西方的烹饪方法背道而驰。西方人推崇保留食物的原味,因此你能很轻松地尝出牛肉、羔羊肉与山羊肉的不同。西方的菜式常常是肉越生越好、调料越少越好。可在巴基斯坦人看来,这是最可怕的。南亚人对于禽类的烹饪格外小心,稍有不慎,那种挥之不去、令人作呕的生鸡肉味就会毁掉你精心准备的一整道菜。

我的家人对这种生鸡肉味的恐惧可以说是刻骨铭心。我的妹妹嫁给了一位远在英伦的医生,她结婚时,我们一家人都飞到了伯明翰去参加她的婚礼。这件事其实有些伤感,因为我们心里清楚,如此一番热闹过后,她就要离开我们,定居在大洋彼岸了。婚礼结束后,我们齐聚在新郎的父母家里。我的妹妹身着一袭新娘的红衣,前额、双耳、手指和鼻子上缀满了闪亮的珠宝,与丈夫并排坐在客厅的沙发上。十几个亲戚零零星星地分布在房子的各个角落,也有人围坐在新人身旁的椅子上,有一搭没一搭地聊着。新郎和新娘在一旁安静地听着。

这时,父亲突然郑重地清了清嗓子,似乎要发表什么重要讲话。"在你的新生活扬帆起航之际,我的女儿,我有一些忠告要对你说。"他开口道。

所有人都满怀期待地等着这位智慧的父亲做出训示,想必会是感动人心的金玉良言。

"煮鸡肉的时候,一定要把香料爆足,把生腥味儿都去了,不然这道菜就算毁了。"

我想妹妹这辈子都不会忘记父亲语出惊人的赠言。

如你所见,在我们家,去除生腥是烹制所有肉类菜肴中最重要的一个环节,而这离不开"爆炒"(bhoon)这一步。爆炒指的是用高温煸炒食材,直到生骨肉中的血水——也就是生腥味儿的源头——全部蒸发,同时也把肉炒熟。对于大多数菜色,我们会先煎香洋葱,再用洋葱爆炒肉类,借助洋葱进一步去除任何腥膻的味道,在将肉煎熟的同时为其注入洋葱的浓郁香味。

然而,这正是最容易掉以轻心的地方,许多主妇不会用肉汤制作酱汁的原因也在于此。她们跳过了肉汤去腥的这一步,只是往锅中加入大量的番茄和香料。如果没有事先爆香肉类,浓郁的番茄汤底也能马马虎虎地盖过生肉的腥味。然而，如果你要做一道炖菜，要往锅中加水炖煮，要让骨头酥软并释放鲜味，单靠番茄是绝对盖不住未经处理的腥膻的。你会得到一大锅腥臭的肉汁。

鸡肉比红肉更容易出现这种情况，尤其是未去皮的鸡肉——巴基斯坦菜肴中用到的所有鸡肉，无论是做鸡饭、烤鸡还是咖喱肉汁鸡，都一定且必须去皮。

清淡可口的鸡肉汤或羊肉汤是我印象中外祖母最钟爱的菜色之一。随着年岁渐长，她不再吃得下太油腻的食物，于是她每天都会煨一小盅新鲜的肉汤，像孩子一样将烤饼撕碎后泡在汤里慢慢吃。这种吃法听起来像西方人吃的汤泡面包，实际上也的确相差无几。归根结底，肉汤也是汤，里面也有肉，有时还有蔬菜。在我们家，比起鸡肉汤，母亲更爱做另一道菜：阿鲁戈什，土豆炖山羊肉，这也是在巴基斯坦餐厅里难得一见的经典家常菜。

不过别担心，一旦掌握了肉汤酱汁的做法，你就可以在炖菜里使用几乎一切带骨肉类了。肉汤里的骨头是重中之重，在这点上绝不能让步。

我的咖喱酱汁鸡食谱：

1 整只鸡或 2 斤鸡腿和鸡大腿，去皮，切小块

1 个大的白洋葱，切薄片

2 个中等大小的西红柿，切碎

2 汤匙姜蒜

1 汤匙葛拉姆马萨拉

1 汤匙食盐

1/2 汤匙姜黄粉

1 茶匙红辣椒粉

2 茶匙克什米尔红辣椒粉或无熏制辣椒粉

2 个香豆蔻豆荚（按口味添加，但强烈推荐）

1/4 茶匙丁香粉（按口味添加）

2 个青椒，纵向切片
1/2 杯酥油
5 杯清水
1 大把新鲜香菜

做这道菜时，应使用口径大于高度的厚底锅。清洗鸡肉并用厨房纸拍干。在锅中加入酥油，中火加热。洋葱切薄片，放入酥油中煎至深金黄色，然后立刻加入鸡肉、大蒜和生姜不停翻炒出血水和鸡油，直到其完全蒸发。加入番茄、红辣椒粉、克什米尔红辣椒、姜黄粉、食盐、葛拉姆马萨拉、丁香粉和香豆蔻，然后转小火。盖上锅盖，每隔几分钟搅拌一下，直至番茄出汁并收干。当锅中开始分离出油脂，说明已经煮够了。将青椒纵向切片后投入锅中，然后加入清水。把火调大，让肉汤微微煮沸，然后盖上锅盖慢炖 30 至 40 分钟，直至鸡肉软烂。此时，鸡骨也已酥软，肉汤鲜香浓郁。关火，撒上香菜碎，搭配馕、烤饼或印度香米饭食用。

鸡肉汁抓饭

我曾说过，我最喜欢的慰藉美食①是扁豆汤配米饭。再具体一点，最暖人心的还是米饭。一碗简单、朴素、热气腾腾的白米饭。最完美的蒸饭必须要用印度香米，细细长长的米粒柔韧饱满、不粘不连，这是最考验厨师手艺的地方。

无须赘述，人人都知道米饭可以称得上是全人类的终极慰藉美食。在我们所熟知的各式菜肴中，米饭总给人一种熨帖的安心。无论是蒸着吃、炒着吃、煮着吃、炖着吃，还是做成香饭或抓饭，做成甜点或基尔米布丁，或淋上藏红花糖浆做成扎尔达甜饭，米饭无所不宜。我们甚至会用米饭代替麦片，在隔夜的米饭上倒些白糖和热牛奶，就是一顿孩子们最喜欢的早餐。

米饭有成千上万种烹饪方法，然而在南亚菜系中最著名的米饭，也是你在任何一家南亚餐厅里都能找到的米饭，非香饭莫属。

父亲对这道名菜的批评颇为严厉。在他看来，香饭只是"一堆乌七八糟的配菜拌米饭"。"但抓饭就不同了，"父亲总会补充道，"一份上好的抓饭，吃得手指油光光的，回味无穷。那才叫真正的米饭哪。"

尽管父亲对香饭不屑一顾，可这确实是一道源远流长的传统美食。

---

①指可以在情感上或心理上提供慰藉的食物，通常是家庭烹饪的传统菜肴或者是个人喜欢的食物。

这道菜是否真的起源于波斯还有待商榷，但毫无疑问，它的确在莫卧儿王朝的御厨里蔚为流行并发扬光大。在整个南亚次大陆，在斯里兰卡，在北非，在中东，你可以找到花样繁多的香饭做法，但万变不离其宗：用香料将白米饭（通常是印度香米）煮至半熟，再铺上腌制或调味过的生肉或者辛香的熟肉一同蒸熟。在某些地方，人们还会加入土豆和煮鸡蛋。在出锅前，把用玫瑰水或酸奶调好的藏红花淋在米饭上，给米饭染上一层鲜艳的橙色，最后搅拌时，你就会得到一锅红白相间、色香味俱全的香饭了。香喷喷的米饭配上火辣辣的肉类，再抓上一勺沙拉或莱塔酸奶酱，这就是一顿丰盛的正餐了。

相比之下，抓饭就像家里那个不太受宠的孩子。它没有醒目的颜色，只是一盘毫不起眼的棕色米饭，激不起看客的食欲。它的配菜里既没有青椒也没有红辣椒，味道也不像香饭那样火辣冲鼻，厨师甚至懒得撒一把藏红花来点缀这样一盘平平无奇的抓饭。

但是，但是！在我眼里，抓饭才是米饭中的极品，真正的无冕之王。

和香饭一样，抓饭也有着悠久的历史。

抓饭、手抓饭、香料饭，不同的地区有不同的叫法和做法。关于这道菜最早的记载可以追溯到公元前329年，亚历山大大帝记录了他在征服撒马尔罕时品尝的这道美食。但与许多文明一样，有历史学家相信这道菜起源于波斯，并从波斯传播到世界各地。我不是考证各个流派抓饭的专家，我在这里写的只是旁遮普的抓饭。

真正的旁遮普抓饭要求厨师用"亚尼"（一种以香料熬制的肉汁）来煮熟米饭。山羊肉汁抓饭是父亲的最爱，但其实任何可以熬出骨汤的肉类，例如鸡肉、牛肉和羊肉，都可以用来制作抓饭。与香饭不同，你不能先把米饭煮熟，沥水之后再加其他配菜。用肉汁来煮饭意味着汤水与生米的比例容不得半点马虎。你必须确保米饭能够恰到好处地收干肉汁，同时保持松软，粒粒分明。肉汁太多，抓饭就熬成了粥；肉汁太少，米饭根本煮不熟。

香饭可能会很辣，抓饭却更突出鲜美，一种高级的鲜美。抓饭不会辣得你龇牙咧嘴，但只要烹饪得当，吸饱了肉汁的每一粒米都令人回味无穷，它那深沉的浓郁与鲜香会让香饭相形见绌。

正宗的抓饭要用到肉汁，但这并不意味着你不能做一盘素食抓饭；我就会做素食抓饭。我会用鹰嘴豆来做鹰嘴豆抓饭，用甜豆做成的玛塔尔①抓饭才是我最喜欢的。父亲则喜欢一种用产自孟加拉的带皮小鹰嘴豆（其实是黑鹰嘴豆）做成的抓饭。

父亲是如此热爱抓饭，以至于做出过一些令我匪夷所思而且我也绝不愿意亲自上阵的尝试。他会将全脂牛奶浇在一碗加热过的鹰嘴豆抓饭或甜豆抓饭上，然后像吃麦片一样用勺子扒着吃。我猜这代表了父亲童年的某种美好回忆，所以每当他要求我给他做抓饭时，我总是欣然应允。

前夫的母亲给我留下过许多不堪的回忆，但她做得一手风味绝伦的旁遮普抓饭，丝毫不逊于可汗·古尔舅舅带我吃过的"香喷喷美食"。她详尽地教过我要放多少水才能煮出恰到好处的米饭，要用什么香料来炖肉，以及如何让每一粒米都吸饱肥美的肉汁。在与前夫离婚之前，我把她的烹饪秘诀都学了个遍。

每次家里来了客人，我就会端出一盘抓饭。每当我的孩子或我自己想要舒舒服服地吃一顿，我就会做一盘抓饭。在我的葬礼上，我要请所有人大吃一顿旁遮普肉汁抓饭。

我的鸡肉汁抓饭食谱：

2 杯印度香米

1 只全鸡，带骨，去皮，切成小块

1 个大的白洋葱

1 汤匙蒜蓉

1 汤匙姜末

2 汤匙食盐

---

① mattar pulao，一种现代风格的旁遮普素食菜肴。由豌豆和干酪搭配番茄酱制成，并以葛拉姆马萨拉调味，通常搭配米饭和烤饼食用。

2 根肉桂

6 粒丁香

4 个小豆蔻，略微碾碎

1/4 茶匙黑胡椒粒

2 个香豆蔻

1 整个青椒

1 茶匙黑胡椒

1 茶匙葛拉姆马萨拉

1 汤匙烤孜然粒

1 茶匙茴香籽（按口味添加）

1 茶匙烤香菜籽，略微碾碎

1/3 杯全脂酸奶

1/2 杯加 2 汤匙酥油

1/2 杯食用油

3 杯清水

清洗鸡肉并用厨房纸拍干表面水分。在厚底锅中倒入 1/2 杯酥油和 1/2 杯食用油混合加热。前夫的母亲教给我的一个秘诀就是，在烹饪米饭时，首选口径大而不是锅壁高的锅。你要给米饭留下吸水膨胀的空间，而锅的口径越小，米饭就越容易糊在锅底。印度香米吸水膨胀的能力很强，因此要尽可能选择广口的大锅，为它留足"生长"的空间，才能达到最好的效果。

在酥油中加入切成薄片的洋葱，用中小火煎香，直至洋葱呈现焦糖色。洋葱的颜色越深，抓饭成品的颜色也越深。洋葱的颜色越深越好，但要掌握火候——犹豫几秒就可能把洋葱煎煳。向锅中加入鸡肉、大蒜和生姜，以中火不断翻炒，直至鸡肉中的血水完全蒸发。

接下来就是 AK 母亲的独门秘诀了：水和米的最佳比例是 1:1，除非米事先泡过。泡米不是必要的步骤，但事先浸泡过的印度香米煮出来会更为松软。对于浸泡过的大米，水和米的最佳比例是 2:1，再减去 1 杯水。举个例子，如果你要放 2 杯泡过的大米，那么你需要加入的水量为 2 杯乘以 2（即 4 杯）再减去 1 杯，也就是说，加入 3 杯水。

将大米和温水加入锅中，再向鸡肉中加入 3 杯水，同时加入酸奶以及所有香料和配料。将小豆蔻、香豆蔻、肉桂和丁香装入纱布小包再投入锅中，孜然、香菜籽、青椒、茴香籽、葛拉姆马萨拉、黑胡椒和剩余的食盐可以直接投入锅中。当然，大块的香料也可以不用纱布包住，但那样的话吃起来会非常麻烦。

盖上锅盖，用中火炖煮 20 分钟。定期打开锅盖，撇去浮沫。最后取出香料包丢弃。

沥干米饭后加入肉汤，搅拌均匀，然后盖上锅盖再以中火炖煮约 10 分钟，直到水分几乎完全被米饭吸收，米饭表面出现小气孔后就可以关火了。

用勺子尝一尝肉汁的咸淡，它尝起来应该比成品要稍咸一些。如果不够咸，可以再加一茶匙食盐，然后轻轻搅拌米饭。搅拌时不要用力，以免米粒裂掉。最后，将剩下的 2 汤匙酥油淋在米饭上，盖上一条毛巾，然后盖上锅盖，以最小火蒸 10 分钟，或直到汤汁完全收干，米饭变得蓬松。我家的炉火总是很大，即使最小火也很旺，保险起见，我会在米饭锅的下方再垫一个塔瓦铁锅或平底锅以降低温度。

把蒸好的米饭轻轻打散。

撒上些许焦糖色的洋葱（按口味添加），搭配你喜欢的酸辣酱或莱塔酸奶酱，就可以食用了。

沙西特科雷

巴基斯坦的甜品与印度差不多，但并不像土炉烤鸡、奶油扁豆咖喱和馕饼那样在西方广为人知。我不知道这是为什么，但姑且将其归结为后天口味的培养好了：或许南亚的甜品并不适合吃惯了巧克力、香草和肉桂的西方人。

不过，与熊 T 的交往打消了我的想法。他和他的伴侣斯科特都十分中意我做的玫瑰奶球，以至于我还曾专门做过几份送到他们家里去。我招待过的其他非南亚裔客人也很喜欢我做的南亚甜品，那么，或许是南亚餐厅菜单上的食品描述令人望而却步了？例如，我常在菜单上看到这样的描述：

玫瑰奶球：炸固体牛奶球淋糖浆
奶酪蛋糕①：甜牛奶浸松软芝士蛋糕
巴菲：酥油炸固体浓缩甜牛奶小方

我承认这些甜品听上去都不太好吃，而这种印象多半来自"固体牛奶"这个莫名其妙的单词。固体牛奶就是牛奶固形物，也就是将牛奶中

---

① ras malai，由奶油、糖、牛奶和豆蔻味奶酪制成，通常还会添加杏仁、腰果和藏红花。

的水分蒸发后留下的东西。毫无疑问，牛奶是无数南亚甜品的基本组成部分。说到这里就不得不佩服南亚的各位大厨，竟然能够在不加任何面粉或膨松剂的情况下用牛奶翻出这么多新奇花样。

随着年龄的增长，我越来越欣赏南亚的甜品了，但正如我提到过的，我讨厌做甜品。其实我会做，我只是不想做。但接下来我要介绍的这款甜品，是所有甜品中我最不抗拒去做，也是我最喜欢的一样。你很难在巴基斯坦餐厅或印度餐厅的菜单上找到它，甚至在婚礼与晚宴上也难得一见。这让我很费解，因为这确实是一道极其醇厚美味而又简单上手的点心。

你可以将它看作面包布丁加西多士的南亚版本，可它的味道却远胜这两者。这道甜品恰如其名，"沙西"意为皇家，"特科雷"意为一小口。这确实是皇家贵族般的享受：将用酥油炸香的小面包片浸入香醇浓厚的奶油中，再撒上细细的开心果碎。这道甜品既可以在寒冷的冬夜里吃热的，也可以在闷热的夏夜里吃冰的，无论哪种方式，饱食之后，你总可以睡一个香甜的好觉。

在我的童年记忆中，母亲很少费神做什么精致的甜品。她最喜欢做的就是一锅撒上坚果和葡萄干的扎尔达甜饭，马马虎虎地对付过去，或许你可以称之为"甜品一锅出"。如果哪天她在家里做了沙西特科雷，则说明今天登门的贵客非同小可。

沙西特科雷的做法非常简单，主要分为两步：炸香面包，将牛奶煮成"拉布里"。第二步花的时间最长。要想得到拉布里，就要将加入豆蔻调味的全脂甜牛奶煮沸，不停刮下奶皮，直至牛奶蒸发至原本体积的一半后再将奶皮与牛奶充分混合。拉布里奶皮的制作方式多种多样，你可以在网上找到十几种制作这种浓稠奶皮料底的食谱，其中不乏一些取巧的捷径；我在此介绍的方法稍微有些繁琐，但绝对物有所值。

任何一道南亚甜品，或者说世界上的任何一道甜品，和热奶茶都是绝配。

我的沙西特科雷食谱：

1/2 加仑全脂牛奶

1 杯糖

8 个完整的豆蔻或 2 茶匙豆蔻粉

1 茶匙藏红花丝（按口味添加）

1/2 杯酥油

8 片白面包

2 汤匙香露兜（班兰叶）香精

开心果碎

    首先要制作拉布里。将牛奶、糖、豆蔻和藏红花丝倒入厚底不粘锅中。不断搅拌，将牛奶烧开，然后将火调小，保持微微沸腾的状态。牛奶上结出一层奶皮后，轻轻将其推到锅边，以便继续结出新的奶皮。尽可能多次重复这一步骤，将奶皮全数推到锅边，直至牛奶蒸发至原本用量的一半。随后，将所有奶皮推回浓缩后的牛奶中，静置一旁。

    沙西特科雷通常使用三角形的面包块，也就是将白面包片斜对角切开。当然，你可以使用商店里买来的任何面包片，但我推荐选择较厚的白面包，例如德州吐司，这样做出的沙西特科雷口感更饱满、更浓郁。无论选择哪种，首先要切掉面包的四条边，然后沿对角线切开，得到十六块三角形面包。取一只大口径不粘锅或煎锅，以中火加热融化酥油，将面包的两面各浅煎数分钟，煎出均匀的金黄色即可。

    取一只浅盘，将煎好的面包片摆成两排。将香露兜（班兰叶）香精与降至常温的拉布里充分混合，浇在面包上。

    静置一小时左右，以便面包片充分吸收浓郁的拉布里，然后撒上开心果碎。这道甜点可以常温食用，我个人偏好冷藏，我的丈夫则喜欢用微波炉或烤箱重新加热后食用。

奶　茶

最近几年，美国雨后春笋般冒出了许多卖"奶茶茶"(chai tea)的连锁店。后面的那个 tea 明显多余，因为 chai 本身就是奶茶的意思。我想，这或许是为了方便区分奶茶与菊花茶、茉莉花茶或伯爵茶。不管这些"奶茶茶"店里卖的究竟是什么，反正肯定不是我自己在家里煮出来的味道。我曾在某些场合中喝到过不太正宗的"奶茶茶"，这种饮料充斥着浓郁的肉桂、丁香和其他香料的味道，但就是与真正的奶茶味一点也不沾边。

是的，正宗的奶茶自带干茶叶的独特香气。一般的奶茶采用普通的红茶制作，而我最钟爱的牌子则精选红茶中的橙白毫[①]。与其后添加的任何香料不同，茶叶本身应当释放一种幽雅馥郁的香气，让你在抿下第一口后就忍不住发出满足的喟叹。

只用茶叶、牛奶、水和糖就可以做出一杯最简单的奶茶，当然你也可以调入其他香料，做成一杯马萨拉奶茶。我平常只加几粒小豆蔻，但如果哪天感觉受了风寒，我会用煮沸的生姜水来泡茶；如果哪天感觉肠胃不适，那就往奶茶里加入少许肉桂。

[①]按照西方对茶叶的分类，红茶根据茶叶在茶树上的部位和制作完成后茶叶的形状分为不同规格和等级，其中茶枝最顶尖的新芽（芯芽）称为花橙白毫，茶枝最顶起数的第二片叶称为橙白毫，茶枝最顶起数的第三片叶称为白毫。

在这里，我要向广大奶茶爱好者忏悔我的罪行：奶茶我平常喜欢用微波炉来煮。我已经掌握了如何在加入牛奶后调低火力并"叮"出一杯美味奶茶的秘诀。不过，如果当天要做的奶茶不止一杯，我还是会乖乖掏出我的厚底不粘锅。

在烹煮奶茶时，茶水与牛奶的比例相当重要，而且因人而异。我喜欢在大量茶水中加少量牛奶，这样茶味更浓，颜色也更深。我的丈夫则喜欢一点水都不加，直接将茶叶投入牛奶中煮沸，便能得到一杯奶味香浓的奶茶。

我和伊尔凡刚结婚的时候，怎么做奶茶成了我们之间不可调和的矛盾。他不喜欢我做的奶茶，他觉得用微波炉做出的奶茶又苦又难喝。而他做的奶茶又太过讲究，要用小锅把牛奶文火煮沸二十至三十分钟，我会觉得，谁耐烦做？谁又想喝这种可以直接灌进奶瓶里喂给孩子的煮牛奶呢？

现在看来，我们的争论十分幼稚，因为奶茶的做法实在是太多了。我喜欢的那种奶茶叫卡拉克奶茶，"卡拉克"直译过来就是"浓茶"。伊尔凡喜欢的那种奶茶叫杜德帕蒂，直译过来就是"奶茶"。经过多年的磨合，我们都承认对方喜欢的奶茶风味自有其独特，卡拉克奶茶适合早上喝一杯提神，杜德帕蒂则宜于睡前喝一杯助眠。

家里来客人时，我们就会采取一些折中的方案。

如果当天要用烤架，伊尔凡就会利用炭火的余烬来"熏"茶。他会将装满所有材料（水、牛奶、茶、糖、豆蔻）的小锅架在仍在冒烟的炭火上，然后盖上烤架的盖子。在享受烧烤的同时，小锅里的茶叶也在慢慢煨煮，烟熏火燎之下别有一番风味。

父亲很不喜欢我和伊尔凡用超大马克杯喝奶茶的习惯，然而只有那么大的杯子才能满足我一天的奶茶需求。父亲喜欢用那种带茶托和曲柄的精致小杯优雅品鉴，他坚持认为这样的啜饮才最美味。或许美味的不是奶茶，而是这种仪式感。毫无疑问，父亲很会享受这种怡然自得的仪式。

我的奶茶食谱（一次做两大杯）：
满满 2 茶匙散叶橙白毫或 4 个茶包
2 杯清水
2 杯全脂牛奶
4 粒小豆蔻

尽管我家附近就有一家泰特莱①，但我只会从巴基斯坦食杂店或印度食杂店里购买茶叶，因为普通超市里的茶叶通常口感寡淡，远不如南亚进口的茶叶香醇。我最喜欢的牌子叫 Vital Tea，不过 Tea India 和 Tapal Danedar 这两个牌子也很不错。

将水、牛奶和小豆蔻混合煮沸，调至小火，加入糖、茶叶和任何你喜欢的香料（姜、丁香、肉桂等），慢炖 10 至 15 分钟。

将奶茶滤出上桌，最好像父亲那样，用充满仪式感的精致茶具细细品尝。

---

① 英国的一家饮料公司，也是英国和加拿大最大的茶公司、美国第二大茶公司。

致　谢

　　这是一个我在很长时间里避之唯恐不及的故事。早在几年之前，一位朋友就问过我是否愿意为她的在线杂志撰写一篇关于体重的文章，我一口回绝了。我无法这样赤裸地袒露自己的灵魂。当时的我正和许多同病相怜的"胖子"一样，深陷垂死挣扎与自我厌恶的泥沼之中。我知道提笔写下自己的故事无异于一场抽骨扒皮的酷刑，我无法想象自己会遭到怎样的嘲弄与攻讦，因为我无法"管住自己"，又或者因为我竟然不甘于做一个"胖子"。"你这头懒肥猪"，或者"你为什么不学会爱自己"，我不知道哪一句更伤人。如此又过了几年，在与朋友们以及我出色的经纪人促膝长谈过后，我意识到，我不再为此感到忧虑了。我很清楚这段阅历究竟教会了我什么，又帮助我站上了多高的地方。

　　为此，我首先要感谢我的经纪人劳伦·阿布拉莫，是他陪我熬过了艰难的新冠疫情和自我怀疑，并最终说服我这是一个值得动笔写下的故事，我从来不是一个人在战斗。七年之前，劳伦第一次读到了我的博客并主动联系了我。他说："嘿，你有没有想过自己写一本书？"谢谢你给我发的那封电子邮件，劳伦，它彻底地改变了我的生活。谢谢你的友善与耐心，谢谢你陪我度过高潮与低谷，谢谢你认真对待我总是在三更半夜冒出的有关未来写作计划的突发奇想。

我还要感谢本书的编辑艾米·加什，感谢她敏锐而独到的眼光，感谢她总在我情绪起伏时提供的慰藉。艾米，谢谢你在出版这本书的过程中始终对我温柔体贴、亲切有加，谢谢你相信我，相信这个故事的价值。

接下来我要感谢我的家人。为什么我要感谢这群最最关注我的体重和身材的人呢？因为我知道这是因为他们爱我，他们关心我——他们想要保护我免受世人的批判与恶意，他们知道有些人只会盯着我的体形说事儿。在伊斯兰信仰中，真主根据人们真实的意图来决定奖罚，这实在是一件好事，因为有的时候，好心就是会办坏事。真主会褒奖我的家人们为敦促我减肥所采取的一系列行动，因为这是基于爱的行动，尽管它们往往很不幸地以失败告终。

爸爸妈妈，谢谢你们，谢谢你们从小为我的幸福着想，绞尽脑汁地鼓励我减掉几斤；可与此同时，你们从不限制我吃饭，仍然纵容我时时大快朵颐，免于饥饿之苦。美食是你们表达爱的方式，因为你们自己也同样热爱美食。我将永远珍惜我们一家人共同探索美食、发现美食的温暖回忆。谢谢你们为我还有弟弟妹妹所做的一切。谢谢你们为了给孩子更好的生活，毅然迁居到新的国度，白手起家。谢谢你们夙兴夜寐地勤劳工作，让我们有了遮风避雨的屋檐，也有了餐桌上丰盛的美食。妈妈，你坚忍不拔的意志是我高山仰止的榜样，谢谢你教会我永不畏惧、绝不退缩。爸爸，你的支持与关爱是我生活的基石。每当我遇到生活中的难题，你总会给予我温柔的指导和鼓励，你是女儿想象中最完美的父亲。

谢谢你，祖比小姨。谢谢你总是热情地与我分享你的烹饪诀窍，谢谢你孜孜不倦地给我们（给所有人）带来那么那么那么多的新奇美食，谢谢你像疼爱亲生孩子一样疼爱我和弟弟妹妹。

还有教会我如何做饭并为我做过饭的女性，我的妹妹莉莉、我的婆婆、我的朋友们——谢谢你们用那双灵巧的妙手滋养我的身体，令我时常感到我配得上生活的美好与丰盛。

朋友的支持与陪伴是我这些年坚持与体重和自我价值不断抗争的动力。谢谢你们，伊尔法娜和拉娜。谢谢你们总是陪着我，在无数个不眠的深夜和我一同发泄关于体重的不满。谢谢你们和我一同开始各式各样的减肥计划又通通半途而废，最后总是伴随着一句"管它呢"，然后欢欢喜喜地结伴出门大吃一顿。

感谢我一路而来的挚友，舒布纳姆、安努、维娜和乌佩克夏。谢谢你们总是在我最消沉的时候伸手拉我一把，谢谢你们不断提醒我不必理会他人的闲言碎语。你们是我这一生最宝贵的至交，你们与我一同长大，始终站在我的身旁，并接纳了最真实的我；你们的存在让我感到自己值得被爱，值得拥有珍贵的友情。再多的语言都无法表达我对你们的爱之深切。

最后，我要感谢我的丈夫和孩子们。在我最面目可憎的时候，在我因难以忍受自身的痛苦而迁怒于你们的时候，在我咬牙坚持将自己打碎重建的时候，是你们以无比的耐心包容了我。萨娜，你是我生命中的第一束光,你是我的希望与爱,陪伴我度过了最艰难的岁月。在每个独自垂泪的深夜,所幸有你安静的陪伴。如今,你已经是一个秀外慧中、真诚善良的大姑娘了,你不知道我有多为你骄傲。哈妮法,家里的"小辣椒",你有万千星辰赋予的无穷无尽的能量,你钢铁般的意志和毅力常令人肃然起敬。亚辛,我意料之外的小男孩,我的小宝贝。你爱我爱得如此激烈而又如此温柔,真令我如痴如醉、飘飘欲仙。谢谢你让我有机会成为一个男孩的母亲,谢谢你为我带来这份我从不知道竟如此珍贵的礼物。我在你胖胖的脸颊、大大的脑袋、宝莱坞式的头发和闪闪发光的漆黑眼眸中看到了我父亲的影子。你像真主给我开的一个小玩笑,我做了一辈子父亲庇护下的小女孩,现在轮到我来照顾他了。

最后要感谢伊尔凡,我的大块头丈夫。无论体重秤上的指针落在何处,你总不忘告诉我,我有多么美丽动人。我不知道还能去哪里找到像你这样合拍的饕餮搭档与胖乎乎的生活伴侣。我们志同道合的美食爱好给我带来了数之不尽的乐趣,我们同甘共苦的减肥经历让我们结成牢不可破的同盟。谢谢你陪我度过生活中的每一道难关,谢谢你每一天都爱我如故。